Donna Douglas

LES SŒURS DU NIGHTINGALE

ROMAN

Traduit de l'anglais (Royaume-Uni)
par Sophie DesHaies

CHARLESTON

29 boulevard Raspail
75007 Paris – France
contact@editionscharleston.fr
www.editionscharleston.fr

Titre original : *The Nightingale Sisters*

ISBN : 978-2-36812-167-2

Traduit de l'anglais par Sophie DesHaies
Maquette : Patrick Leleux PAO

Achevé d'imprimer en Espagne
par BlackPrint CPI Ibérica S.L.
Sant Andreu de la Barca (08740)

Dépôt légal : août 2017

Pour suivre notre actualité, rejoignez-nous sur la page Facebook :
www.facebook.com/Editions.Charleston et sur Twitter @LillyCharleston

CHAPITRE 1

C'était une soirée glaciale du mois de décembre 1935 quand Violet Tanner arriva à l'hôpital Nightingale dans Bethnal Green.

Des feux étaient allumés dans chacun des services, et le vent mordant chargé de neige hurlait comme une bête sauvage, jetant des rafales de grésil sur les fenêtres. Des bébés pleuraient de peur dans le service des enfants, et même les patients dans le service orthopédique pour hommes, habituellement plein de plaisanteries et de fanfaronnades, fixaient craintivement les branches qui ondulaient à proximité des fenêtres et s'accordaient pour dire qu'ils n'avaient jamais vu de nuit semblable.

Dehors, les infirmières allant dîner enroulaient autour d'elles leur épaisse cape bleu marine en traversant à la hâte la cour, la tête baissée, les mains agrippant leur coiffe empesée du mieux qu'elles le pouvaient.

Sœur Wren la vit la première. Elle aimait arriver tôt pour le dîner, mais avait dû s'arrêter pour réprimander une étudiante qu'elle avait surprise empruntant le raccourci du couloir qui était réservé aux sœurs.

La fille s'était plainte qu'elle ne pouvait pas aller dehors, car elle avait oublié sa cape. Mais sœur Wren ne l'entendait pas de cette oreille.

— Et à qui est-ce la faute ? Cela ne vous donne pas le droit de vous balader dans les couloirs des sœurs, n'est-ce pas ? avait-elle dit d'un ton brusque.

— Non, sœur.

La fille, une élève de deuxième année nommée Benedict, était le type que sœur Wren méprisait le plus, possédant la beauté joyeuse des blondes qui attiraient les internes comme des guêpes autour d'un pot de confiture.

— Non, en effet. Maintenant, retournez par là où vous êtes venue et traversez la cour comme toutes les autres infirmières.

Benedict avait jeté un coup d'œil rempli d'appréhension vers le grésil qui percutait avec fracas la vitre, puis vers sœur Wren. Ses grands yeux bleus étaient pleins de charme. Aucun doute que si sœur Wren avait été un homme, elle se serait empressée de lui offrir de la transporter à travers la cour balayée par le vent.

— Bien, sœur, avait-elle soupiré.

Sœur Wren l'avait observée reprendre le couloir, la tête inclinée par la défaite. Elle avait souri en pensant à l'état débraillé dans lequel elle se retrouverait quand elle reviendrait du dîner. Avec un peu de chance, la sœur de son service serait absolument furieuse.

Puis elle s'était retournée et avait vu la femme qui se tenait à l'autre bout du couloir et se pressa vers elle.

— Vous ! lança-t-elle autoritairement. Que faites-vous là ?

— Je cherche le bureau de l'infirmière en chef.

Sa voix était basse et rauque, avec un très léger accent de la campagne. Sœur Wren dut se rapprocher pour l'entendre.

— Et vous êtes ?

— Je m'appelle Violet Tanner. Je suis la nouvelle sœur de nuit.

— Oh.

Sœur Wren évalua la femme d'un bref regard. Elle était au début de la trentaine, très grande, même si la plupart des gens dépassaient sœur Wren tellement elle était minuscule. La chevelure qui sortait en boucles sous son chapeau avait le lustre bleu-noir des ailes d'une pie. Sœur Wren remarquait toujours les cheveux de manière envieuse, car les siens étaient très fins et épars, malgré toutes les permanentes miracles qu'on lui avait faites. Le manteau de la femme semblait coûteux, mais n'était pas de la dernière mode. Sœur Wren lisait *Vogue* et reconnaissait la qualité quand elle en voyait, même si elle ne pouvait pas elle-même se le permettre.

Bref, quelqu'un qui méritait d'être connu, décida-t-elle.

— Je crains que vous ayez pris le mauvais couloir. Je vais vous accompagner et vous montrer le chemin, offrit-elle.

— Ce n'est pas nécessaire. Vous pouvez simplement m'indiquer où aller…

— Ce n'est pas un problème. Je vais moi-même dans cette direction.

Elle se dirigeait en fait dans la direction opposée, mais il n'était pas question qu'elle rate l'occasion d'être la première à tout apprendre sur la nouvelle sœur de nuit.

— Je m'appelle Miriam Trott, je suis la sœur du service gynécologique, se présenta-t-elle alors qu'elles se mettaient en route. Vous pouvez m'appeler sœur Wren, puisque c'est ainsi que se nomme mon service.

Violet Tanner hocha la tête, mais n'émit pas d'autre commentaire. En fait, elle ne fit guère la conversation alors que sœur Wren ouvrait le chemin à travers un dédale de couloirs vers le bureau de l'infirmière en chef.

— Cela ressemble assez à un labyrinthe, n'est-ce pas ? tenta-t-elle de nouveau. Il est tellement facile de s'y perdre, avec tous ces édifices assemblés d'une manière si inextricable. Mais vous vous y ferez avec le temps.

Elle jeta un regard oblique vers la nouvelle sœur.

— Votre dernier hôpital était-il aussi un grand complexe ?

— Je m'occupais d'un patient privé.

— Oh ! Où était-ce ?

— Suffolk.

Elle laissa échapper le mot, comme si elle était réticente à permettre à une simple syllabe de franchir ses lèvres.

— Vraiment ? J'ai de la famille dans le Suffolk.

Sœur Wren s'empara avidement du renseignement.

— Où étiez-vous ?

— Un petit village. Très rural. Je doute que vous le connaissiez.

— Eh bien, peut-être que…

Sœur Wren vit l'expression menaçante de Miss Tanner et n'osa pas poursuivre.

Elle tenta une nouvelle approche.

— Je suppose que vous allez emménager dans le quartier des sœurs, si ce n'est déjà fait ? Miss Filcher, l'ancienne sœur de nuit, occupait la chambre en face de la mienne. Mais elle n'est pas morte dans cette pièce, ajouta-t-elle avec empressement. Non, elle est morte en service. Pouvez-vous imaginer ? Elle s'était assurée tout d'abord de rendre son rapport à toutes les sœurs des services. Typique de Miss Filcher, toujours tellement consciencieuse.

Elle soupira.

— Bref, sa chambre est très jolie. Elle se trouve dans un angle et offre ainsi deux vues différentes. Et elle donne sur les jardins…

— Je ne logerai pas ici.

Sœur Wren la fixa.

— Pourquoi pas ?

— J'ai pris d'autres arrangements.

— Mais toutes les sœurs…

— Ah, je vois où je me trouve maintenant. Le bureau de l'infirmière en chef est au bout de ce couloir, n'est-ce pas ?

Miss Tanner la coupa sans ménagement.

— Je ne vous retiens pas plus longuement, je suis certaine que vous avez beaucoup à faire.

— Mais…

— Merci beaucoup de votre aide, sœur Wren.

— Attendez…, lança sœur Wren derrière elle.

Mais Miss Tanner était déjà partie.

Le fait que Miss Tanner avait été si insupportablement vague n'empêcha pas sœur Wren de désespérément vouloir partager ses potins.

— Je l'ai vue, annonça-t-elle lorsqu'elle arriva, en retard et à bout de souffle, à la table des sœurs.

Leur coin dans la salle à manger était une oasis d'ordre et de calme, leur longue table était gérée par des domestiques qui trottinaient jusqu'au passe-plat. Le reste de la vaste salle à manger résonnait de cliquetis d'assiettes, de raclements de chaises et de bavardages de jeunes femmes.

— Vous voilà, Miriam.

Sœur Blake leva les yeux avec un sourire.

— Nous commencions à nous faire du souci à votre sujet. Nous pensions qu'il y avait peut-être une urgence à votre service.

— Comme si cela pouvait lui faire rater le dîner, marmonna sœur Holmes entre ses dents.

Sœur Wren la fusilla du regard alors qu'une domestique posait silencieusement une assiette devant elle.

— Si vous voulez le savoir, je conduisais notre nouvelle sœur de nuit au bureau de l'infirmière en chef.

Elle jeta un regard triomphal à la ronde vers les autres sœurs. Il n'était pas fréquent qu'elle puisse attirer l'attention à la table. Elles étaient habituellement trop occupées à discuter des patients ou à écouter l'une des histoires amusantes de sœur Blake.

Elle attendit qu'elles la bombardent avidement de questions. Mais tout ce qu'elle reçut fut quelques hochements de tête intéressés, avant que les sœurs reprennent leur discussion sur les nouvelles affectations de service des étudiantes.

— Avez-vous entendu ce que je viens de dire ? J'ai rencontré la nouvelle sœur de nuit, insista-t-elle.

— Et ? fit sœur Hyde. A-t-elle deux têtes ?

Sœur Wren lui décocha un regard acerbe, mais ne dit rien. Pas même les autres sœurs parlaient à la sœur responsable du service des maladies chroniques féminines. Sœur Hyde avait la soixantaine, grande, émaciée et absolument redoutable. Sœur Wren la craignait depuis ses premiers jours en tant qu'étudiante au Nightingale.

— Je suppose que nous la rencontrerons bien assez tôt, fit observer sœur Holmes en se servant des légumes du plat de service.

— Vraiment, mesdames, vous pourriez montrer un peu plus d'intérêt, leur reprocha avec douceur sœur Blake. Sœur Wren veut désespérément partager ses potins et personne ne l'écoute.

Elle se tourna vers sœur Wren, ses yeux noirs pétillants.

— Vous pouvez me le dire. Je suis tout ouïe.

— Ce ne sont pas tout à fait des potins, répliqua sœur Wren d'un ton maussade.

Elle n'arrivait jamais à savoir si sœur Blake se moquait d'elle ou non. Elle affichait toujours un sourire, comme si le monde entier était une plaisanterie pour initiés.

— Je l'ai simplement vue, c'est tout.

— Et comment est-elle ?

— Si vous voulez savoir, j'ai trouvé qu'elle avait quelque chose d'étrange.

— Vous aviez raison, sœur Hyde. Elle a bien deux têtes ! rit sœur Blake.

— Il y a quelque chose d'étrange chez toutes les sœurs de nuit, si vous voulez mon avis, intervint sœur Parry de l'autre bout de la table. Je n'ai jamais compris quelle sorte d'infirmière choisit de travailler de nuit de manière permanente, rôdant dans les couloirs alors que tout le monde dort.

— Pas tout le monde, dit sœur Hyde. Les patients ont tendance à être très agités la nuit. C'est là qu'ils se sentent le plus craintifs et seuls. Ils ont besoin de quelqu'un pour les rassurer.

— Tout comme les infirmières, ajouta sœur Holmes. C'est une lourde responsabilité pour une étudiante de se retrouver seule responsable d'un service toute la nuit. Elles ont besoin de quelqu'un de fiable qu'elles peuvent appeler s'il y a une urgence.

— J'étais plus effrayée par la sœur de nuit qu'heureuse de la voir quand elle arrivait quand j'étais à l'essai, confessa joyeusement sœur Blake. Je craignais toujours qu'elle arrive alors que nous prenions un goûter tardif avec les internes dans la cuisine du service.

Les autres sœurs éclatèrent de rire, et même sœur Hyde parut légèrement amusée tout en émettant sa désapprobation et secouant la tête.

— Ce n'est pas uniquement ça, insista sœur Wren par-dessus leurs rires. Il y a quelque chose de particulier chez Miss Tanner. Quelque chose de… mystérieux.

— Mon Dieu ! Avez-vous encore lu ces affreux magazines policiers ? dit sœur Holmes. Vous ne devriez pas, vous savez. Ils ne font que vous donner des cauchemars.

Sœur Wren sentit ses joues brûler alors que les autres sœurs éclataient de rire. Elle pensa aux manières sèches et abruptes de Miss Tanner et à ses yeux noirs qui ne l'avaient jamais vraiment regardée.

— Riez si vous voulez, dit-elle. Mais je vous le dis, il y a quelque chose qui cloche avec cette femme.

Juste avant minuit, Violet Tanner fit une autre tournée. Le hurlement du vent violent semblait plus menaçant dans l'obscurité de l'hôpital endormi, et les branches d'arbres ondulantes griffaient les fenêtres comme si elles voulaient fracasser le verre. Avec tous ces bruits à l'extérieur, Violet n'avait pas vraiment eu besoin de ses chaussures à semelles molles qu'elle portait pour se mouvoir silencieusement dans les couloirs sinueux.

L'amas d'édifices, connectés par un dédale de couloirs et d'escaliers dans lequel il lui avait été si difficile de se retrouver durant le jour, commençait déjà à lui sembler familier, même dans l'obscurité.

Elle tourna et se retrouva dans un couloir de bureaux si long que l'extrémité était engloutie par une noirceur impénétrable. Violet leva sa lampe de poche plus haut, faisant sauter et danser les ombres autour d'elle.

Quand elle dépassa la première porte, un grincement effrayant la fit bondir.

— Qui est là ? couina une voix.

La minute suivante, le visage d'une femme surgit des ombres, les yeux exorbités de terreur. Elle brandissait un balai comme une arme.

Violet reconnut l'une des femmes de ménage qu'elle avait choisie un peu plus tôt. En tant que sœur de nuit, sa première tâche avait été de se rendre au pavillon des brancardiers et de choisir parmi les femmes qui s'y assemblaient chaque soir dans l'espoir d'obtenir le travail de nettoyer les bureaux. Comme il faisait très mauvais dehors, seules quelques-unes des plus désespérées s'étaient présentées. Violet avait été heureuse de ne pas avoir à en renvoyer.

— Je vous demande pardon, sœur, j'ai cru que vous étiez un fantôme.

La femme baissa son balai, sa main allant se presser contre son cœur affolé.

— Je me suis perdue et j'ai erré dans les environs dans le noir. Maintenant, je ne sais plus où je suis...

Sa voix tremblait.

— Et les lumières ne fonctionnent pas. Je crois qu'il y a une coupure de courant ou quelque chose comme ça.

Les yeux de la femme étaient écarquillés de peur.

— Dans une nuit aussi terrible que celle-ci et alors que tout est si noir, eh bien, on imagine toutes sortes de choses, n'est-ce pas ?

— Ne vous inquiétez pas. Vous êtes parfaitement en sécurité ici.

La femme la regarda avec admiration.

— Je parie que rien ne vous fait peur, n'est-ce pas, miss ?

Violet se sourit. *Si vous saviez.*

— Tenez, vous devriez prendre ça.

Elle lui tendit sa lampe de poche.

— Vous êtes certaine de ne pas en avoir besoin ? lança derrière elle la femme de ménage alors que Violet s'éloignait.

— Tout à fait certaine.

Violet Tanner ne craignait pas l'obscurité. Elle se sentait plus en sécurité dans les ténèbres.

Le mauvais temps avait perturbé de nombreux patients. Au service des maladies chroniques féminines, les jeunes étudiantes épuisées semblaient sur le point d'éclater en sanglots alors qu'elles se pressaient, essayant désespérément de calmer les vieilles femmes qui gémissaient, sanglotaient et secouaient les barreaux de leur lit. C'était la même chose au service des enfants, où les bébés effrayés, éveillés par le vent qui hurlait, criaient sans arrêt.

— Sœur Parry dit que nous devons les laisser ainsi, lui avait dit d'un ton sec la jeune étudiante quand elle s'était approchée du petit lit le plus près où un bébé se tenait debout en criant, le visage rouge.

— Sœur Parry n'est pas là, n'est-ce pas ? Moi si.

Violet l'avait dépassée. Le bébé, sentant une présence compatissante, tendit ses bras dodus.

— Mais sœur Parry dit qu'ils seront gâtés si nous nous approchons d'eux, avait insisté la fille. Elle dit que si nous les ignorons, ils vont s'épuiser et s'endormir.

— Comment vous appelez-vous, infirmière ?

— Hollins, sœur.

— Eh bien, Hollins, comment vous sentiriez-vous si tout le monde vous ignorait si vous étiez bouleversée et effrayée ?

Alors que la fille avait cherché, la bouche ouverte, une réponse, Violet avait pris le bébé dans ses bras. Elle avait senti les sanglots le parcourir alors qu'il enfouissait son visage dans son cou. Sa peau chaude sentait la poudre pour bébé.

— Chut, mon cœur. Ça va, ce n'est que le vent qui fait du bruit, c'est tout.

Elle s'était balancée doucement, le berçant dans ses bras et lui murmurant des mots de réconfort. Les douces boucles du bébé lui avaient chatouillé la joue.

Peu à peu, elle avait senti les sanglots se calmer et son poids s'alourdir contre son épaule, lui apprenant que l'enfant s'était endormi.

— Et s'il pleure encore, Hollins, je veux que vous le réconfortiez, avait dit Violet à l'étudiante en recouchant doucement le bébé dans son petit lit. La même chose pour les autres bébés. Et si cela ne plaît pas à sœur Parry, elle peut s'adresser à moi, avait-elle ajouté quand la fille avait ouvert la bouche pour protester.

— Oui, sœur.

Hollins avait baissé la tête, mais son visage était crispé.

Deux heures plus tard, Violet termina ses tournées et retourna dans le petit bureau attribué à la sœur de nuit. En route, elle se glissa dans la cuisine pour se préparer une tasse de thé. Selon l'infirmière en chef, la sœur de nuit avait le privilège d'avoir une domestique qui pouvait lui apporter son thé et veiller à son confort, mais Violet ne voulait pas la déranger. Moins il y avait de gens qui la remarquait, moins de questions seraient posées. Violet n'aimait pas les questions.

Mais elle aimait le Nightingale. Elle n'avait pas été tout à fait certaine de prime abord, mais après le décès du vieux Mr Mannion, elle n'avait pas eu d'endroit où aller. Puis l'annonce pour le poste de sœur de nuit était parue dans le *Nursing Mirror*[1], et cela avait été comme si la providence lui avait indiqué la route à suivre.

De toute façon, elle était probablement plus en sécurité ici. Un hôpital occupé du East End de Londres était la dernière place où quiconque penserait à la chercher.

— Violet Tanner.

Elle parla à voix haute, écoutant les sons qui restèrent suspendus dans l'air. Cela faisait longtemps qu'elle avait choisi ce nom et elle ne s'y était pas encore tout à fait habituée. Mais généralement, elle s'habituait plutôt rapidement à toutes ses identités.

Elle remua son thé.

— Violet Tanner, sœur de nuit à l'hôpital d'enseignement Florence Nightingale, dit-elle de nouveau.

Oui, décida-t-elle. Cela lui allait. Pour le moment.

---

1. N.d.T. : Journal s'adressant aux infirmières.

CHAPITRE 2

Il y avait un couvert supplémentaire mis pour Alf Doyle à la table.

— Désolée, je n'ai pas réfléchi. Les vieilles habitudes ont la vie dure, hein ?

Le sourire de Rose était fragile quand elle enleva l'assiette.

Personne d'autre à la table ne dit quoi que ce soit, mais Dora savait qu'ils pensaient tous la même chose ; leur mère affichait peut-être un visage courageux comme toujours, mais elle ne dupait personne.

C'était la veille du Nouvel An, et au coin de la rue, au pub Rose & Crown, les gens du coin prenaient part à leur fête habituelle, attendant de faire leur bruyant adieu à 1935. Dora pouvait entendre les rires et les chants flotter sur la rue Griffin alors qu'elle et sa famille s'assemblaient autour de la table.

N'importe quelle autre année, ils auraient pris part aux festivités. Mémé Winnie se serait trouvée au bar avec une bouteille de bière brune douce, dans sa plus belle robe, son visage lourdement poudré et ses dents en place pour l'occasion, observant tout ce qui se passait afin de pouvoir commérer avec ses copines plus tard. Rose, la mère de Dora, le visage rougi par trop de porto au citron, serait en train de chanter avec le piano duquel retentiraient tous les vieux succès.

Mais pas cette année. L'atmosphère au numéro 28 de la rue Griffin était sombre, même s'ils faisaient tous de leur mieux pour faire comme si tout était normal.

À l'exception de la plus jeune sœur de Dora, Bea, évidemment. La jeune fille de 12 ans ne prenait jamais la peine de camoufler ses sentiments à quiconque.

— Qu'est-ce que c'est ?

Elle piqua le morceau de viande brune dans son assiette, son nez moucheté de taches de rousseur plissé de dégoût.

— Ce sont des abats, siffla Dora.

Comme si Bea ne le savait pas. Le boucher en vendait pour trois pence, et les gens du coin appelaient ça « la viande du pauvre ».

— Mais nous mangeons toujours du poulet au Nouvel An, protesta Bea.

— Nous avons mangé du poulet à Noël, ma chérie. Nous ne pouvons pas nous permettre un autre poulet.

Sa mère servit une cuillérée de purée de pommes de terre.

— Je crains que l'argent ne pousse pas dans les arbres.

— Nous mangions toujours du poulet quand papa était là, dit Bea d'un ton maussade.

— Chut !

Dora, sa grand-mère et sa sœur Josie sifflèrent en même temps.

— Oui, eh bien, nous avions beaucoup de choses quand votre père était là, dit brusquement Rose. Mais il n'est plus là maintenant, alors nous devons faire du mieux que nous pouvons, n'est-ce pas ?

Elle sourit en parlant, mais Dora remarqua que sa main tremblait quand elle passa une autre assiette.

Cela faisait trois mois qu'Alf Doyle, le beau-père de Dora, avait disparu. Il avait simplement fait son sac un jour et était parti sans un mot à quiconque. Même ses amis à la gare de triage où il travaillait ne l'avaient pas vu depuis. Sa mère et sa grand-mère étaient allées voir les policiers, mais ils n'avaient pas pris la peine d'essayer de le retrouver. En ce qui les concernait, Alf était juste un autre type qui avait laissé tomber sa famille.

Dora n'était pas désolée qu'il soit parti. Pendant cinq années, elle avait été agressée sexuellement par Alf, vivant dans la crainte qu'il se glisse dans sa chambre la nuit venue, rendue muette par la honte. Ce n'est que lorsqu'elle avait découvert qu'il avait commencé à agresser sa sœur Josie qu'elle avait enfin trouvé le courage de parler.

Même si cela n'avait pas eu grand effet. Le jour où elle l'avait enfin confronté, Alf avait ri d'elle et l'avait frappée. Mais juste quand elle avait cru qu'elle n'allait jamais le vaincre, il s'était volatilisé.

Cela avait été un choc pour tout le monde, mais sa mère avait été la plus affectée. Rose Doyle était une femme typique de l'East End de Londres, solide et travailleuse, du genre qui ne se plaignait jamais, remontait ses manches et poursuivait sa vie, peu importe ce qu'elle lui apportait. Elle s'en était sortie onze ans plus tôt quand elle était devenue veuve avec cinq enfants à élever. Elle avait tenu le coup quand sa fille Maggie était morte à treize ans. Mais la disparition de son deuxième mari avait brisé son moral et son cœur.

Personne ne parlait alors qu'ils mangaient. Le seul son était la voix éraillée d'Al Bowlly à la radio chantant *Blue Moon*, sa plaintive voix intensifiant leur morosité.

Dora baissa misérablement les yeux vers son assiette. Elle s'était battue pour obtenir une rare permission de découcher de l'hôpital afin de passer la veille du Nouvel An avec sa famille. Elle savait que sa mère appréciait sa présence, mais Dora ne put s'empêcher de penser honteusement qu'elle aurait peut-être eu plus de plaisir au travail, même sous les yeux vigilants de la sœur responsable de la maison.

Mémé Winnie tenta d'égayer les humeurs.

— Pourquoi n'irions-nous pas au pub après le thé pour nous remonter un peu le moral ? suggéra-t-elle.

— Vous pouvez y aller si vous voulez, dit Rose en haussant les épaules. Je reste ici.

— Mais ce ne sera pas pareil sans toi, Rosie chérie. Allez, tu pourrais profiter d'une sortie. Une belle soirée à chanter avec tes amis te ferait le plus grand bien.

— Et écouter tous les voisins parler de moi ? Non merci.

— Personne ne parle de toi, ma chérie.

— Oh, allez, maman ! Tu les as entendus chuchoter, aussi bien que moi.

Rose leva la tête, la colère brillant dans ses yeux bruns.

— Notre famille est leur seul sujet de conversation ces jours-ci. Tu sais, j'ai même entendu Lettie Pike faire circuler que j'avais liquidé Alf pour son assurance. Comme si nous aurions des abats de bœuf pour dîner si j'avais de l'argent !

Elle rit, mais Dora vit la douleur sur son visage. Rose Doyle était une femme fière qui aimait la discrétion. Savoir que les affaires de la famille étaient le sujet de Bethnal Green devait être atroce.

— De toute façon, dit-elle en posant son couteau et sa fourchette, je ne peux pas sortir. J'ai du reprisage à faire.

— Tu peux sûrement te reposer un soir ?

— J'aime me garder occupée. Et nous avons besoin de l'argent, n'oublie pas.

— Comment te débrouilles-tu, maman ? demanda Dora.

— Oh, ça va. J'ai commencé à prendre de la lessive en plus du reprisage, alors ça rapporte un peu plus. Et maintenant que ton frère et Lily ont emménagé à l'étage, ils aident pour le loyer. Nous n'avons plus autant d'espace pour respirer, mais au moins ça en fait moins à nettoyer, ajouta-t-elle gaiement.

— Nous devons tous partager une chambre, ronchonna Bea. Nous n'avons pas de place et nous entendons mémé ronfler au rez-de-chaussée.

— Je ne ronfle pas, nia vivement sa grand-mère. Comment puis-je ronfler alors que mon lumbago me tient réveillée chaque heure de la nuit ?

Dora observa sa mère de l'autre côté de la table. Elle riait avec les autres, mais Dora vit l'effort derrière ses yeux. Les Doyle avaient été l'une des rares familles sur la rue Griffin à louer la maison entière, et devoir laisser une pièce était un énorme coup à la fierté de Rose. Mais au moins, ce n'était que Peter et sa femme qui vivaient à l'étage. Devoir vivre avec une autre famille, comme les Pike et les Riley faisaient à côté, aurait été bien pire.

— J'aimerais que tu me laisses quitter l'école pour t'aider, glissa Josie d'une petite voix. Je t'ai dit que je pouvais trouver du travail à l'usine de vêtements de Mr Gold.

— Et je t'ai dit que tu n'avais pas à te soucier de ça, fit leur mère. Tu demeures à l'école et réussis tes examens afin de devenir professeure, et c'est tout. Je suis fière de mes deux brillantes filles — elle fit un grand sourire à Dora —, et je ne vais rien laisser se mettre dans votre chemin. Même si je dois travailler nuit et jour, ajouta-t-elle fermement.

Dora et Josie se regardèrent.

— Tu ferais mieux de ne pas discuter avec elle.

Dora sourit.

— En plus, poursuivit Rose, Alf sera probablement de retour de son voyage bientôt. Alors, tout rentrera dans l'ordre.

Un silence tomba autour de la table.

— Pour l'amour du ciel, ma fille, crois-tu réellement qu'il va revenir ? finit par dire mémé, sa patience l'abandonnant. Tout ce temps sans un seul mot, il peut se trouver en route pour la foutue Chine…

— Il va revenir, l'interrompit fermement Rose. Mon Alf ne laisserait pas tomber sa propre famille.

— Il l'a déjà laissé tomber, ma chérie. Dieu seul sait pourquoi, mais il est parti. Maintenant, tu n'es pas la seule fille dont son vieil homme s'est fait la malle et j'ose dire que tu ne seras pas la dernière. Un tel homme ne vaut pas un crachat, après ce qu'il t'a fait…

— Ne parle pas de lui ainsi ! dit Rose d'un ton brusque. C'est un homme bon. Tu ne sais pas ce qu'il lui est arrivé pour le tenir loin de nous. Il a peut-être eu un accident. Il est peut-être mort dans la Tamise.

— Je l'espère de tout mon cœur, grogna mémé, sa mâchoire édentée obstinée. Parce que s'il se présente à cette porte après tous les ennuis qu'il a causés, je m'en occuperai moi-même !

Ne ratant jamais la chance de faire un drame, Bea se mit à pleurnicher.

— Maman, c'est vrai ? Est-ce que papa est mort ? A-t-il été tué ?

— Oh, et toi, ça suffit !

Mémé se tourna vers elle.

— Les gens ne font pas leurs bagages s'ils sont sur le point de se faire tuer, n'est-ce pas ? Mon Dieu, on voit qui a de la jugeote dans cette famille, non ? marmonna-t-elle.

— Il n'a pas tout pris, lui rappela Rose. Il n'a pris que quelques affaires, alors cela signifie qu'il voulait revenir.

Elle les regarda tous avec un sourire fragile.

— Je suis certaine qu'il avait ses raisons pour partir. Mais il sera à la maison bientôt, et tout ira bien de nouveau.

— Et Moby Dick remontera la Tamise ! marmonna mémé alors qu'elles débarrassaient les assiettes.

— Crois-tu qu'il va revenir, Dora ? questionna Josie plus tard lorsqu'elles lavèrent la vaisselle dans l'étroite arrière-cuisine.

— J'espère que non.

Dora empila la vaisselle dans l'évier ébréché.

— Parfois, je souhaite qu'il revienne.

Dora, étonnée, se retourna pour faire face à sa sœur.

— Après ce qu'il nous a fait ?

— Je veux juste voir maman heureuse de nouveau.

Les yeux bruns de Josie étaient sérieux. Contrairement à Dora, Bea et leur frère aîné Peter, lesquels étaient roux, couverts de taches de rousseur et solidement bâtis comme leur défunt père Jack, la jeune fille de quinze ans avait hérité de la beauté, de la taille fine et des cheveux noirs de leur mère.

— Je le déteste, Dora, tu le sais bien. Mais je déteste entendre maman pleurer chaque soir quand elle croit que nous sommes endormis. Et tu sais qu'elle sort pour le chercher ? Elle parcourt les rues pendant des heures au beau milieu de la nuit. Ou elle se place au portail de la gare de triage, s'attendant à le voir arriver pour son quart de travail comme si rien ne s'était produit. Ça me brise le cœur, ajouta-t-elle en se mordant la lèvre. Et elle s'inquiète aussi, sur la manière dont nous allons nous en sortir. Je sais qu'elle dit que tout ira bien, mais je le vois sur son visage chaque fois que le collecteur de loyer frappe à la porte. Elle se tue à l'ouvrage.

— Je vais lui parler, dit Dora.

— Cela ne changera rien. Elle va simplement sourire et te dire qu'elle se débrouille, comme toujours. Tu sais comment elle est.

Le reste de la soirée s'étira. Alors que les fêtards riaient et s'effondraient dans la rue, Dora fit de son mieux pour garder la bonne humeur de sa famille en jouant à des jeux de société et en chantant avec la radio.

Rose resta assise près du feu, la tête baissée sur son reprisage à la faible lueur de la lampe à gaz. Aucun chirurgien ne pouvait recoudre aussi magnifiquement qu'elle, pensa Dora. Rose pouvait reprendre les manchettes d'une chemise usée ou raccommoder un trou dans une robe comme s'il n'avait jamais existé.

Dora s'avança vers sa mère.

— J'ai quelque chose pour toi, maman.

Elle fouilla dans sa poche, sortit deux billets d'une livre et les pressa dans la main de sa mère.

— Ce n'est pas grand-chose, mais cela pourra au moins acheter un peu de charbon ou aider à garder le collecteur de loyer heureux.

— Mais c'est un mois de salaire pour toi. Je ne peux pas prendre tout ton argent, ma chérie.

Rose essaya de le lui rendre.

— Je vais gagner un peu plus maintenant que j'ai terminé ma première année de formation, dit Dora en entendant la gaieté désespérée dans sa propre voix. Et ce n'est pas comme si j'en avais besoin, alors que mon couvert et mon hébergement sont fournis à la maison des infirmières…

— Eh bien, si tu es certaine…

Rose regarda les billets dans sa main.

— Je ne ferai pas comme s'ils ne seront pas utiles.

Elle déposa son reprisage et sourit à Dora.

— Que ferais-je sans une fille comme toi ?

— J'aimerais pouvoir faire plus, soupira Dora. Les étudiantes en soins infirmiers ne gagnent pas tellement, je le crains.

— Oui, mais un jour, tu seras l'une des sœurs dans un service, n'est-ce pas ?

— Laisse-moi une chance ! Je dois d'abord réussir deux années supplémentaires de formation. Et ensuite, si je réussis mes examens, je dois être infirmière-chef adjointe et puis…

— Tu vas réussir, ma chérie. Tu es déjà bien avancée, non ?

— C'est vrai.

Même si certaines pensaient que la petite Dora Doyle, la fille de la classe ouvrière des quartiers pauvres de Bethnal Green, n'avait pas sa place pour suivre une formation d'infirmière aux côtés des élèves respectables de la petite bourgeoisie. Au cours de la dernière année, elle leur avait prouvé le contraire, mais c'était un combat constant.

— Je suis fière de toi, ma chérie. Vraiment. Viens ici faire un câlin à ta mère.

Comme Rose tendait les bras pour l'étreindre, Dora sentit les os de sa mère saillir gravement sous ses vêtements. Est-ce qu'elle mangeait suffisamment ? Des années plus tôt, avant qu'Alf arrive, elle savait que sa mère se privait pour s'assurer que ses enfants aient de quoi se nourrir.

Quand la vieille horloge sur la tablette de la cheminée de la cuisine marqua 23 h 30, Dora enfila son manteau et sortit dans la cour pour écouter les cloches de la cathédrale Saint-Paul annoncer la nouvelle année au-dessus des toits de l'East End de Londres.

Alors qu'elle ouvrait la porte arrière, un rai de lumière de la cuisine surprit un jeune couple s'étreignant passionnément près de la clôture voisine. Mortifiée, Dora essaya rapidement de reculer, mais il était trop tard.

— Ça va, Dora ? Bonne année !

Sa meilleure amie Ruby Pike l'accueillit joyeusement tout en ajustant les boutons de sa blouse. Des boucles blondes s'échappaient de sa coiffure élaborée.

— Bonne année.

Elle pouvait à peine regarder le petit ami de Ruby, Nick Riley. Cela aurait pu être Dora dans ses bras en ce moment si elle n'avait pas été aussi effrayée de le laisser l'embrasser l'année précédente.

— Je pensais que vous seriez au pub à accueillir la Nouvelle Année ?

— Ma famille y est. Et la mère de Nick aussi, évidemment.

Ruby roula des yeux de manière entendue. Tout le monde savait qu'il était rare que June Riley ne soit pas accoudée à un bar quelque part dans Bethnal Green.

— Nous étions censés aller à la cathédrale Saint-Paul, mais Nick ne veut pas laisser Danny.

Dora jeta un coup d'œil vers Nick, lequel était en train d'essayer d'enlever le rouge à lèvres de Ruby qui barbouillait sa joue.

— Il a peur quand il est seul, marmonna-t-il.

— Il a seize ans, Nick, soupira Ruby. Le même âge que mes frères.

— Mais il n'est pas comme tes frères, n'est-ce pas ?

Ruby prit un air exaspéré, mais Dora comprenait pourquoi Nick était si réticent. Il était très protecteur envers son petit frère. Quelques années plus tôt, Danny avait eu un terrible accident qui avait provoqué des lésions cérébrales. La rumeur était qu'il avait été battu par leur tyran de père, lequel avait eu si peur de ce qu'il avait fait qu'il s'était enfui après. Mais comme la vie de tant de gens sur la rue Griffin, personne ne connaissait toute l'histoire.

— Je peux le surveiller, si vous voulez ? offrit Dora. Nous ne faisons pas grand-chose, alors il peut bien venir et rester avec nous.

— Nous ne pourrions pas..., commença à vouloir refuser Nick, mais Ruby intervint avec empressement.

— Tu ferais ça ? Ce serait épatant, n'est-ce pas, Nick ?

Elle passa son bras autour du sien et leva les yeux vers lui de manière aguichante.

— Tu es certaine ?

Les yeux de Nick croisèrent réellement ceux de Dora pour la première fois. Malgré la faible lumière qui parvenait de la cuisine, il lui faisait faiblir les genoux. Il la surplombait, grand et large d'épaules, ses cheveux noirs ébouriffés tombant dans ses yeux.

Quand avait-elle compris qu'elle était amoureuse de lui ? Dora n'arrivait pas à s'en souvenir, mais peu importe le moment, il était trop tard. Il était à Ruby maintenant. Et Ruby n'allait jamais renoncer à lui.

Pas qu'il ait voulu de Dora, elle en était certaine. Ruby était tout ce qu'elle n'était pas : blonde, plantureuse et aussi séduisante qu'une vedette d'Hollywood. Exactement le type de fille que quelqu'un comme Nick Riley voudrait à son bras.

Il avait probablement des sueurs froides chaque fois qu'il se souvenait à quel point il avait été près de se contenter d'une fille ordinaire aux cheveux roux et crépus, pensa Dora.

— Il sera bien avec nous, dit-elle. De toute façon, on dirait que nous n'avons pas d'autre choix, n'est-ce pas ? ajouta-t-elle ironiquement quand Ruby se précipita à l'intérieur pour appeler Danny avant que quiconque change d'idée.

— Tu pourrais venir avec nous ? offrit Nick.

Dora sourit. Elle pouvait imaginer l'expression de Ruby si elle se joignait à eux.

— Comment dit-on ? Deux c'est bien, trois c'est trop.

Avant qu'il puisse répondre, Ruby sortit de la maison, poussant Danny devant elle. Il apparut timidement, la tête baissée et les épaules voûtées. Mais son expression inquiète s'effaça quand il vit Dora.

— Tu vois ? Je te l'avais dit, lança Ruby. Tu aurais dû voir son visage quand j'ai dit que tu étais là. Si tu veux mon avis, notre Danny a un petit faible pour toi, Dora. Ce n'est pas vrai, mon petit Danny ?

Elle passa son bras autour de ses maigres épaules en une rude étreinte et ébouriffa ses cheveux pâles, le faisant se tortiller et reculer.

— Laisse-le tranquille. Tu sais qu'il n'aime pas qu'on le touche, dit Nick d'un ton bourru.

— Ce n'est pas comme son frère, hein ?

Ruby lui lança un clin d'œil.

Nick l'ignora et aida Danny à traverser l'étroit trou dans la clôture là où les lattes étaient brisées et que l'herbe avait poussé à la place. C'était un trou que Dora et Ruby avaient régulièrement utilisé au fil des ans pour aller d'une maison à l'autre.

— Ça va, Danny ?

Dora l'accueillit avec un sourire. Il hocha la tête, puis la baissa timidement. C'était la même chose chaque fois qu'ils se voyaient, comme si elle devait gagner sa confiance de nouveau.

— Tu es certain que ça ira ? demanda Nick à son frère.

— Ça ira très bien. Arrête de faire des histoires comme une vieille femme ou nous allons rater la fête, répliqua Ruby en tirant sur son bras, l'éloignant.

Dora les observa partir main dans la main vers la ruelle, le rire excité de Ruby résonnant encore dans l'air glacial de la nuit après qu'ils eurent disparu. Puis, elle se tourna vers Danny.

— Ça va toi ? Est-ce que nous rentrons pour nous réchauffer près du feu ?

— J'aime regarder les étoiles.

Danny frissonna près d'elle, son visage pâle levé vers le ciel noir comme de l'encre.

— V-votre Josie m'a enseigné leurs n-noms.

Il pointa son long doigt vers le ciel.

— Celle-là… c'est la Grande Ourse.

— C'est vrai ? demanda Dora en levant les yeux. Ça ressemble plus à une vieille casserole selon moi.

— Et celle-là se n-nomme Orion, poursuivit-il. On dirait un homme avec une épée.

Dora écouta patiemment alors qu'il pointait d'autres constellations du ciel. Elle avait souvent vu Danny perché sur la remise à charbon fixant le ciel. Maintenant, elle savait ce qu'il observait.

— Tu te souviens de tous leurs noms, Danny. Bravo, dit-elle.

Il lui fit un sourire de travers, fier de lui.

— C-crois-tu qu'il y a des étoiles comme ça en A-amérique, Dora ? demanda-t-il.

— Je crois que oui, Danny. Observeras-tu les étoiles quand tu seras là-bas ?

Danny hocha la tête.

— N-nick a dit qu'il m'achètera un tel-tel…

Son visage se tordit alors qu'il se débattait avec le mot.

— Tu veux dire un télescope ? Tu as de la chance. Ça doit coûter un tas de shillings, je parie.

— N-nick dit qu'il aura de l'argent quand il sera le ch-champion du monde.

— J'en suis certaine.

Elle se demanda si Nick avait parlé à Ruby de son plan secret de partir en Amérique avec Danny quand il aurait épargné suffisamment d'argent grâce à ses combats de boxe. Comme Dora, il rêvait de se faire une meilleure vie. Elle était certaine que Ruby aurait quelque chose à redire quand elle l'apprendrait.

Mais peut-être que Ruby approuverait ? En quelque sorte, Dora pouvait l'imaginer se sentir chez elle là-bas, côtoyant toutes ses vedettes d'Hollywood, comme Claudette Colbert et Myrna Loy.

Dora soupira en regardant le ciel. Et pendant ce temps, elle serait probablement encore, rue Griffin, essayant d'empêcher sa famille de s'effondrer.

Les cloches de la cathédrale Saint-Paul retentirent soudainement, brisant l'immobilité de l'air de la nuit. Un rugissement surgit du pub Rose & Crown alors que les clients sortaient dans la rue, chacun voulant dominer l'autre avec une bruyante et enivrée interprétation de la chanson *Le temps jadis* pour accueillir le début de l'année 1936.

— Bonne a-année, Dora, dit Danny.

Dora se tourna vers lui pour lui sourire.

— Je l'espère, Danny, dit-elle.

CHAPITRE 3

À peine une heure après le début de son premier quart de travail de la nouvelle année, Lady Amelia Charlotte Benedict, ou Millie comme elle préférait elle-même être appelée, était violemment malade dans la salle de soins.

Oh, mon Dieu. Elle scruta le grand trou au centre de l'évier, ses doigts s'agrippant au rebord de pierre froide pour se soutenir. L'air frais de janvier qui sifflait à travers la grille ouverte ne fit rien pour refroidir la sueur qui lui picotait la peau.

Elle n'aurait pas dû s'enfuir ainsi. Oui, la puanteur avait été insoutenable et ce qu'elle avait vu en soulevant le couvre-lit avait été absolument dégoûtant, mais une véritable infirmière n'aurait jamais agi comme elle l'avait fait.

Le souvenir de l'expression étonnée de sœur Hyde quand Millie avait couru tout le long du service, une main plaquée sur la bouche, était suffisant pour qu'elle se penche de nouveau au-dessus de l'évier.

Elle entendit la porte s'ouvrir derrière elle et grogna d'appréhension, puis se prépara à entendre la voix de sœur Hyde retentir. La sœur n'avait pas besoin de beaucoup d'excuses pour rappeler à Millie ses lacunes. Elle pouvait lui faire des remontrances pendant trente minutes si elle avait balayé la salle dans la mauvaise direction, alors Dieu seul savait ce qu'elle dirait pour avoir abandonné une patiente en s'enfuyant pour être malade.

Mais heureusement, ce n'était que la camarade de chambre de Millie, Helen Tremayne. Toutes deux avaient été assignées au service des maladies chroniques féminines, même si Helen était dans l'année au-dessus d'elle – et supérieure en tout point de vue aussi.

— Sœur m'envoie voir où tu es allée.

— Est-elle très en colère ? chuchota Millie.

— Elle ne souriait pas lorsque je l'ai quittée.

Alors qu'elle se penchait au-dessus de l'évier, Millie vit les robustes chaussures noires d'Helen, polies avec une perfection militaire comme toujours, s'approcher d'elle.

— Tu n'aurais pas dû laisser Mrs Church, tu sais. Pas étonnant que la sœur perde patience avec toi.

— Je n'ai pas pu m'en empêcher !

Millie leva les yeux vers son amie, grimaçant sous la vive lumière de la salle de soins qui brûlait ses yeux larmoyants.

— Tu n'as pas vu dans quel état elle se trouvait. C'était horrible !

— C'est ton tour avec Bessie Gâchis.

Bessie Church, ou Bessie Gâchis comme les infirmières l'avaient surnommée, était le cas très triste d'une vieille femme qui avait perdu l'esprit des années plus tôt. C'était une personne âgée habituellement calme, mais malgré une multitude de supplications, et quelques paroles dures de la sœur, elle ne pouvait ou ne voulait pas utiliser le bassin hygiénique, préférant laisser la nature suivre son cours et laisser aux infirmières le soin de nettoyer.

Et ce matin, à son grand dépit, Millie avait reçu cette tâche particulière. En arrivant au travail, elle se sentait fragile, alors devoir nettoyer une patiente incontinente était la dernière chose dont elle avait besoin.

À cette simple pensée, son estomac recommença à s'agiter. Elle sentit sa coiffe glisser de sa tête quand elle se jeta au-dessus du drain et parvint juste à temps à l'attraper avant qu'elle atterrisse dans le trou.

— Tu sais que tu ne peux que t'en prendre à toi-même, résonna douloureusement la voix d'Helen dans ses oreilles. Tu ne serais pas dans cet état si tu n'étais pas restée dehors toute la nuit.

— Chut ! La sœur va t'entendre. Et je n'étais pas dehors toute la nuit de toute façon.

— À quelle heure es-tu rentrée ?

— Je ne sais pas… vers deux heures ?

— En fait, il était plus près de quatre heures.

— Vraiment ? Oh là.

Millie s'inclina et posa la tête contre le bord de l'évier, laissant la pierre fraîche calmer son front enfiévré.

— J'ai bien peur d'avoir perdu la notion du temps.

Elle avait perdu la notion de pas mal de choses, malheureusement. Incluant le nombre de martinis qu'elle avait pris.

— Je suis étonnée que tu ne te sois pas tuée en passant par la fenêtre. Tu ne devrais pas grimper par la gouttière dans cet état, c'est beaucoup trop dangereux.

— Ça va. Je l'ai fait un tas de fois.

— Il ne faut qu'une seule fois pour te briser le cou.

Heureuse que son estomac se calme enfin, Millie s'affaissa sur le plancher, s'appuyant contre le carrelage froid du mur, et entreprit de remettre sa coiffe en place.

— C'était la veille du Nouvel An, Tremayne. Ne me dis pas que tu n'as pas été tentée de sortir en douce pour célébrer ça avec ton Charlie ?

— Absolument pas.

Helen rougit à la mention du nom de son petit ami. Cela ne cessait d'épater Millie que la si parfaite infirmière Tremayne soit descendue de son piédestal suffisamment longtemps pour tomber amoureuse.

Et avec quelqu'un de si superbement inapproprié en plus. Charlie était tout à fait adorable, mais il était apprenti menuisier et son père gérait un étal de fruits et légumes. La mère d'Helen avait été absolument furieuse.

— J'ai étudié jusqu'à l'extinction des feux, puis je suis allée directement au lit, poursuivit sagement Helen.

— La veille du Nouvel An ?

— Je passe l'examen final de l'État cette année. Je dois étudier si je veux réussir.

— Mais c'est dans plusieurs mois !

— J'imagine que tu crois que je devrais tout faire à la dernière minute, comme toi ?

Millie lui sourit, la bouche remplie d'épingles à cheveux. Helen avait beaucoup changé depuis leur première rencontre, mais elle pouvait encore être un tel modèle de vertu parfois.

Comme si elle comprenait à quoi son amie pensait, Helen sourit à contrecœur.

— Alors, qu'as-tu fabriqué la nuit dernière ? demanda-t-elle. J'espère que cela valait l'agonie de ce matin ?

— Oh, tout à fait.

Millie sourit en y repensant. Son fiancé Seb et elle s'étaient rendus à l'hôtel Savoy avec leurs amis. Ils avaient siroté des martinis au bar Harry, puis dansé à la salle de bal sous un immense sablier suspendu au-dessus de leur tête. Quand les derniers grains de sable s'étaient écoulés, des trompettistes du régiment de cavalerie de la garde royale avaient joué avec enthousiasme. Puis, il y avait eu plus de cocktails, plus de danses et les heures avaient filé jusqu'à ce que Millie se retrouve dans un taxi avec Seb, en train de se dire au revoir passionnément devant le portail de l'hôpital.

Elle frissonna. Comment diable Hopkins, le brancardier en chef, ne l'avait pas vue lui échappait. C'était une véritable chance qu'elle ne soit pas encore en train de s'expliquer devant l'infirmière en chef ce matin.

— Nous avons eu tellement de plaisir, dit-elle à Helen. Et nous avons bu le plus merveilleux des nouveaux cocktails. Cela s'appelle un « Silent Third ». Je crois que c'est composé de jus de citron, de Cointreau et de scotch. As-tu déjà essayé ? Oh, tu le devrais, c'est merveilleux. Le prince de Galles ne boit que cela, à ce qu'on m'a dit...

— Le prince de Galles n'a pas à faire de lits et à s'occuper de patients dès sept heures, n'est-ce pas ?

Millie se releva avec difficulté. Sœur Hyde se tenait dans l'embrasure de la porte. C'était une personne imposante, grande et sèche dans son sévère uniforme gris. Ses cheveux étaient tirés vers l'arrière, sous sa coiffe amidonnée, son jovial nœud sous son menton était un saisissant contraste avec son visage décharné, gravé de lignes rigides qui attestaient la maîtrise de soi et la discipline.

— Peut-être que si vous consacriez autant de temps à votre carrière d'infirmière qu'à votre vie sociale, Benedict, vous ne seriez pas un tel boulet, dit-elle. Dois-je vous rappeler que Mrs Church requiert toujours votre attention ?

— Oui, sœur. Désolée, sœur.

— Ce n'est pas à moi que vous devriez vous excuser, Benedict. C'est à la pauvre Mrs Church.

— Elle n'a probablement même pas remarqué.

Millie ne prit conscience d'avoir marmonné les mots à voix haute que lorsqu'elle vit l'expression courroucée sur le visage de sœur Hyde.

— Voilà une raison de plus qui fait qu'elle a besoin que nous prenions soin d'elle ! dit-elle d'un ton brusque.

Ses yeux étaient aussi durs, gris et froids que du silex.

— Oui, sœur.

Millie baissa humblement les yeux vers ses chaussures, souhaitant que le sol s'ouvre.

— Eh bien, ne restez pas plantez là, ma fille. Pressez-vous !

Millie pouvait sentir le regard désapprobateur de sœur Hyde sur elle alors qu'elle rassemblait un savon, une brosse et un peigne, de l'alcool méthylé et du talc sur son chariot, puis remplissait une bassine au robinet d'eau chaude.

— Est-ce à la bonne température ?

— Oui, sœur.

— En êtes-vous certaine ? Vous ne devez pas ébouillanter la patiente.

— Non, sœur.

— Et ne laissez pas le savon dans l'eau pendant que vous la lavez comme vous avez fait hier, lui rappela sœur Hyde. C'est un gaspillage scandaleux.

— Non, sœur.

— Et pour l'amour du ciel, ma fille, essayez d'avoir l'air joyeuse !

Les derniers mots de sœur Hyde retentirent derrière elle.

Elle me déteste, pensa Millie en poussant son chariot vers la salle.

Sœur Hyde et elle étaient parties du mauvais pied l'année dernière quand Millie l'avait accidentellement trempée avec une solution de lavement au savon au cours de son examen de formation préliminaire. L'image de sœur Hyde se tenant immobile, sa coiffe flasque, de l'eau savonneuse goûtant au bout de son long nez hantait Millie depuis.

Et sœur Hyde ne l'avait de toute évidence pas oublié elle non plus, car elle ne ratait jamais une occasion de la faire souffrir. Millie avait redouté son affectation au service des maladies chroniques féminines.

Chaque jour, sœur Hyde la réprimandait pour quelque chose. Elle était beaucoup plus dure avec Millie qu'avec n'importe laquelle des autres infirmières.

— Il devrait vous falloir moins de trois minutes pour faire un lit vide, infirmière, disait-elle, se tenant derrière elle, montre en main. Pourquoi secouez-vous ces draps ? Pour l'amour de Dieu, ma fille, vous ne sortez pas les drapeaux.

Elle suivait Millie quand elle faisait le nettoyage, faisant courir son doigt sur le dessus des casiers et autour des baignoires, jusqu'à ce qu'elle trouve quelque chose à se plaindre.

Millie essayait de demeurer joyeuse et de voir le bon dans tout et tout le monde, mais elle commençait à croire qu'il n'y en avait pas en sœur Hyde.

La salle des maladies chroniques féminines, comme la plupart des autres services de l'hôpital Nightingale, était aussi caverneuse qu'une cathédrale, avec vingt lits disposés le long des côtés les plus longs, chacun séparé par un casier au dessus carrelé. Au centre de la salle se dressaient le bureau de la sœur et un âtre, lequel crépitait d'un feu rugissant durant les mois d'hiver. De grandes fenêtres offraient une vue sur la cour, avec ses groupes de platanes au milieu où des patients s'asseyaient parfois quand ils se sentaient suffisamment bien.

Mais aucune des patientes du service des maladies chroniques féminines ne s'aventurait jamais dans la cour. Quelques-unes parvenaient à admirer la vue par les fenêtres. Elles étaient venues au Nightingale non pas pour guérir, mais pour mourir.

Une raison supplémentaire pour laquelle Millie avait redouté son stage ici. Les femmes au service des maladies chroniques féminines étaient si tristes. Beaucoup d'entre elles avaient été abandonnées par leur famille, laissées pour mourir seule et être oubliées. Quelques-unes avaient été envoyées par les hospices. Aucun visiteur ne venait dans ce service apporter des fleurs, des rires ou de la bonne humeur.

Bien que cela importait peu. La plupart des patientes étaient trop vieilles, malades ou gâteuses pour savoir où elles se trouvaient. Elles faisaient du tapage et criaient, secouaient les barreaux de leur lit et s'en prenaient aux infirmières. Ou elles se parlaient à elles-mêmes, soutenaient des conversations avec des amis ou des membres de la famille invisibles. Et il y avait celles qui restaient allongées à fixer le plafond, leur visage dénué d'espoir. Elles étaient celles qui déchiraient le plus le cœur de Millie.

Peut-être était-ce la raison pour laquelle sœur Hyde était si amère et de mauvaise humeur tout le temps, pensa-t-elle. Elle serait probablement ainsi elle-même si elle avait passé les trente dernières années dans un endroit aussi déprimant.

Mrs Church lui fit un grand sourire édenté à travers les barreaux de son lit quand Millie poussa son chariot à travers les cloisons. Elle n'était pas plus grosse qu'une enfant. Sa peau nacrée s'étirait sur les os de son visage, lequel était entouré d'un halo d'une duveteuse chevelure blanche éparse. Elle ne semblait pas remarquer le dégât nauséabond qui tachait ses mains ridées et sa chemise de nuit blanche. Au contraire, elle paraissait s'en réjouir, au plus grand effroi des infirmières. Bessie Gâchis avait assurément mérité son surnom.

L'estomac de Millie se révulsa violemment quand la puanteur l'atteignit, mais elle la combattit, se forçant à sourire en baissant le côté du lit.

— Allons, Mrs Church, nous allons vous nettoyer, d'accord ? s'encouragea-t-elle en tirant sur ses gants de caoutchouc.

— Non !

Bessie Church se raidit et agrippa les couvertures et les tira jusqu'à son menton, les yeux arrondis de terreur.

Millie grimaça en voyant les empreintes de mains maculant les couvertures.

— Voyons, vous ne pouvez pas rester ainsi, n'est-ce pas ? incita-t-elle. Vous vous sentirez beaucoup mieux quand vous serez propre.

Mais Bessie Church s'accrocha, les ongles entourés de crasse.

— Nooon !

Un étrange gémissement de peur sortit du trou béant sans dent de sa bouche.

— Pour l'amour du ciel, pouvez-vous, je vous en prie, faire taire cette femme ?

La voix de Maud Mortimer s'éleva impérieusement de l'autre côté de la salle. C'était une grande dame de plus de soixante-dix ans et l'une des rares patientes du service dont toutes les facultés mentales étaient intactes. Seulement, son corps l'avait laissé tomber ; elle était confinée dans son lit, souffrant d'une atrophie musculaire progressive. Mais il semblait qu'elle avait décidé de consacrer le temps qu'il lui restait sur terre à rendre tout le monde aussi misérable qu'elle le pouvait.

Millie entendit l'infirmière-chef adjointe Willis s'approcher du lit de Mrs Mortimer. C'était une femme à la voix douce, et Millie put à peine distinguer ses chuchotements. Mais elle entendit distinctement la retentissante réponse de Mrs Mortimer.

— Que voulez-vous dire, que je dérange les patientes ? Dieu du ciel, femme stupide, n'avez-vous pas entendu l'épouvantable vacarme ? Je n'ai aucune idée de ce que cette idiote d'infirmière fait derrière cette cloison, mais j'espère sincèrement qu'elle abrège les souffrances de cette femme avec un fusil à éléphants !

Puis suivirent d'autres chuchotements de l'infirmière-chef adjointe Willis, puis Mrs Mortimer lança avec indignation :

— Je penserai aux autres patientes quand elles penseront à moi. Bonté divine, on ne peut même pas mourir en paix.

Millie ne put s'empêcher de sourire. Maud Mortimer lui rappelait sa propre grand-mère, la redoutable comtesse douairière de Rettingham, une femme si convaincue de la justesse de ses opinions qu'elle ne voyait aucun besoin d'écouter celles des autres.

Mais alors, Millie se retourna et vit ce que Bessie Church venait de faire et son sourire disparut.

— Oh, non ! Regardez-moi !

Elle baissa les yeux d'effroi vers son tablier. Elle avait été si occupée à écouter Maud Mortimer qu'elle n'avait pas remarqué que Bessie Gâchis avait lâché son emprise sur ses couvertures et tripotait maintenant Millie.

Bessie Church applaudit et lui rendit crânement son regard. Millie saisit sa chance et enleva les couvertures. Le rire conquérant de Bessie se transforma en un cri d'indignation. Elle tenta d'attraper les couvertures et comme cela ne fonctionnait pas, elle attrapa Millie à la place.

— Aïe ! Lâchez-moi !

Pour une si petite femme, Mrs Church était étonnamment forte. Ses griffes sales agrippèrent une pleine poignée des cheveux de Millie qui dépassait de sa coiffe, la déséquilibrant et la faisant tanguer tête première vers le lit.

— Que diable se passe-t-il ici ?

Sœur Hyde repoussa la cloison. Millie se dégagea et tenta de s'extirper du lit et de redresser sa coiffe. Elle n'osa pas baisser les yeux vers elle, mais elle savait qu'elle était presque aussi sale que Bessie.

Le regard de sœur Hyde la balaya de bas en haut.

— Allez vous changer, Benedict, dit-elle à travers de minces lèvres, presque immobiles. Je vais trouver quelqu'un de compétent pour nettoyer Mrs Church.

Millie s'éclipsa, consciente que toutes les autres infirmières l'observaient avec amusement alors qu'elle traversait la salle. Même celles à l'essai, celles encore plus bas que le bas de l'échelle, celles qui passaient tout leur temps les mains enfouies jusqu'aux coudes dans les bassins hygiéniques, souriaient.

Quand elle arriva à la salle de soins, elle comprit pourquoi. Elle enleva sa coiffe et son tablier avec dégoût.

Tout à coup, ses cocktails au Savoy semblaient remonter à une éternité.

CHAPITRE 4

La visite hebdomadaire de Mr Cooper, le médecin en chef, rendait toujours sœur Wren nerveuse. Elle n'était pas inquiète qu'il trouve des failles sur la manière dont les patientes en gynécologie étaient traitées ; son service était trop bien dirigé pour ça. C'était davantage une nervosité agitée, comme celle que les filles des romans d'amour ressentaient chaque fois qu'elles posaient les yeux sur leur amoureux.

Oui, elle l'aimait, même si elle ne pouvait que le murmurer dans son cœur. Elle aimait tout de lui. Sa voix, si profonde et excitante. La manière dont un coin de sa bouche se courbait vers le haut quand il souriait. Ses captivants yeux bleus et le lustre de ses cheveux noirs soyeux. Ses adroites mains de chirurgien qui détenaient le don de la vie. Comme la vue de ses longs et délicats doigts l'hypnotisait. Parfois, elle devait se forcer à ne pas les fixer, les imaginant en train de caresser son visage ou de déboutonner sa blouse…

Mais comme les filles des romans d'amour, sœur Wren savait que son amour était voué à l'échec. James Cooper était marié. Et même si elle doutait sérieusement qu'il soit heureux, marié à une femme qui s'habillait comme une bohémienne, boudant ses responsabilités publiques et qui, pire que tout, était française, elle savait aussi qu'il était trop honorable pour faire quoi que ce soit qui pourrait souiller sa réputation ou la sienne.

Elle se secoua mentalement tout en gonflant ses boucles brun cendré devant le miroir de son salon. Il était marié, se rappela-t-elle fermement. Et peu importe à quel point elle — et lui aussi, pour ce qu'elle en savait — se lamentait sur la situation, elle devait être réaliste.

Parce que sœur Wren avait des besoins. Et comme ces besoins ne pourraient jamais être satisfaits par l'homme qu'elle aimait, à moins qu'un terrible accident survienne à Mrs Cooper, elle devait trouver quelqu'un d'autre.

Elle jeta un coup d'œil vers l'édition du matin du *Times* jeté sur le bras de son fauteuil, ouvert à la page des annonces personnelles. Là, parmi les naissances, les mariages et les appels aux personnes disparues à se manifester afin « d'apprendre une nouvelle avantageuse », se trouvaient les annonces des cœurs solitaires.

Sœur Wren les parcourait chaque matin quand la domestique lui apportait son petit déjeuner, encerclant les candidats potentiels. Puis, en prenant son repas du midi dans son salon, elle écrivait des lettres postées discrètement au pavillon des brancardiers l'après-midi même.

C'était plutôt décourageant, car la plupart de ses missives demeuraient sans réponse. Mais de temps à autre, elle se retrouvait à prendre le thé avec un gentleman. Malheureusement, ceux qu'elle rencontrait avaient rarement une quelconque ressemblance avec James Cooper.

Il y eut un léger cognement à sa porte.

— Entrez, dit sœur Wren, dissimulant le journal derrière un coussin.

La porte s'ouvrit à peine et Ann Cuthbert, son adjointe, regarda par l'entrebâillement.

— Désolée de vous déranger, sœur, mais on vient d'appeler pour dire que la nouvelle patiente arrive.

Sœur Wren soupira d'agacement. Elle détestait quand de nouvelles patientes arrivaient le jour de la visite du médecin en chef. Il fallait un long moment pour les installer, et son service avait l'air d'être en désordre. Elles devaient être lavées et préparées, il y avait des dossiers à compléter et habituellement l'une ou l'autre de ses femmes fouineuses dans un lit voisin voulait bavarder, ajoutant au désordre général.

— Merci, Cuthbert. Je suis à vous sous peu.

Dès que l'infirmière fut partie, sœur Wren remit sa coiffe sur sa tête et attacha la boucle sous son menton, faisant attention à ne pas ébouriffer ses boucles habilement gonflées. Elle ajouta une petite touche de rouge pour colorer ses joues pâles et mit un peu de rouge à lèvres rose, même si le maquillage était interdit dans les services ; elle ne pouvait pas se permettre de rencontrer Mr Cooper sans être à son mieux. Puis, elle sortit de son salon et entra dans la salle attenante, pour voir laquelle de ses infirmières méritait une réprimande sévère.

C'était plutôt contrariant, car elles semblaient avoir travaillé dur durant son absence. La salle était balayée, époussetée et récurée, les planchers brillaient et un arôme satisfaisant de phénol flottait dans l'air. Même les feuilles de son précieux aspidistra luisaient comme du cuir poli. Les lits étaient convenablement faits et toutes les patientes étaient assises bien droites, les cheveux brossés et portant des chemises de nuit fraîches en l'honneur de la visite du médecin en chef.

Toutes les élèves infirmières cessèrent ce qu'elles faisaient et la regardèrent impatiemment, attendant son hochement de tête d'approbation. Toutes sauf une.

Doyle bavardait encore avec une patiente. Sœur Wren sentit ses poils se hérisser en les regardant rire ensemble. N'avait-elle pas prévenu ses infirmières de ne pas être trop familières avec les patientes ? La plupart d'entre elles étaient de vulgaires femmes de l'East End avec des manières grossières et des voix bruyantes, pas le genre de femme que de convenables jeunes filles devraient fréquenter. Elle frémissait parfois de les voir dans leur chemise de nuit élimée, se criant d'un bout à l'autre du service comme si elles se trouvaient au marché de Petticoat Lane et non à l'hôpital. Et quant à leurs plaisanteries... aucune femme respectable ne devrait avoir à écouter certaines des choses qu'elles disaient.

Et malgré tout, Doyle était là en train de rire avec l'une d'entre elles. Et encore pire, il s'agissait de cette horrible Mrs Patterson, une femme de marchand de fruits et légumes de Haggerston, laquelle avait été admise pour un prolapsus. Ce qui n'était pas surprenant, pensa sœur Wren, puisqu'elle avait donné naissance à une flopée d'enfants. Ils envahissaient l'hôpital pour la voir chaque dimanche, et il fallait tous les efforts de sœur Wren pour les empêcher d'entrer tous en même temps. Encore et encore, elle prenait la peine d'expliquer que seulement deux visiteurs à la fois étaient permis, mais cela n'avait pas été bien assimilé. Ils restaient sur le seuil, sanglotant et gémissant et laissant des empreintes collantes et sales sur la porte en verre.

Mrs Patterson était l'une des patientes que sœur Wren aimait le moins. Et le sentiment était partagé ; elle avait surpris la patiente dire à son mari que la sœur du service était une « vraie vache prétentieuse ».

Sœur Wren se précipita vers elles.

— Doyle, je croyais vous avoir dit de nettoyer les salles de bain ?

Elle était habituée d'avoir immédiatement l'attention des étudiantes dès qu'elle leur parlait. Mais Doyle lui fit face avec un calme presque insolent.

— Je les ai terminées il y a une heure, sœur. J'ai fait tout ce qui se trouvait sur la liste que vous m'avez donnée.

Elle avait une manière rustre de parler qui faisait grimacer sœur Wren. Les filles communes comme Doyle ne devraient pas avoir le droit d'obtenir une formation d'infirmière. Seules des femmes respectables et bien élevées comme elle-même devraient être considérées pour une carrière dans une profession aussi obligeante.

— Alors, pourquoi n'avez-vous pas demandé d'autres tâches ?

— Je l'ai fait, sœur. Mais l'infirmière-chef adjointe Cuthbert m'a dit que je pourrais aller manger quand vous reviendriez. J'aurais dû partir il y a une heure.

Les yeux de sœur Wren se plissèrent.

— Est-ce que vous vous plaignez, Doyle ?

— Non, sœur.

Son visage couvert de taches de rousseur et ses yeux verts troubles ne révélaient rien. Mais il y avait quelque chose dans la manière dont elle faisait face à sœur Wren qui lui faisait penser que Doyle ne la craignait pas autant qu'elle l'aurait dû.

— C'est ma faute, sœur, interrompit Mrs Patterson. J'étais un peu démoralisée d'être loin des enfants, alors j'ai demandé à l'infirmière Doyle de me tenir compagnie. J'espère que je ne lui ai pas causé d'ennui ?

Son regard anxieux passa de l'une à l'autre.

Sœur Wren l'ignora, les yeux fixés sur Dora.

— Êtes-vous certaine que vous n'avez aucune plainte sur la manière dont je dirige mon service ? Parce que je suis certaine que l'infirmière en chef serait heureuse d'en discuter avec vous.

Allez-y, l'exhorta en silence sœur Wren. *Répondez-moi, si vous osez.* Tout ce dont elle avait besoin était un seul mot, un regard de travers, et elle pourrait envoyer Doyle directement voir l'infirmière en chef.

Doyle semblait être le genre qui pouvait sortir de ses gonds avec cette mâchoire carrée obstinée et ses cheveux rouges enflammés. Le genre commun et sans éducation comme elle était notoirement incapable de garder leur sang-froid.

Mais elle y parvint.

— Non, sœur, dit-elle.

Sœur Wren aurait aimé essayer de la provoquer davantage, mais elles furent distraites par l'arrivée de la nouvelle patiente. Sœur Wren s'occupa de superviser le brancardier et s'assura que la femme, du nom de Mrs Venables, était bien installée. Au moins, elle paraissait une classe au-dessus de la populace que formaient leurs patientes habituelles, pensa sœur Wren. Elle s'exprimait bien et sa valise était faite d'un cuir de bonne qualité.

— Dois-je demander à Ennis de la laver et de la préparer ? demanda l'infirmière-chef adjointe Cuthbert.

Sœur Wren réfléchit à la question pendant un moment.

— Non, demandez à Doyle de s'en occuper, dit-elle enfin.

Cuthbert fronça les sourcils en signe de confusion.

— Mais Doyle est la seule à ne pas encore être allée manger. Si elle n'y va pas bientôt, elle va rater…

— Qui dirige ce service, vous ou moi ? l'interrompit sœur Wren.

— Vous, bien sûr, mais…

— Et je dis que Doyle doit préparer Mrs Venables. Si elle manque son repas, c'est ainsi. Une bonne infirmière doit placer ses patients avant tout, dit sœur Wren avec dévotion.

— Oui, sœur.

Cuthbert inclina la tête en signe d'approbation et partit livrer la mauvaise nouvelle à Doyle. Elle paraissait si sombre, observa sœur Wren, qu'on aurait cru qu'elle était celle qui allait devoir manquer son repas.

Mrs Venables était une très gentille dame et elle fut désolée quand elle découvrit qu'elle empêchait Dora d'aller manger.

— Oh, ce n'est pas bien du tout, n'est-ce pas ? dit-elle en exprimant sa désapprobation. C'est tellement dommage. Pourquoi l'une des autres infirmières ne peut-elle pas le faire ?

Parce que la sœur n'a pas pris en grippe les autres infirmières comme moi, pensa Dora.

Mais comme pleurnicher aux patientes ne se faisait simplement pas, elle sourit et expliqua :

— Cela ne me dérange vraiment pas. Maintenant, enfilons votre chemise de nuit, d'accord ? Ensuite, vous serez prête à rencontrer notre médecin en chef, Mr Cooper. Vous devez être à votre avantage pour lui.

Elle se sentit étourdie en attachant les rubans de la chemise de nuit de Mrs Venables. Non seulement elle n'avait pas mangé, mais elle ne s'était pas assise depuis qu'elle était arrivée pour travailler à sept heures. Mais elle n'osa pas se plaindre à sœur Wren. Les étudiantes avaient peut-être le droit à trois pauses régulières durant leur quart de travail, mais si la sœur du service oubliait ou qu'elles étaient trop occupées, alors elles ne les prenaient pas.

Ce qui aurait été juste si elles avaient été réellement occupées. Mais toutes les autres élèves avaient reçu la permission d'aller manger à l'exception de Dora.

Elle savait pour avoir parlé avec les autres infirmières que sœur Wren pouvait être très rancunière si elle n'aimait pas quelqu'un, que ce soit une patiente ou une étudiante. Mais pourquoi elle s'en prenait à elle, Dora n'en avait pas la moindre idée. Elle essayait de faire de son mieux, faisait tout ce qu'on lui demandait sans se plaindre, même si elle savait très bien qu'on lui donnait toutes les tâches les plus ignobles. Mais rien de ce qu'elle faisait ne plaisait à sœur Wren.

Et il n'y avait pas que sœur Wren qui avait décidé de rendre sa vie misérable. Son ancienne voisine Lettie Pike était préposée au ménage du service, et depuis que Dora était arrivée, elle n'avait manqué aucune occasion de passer des commentaires sournois sur la famille Doyle.

— Comment va ta mère ?

Elle rejoignit Dora alors qu'elle poussait son chariot vers la salle de soins. Son étroit visage pincé était un masque d'inquiétude affectée.

— Je l'ai vu l'autre jour, mais je l'ai à peine reconnue. Elle était aussi blanche qu'un fantôme. Et si maigre ! Mais ce n'est pas étonnant avec tous les soucis qu'elle a. J'ai encore vu le collecteur de loyer frapper hier. C'est la troisième fois qu'il vient cette semaine pour avoir son argent. Et Rose a toujours été une payeuse si régulière.

Elle secoua tristement la tête, mais sa prétendue inquiétude ne trompa pas du tout Dora. Lettie en avait âprement voulu au revers de fortune de Rose quand elle avait épousé Alf Doyle, et maintenant, Dora savait qu'elle se frottait les mains de joie des moments difficiles de sa voisine.

— Tant qu'il ne frappe pas à ta porte, tu n'as rien à craindre, n'est-ce pas ? répliqua-t-elle vivement.

— Pas besoin de prendre ce ton avec moi.

Les petits yeux perçants de Lettie devinrent froids.

— Si tu ne veux pas que je démontre un peu d'inquiétude de bon voisinage, alors je ne m'en mêlerai pas.

— Si par là tu veux dire mettre ton nez où il n'a rien à faire, alors non, je ne veux pas que tu t'en mêles.

Dora poussa la porte de la salle de soins avec son chariot, l'ouvrit et la laissa se refermer au visage de Lettie.

Quand elles servirent le repas aux patientes, l'estomac de Dora grogna en signe de protestation. Elle avait si faim que l'odeur de morue cuite et de purée de pommes de terre la rendit presque malade.

— Tenez, prenez mon assiette. Je n'ai pas tellement faim, offrit Mrs Venables en poussant son assiette vers elle.

— Je ne peux pas.

Dora la regarda avec envie, sa bouche salivant déjà.

— Nous n'avons pas le droit de manger dans les services.

— Mais vous devez être affamée. Vous allez vous évanouir si vous ne mangez pas quelque chose.

— Ça ira. Puis-je vous apporter une tasse de thé pour accompagner votre repas ?

Mais lorsque plus tard elle se trouvait dans la cuisine, jetant les restants dans la poubelle destinée aux cochons, Dora se sentit défaillir de faim. C'était si mal de jeter de la nourriture alors qu'elle était presque qu'intacte. Et pourquoi les cochons auraient-ils le droit de manger alors qu'elle ne le pouvait pas ?

Elle leva une assiette jusqu'à son visage, laissant l'arôme flotter jusqu'à ses narines. Même l'odeur de nourriture faisait tourner sa tête.

Ses yeux se fixèrent vers la porte de la cuisine. Sûrement que personne ne remarquerait si elle se prenait un petit morceau de morue froide ?

Elle venait à peine de l'enfouir dans sa bouche quand la porte de la cuisine s'ouvrit et que Lettie Pike entra.

— Regarde-toi, manger les restes des assiettes des patientes, dit-elle en secouant la tête. Tu sais que c'est interdit, n'est-ce pas ? Qu'est-ce que la sœur dirait à propos de ça ? Je me le demande.

— Je suppose que tu vas le découvrir, non ?

Dora prit un autre morceau de poisson dans l'assiette. Lettie allait de toute façon cafarder, tant qu'à se faire prendre pour un œuf autant voler un bœuf.

Mais Lettie n'eut pas la chance de dire quoi que ce soit. Sœur Wren disparut encore dans son salon après le repas, afin de se préparer à l'arrivée de Mr Cooper. Pendant ce temps, Dora et les autres infirmières mirent des coiffes et des tabliers propres et parcoururent rapidement la salle, s'assurant que tout était en ordre pour la visite du grand homme.

Malgré sa rapide récolte dans la cuisine, Dora se sentait encore étourdie lorsqu'elle rejoignit la file qui attendait à l'extérieur de la salle pour accueillir Mr Cooper et son cortège de sarraus blancs constitué d'étudiants en médecine, de résidents et d'internes. L'un d'eux, le docteur Tremayne, la salua rapidement d'un hochement de tête. C'était le frère aîné d'Helen, sa compagne de chambre. Il avait aussi eu un bref flirt avec leur autre amie, Millie Benedict, avant que celle-ci se fiance.

— Bonjour, sœur.

Mr Cooper fit à peine attention aux autres infirmières qui attendaient en une belle file derrière elle. Telle était leur modeste place dans la vie, pensa Dora. Elle avait déjà appris qu'émettre le moindre son devant un médecin, bouger ou même croiser son regard était interdit.

— Bonjour, Mr Cooper.

Toute trace de rudesse était disparue des manières de sœur Wren, remplacée par une minauderie de petite fille à peine reconnaissable.

— Les patientes sont prêtes pour vous, si vous voulez bien venir de ce côté.

Dora demeura au bout de la file alors qu'ils passaient de lit en lit. Il semblait falloir tellement de temps à Mr Cooper pour lire chaque dossier et parler à chaque patiente, puis questionner ses étudiants du meilleur traitement pour chacune. Dora se balança d'un pied à l'autre, essayant d'empêcher ses genoux de céder. Elle sentait des perles de sueur couler de sous sa coiffe.

— Et qu'est-ce que cela vous indiquerait si la patiente présentait une rigidité, une pyrexie et de graves maux de tête ? demanda Mr Cooper à ses étudiants, lesquels l'observaient le regard vide.

— Méningite ? s'aventura l'un d'eux.

— Possible, mais peu probable, puisque nous sommes dans le service gynécologique.

Mr Cooper démontra sa désapprobation avec impatience, son regard balayant le groupe d'étudiants.

— Allons, sûrement que l'un d'entre vous a ouvert un manuel à un moment ou un autre ?

Ses yeux longèrent la file, et pour une raison quelconque, il aperçut Dora. Elle vit le froncement qui rapprocha ses sourcils bruns l'un de l'autre.

— Infirmière ? Est-ce que vous allez bien ?

Elle sursauta devant cette attention inattendue.

— O-oui, monsieur.

— En êtes-vous certaine ? Vous semblez très…

Tout le monde se retourna pour la regarder, leurs visages se brouillant devant ses yeux. Elle n'entendit pas le reste de la phrase, car ses genoux cédèrent. La dernière chose qu'elle vit fut le docteur Tremayne qui s'avançait pour l'attraper alors qu'elle s'effondrait au sol.

Elle se réveilla brusquement à l'odeur mordante des sels qui flottaient sous son nez et se retrouva à regarder dans les yeux bleu profond de Mr Cooper.

— Vous êtes de retour, dit-il en souriant. Vous nous avez bien fait peur, infirmière.

— O-où suis-je ?

Dora regarda autour d'elle, ses sens remettant peu à peu le monde au point. Les oreillers fortement amidonnés qui craquaient sous sa tête, l'odeur de désinfectant, la vue de sœur Wren qui la fusillait du regard… Elle essaya de s'asseoir, mais les mains de Mr Cooper se fermèrent sur ses épaules, la repoussant contre les oreillers.

— Non, vous ne pouvez pas vous lever pour encore un moment, dit-il. J'ai envoyé la domestique chercher du thé chaud sucré. Vous devez demeurer assise et le boire avant de même penser à bouger. Et ensuite, je veux que vous retourniez à votre chambre pour vous allonger pendant le reste de l'après-midi.

Dora aperçut le visage furieux de sœur Wren derrière lui. Si cela avait été n'importe qui d'autre qu'un médecin, elle aurait tiré elle-même Dora du lit et l'aurait forcée à nettoyer des bassins hygiéniques pour le reste de la journée comme punition. Mais comme il s'agissait de Mr Cooper, tout ce qu'elle pouvait faire était de sourire et de hocher la tête. Seule Dora put voir la frustration amère sur sa bouche mince et ses yeux plissés.

— Merci, monsieur, murmura-t-elle.

— Ce n'est rien, infirmière.

Puis il s'adressa à ses étudiants.

— Nous devons autant prendre soin des infirmières que de nos patients, car sans elles, nous les médecins ne pouvons rien faire.

Il fit un dernier hochement de tête vers Dora, puis se glissa vers le prochain lit. Elle clignait encore des yeux d'incrédulité sur ce qui venait de se passer quand sœur Wren apparut à son chevet.

— Et quand vous aurez terminé de vous reposer pendant que tout le monde fait votre part de travail, je veux que vous alliez voir l'infirmière en chef, siffla-t-elle. Lettie m'a raconté que vous preniez de la nourriture dans la cuisine. Peut-être aimeriez-vous expliquer la raison pour laquelle vous vous sentez au-dessus des règles ?

CHAPITRE 5

Cela avait été une nuit longue et difficile. Elles avaient perdu deux patients, l'un au service des maladies chroniques féminines et un autre décès particulièrement triste au service chirurgical pour hommes. Un patient atteint d'un cancer, pas même encore âgé de 30 ans, avec trois enfants et sa femme enceinte d'un quatrième. La jeune infirmière responsable du service n'avait pas encore appris comment ne pas avoir le cœur brisé pour chaque patient, alors Violet avaient dû tenter de sécher ses larmes ainsi qu'informer le responsable de l'état civil et s'assurer que les derniers soins étaient administrés.

— Mais ce n'est pas juste… Il était si jeune, sanglota la jeune infirmière alors qu'elles lavaient doucement le visage de l'homme et peignaient ses cheveux.

— Il souffrait beaucoup. Au moins, ses souffrances sont maintenant terminées, répondit Violet.

Si vous voulez pleurer pour quelqu'un, faites-le pour sa femme, ajouta-t-elle silencieusement. Les soucis du jeune homme étaient peut-être terminés, mais avec trois bouches à nourrir et un bébé en chemin, les siens ne faisaient que commencer.

Il était près de vingt heures quand elle atteignit son logement à Shadwell. Le ciel de janvier était encore d'un terne gris foncé et un brouillard humide roulait au-dessus du fleuve, couvrant le pavé des ruelles. Violet enroula son écharpe autour de sa bouche afin d'empêcher le goût métallique d'entrer et de ne pas respirer l'odeur humide et avariée du fleuve à marée basse, visible entre les quais et les entrepôts victoriens imminents.

Elle louait une chambre au dernier étage d'un grand immeuble. Une vieille odeur de choux trop cuits se mélangeant à celle plus aigre d'urine de chats l'accueillit quand elle poussa la porte et entra dans un couloir étroit. Des profondeurs de la maison lui parvinrent les pleurs d'un bébé.

Tout en montant l'escalier, Violet fut saisie par le pressentiment familier qui durait jusqu'à ce qu'elle ouvre la porte de sa chambre et voit son garçon.

Il était assis les jambes croisées dans le vieux fauteuil, étudiant son livre, les sourcils froncés. Un édredon entourait ses frêles épaules.

Le voir ainsi, les yeux plissés, la bouche pincée en signe de concentration, lui rappela si fortement son père qu'elle sentit son cœur se serrer dans sa gorge.

— Bonjour, mon chéri. Déjà habillé et prêt à ce que je vois. Quel bon garçon tu es !

Violet sourit gaiement en retirant ses gants.

— As-tu bien dormi, mon cœur ? Pas de cauchemars ?

Il secoua la tête.

— Mais je me suis réveillé souvent à cause du froid.

— C'est assez frisquet n'est-ce pas ?

Violet frissonna. Elle jeta un coup d'œil vers la grille vide noircie. Toujours pas de charbon, malgré toutes ses supplications et menaces à la propriétaire.

— Ne t'inquiète pas, je parlerai de nouveau à Mrs Bainbridge.

Elle s'inclina et embrassa le sommet de la tête aux cheveux foncés de son enfant. Il s'esquiva, tel un garçon de sept ans qui ne voulait pas être traité comme un bébé.

— Je nous fais un petit déjeuner ?

Elle entra dans la minuscule cuisine attenante à leur chambre. L'endroit était à peine plus grand qu'un placard, avec juste suffisamment d'espace pour un évier et une ancienne cuisinière à gaz, séparé de leur chambre par un mince rideau délavé. La condensation sur la mince fenêtre au-dessus de l'évier s'était transformée en glace et le rebord était taché de moisissures noires. Violet le toucha du bout du doigt et fronça les sourcils. Ce n'était pas bon pour Oliver. Sa respiration était déjà laborieuse et inquiétante. La dernière chose dont ils avaient besoin était une infection pulmonaire aussi mauvaise que celle de l'an dernier.

Elle regarda par la fenêtre crasseuse au-dessus des toits noircis. Comment en étaient-ils arrivés là ? se demanda-t-elle. Elle avait choisi ce logement parce qu'il était bon marché, suffisamment loin du

Nightingale afin de ne pas être aperçue et que la propriétaire n'avait pas trop posé de questions. Mais ce n'était pas suffisamment bien. Oliver méritait une véritable maison, un endroit avec un jardin où il pourrait courir et jouer. Ce n'était pas une vie pour un enfant de rester enfermé dans une minuscule chambre.

Et ce n'était pas une vie pour elle non plus. Alors qu'elle sillonnait les couloirs de l'hôpital chaque nuit, son esprit était tourmenté par la peur qu'il se réveille, affolé et seul, attendant sa mère. Ou pire, que quelque chose d'horrible lui arrive alors qu'elle n'était pas là pour veiller sur lui.

Elle prépara des minces tranches de pain et les beurra, et ils discutèrent tout en mangeant.

— As-tu vu des gens morts ? demanda Oliver, la bouche pleine, ses yeux foncés pétillants.

Violet pensa au pauvre homme du service chirurgical.

— Dieu, quelle question !

Elle tendit la main et repoussa une mèche de cheveux des yeux de son fils.

— C'est beaucoup mieux de penser à tous les gens qui guérissent dans un hôpital, tu ne trouves pas ?

Oliver réfléchit à la question pendant un moment tout en mastiquant.

— Je préfère penser aux gens morts, dit-il. Est-ce que les gens sont très effrayants quand ils sont morts, maman ?

— Pas du tout, répondit Violet. Ils ressemblent simplement à des gens. Des gens qui dorment, je suppose.

— Je veux travailler dans un hôpital quand je serai grand.

Violet lui sourit au-dessus de sa tasse.

— Comme maman, tu veux dire ?

— Non, je vais être médecin comme papa. C'était un bon médecin, n'est-ce pas ?

Il lui fallut moins d'une seconde pour reprendre contenance.

— Oui, chéri, il l'était. Un très bon médecin.

— Est-ce qu'il a sauvé des vies ?

— La vie de beaucoup de gens.

Elle consulta sa montre.

— Maintenant, dépêche-toi et termine ton petit déjeuner. Nous allons devoir nous presser si nous ne voulons pas être en retard à l'école.

Elle emmitoufla Oliver d'autant de couches de chandails, de manteaux, d'écharpes et de gants qu'elle pût trouver. Juste avant qu'il parte, elle sortit sa bague de sa poche et la glissa sur le troisième doigt de sa main gauche, puis enfila ses propres gants.

Mrs Bainbridge devait les avoir guettés, parce qu'elle les attendait dans le couloir quand ils arrivèrent au rez-de-chaussée. Un maigre chat roux avec un seul œil s'insinua entre ses jambes.

— Vous me devez votre loyer.

Elle tendit une main calleuse pour l'argent.

— Je vais le prendre maintenant, si cela ne vous dérange pas.

Violet la regarda avec dédain, examinant son tablier taché sous son cardigan rabougri et la cigarette qui pendouillait de ses lèvres minces.

— Le foyer dans ma chambre n'a pas été allumé, dit-elle. Je vous ai dit que mon fils était fragile des poumons. La chambre doit rester chaude et bien ventilée. Vous aviez dit que vous seriez en mesure d'allumer le feu quand je n'étais pas ici. Je vous ai payé un supplément pour le faire.

— Je le fais chaque soir avant de me mettre au lit.

— Alors pourquoi la chambre est-elle glaciale chaque matin ?

— Est-ce que vous me traitez de menteuse ?

Mrs Bainbridge avait les yeux exorbités d'indignation.

— Je dis que je veux que vous honoriez notre accord.

— Si cela ne vous plaît pas, vous pouvez toujours trouver un autre endroit pour vivre. Même si je ne sais pas s'il y a beaucoup d'endroits respectables qui prendraient une femme seule avec son enfant.

Elle jeta un bref regard entendu vers Violet.

— Comme je vous ai expliqué, je suis veuve.

— Bien sûr, ma chère.

Mrs Bainbridge sourit méchamment, montrant une bouche pleine de chicots bruns.

— Et moi, je suis Mae West.

Elle tendit davantage sa main. Violet sortit son sac à main, sortit quelques pièces de monnaie et les lui remit.

Mme Bainbridge examina l'argent, puis leva les yeux vivement.

— Qu'est-ce que c'est que ça ? Il me manque 10 shillings.

— Je vous donnerai ce qu'il manque quand il y aura un feu décent dans ma chambre. Et quand vous cesserez de voler mon charbon, ajouta Violet.

Une rougeur envahit le visage de Mrs Bainbridge.

— Je ne comprends pas pourquoi elle est aussi prétentieuse, l'entendit marmonner sombrement Violet au chat alors qu'elle rebroussait chemin en traînant les pieds dans le couloir. Une veuve ! Il faut plus qu'une bague d'occasion bon marché pour m'embobiner. Je reconnais une dévergondée quand j'en vois une.

Ils marchèrent d'un bon pas vers l'école, essayant de se réchauffer. Le brouillard s'était levé, mais leur souffle restait suspendu dans l'air glacial.

Violet avait agrippé la main d'Oliver, ne le libérant que lorsqu'ils furent en sécurité devant le portail de l'école.

— Maintenant, n'oublie pas, le prévint-elle, attends-moi à la porte. Ne sors pas du portail et ne parle à personne. Tu as compris ?

— Pourquoi ne puis-je pas retourner à la maison avec les autres garçons ? protesta-t-il.

— Je te l'ai dit, Ollie. Ce n'est pas sûr pour toi.

— Pourquoi pas ?

Violet tenta de trouver les bons mots, puis abandonna.

— Fais simplement ce que je dis, dit-elle, le tenant à bout de bras, les yeux fixés dans les siens. Et promets-moi que tu ne partiras jamais avec personne d'autre. Peu importe ce qu'il te dit.

— Je te le promets, maman. Je ne laisserai pas les méchantes personnes m'attraper.

Oliver avait l'air solennel et Violet ne put s'empêcher de l'étreindre vivement.

— Maman !

Il se libéra en se tortillant, embarrassé.

— Je ne suis plus un bébé, protesta-t-il.

— Non, c'est vrai. Tu grandis tellement vite.

Trop vite, pensa-t-elle.

Bientôt, il serait suffisamment grand pour comprendre la vérité. Elle se demanda si elle allait un jour avoir le courage de la lui dire.

Elle le regarda entrer dans la solide école de briques rouges avec les autres enfants. Ce n'est que lorsqu'il fut hors de vue et que les portes furent fermées qu'elle rebroussa chemin et retourna vers son logement.

Oliver était sa grande fierté, la seule chose importante dans sa vie, mais elle devait le garder secret, notamment pour son employeur. Les infirmières étaient censées se dévouer à leur travail, alors personne n'aurait engagé Violet s'ils avaient su qu'elle avait un enfant à charge.

Et il y avait d'autres raisons pour lesquelles ils devaient rester dans l'ombre, des raisons que même Oliver ne pouvait pas connaître.

En route, elle décida de s'arrêter voir le pharmacien pour acheter de la teinture de benjoin et un médicament contre la toux. Elle savait d'après ses dernières crises que les bronchites d'Oliver pouvaient survenir soudainement et elle voulait être prête.

Par habitude, elle demeura dans les étroites ruelles desquelles elle pouvait sortir sur la rue Cable seulement quand elle le devait. Et même alors, elle regardait constamment par-dessus son épaule, ses yeux fouillant partout, scrutant les visages des passants.

Il y avait une file d'attente chez le pharmacien. Le rude hiver, avec sa neige, son vent froid et son brouillard glacial, avait provoqué toutes sortes de maux, allant des infections respiratoires aux engelures. Et plutôt que d'aller voir un médecin, la plupart des gens préféraient essayer de soigner leur maladie eux-mêmes, soit avec des pilules du pharmacien, soit avec des remèdes maison.

Violet venait tout juste de remettre au pharmacien sa commande quand la cloche au-dessus de la porte tinta et que sœur Blake entra. Violet était si habituée de la voir dans son austère robe grise et son visage encadré d'une coiffe blanche amidonnée, qu'elle faillit ne pas reconnaître la jolie femme aux cheveux noirs dans son manteau écarlate et son élégant chapeau de feutre.

Elle se retourna vivement, remontant son écharpe afin de ne pas être vue. Mais il était trop tard. Sœur Blake contournait déjà la file d'attente et se dirigeait vers elle.

— Miss Tanner ?

Violet se retourna.

— Sœur, la salua-t-elle.

Elle portait des gants, mais instinctivement elle dissimula sa main gauche dans les plis de son manteau.

— Je crois que comme nous ne sommes pas en uniforme, vous pouvez m'appeler Frannie.

Son sourire était chaleureux et amical, illuminant ces yeux noirs pétillants.

— Et puis-je vous appeler Violet ?

Violet fit un sourire timide. Elle n'avait pas tellement eu affaire à Frannie jusqu'à maintenant, mais son service semblait heureux et bien dirigé, et personne n'avait eu de mauvais commentaires sur elle.

— Cela semble étrange n'est-ce pas, venir voir un pharmacien lorsque nous sommes entourées de médicaments toute la journée ? dit Frannie. Mais c'est mon jour de congé. Je vais rendre visite à ma vieille tante, et elle a insisté pour que je lui apporte des pilules Pink du Dr Williams. J'ai tenté de lui expliquer qu'elle gaspille son argent, mais elle est convaincue qu'elles font des miracles pour ses nerfs, alors que puis-je faire ?

Elle haussa les épaules.

— Et vous ? J'espère que vous ne souffrez de rien ?

— Non, non, c'est, hum, pour un ami.

Violet ne put se résoudre à croiser son regard alors que le pharmacien apparut avec ses médicaments enveloppés d'un sac en papier brun.

— Je suis heureuse de l'entendre. Je ne sais pas ce que nous ferions sans notre sœur de nuit !

Frannie lui fit un grand sourire. Il y avait une trace d'accent du nord dans sa voix.

— Aimez-vous le Nightingale ? J'espère que votre arrivée se passe bien ?

— Oui, merci.

Violet recula de quelques pas.

— Je suis désolée que nous n'ayons pas été convenablement présentées. Nous ne faisons que nous croiser, n'est-ce pas ?

— Mmm.

Violet regarda la porte. Encore quelques pas, et elle pourra s'échapper.

Mais Frannie avait autre chose en tête.

— Voilà ce qu'on peut faire, pourquoi ne m'attendez-vous pas ? suggéra-t-elle. Si vous n'êtes pas pressée, nous pourrions prendre une tasse de thé. Il serait agréable de bavarder, d'apprendre à se connaître…

— Je suis pressée, la coupa abruptement Violet.

— Oh.

Frannie parut surprise.

— Évidemment, que je suis bête. Je suppose que vous venez à peine de terminer votre quart de travail, n'est-ce pas ? J'imagine que vous avez hâte de retrouver votre lit, ajouta-t-elle en souriant. Peut-être une autre fois ?

— Peut-être.

— Il serait bien que vous fassiez connaissance de toutes les sœurs, n'est-ce pas ?

Son visage s'illumina.

— J'imagine que vous ne vous intéressez pas à la musique ? Certaines d'entre nous aiment se rencontrer et chanter en chœur de temps à autre, rien de sérieux, seulement pour notre propre plaisir. Je ne sais pas si cela vous intéresserait de vous joindre à nous.

— Je ne sais pas chanter.

— Comme la plupart des membres de notre petit groupe, mais ne leur dites pas que j'ai dit ça !

Elle sourit malicieusement.

— Je suis certaine qu'il doit bien y avoir une manière de toutes nous réunir ? Vous devez vous sentir horriblement seule à travailler ainsi la nuit et ne jamais voir personne.

— En fait, je préfère ma propre compagnie, dit Violet sans mâcher ses mots.

— Oh.

Le sourire de Frannie faiblit un peu.

— Oui. Je comprends.

— Maintenant, si vous voulez bien m'excuser…

Violet fut hors de la boutique avant que Frannie eût le temps d'ajouter quoi que ce soit.

Elle se précipita chez elle, son paquet fermement coincé sous son bras. Elle ressentit une pointe de culpabilité pour ce qu'elle venait de faire. Elle n'avait pas eu l'intention d'être aussi acerbe avec sœur Blake, la pauvre femme essayait seulement d'être aimable. Et elle semblait être le genre que Violet aurait choisi comme amie, si elle avait osé se permettre un tel luxe.

CHAPITRE 6

La nouvelle patiente du service des maladies chroniques féminines avait été trouvée endormie sous le pont de la voie ferrée. Elle était sourde-muette, à bout de souffle, toussait et était à peine capable de se tenir debout quand les policiers l'emmenèrent. Mais cela ne l'empêcha pas de griffer et de donner des coups de pieds à Millie et à Helen quand elles voulurent lui enlever ses vêtements dans la salle de bain.

— Mais ça vous fera du bien, l'amadoua Millie, puis elle fit un bond vers l'arrière quand la botte de la femme la frappa sur le tibia. Regardez, plein de belle eau chaude dans laquelle tremper.

Elle la testa du bout du coude.

— J'en profiterais bien moi-même, je peux vous le dire.

Une profonde baignoire pleine d'eau chaude était un des luxes qui lui manquait ; les étudiantes de première année comme elle devant frissonner dans quelques centimètres d'eau tiède après que les anciennes avaient utilisé toute l'eau chaude dans la maison des infirmières. Mais au moins, elles n'étaient plus aussi à plaindre que les étudiantes à l'essai qui émergeaient régulièrement de la salle de bain avec les dents qui claquaient et les extrémités bleuies.

— Je ne crois pas que tu réussisses à la convaincre ainsi, soupira Helen. Si tu veux mon avis, la force brute est nécessaire.

Millie recula, les mains sur les hanches.

— Alors, que suggères-tu ? Devrions-nous…

Avant qu'elle puisse terminer sa phrase, Helen avait évité la botte de la femme qui avait jailli et s'avança rapidement pour la saisir par-derrière, immobilisant ses bras de chaque côté de son corps et la poussant vers une chaise où elle s'affaissa lourdement. La femme émit un dernier grognement de défaite comme si toute combativité l'avait quittée.

Millie considéra Helen avec admiration.

— Où as-tu appris à faire cela ?

— En me chamaillant avec mon frère.

Helen fit une pause, respirant difficilement.

— Bon, enlève-lui ses bottes pendant que je la tiens. Comme ça, elle ne pourra pas faire trop de dommages si elle recommence à se débattre.

Il leur fallut dix minutes pour enlever les couches de guenilles que la femme portait. Ses vêtements, si l'on pouvait les appeler ainsi, étaient rigides de crasse et empestaient la vieille urine.

— Pauvre vieille, dit Millie alors que la femme la fixait d'un œil méchant. Comment peut-on se laisser aller ainsi ?

Mais le pire était à venir. Sous ses vêtements, sa peau était incrustée de crasse et recouverte de plaies suintantes. Et quand Millie retira son chapeau informe, elle fit un bond en arrière en criant d'horreur.

— Oh, mon Dieu, Tremayne, ça grouille sur sa tête !

Helen jeta un coup d'œil.

— Des poux, dit-elle.

Millie plaqua une main sur sa bouche. Elle eut peine à se retenir de s'enfuir de la salle de bain en criant.

— Pour l'amour du ciel, Benedict, ressaisis-toi, dit Helen. Ce ne sont que quelques insectes.

— Quelques ?

Le cuir chevelu de la femme en était infesté. La peau de Millie lui démangeait juste à la regarder.

— Je suis désolée, je ne peux pas la toucher.

Elle recula, grattant férocement ses bras.

— Benedict…

— Je n'y peux rien, je n'aime pas l'idée d'avoir des choses grouillantes dans mes cheveux.

— Benedict !

Millie entendit le sifflement d'avertissement dans la voix d'Helen et comprit tout à coup qu'elle ne la regardait pas, mais fixait par-dessus son épaule vers l'embrasure de la porte.

Millie se tourna lentement, l'appréhension s'insinuant en elle. Et là, comme elle s'y attendait, se tenait sœur Hyde. Comment parvenait-elle à prendre Millie sur le fait si souvent ? Ce n'était pas juste, pensa-t-elle.

— Pourquoi faites-vous autant d'histoires cette fois, Benedict ? demanda-t-elle, son visage rigide exhibant sa désapprobation.

Sœur Hyde entra en grandes enjambées dans la salle de bain et ferma la porte derrière elle. Son expression s'adoucit quand elle vit la vieille femme qui tremblait de peur sous la serviette dans laquelle Helen l'avait enveloppée.

— Pauvre malheureuse, murmura-t-elle entre ses dents, puis elle se retourna vers Millie. Peut-être pourriez-vous cesser de penser à vous pendant un moment, Benedict, et imaginer comment cette misérable femme se sent ? Elle est de toute évidence confuse et terrifiée par ce qui l'entoure. Pouvez-vous imaginer à quel point cela doit être humiliant de devoir endurer une idiote qui couine de dégoût à sa simple vue ?

— Oui, sœur. Désolée, sœur.

Millie fixa le carrelage blanc du mur, une honte cuisante l'envahissant.

— Ce n'est pas à moi que vous devriez présenter vos excuses, Benedict. N'oubliez jamais que nos patients, aussi vieux et malheureux qu'ils soient, demeurent des êtres humains avec des sentiments.

— Oui, sœur.

Sœur Hyde inspecta la tête de la femme d'un air renfrogné.

— Oui, gravement pédiculosée, se prononça-t-elle. Eh bien, vous n'arriverez pas à les enlever avec un peigne, il y en a beaucoup trop. Vous allez devoir appliquer un casque de sassafras. Vous savez comment appliquer un casque de sassafras, n'est-ce pas ?

Millie la regarda les yeux vides. Sœur Hyde exprima sa désapprobation.

— Dieu du ciel, que vous enseignent-elles en formation préliminaire ces jours-ci ?

Elle soupira bruyamment.

— S'il vous plaît, sœur, puis-je le faire ? dit Helen.

Sœur Hyde lui lança un regard méprisant.

— En avez-vous déjà fait ?

— Oui, sœur.

— Alors, vous n'avez pas à en refaire, n'est-ce pas ? Comment Benedict finira-t-elle par apprendre si vous ne cessez pas de l'aider ?

— Oui, sœur.

Alors qu'Helen baissait la tête humblement, sœur Hyde se retourna vers Millie.

— Allez au placard du service et trouvez l'huile de sassafras. C'est une grosse bouteille brune en verre. Vous devez y tremper un linge, puis l'appliquer sur la tête de la patiente. Ensuite, la couvrir avec un morceau de jaconas, puis une couche de laine et la fixer avec un bandage de capeline. Vous savez ce qu'est un bandage de capeline, je présume ?

— Oui, sœur.

Millie décida que ce n'était pas le moment de lui dire qu'elle n'avait jamais réussi à panser la tête d'un patient de sa vie.

Quand la sœur fut partie, Millie et Helen réussirent à amadouer la femme pour qu'elle entre dans la baignoire. Quand ce fut fait, tout son corps se détendit et elle poussa un soupir bienheureux en se glissant jusqu'au cou dans l'eau chaude.

— Vous voyez ?

Millie sourit par-dessus son épaule tout en disposant une chemise de nuit propre sur le radiateur.

— Je vous avais dit que cela vous plairait.

Elle lança un coup d'œil vers Helen.

— Je suis désolée d'avoir été effrayée plus tôt. La sœur a raison, c'était idiot et déplacé de ma part.

— Cela n'a pas d'importance.

Millie fronça les sourcils. Alors qu'elle passait doucement l'éponge sur les épaules marquées de la femme, Helen lui parut préoccupée, comme si quelque chose lui troublait l'esprit.

— Est-ce qu'il y a quelque chose qui ne va pas ? demanda Millie.

Helen demeura silencieuse pendant un moment, concentrée sur sa tâche. Puis tout à coup elle lâcha :

— William a une nouvelle petite amie.

Millie déplia une serviette et la lissa sur le radiateur pour la réchauffer. Elle était consciente qu'Helen l'observait attentivement, attendant sa réaction.

— Ton frère a toujours une nouvelle petite amie, dit-elle légèrement.

— Nous pensons que celle-ci est peut-être sérieuse. Il parle même de l'emmener à la maison pour rencontrer mère.

— Ça alors, ça doit être sérieux. Qui est l'infirmière chanceuse cette fois ? Quelqu'un que je connais ?

— Ce n'est pas une infirmière. Elle est médecin. Elle s'appelle Philippa, et ils se sont rencontrés il y a des années à l'université.

— Une médecin ? C'est tout un changement.

Helen leva la tête vers elle, ses yeux noirs inquiets.

— Cela ne te dérange pas, n'est-ce pas ?

— Pourquoi cela me dérangerait ?

Millie fit un grand effort pour sourire davantage.

— Il n'y a jamais rien eu de sérieux entre William et moi. En plus, je suis fiancée à Seb maintenant. Pourquoi ce que ton frère fabrique devrait me déranger ?

— Aucune raison, je suppose, acquiesça Helen. J'ai juste pensé que tu préférerais l'entendre de moi que par le téléphone arabe de l'hôpital.

— C'est très gentil de ta part, mais il n'y a vraiment aucune raison de s'en faire pour mes sentiments, lui assura Millie. De toute façon, il est grand temps que William fonde un foyer.

— C'est ce que dit mère. Et comme tu le sais, ma mère a toujours raison.

Helen la regarda en fronçant les sourcils.

— Tu n'es pas contrariée, n'est-ce pas ?

— Je te l'ai dit, je vais bien. Ton frère et moi avons eu une idiote amourette qui a duré cinq minutes, rien de plus. J'aime croire que nous sommes encore amis, mais c'est tout.

— Je suis heureuse de l'entendre, dit Helen. Alors, pourquoi es-tu en train de plier la serviette que tu venais d'étendre sur le radiateur ?

Millie cilla vers la serviette pliée dans ses mains, puis soupira et la déplia de nouveau.

— Je vais aller préparer le casque de sassafras.

Elle se plaça devant le placard du service, examinant les rangées de bouteilles en verre remplies d'huile, de fluides et d'autres substances.

Cela ne me dérange pas, se dit-elle. *Je suis fiancée à Sebastian maintenant. William Tremayne peut avoir autant de petites amies qu'il veut.*

Dieu sait qu'il avait passé très peu de temps sans avoir une fille à son bras depuis qu'elle le connaissait. Le docteur Tremayne jouissait d'une réputation en tant que fléau au sein des jeunes infirmières du Nightingale ; aucune fille n'était à l'abri.

Incluant Millie. Elle en avait pincé pour lui, comme toutes. Mais contrairement aux autres, elle n'était jamais devenue l'une de ses conquêtes. Elle avait recouvré la raison et trouvé plutôt quelqu'un qui l'aimait véritablement.

Alors, pourquoi était-elle si ébranlée d'entendre que William n'était plus célibataire ? Cela n'avait pas de sens.

Tu ne veux pas de lui, mais tu ne veux pas que quelqu'un l'ait, c'est ça, ton problème, se dit-elle en prenant la grosse bouteille brune en verre dans le placard.

Dans la salle de bain, Helen avait sorti la femme de la baignoire, l'avait séchée et était en train d'appliquer du désinfectant sur ses plaies. L'eau chaude semblait l'avoir calmée, et elle se soumit sans un geste.

— Maintenant, elle comprend probablement que nous voulons simplement l'aider, dit Millie tandis qu'elles l'emmaillotaient dans une chemise de nuit de l'hôpital.

Alors qu'Helen allait remplir une bouillotte d'eau chaude pour son lit, Millie s'attela à sa tâche avec le casque de sassafras. C'était un travail minutieux, particulièrement de bien ajuster le bandage de capeline. Elle était en train de terminer quand Helen revint.

— Comment t'en sors-tu ? demanda-t-elle.

— Je crois que je me suis bien débrouillée.

Millie fit un pas en arrière et examina son œuvre. Elle avait fait du bon travail pour une fois, même si ce n'était qu'elle qui le disait.

Ce n'est pas ce que pensa sœur Hyde évidemment. Elle affirma que le bandage était mal fait et le dit de nombreuses fois à Millie alors qu'Helen l'aidait à mettre la femme au lit, où elle sombra dans un sommeil profond et satisfait.

— Pauvre vieille, dit Millie en la regardant. Elle n'a jamais pu vraiment se reposer en dormant sous ce pont glacial et bruyant.

Le lendemain matin, la femme sembla beaucoup plus gaie. Elle était assise dans son lit et mangeait du pain grillé quand Millie arriva pour son quart de travail. Elle fut heureuse de constater que le bandage était encore en place — et voilà pour les terribles prédictions de sœur Hyde, pensa-t-elle triomphalement.

Mais sœur Hyde n'était pas encore satisfaite d'elle.

— Quand allez-vous enlever le casque de cette patiente, infirmière ? demanda-t-elle en distribuant les listes des tâches. Je sais que vous avez horreur des pédiculoses, mais je crois que vous n'avez plus rien à craindre maintenant.

— Je vais le faire immédiatement, sœur.

— Et assurez-vous de minutieusement peigner ses cheveux avant de faire le shampoing.

Cette fois, la femme fut aussi douce qu'un agneau quand elle suivit Millie dans la salle de bain.

— Vous voyez, rayonna Millie en défaisant le bandage. Prendre un bain n'est pas si mal, non ? Et l'on se sent tellement mieux quand on est propre et…

Elle s'arrêta, le bandage tombant de ses mains. Pendant un moment, elle fixa la tête de la femme, incapable de croire ce qu'elle voyait.

— Restez ici, je… hum… reviens dans un instant.

Tout en souriant de manière encourageante à la patiente, elle sortit en reculant de la salle de bain, puis se précipita dans la cuisine où elle trouva Helen en train de préparer le thé.

Elle leva les yeux de la gazinière.

— Bonjour, n'es-tu pas censée être en train de t'occuper de notre nouvelle patiente ?

Puis elle vit l'expression dévastée de Millie.

— Oh, Seigneur, je t'en prie, ne me dis pas que tu lui as fait quelque chose de terrible ?

— On peut dire ça, répondit Millie en déglutissant avec peine. Tu ferais mieux de venir voir.

Helen n'en crut pas ses yeux non plus.

— Mais je ne comprends pas, dit-elle. Le sassafras n'est pas censé faire ça aux cheveux.

Elle regarda Millie en fronçant les sourcils.

— Tu es certaine de l'avoir convenablement appliqué ?

— Bien sûr que je suis certaine !

Millie considéra les cheveux de la femme. Peu importe sous quel angle elle regardait, les cheveux avaient toujours la même apparence. Durant la nuit, ils étaient passés d'un brun sale à un halo d'orange vif.

— Tu ne crois pas que ce serait à cause du choc ? se hasarda Helen. J'ai déjà entendu dire que cela pouvait avoir cet effet sur les gens.

— Le choc rend les cheveux blancs, pas… cette couleur.

Millie se mordilla la lèvre.

— Oh, Seigneur, que vais-je faire ? Sœur Hyde va faire une véritable crise.

— Pas si tu ne le lui dis pas.

— Tremayne, elle peut distinguer un grain de poussière depuis l'autre côté de la salle. Crois-tu réellement qu'elle ne verra pas quelque chose comme ça ?

— Tu pourrais essayer de le recouvrir ?

— Comment ?

Helen parut réfléchir.

— Un chapeau ? suggéra-t-elle.

— Tu ne m'aides pas beaucoup.

— Je suis désolée.

Helen se mordit la lèvre. Millie put voir qu'elle faisait un énorme effort pour s'empêcher d'éclater de rire.

— Ce n'est pas drôle. Elle ressemble à un renard.

— Elle ressemble plus à Doyle !

Puis, Millie capta du coin de l'œil la chevelure orange et sentit sa bouche se tordre traîtreusement.

— Ce n'est pas drôle, répéta-t-elle.

Mais Helen se mit à rire et Millie ne put s'empêcher de se joindre à elle. La patiente fit de même, avec un vagissement du nez qui fit encore plus glousser Helen et Millie.

— Il y a quelque chose d'amusant, infirmières ?

Entendre la voix de sœur Hyde était comme de recevoir un seau d'eau glaciale sur la tête. Même la patiente redevint instantanément sérieuse, fixant sœur Hyde avec des yeux ronds craintifs.

— Vraiment, Tremayne, j'aurais pu m'attendre à une hilarité stupide de la part de Benedict, mais pas de vous. Je pensais que vous aviez plus de…

Millie ne pouvait pas regarder, mais elle supposa que sœur Hyde avait vu la patiente juchée sur sa chaise près de la baignoire, l'air guindé dans sa chemise de nuit.

— Qu'est-ce que c'est que ça ? dit-elle faiblement.

— Je ne sais pas, sœur, répondit Millie.

— Vous ne le savez pas ?

Sœur Hyde se retourna vivement pour lui faire face, les yeux plissés.

— Que voulez-vous dire par là ? Est-ce une sorte de farce, Benedict ?

— Ce n'en est pas une, sœur, croyez-moi. Tout ce que j'ai fait est d'appliquer le casque de sassafras comme vous me l'avez dit, et quand je l'ai enlevé ce matin, c'était… ainsi.

Elle regarda la patiente.

— J'ai cru que peut-être c'était censé faire ça, suggéra-t-elle avec espoir.

Sœur Hyde frissonna de colère.

— Avez-vous vu les cheveux de cette femme, Benedict ? Les avez-vous vus ?

— Oui, sœur.

— Et croyez-vous honnêtement qu'il est normal que les cheveux d'une patiente deviennent orange quand on enlève des poux ?

— Eh bien…

— Non, Benedict, ce n'est pas normal.

Sœur Hyde ferma brièvement les yeux. Elle semblait prier pour avoir de la force.

— Comment diable avez-vous pu faire quelque chose comme ça ? Êtes-vous certaine d'avoir suivi mes instructions ?

— Oui, sœur.

Helen et elle échangèrent un regard quand sœur Hyde ramassa le linge qu'elle avait ôté de la tête de la femme et le renifla.

— Étrange, dit-elle. Qu'avez-vous exactement mis là-dessus, Benedict ?

— De l'huile de sassafras, sœur. Provenant de la bouteille du placard.

— De quelle bouteille s'agit-il, Benedict ? Montrez-moi.

Elles firent une humiliante procession jusqu'au placard, sœur Hyde en tête, Millie et Helen sur ses talons. Le mot avait commencé à se répandre, et quelques-unes des autres infirmières s'étaient glissées pour voir d'elles-mêmes ce que Millie avait fait cette fois.

— Voici ce que j'ai utilisé, sœur.

Millie sortit la bouteille brune en verre et la tendit à la sœur. Sœur Hyde examina l'étiquette, défit le bouchon et renifla.

— Dites-moi, Benedict, si cela a la même odeur que l'huile de sassafras que vous avez utilisée.

Elle fourra la bouteille sous le nez de Millie. Celle-ci fit un bond derrière quand l'odeur âcre la frappa.

— Pouah ! Non, sœur.

— Et ceci ?

Sœur Hyde fouilla dans le placard et sortit une bouteille brune en verre identique. L'effroi commença à se répandre dans les veines de Millie alors que la vérité commençait à lui apparaître. Elle comprit ce qu'elle avait fait avant même que sœur Hyde dévisse le bouchon et la mit sous son nez.

— Peut-être que cette odeur vous semble plus familière ?

C'était en effet une odeur familière. Combien de fois en avait-elle utilisé pour soigner des blessures infectées ? Mais elle avait été si préoccupée qu'elle n'avait même pas remarqué.

— Oui, sœur.

— Et qu'est-il écrit sur l'étiquette ?

Millie n'eut même pas besoin de lever les yeux pour savoir.

— Peroxyde d'hydrogène, sœur.

— Ce qui explique la transformation miraculeuse de la patiente, n'est-ce pas ?

Millie entendit un gloussement étouffé de l'autre côté de la porte.

— Je suis désolée, sœur. Je ne sais pas comment cela s'est produit…

— Oh, moi, je le sais.

La bouche de sœur Hyde se pinça de mépris.

— Vous êtes, comme je l'ai toujours suspecté, complètement incapable de suivre de simples instructions.

Millie fixa le plancher. Elle avait tellement dû être occupée à penser à William qu'elle n'avait pas correctement lu l'étiquette sur la bouteille.

— Désolée, sœur.

— Désolée, en effet.

Son regard glacial balaya Millie de la tête aux pieds.

— Je comprends, infirmière Benedict, que ce travail est à peine plus qu'une distraction pour vous, une manière de passer le temps avant de vous marier, mais j'apprécierais si vous pouviez vous rappeler que d'autres prennent la profession d'infirmière très au sérieux. Pour certaines d'entre nous, prendre soin des patients est l'œuvre d'une vie. Et si vous ne pouvez pas respecter ça, alors peut-être ne devriez-vous pas être ici.

— Mais sœur…

— Je n'ai vraiment pas envie d'en entendre davantage de vous, Benedict. Maintenant, je veux que vous retourniez dans la salle de bain et arrangiez les cheveux de cette pauvre femme. Vous feriez mieux de l'accompagner, Tremayne, et vous assurer qu'elle ne la rendra pas chauve la prochaine fois.

— Oui, sœur, dirent-elles en chœur.

— Et pendant ce temps, Benedict, vous pouvez aussi réfléchir à la manière dont vous allez expliquer ce regrettable incident à l'infirmière en chef. Parce que vous pouvez être certaine que je vais le mentionner dans mon rapport de service !

Millie était encore en train de digérer les commentaires sévères de sœur Hyde quand elle arriva dans la salle de bain.

— Ce n'est pas juste, protesta-t-elle en enlevant ses manchettes et roulant ses manches. Elle me fait passer pour une idiote qui fait tout ceci par plaisir. Pour l'amour du ciel, si je voulais m'amuser, crois-tu réellement que je serais ici en train de désinfecter des plaies de patients et de tuer des poux ?

— Tu ne peux pas en vouloir à sœur Hyde, dit Helen. Elle a dédié toute sa vie à la profession d'infirmière et elle s'attend à ce que nous fassions de même.

— Qui dit que je ne vais pas dévouer ma vie à la profession d'infirmière aussi ?

Helen lui décocha un regard sceptique.

— Tout le monde sait que tu vas épouser Sebastian dès que tu auras terminé ta formation.

— Tu vas épouser Charlie.

— Pas avant quelques années. Nous avons convenu d'attendre quand nous nous sommes fiancés, afin que je mène à bien ma carrière d'infirmière.

— Je ferai peut-être la même chose.

— Crois-tu que ta grand-mère le permettrait ?

Le ressentiment rendit Millie silencieuse alors qu'elle se mettait à rincer les cheveux de la femme.

Helen s'inclina pour l'observer.

— Est-ce que tu pleures ?

— Certainement pas. Je me suis simplement éclaboussé dans les yeux, c'est tout.

Elle essuya son nez trempé sur sa manche.

Elle n'allait pas offrir la satisfaction à sœur Hyde de la voir pleurer. Sinon, elle allait réellement croire que Millie était une idiote.

— Elle dit qu'elle ne pleurait pas, mais je sais qu'elle pleurait, raconta plus tard Helen à Charlie.

Pauvre Benedict. La sœur lui est vraiment tombée dessus. Je ne l'avais jamais vue dans une telle colère.

Ils étaient assis dans leur café favori, l'endroit où Charlie avait fait sa demande près de cinq mois plus tôt. Le propriétaire mi-italien, mi-cockney, avait un petit faible pour le jeune couple depuis et les laissait souvent rester après les heures d'ouverture alors qu'il nettoyait autour d'eux.

— Je crois que votre sœur pourrait avoir un peu le sens de l'humour, sourit Charlie. Cela m'apparaît comme une bonne blague.

Helen sourit malgré elle.

— En effet, mais cela aurait pu être très sérieux. En tant qu'infirmières, nous ne pouvons pas nous permettre de faire de telles erreurs. Si Benedict ne lit pas correctement les étiquettes, quelqu'un pourrait mourir.

Elle fit tournoyer une cuillère entre ses doigts.

— Le pire est que je ne peux pas m'empêcher de penser que tout ceci est ma faute.

— Pourquoi cela ?

— Je lui ai parlé de la nouvelle petite amie de William. Elle a fait bonne figure, mais je sais qu'elle l'a mal pris.

Pauvre Millie. Elle avait beau protester, Helen savait qu'elle avait encore des sentiments pour William. Elle souhaitait maintenant ne pas avoir tenté de les séparer. Elle l'avait fait seulement parce qu'elle craignait que son frère brise le cœur de Millie, comme il avait blessé tant d'autres filles par le passé. Mais peut-être que si elle était restée à l'écart et avait laissé la relation suivre son cours, Millie aurait vu elle-même comment était son frère. Maintenant son amie ne serait pas aussi triste.

— Elle l'aurait découvert tôt ou tard, dit de manière pragmatique Charlie. C'était préférable que cela vienne de toi que de n'importe qui d'autre.

— C'est vrai, admit Helen en soupirant. William semble assez épris de sa nouvelle petite amie.

— Comment est-elle ?

— Je ne sais que ce qu'il m'a dit. Elle est médecin et ils se sont rencontrés à l'université. Ils ont repris contact récemment et apparemment William est tombé amoureux fou.

— Je me demande combien de temps ça va durer cette fois-ci.

La bouche de Charlie se tordit.

— Justement. Je crois qu'il est réellement sérieux cette fois. Il veut la présenter à notre mère. Il n'a jamais fait ça auparavant.

— J'espère que c'est une femme courageuse, remarqua Charlie. Elle devra l'être en tout cas.

Helen le regarda par-dessus la table. Il souriait comme toujours, mais elle savait à quel point il était blessé par la manière dont sa mère le traitait.

Peut-être était-ce parce qu'il ne provenait pas du bon milieu ou parce qu'un accident l'avait laissé handicapé ou simplement parce qu'il avait donné à Helen la confiance pour enfin tenir tête à sa mère. Mais peu importe la raison, Constance Tremayne avait été claire sur le fait qu'elle désapprouvait le choix du petit ami de sa fille. Peu importe à quel point Charlie usait de bonnes manières ou tentait d'être charmant, sa mère le traitait avec un mépris à peine dissimulé.

Il ne le méritait assurément pas, se dit Helen en contemplant ses yeux bleus souriants. Charlie était tout simplement l'homme le plus merveilleux qu'elle avait jamais rencontré.

— Je suis désolée, s'excusa-t-elle automatiquement.

— Pour quelle raison ?

Il la regarda, surpris.

— Pour ma mère. Je sais qu'elle peut être plutôt difficile…

— Elle te protège, c'est tout.

Charlie plaça ses mains sur celles d'Helen.

— Comme toutes les mères. Ma mère est pareille.

— Non, elle ne l'est pas, dit Helen en faisant une grimace. Ta mère est un ange comparé à la mienne.

— Seulement parce qu'elle est tellement soulagée de trouver quelqu'un qui va la débarrasser de moi !

Helen sourit.

— Elle t'adore et tu le sais.

Les Dawson l'avaient accueillie dans leur famille dès la première fois. Au début, Helen avait été un peu intimidée par la famille élargie de Charlie composée de ses frères, sœurs, tantes, oncles et cousins, lesquels remplissaient leur exiguë maison mitoyenne de bruits et de rires incessants. C'était tellement différent de sa propre éducation silencieuse et disciplinée dans le presbytère de Saint-Oswald, où les rires et les paroles importunes étaient mal vus.

Pas de la part de son père, évidemment. Le révérend Timothy Tremayne était un homme bon et aimant, mais comme le reste de la famille, il était dominé par sa femme. Constance Tremayne dirigeait tout et tout le monde, et Helen, son père et son frère avaient rapidement appris qu'il était préférable d'être d'accord avec ses plans.

C'est tout d'abord pour cette raison qu'Helen était devenue infirmière. Constance avait elle-même suivi une formation d'infirmière, et il n'était pas venu à l'esprit d'Helen de discuter quand sa mère avait annoncé qu'elle devait faire de même. Mais même après avoir commencé son apprentissage, Helen n'avait pu s'échapper, car sa mère avait fait en sorte qu'elle devienne infirmière au Nightingale, là où Mrs Tremayne faisait partie du conseil d'administration.

Helen aurait peut-être continué à vivre sous le joug de sa mère si elle n'avait pas rencontré Charlie dans son service. Il avait perdu une jambe dans un accident, et Helen l'avait aidé à composer avec sa colère et son désespoir. Mais quelque part en cours de route, l'attention professionnelle s'était transformée en amitié puis en amour.

Sachant à quel point sa mère serait horrifiée à l'idée que sa fille ait un petit ami, Charlie et elle avaient gardé leur histoire d'amour secrète au début. Mais inévitablement, Constance l'avait découvert. Évidemment, elle avait immédiatement tenté d'y mettre un terme, allant même jusqu'à envoyer Helen en Écosse pour terminer sa formation. Mais par miracle, et après un plaidoyer passionné de Charlie, elle avait cédé à la dernière minute et donné sa réticente approbation à leur relation.

Mais cela ne signifiait pas qu'elle en était heureuse.

— Tu sais quoi, j'aimerais bien être une petite souris quand ta mère rencontrera la nouvelle petite amie de William, dit Charlie.

— Tu n'auras pas à être une petite souris. Nous avons aussi été invités à déjeuner.

Invités, pensa-t-elle en souriant. C'était comme si quiconque avait eu le choix.

— Moi ?

Charlie parut, comme de juste, étonné. Depuis les mois où ils se fréquentaient, il n'avait eu qu'une seule fois la permission de venir au presbytère. Et Helen savait que même cela n'avait été que pour sauvegarder les apparences et rien d'autre.

— Oui.

Elle ne put se résigner à croiser ses yeux.

— Mère dit qu'elle a hâte de te revoir.

Elle put sentir son regard sceptique.

— Es-tu certaine de ça ?

Helen se mordit la lèvre.

— Tu viendras, n'est-ce pas ? lâcha-t-elle. Enfin, je ne t'en voudrais pas si tu ne venais pas. Mais j'aimerais que tu sois là… pour mon bien.

Il serra sa main.

— N'aie pas l'air si inquiet, mon amour. Évidemment que je serai là. Nous ne voulons pas laisser tomber ta mère, n'est-ce pas ? ajouta-t-il malicieusement. Pas si elle a hâte de me revoir.

Helen essaya de lui rendre son sourire. *Tout ira bien*, se dit-elle. Mais au fond d'elle-même, elle ne put s'empêcher de secrètement espérer que la nouvelle petite amie de William soit horrible. Au moins ainsi, cela rendrait peut-être sa mère mieux disposée envers le pauvre Charlie.

CHAPITRE 7

L'aube grise et froide de janvier amena une autre soi-disant fausse couche au service gynécologique.

Depuis les deux semaines que Dora était au service Wren, pas un jour ne passait sans qu'au moins une femme soit admise, criant de douleur et avec de graves hémorragies. Certaines étaient jeunes, d'autres plus vieilles, certaines mariées, d'autres célibataires. Certaines étaient chanceuses et survivaient, d'autres non.

Il était trop tôt pour dire si la fille qu'ils avaient opérée au petit matin était l'une des chanceuses.

— Fausse couche, mon œil, ricana Lettie Pike en allumant le feu dans une pièce contiguë du service où la patiente avait été placée afin de récupérer de sa chirurgie. Nous savons toutes ce qu'elle a fabriqué, n'est-ce pas ?

— Est-ce qu'ils ont fait de toi un médecin maintenant, Lettie ? répliqua Dora d'un ton brusque.

— Pas besoin d'être médecin pour voir ce qu'elle a fait. Tu vois une alliance à son doigt ? demanda Lettie en secouant la tête. Non, elle s'est bien fait prendre. Je suppose qu'elle a demandé à une voisine de l'aider ou alors elle a essayé de le faire elle-même. Elle a fait un beau gâchis, d'après ce que j'ai entendu.

— Tu entends trop de choses.

— J'entends seulement ce qu'il y a à entendre.

Lettie se redressa, se massant le dos.

Dora ne prit pas la peine de lui répondre, tandis qu'elle repoussait une mèche de cheveux pâles du visage blême de la fille. Une pulsation frémit faiblement à sa tempe. Elle était aussi blanche que ses oreillers, son corps frêle perdu dans la chemise de nuit de l'hôpital. C'était la première fois que l'on confiait à Dora la tâche de veiller sur une patiente après une opération. Elle était si nerveuse qu'elle n'osait pas la quitter des yeux, juste au cas où elle raterait le premier tressaillement de son réveil.

Lettie la considéra avec un regard entendu.

— Tu gaspilles ton temps avec celle-là, dit-elle. Elle est perdue, si tu veux mon avis.

— Personne ne te le demande, non ?

— Je ne fais que donner mon opinion.

— Le docteur Tremayne semble croire qu'elle a une chance.

— Le docteur Tremayne n'est pas plus âgé qu'un enfant lui-même, répliqua Lettie. Elle aurait eu plus de chance si Mr Cooper l'avait opérée.

— Je suppose que la prochaine fois qu'elle décidera de s'écrouler avec une grave hémorragie, elle se souviendra d'attendre les heures de travail de Mr Cooper, dit Dora.

— Il n'y aura pas de prochaine fois, n'est-ce pas ?

Lettie sourit méchamment.

— D'après ce que j'ai entendu, elle a attendu que ça soit si grave que le docteur Tremayne a dû tout enlever.

Elle baissa les yeux vers la fille dans son lit sans aucune sympathie.

— Je me demande si elle aurait été aussi prompte à se débarrasser de ce bébé qu'elle portait si elle avait su que c'était sa dernière chance.

— N'as-tu pas de travail à faire, Lettie ?

Dora se tourna vers elle, s'efforçant de demeurer calme.

— Pardonne-moi de respirer. Mais je prends mes ordres de la sœur, pas de toi !

Lettie traîna le seau de charbon hors de la chambre et claqua la porte derrière elle. Dora se retourna vers la fille. *Pauvre petite,* pensa-t-elle. Elle semblait si jeune, pas tellement plus âgée que sa sœur Josie. Sa peau était aussi pâle qu'une perle, ses paupières si translucides que Dora pouvait voir les traces de fines veines bleues.

Lettie était peut-être une malveillante sorcière, mais elle avait raison sur un point, se dit Dora. Cette fille, qui qu'elle soit, avait dit adieu à ses chances d'avoir un autre enfant. Mais si elle était suffisamment désespérée pour se tourner vers une avorteuse illicite, alors peut-être l'était-elle trop pour s'en soucier de toute façon.

— Alors, petite demoiselle sans nom, chuchota-t-elle en couvrant la main de la fille de la sienne.

La peau de sa paume était à vif.

— Que diriez-vous de contredire cette vieille vache de Lettie et de vous réveiller, hein ?

Il était à peine huit heures quand la fille revint à elle, et il fallut encore plus de temps avant qu'elle soit en mesure de comprendre ce qui se passait. Ses paupières papillotèrent et elle fixa directement Dora. Ses yeux étaient verts, mouchetés d'ambre comme ceux d'un chat.

— Bonjour, la salua Dora avec un sourire.

Le regard de la fille parcourut rapidement la chambre, puis se reposa sur Dora.

— Où suis-je ?

— À l'hôpital Nightingale, ma belle. Vous étiez très mal en point, mais vous allez mieux maintenant.

Les émotions passèrent comme des nuages sur son visage quand elle comprit.

— Je me suis effondrée.

Elle fronça les sourcils, essayant de se souvenir.

— Il y avait tellement de sang…

— Vous étiez dans un piteux état.

Elle poussa un soupir saccadé.

— Elle… elle avait dit que tout irait bien. Elle avait dit que je ne sentirais rien et que personne n'avait besoin de savoir quoi que ce soit. Mais j'avais tant de douleur, tant de sang. J'ai cru que j'allais mourir…

Le peu de couleur qu'elle avait se retira de son visage, et Dora saisit le plat en émail juste comme la fille se penchait et avait un haut-le-cœur.

— Chut, n'en dites pas plus, dit-elle doucement en repoussant d'une caresse les cheveux de son visage. Vous ne voulez pas raconter à trop de gens ce qui est arrivé, d'accord ? Tout ce que les gens ont besoin de savoir, c'est que vous avez perdu votre bébé.

La fille hocha la tête sans un mot. Même dans son état, elle comprenait que d'admettre un avortement illégal pouvait la faire emprisonner. La plupart des médecins et des infirmières fermaient les yeux pour le bien de la pauvre femme, mais Dora savait que certains ne le feraient peut-être pas.

— De toute façon, tout est terminé maintenant et vous vous en êtes sortie. Je vais aller vous chercher de l'eau, d'accord ?

Elle sentit le regard de la fille sur elle pendant qu'elle remplissait un verre.

— Est-ce que mon père sait que je suis ici ? demanda-t-elle craintivement.

— Je ne crois pas, ma belle. Vous êtes arrivée aux urgences au petit matin, mais je ne sais pas qui vous y a conduite.

Dora leva le verre jusqu'à ses lèvres.

— Nous ne connaissons même pas votre nom.

— C'est Jennie. Jennie Armstrong.

Elle repoussa le verre et leva les yeux vers Dora.

— Je suis venue par moi-même, dit-elle. J'ai commencé en marchant, mais j'ai fini sur les mains et les genoux quand la douleur a été trop forte.

— Ça explique toutes ces éraflures et ces écorchures.

Dora tourna sa paume pour la lui montrer.

— Vos genoux sont à vif aussi. Pauvre fille, pourquoi diable n'avez-vous pas appelé une ambulance ?

Jennie baissa le menton.

— Je ne voulais pas qu'une ambulance vienne à la maison au cas où quelqu'un le dise à mon père.

— Il va le découvrir assez rapidement, non ?

Jennie secoua la tête.

— Pas si je rentre rapidement. Il travaille de deux heures à dix heures aux docks. Il n'en saura rien si je suis rentrée avant qu'il arrive à la maison…

Elle se mit à vouloir se redresser, mais Dora l'immobilisa fermement par les épaules contre ses oreillers.

— Désolée, mais vous n'allez nulle part. Le médecin voudra que vous restiez ici pour quelques semaines.

— Quelques semaines ?

Les yeux verts de Jennie s'emplirent de panique.

— Mais vous ne comprenez pas, je ne peux pas rester ici aussi longtemps. Mon père va me tuer…

— Vous allez vous tuer vous-même si vous commencez à vous en faire. Au moins, laissez-moi vous examiner.

Dora prit le thermomètre sur le guéridon près du lit, le secoua et le mit dans la bouche de Jennie.

— Vous avez subi une opération et le médecin doit s'assurer que vous allez bien avant même que vous puissiez penser partir d'ici.

Elle sortit le thermomètre de la bouche de la fille, le vérifia et nota la température dans le dossier. Puis elle prit son pouls et vérifia son pansement.

— Tout semble bien aller, sourit-elle. Et on dirait que la couleur revient sur vos joues, ce qui est bon signe. Maintenant, faites-moi plaisir et essayez de vous reposer.

— Mais je dois rentrer à la maison, gémit Jennie. Mon père…

— Je suis certaine qu'il préfère que vous demeuriez ici et preniez du mieux.

Jennie tourna des yeux apeurés vers ceux de Dora.

— Vous ne connaissez pas mon père, dit-elle.

Après avoir réussi à convaincre Jennie de se rendormir et fini de prendre des notes dans son dossier, Dora alla faire son rapport à sœur Wren. Mais celle-ci se faisait plus de souci pour la demi-douzaine d'œufs qui avait disparu du garde-manger de la cuisine que pour sa plus récente patiente.

— Ils étaient là hier matin, je le sais, insista-t-elle. Quelqu'un a dû les prendre.

Son regard parcourut les infirmières assemblées autour de son bureau, finissant par se poser sur Dora.

— Ils appartiennent à une patiente, dit-elle. Quiconque les a pris est une voleuse. Et je vais garder l'œil bien ouvert sur vous toutes jusqu'à ce que je découvre qui les a volés.

— Pourquoi diable pense-t-elle que nous voulons voler ces foutus œufs ? chuchota une autre étudiante, Katie O'Hara, à Dora alors qu'elles prenaient leur liste de tâches. Ce n'est pas comme si nous pouvions cuisiner dans la maison des infirmières, non ? Si tu veux mon avis, il est plus probable que ce soit le personnel de nuit qui les a pris et nous laisse endosser la responsabilité.

Elle consulta sa liste.

— Je fais les lits, et toi ?

— La lessive, pour changer.

Dora baissa les yeux sur sa liste et soupira.

La matinée passa à ramasser et à compter les draps souillés et à compiler les détails dans le livre de lessive, puis à tout emballer dans les paniers qui seraient envoyés. Ennis apporta quelques draps-housses tachés que Dora dut faire tremper dans de l'eau froide.

Elle travailla aussi rapidement et efficacement qu'elle put, mais sœur Wren ne fut quand même pas satisfaite.

— J'espère que vous n'allez pas mettre ces draps trempés avec le reste de la lessive ?

Elle se tenait dans l'embrasure de la porte de la salle de soins, observant Dora.

— Vous allez envahir tout le lot de moisissures.

— Non, sœur.

— Et quand vous aurez terminé, nettoyez les alaises. Et soyez attentive à bien les sécher aussi. Je ne veux pas qu'ils soient pliés et mis dans les tiroirs alors qu'ils sont encore humides.

— Non, sœur.

Dora serra les dents.

Heureusement, elle fut sauvée par d'autres remarques de l'infirmière-chef adjointe Cuthbert.

— Il y a un homme aux urgences qui cherche sa sœur, dit-elle. Apparemment, elle a disparu.

— Et pourquoi me dites-vous cela ? demanda sœur Wren.

— Ils semblent penser que ça pourrait être la patiente qui a été admise durant la nuit. Même si nous ne connaissons pas son nom…

— Jennie, intervint Dora. C'est Jennie Armstrong.

Sœur Wren se tourna lentement pour lui faire face, les sourcils hissés.

— Je vous demande pardon, Doyle ? Est-ce que quelqu'un vous a demandé de vous joindre à la conversation ?

— C'est elle ! C'est la fille qu'il cherche, dit l'infirmière-chef adjointe Cuthbert, toute excitée. Je vais l'en aviser, d'accord ?

— Certainement pas, rétorqua sœur Wren. Je descendrai et parlerai moi-même à cette personne. Quand je serai prête.

— Mais, sœur, le pauvre homme a ratissé les rues à sa recherche. Il est épuisé…

— Et je lui parlerai dans un moment, l'interrompit sœur Wren. Bonté divine, Cuthbert, j'ai un service à diriger. Je ne peux pas simplement tout laisser tomber et me précipiter séance tenante, n'est-ce pas ? Maintenant, avez-vous réussi à trouver ces œufs manquants ?

Dora aperçut l'étincelle de ressentiment dans les yeux de l'infirmière-chef adjointe Cuthbert et comprit qu'elles pensaient exactement la même chose. Sœur Wren n'avait aucun problème à tout laisser tomber quand Mr Cooper arrivait ou quand elle voulait se reposer et lire un roman d'amour.

Après avoir terminé de mettre les alaises à sécher dans les cylindres, Dora passa voir Jennie Armstrong dans sa chambre. Elle dormait encore paisiblement. Il semblait presque dommage de la réveiller, mais elle devait prendre son pouls et inspecter son bandage.

Dora arrangea les couvertures et était en train d'enrouler une serviette autour du cou de Jennie au cas où elle vomirait quand le docteur Tremayne entra.

Il était aussi grand et beau que sa sœur, Helen, la compagne de chambre de Dora. Mais alors que cette dernière démontrait un calme imperturbable, William Tremayne était dépenaillé de manière attachante, avec une allure dégingandée et une touffe de cheveux noirs. Mais il était tout de même un interne principal et gravitait très loin de l'orbite de Dora. Elle se figea, incertaine si elle devait lui parler ou non.

Le docteur Tremayne lui sourit.

— Comment va notre mystérieuse patiente ? demanda-t-il.

— Elle a repris connaissance juste après huit heures, docteur. Et elle s'appelle Jennie Armstrong, ajouta Dora.

— Jennie Armstrong, hein ?

Dora le regarda examiner le dossier situé au pied du lit de Jennie.

— Elle est très impatiente de rentrer chez elle, docteur, se risqua-t-elle.

— Elle n'ira nulle part avant un moment, dit-il en remettant le dossier à sa place. Des vomissements ?

— Seulement quand elle a repris connaissance.

— Avez-vous vérifié son bandage ?

— J'étais sur le point de le vérifier de nouveau.

— Et son teint était bon ? Elle parlait ?

Dora hocha la tête.

— C'est un soulagement. J'ai réellement cru que nous allions la perdre.

Il se tint au-dessus d'elle.

— Eh bien, Miss Armstrong, je dois dire que vous l'avez échappé belle.

Il fit courir sa main dans sa chevelure noire.

— Pauvre enfant. C'est une épouvantable affaire. Et elle a attendu très longtemps. Elle devait être enceinte de quelques mois, selon mon estimation. Cela a dû être atrocement douloureux.

Son visage devint lugubre.

— Quiconque lui a fait ça devait savoir ce qui allait arriver. Je parie qu'il leur tardait de se débarrasser d'elle avant qu'elle meure sur place.

Dora hésita, ses yeux fixant la porte. Si sœur Wren entrait et la voyait parler à un médecin…

— J'aimerais pendre ces femmes pour ce qu'elles font à ces jeunes filles, dit-il soudainement. Brûler leurs entrailles avec du phénol et les mutiler au point qu'elles développent une septicémie. C'est barbare…

Il vit l'air atterré de Dora et s'arrêta.

— Désolé, je n'avais pas l'intention de continuer. Mais quand on a fait autant de points de suture que j'en ai faits à ces filles, on commence à détester les femmes qui leur font ça. Et en plus, elles gagnent bien leur vie grâce à cela.

— Elles ne le font pas toutes pour l'argent, dit Dora sans réfléchir. Parfois, c'est une amie ou une parente qui le fait pour aider.

— Aider ?

La bouche du docteur Tremayne se tordit.

— Vous appelez cela aider ?

— C'est mieux que la honte d'avoir un bébé sans mari.

Dora savait qu'elle était déplacée, mais elle ne pouvait s'en empêcher.

— Je parie que c'est ce qui a poussé cette jeune fille. Elle est terrifiée que son père découvre ce qui s'est passé. Je pense qu'elle s'inquiète qu'il la batte comme plâtre ou qu'il la jette à la rue.

— Êtes-vous en train de me dire que cette fille craint plus son père que de mourir ?

Dora le regarda posément.

— Vous ne savez pas comment ça se passe là d'où je viens.

— Probablement pas, acquiesça le docteur Tremayne.

Il fit une pause, réfléchissant. Puis il dit :

— J'aimerais que vous la surveilliez. Prenez régulièrement ses signes vitaux, assurez-vous qu'elle mange et boit, et avisez-moi s'il y a des symptômes dont je devrais être informé.

— Je vais aller chercher sœur…, dit Dora en se dirigeant vers la porte, mais le docteur Tremayne l'arrêta.

— Non, j'aimerais que vous le fassiez.

— Mais je ne suis qu'une étudiante.

— Vous avez de la compassion, dit-il. Notre Miss Armstrong en aura besoin autant que de bons soins.

Il lui sourit.

— Ma sœur m'a dit que vous étiez une bonne infirmière, Doyle. Entre nous, vous et moi allons sauver cette jeune fille.

Dora se sentait encore légèrement fière quand elle descendit pour sa pause du déjeuner. Même quand sœur Wren l'accusa d'avoir bâclé sa tâche de lessive, cela ne put lui ôter la grande fierté qu'elle ressentait après les louanges du docteur Tremayne.

Mais alors qu'elle traversait la cour vers la salle à manger, quelque chose la tracassa.

Sœur Wren avait complètement oublié le frère de Jennie. Elle s'inquiétait toujours des œufs manquants. Ou alors elle ne voulait simplement pas être dérangée.

Ce n'est pas tes oignons, se dit fermement Dora en se pressant à traverser la cour. *Ces choses doivent être laissées aux sœurs. Tu ne vas réussir qu'à t'attirer des ennuis si tu mets ton nez où il ne faut pas.*

Puis elle se rappela ce que le docteur Tremayne avait dit à propos de sa compassion. Sûrement que le frère de Jennie méritait un peu de compassion lui aussi ?

Elle avait presque atteint la sécurité de la salle à manger quand sa conscience l'emporta et qu'elle se retrouva à faire demi-tour vers le bâtiment principal.

Elle l'aperçut immédiatement, debout au bureau des urgences.

— Je vous en prie, infirmière, je suis ici depuis des heures, l'entendit-elle dire. Il y a assurément quelqu'un qui peut me dire si ma sœur est ici ! J'ai cherché partout ailleurs.

— Je vous l'ai dit, Mr Armstrong, quelqu'un viendra bientôt vous parler. Entre-temps, s'il vous plaît, asseyez-vous.

— Mais cette patiente, celle dont vous m'avez parlée et qui est arrivée cette nuit… Cela pourrait être elle, non ? Pour l'amour de Dieu, tout ce que vous avez à faire est de me le dire !

— C'est elle, lâcha Dora.

Ils se retournèrent pour la regarder. Elle vit l'infirmière rouler des yeux avec exaspération. Elle articula silencieusement *enfin !* et retourna à ses papiers.

Le jeune homme s'avança. Il avait les cheveux blonds comme sa sœur et les mêmes taches ambre dans ses yeux verts. Mais il était aussi grand et musclé que Jennie Armstrong était menue et délicate.

— Jennie est ici ? demanda-t-il. S'il vous plaît, mademoiselle, est-ce qu'elle va bien ? A-t-elle eu un accident ?

Dora se mordit la lèvre. Elle savait qu'elle ne devait rien dire, mais le pauvre homme semblait si malade d'inquiétude qu'elle ne pouvait pas le laisser dans un tel état.

— Votre sœur va bien, répondit-elle, choisissant soigneusement ses mots. Elle a dû avoir une opération, mais elle reçoit d'excellents soins, alors nous nous attendons à ce qu'elle se rétablisse complètement.

Elle répéta les mots qu'elle avait entendu sœur Wren utiliser quand elle parlait aux membres de la famille d'une patiente. Mais Mr Armstrong n'était pas satisfait.

— Une opération ? Je ne comprends pas. Quel genre d'opération ? Qu'est-ce qui ne va pas ?

Dora fixa ses chaussures.

— Jennie a eu une hystérectomie, révéla-t-elle à contrecœur.

— Et en langage clair ?

Dora fut soudainement tout à fait consciente qu'elle n'était pas censée avoir cette conversation. Il y avait une raison pour laquelle il était préférable de laisser cela aux infirmières principales. Mais maintenant, elle en avait trop dit et il était trop tard pour changer d'idée.

— Peut-être serait-il préférable que vous parliez à sœur…

— C'est à vous que je le demande.

— Ce n'est réellement pas à moi d'en parler…, commença-t-elle, mais le jeune homme l'interrompit.

— Dites-le-moi, infirmière, ou je vous jure que je démolirai cet endroit brique par brique !

Il ferma brièvement les yeux et Dora vit qu'il s'efforçait de se calmer.

— C'est ma petite sœur, dit-il, sa voix tremblante sous l'effort de la maîtriser. Je travaillais la nuit dernière, et quand je suis rentrée il y avait du sang partout et elle n'était plus là. Pour l'amour de Dieu, rien de ce que vous pourriez me dire ne pourrait être pire que ce qui me traverse l'esprit !

Il parut si désespéré que Dora ne put se contenir.

— C'était… une fausse couche, dit-elle.

Le sang se retira de son visage.

— Une fausse couche ?

Il secoua la tête.

— Non, ce n'est pas possible. Il doit y avoir une erreur. Notre Jennie n'était pas enceinte. Pour l'amour de Dieu, elle n'a même jamais eu de petit ami.

Il fit courir sa main dans sa chevelure blonde. Il parut si consterné par la nouvelle, que Dora eut pitié de lui.

— Vous devriez vraiment parler avec la sœur, dit-elle, une pointe de désespoir dans la voix. Restez ici et je suis certaine que quelqu'un descendra bientôt.

Elle se détourna et s'éloigna rapidement avant qu'il puisse poser d'autres questions. Elle était douloureusement consciente qu'elle en avait déjà trop dit.

Arrivée à la porte, elle se permit un rapide coup d'œil coupable par-dessus son épaule vers lui. Il était toujours là, fixant le vide, essayant d'assimiler ce qu'elle lui avait appris.

Pauvre homme, pensa-t-elle. Pourquoi s'en était-elle mêlée et avait-elle envenimé les choses ? Une sœur ou un médecin l'aurait pris à part et tout expliqué en douceur d'une manière qu'il aurait pu comprendre. Ils n'auraient certainement pas lâché la mauvaise nouvelle au milieu des urgences bondées et le laisser en plan ensuite.

Elle avait cru lui épargner de la douleur, mais à la place, elle avait mis les pieds dans le plat et l'avait fait se sentir encore plus mal.

CHAPITRE 8

Un portrait de Charlotte, la comtesse de Rettingham, dominait la grande salle de Billinghurst. Elle souriait sereinement, immortalisée dans sa beauté juvénile, sa robe exhibant ses épaules, sa chevelure blonde tirée vers l'arrière pour exposer ses traits fins et son cou de cygne.

C'était le plus près que Millie s'était approchée de sa mère ; Charlotte Rettingham était morte de fièvre puerpérale deux jours après la naissance de sa fille.

— Est-ce que tu trouves que je lui ressemble ? demanda Millie.

— Tu as ses yeux bleus, répondit Seb.

Elle sourit.

— Comme tu es délicat ! Ce que tu veux réellement dire, c'est que je suis loin d'être aussi belle et gracieuse.

— Ce que je veux réellement dire, c'est que tu es absolument charmante et que je t'adore.

Sebastian enroula son bras autour de sa taille et l'embrassa tendrement dans le cou.

— Même si tu n'es pas aussi belle et gracieuse, murmura-t-il contre sa peau.

Millie le repoussa, les yeux encore fixés sur le portrait de sa mère.

— Je me demande si elle serait fière de moi, que je devienne infirmière, songea-t-elle.

— Pourquoi ne serait-elle pas fière ? Nous sommes tous fiers de toi, Mil. Mis à part ta grand-mère, évidemment, qui croit que tu es une véritable honte.

— Ne commence pas !

La comtesse douairière n'avait rien fait d'autre que la critiquer depuis qu'ils étaient arrivés la veille. Millie avait quelques jours de congé, et ils passaient un peu de temps à Billinghurst avant d'aller quelques jours dans la maison de famille de Seb.

Malheureusement, le père de Millie avait été appelé peu de temps avant leur arrivée et ne devait pas rentrer avant qu'ils soient partis. Millie était amèrement déçue de ne pas le voir, mais sa grand-mère avait expliqué qu'il avait été convoqué à Sandringham pour voir le roi.

Elle n'avait pas eu besoin de préciser la raison, car la journée où ils avaient quitté Londres, les journaux faisaient abondamment état de la condition branchiale de Sa Majesté qui aurait affaibli son cœur. Personne ne le disait, mais tous craignaient le pire.

Millie comprenait que son père avait dû partir, mais après seulement quelques heures en compagnie de sa grand-mère, elle se sentait déjà complètement épuisée.

— Vraiment, Amelia, dois-tu être autant avachie ?

Voilà les premiers mots de la douairière quand ils s'étaient joints à elle pour le petit déjeuner. Elle était assise aussi droite qu'un piquet au bout de la table, l'image même de la condescendance, ses lunettes juchées au bout de son long nez alors qu'elle étudiait le *Times.*

— Je vois que tous ces cours chez Madame Vacani ont été pure perte.

— Désolée, grand-mère.

Millie avait souri à Seb de l'autre côté de la table tandis qu'ils s'asseyaient.

— Nous n'avons pas beaucoup d'occasions d'exercer notre maintien dans les services.

Lady Rettingham frémit. Une règle tacite dans la maison voulait que Millie ne parle pas de son travail à sa grand-mère. La seule manière pour que la comtesse douairière puisse surmonter une telle aberration était de faire comme si cela n'existait pas.

— Et comment se porte votre sœur, Sebastian ? avait changé de sujet Lady Rettingham. Quand est prévue l'arrivée de son bébé ?

— Début avril, Lady Rettingham.

— Déjà ? Seigneur, le temps a-t-il passé si rapidement ? La naissance de son premier enfant est un moment tellement excitant. N'est-ce pas à cela que toutes femmes aspirent ? Être une mère et la maîtresse de sa propre maison.

Millie avait senti le regard entendu de sa grand-mère sur elle alors qu'elle sirotait son thé. Lady Rettingham approuvait totalement Sophia, la sœur de Seb. Non seulement s'était-elle fiancée à la fin de la saison des débutantes, et à un fils de duc, rien de moins, mais elle avait aussi réussi à concevoir un héritier dès les premiers mois de son mariage. Sa grossesse faisait de l'ombre sur toutes les réussites de Millie.

Elle avait fait mine d'ignorer sa grand-mère et avait beurré son pain grillé avec une indifférence étudiée. Mais rien ne pouvait dissuader la comtesse douairière.

— Je vois dans le *Times* qu'Isabelle Pollard se marie samedi. Est-ce que tu te souviens d'elle, Amelia ? Sa mère est la sœur du duc d'Horsley. Une fille plutôt renfrognée… avec des chevilles très épaisses ? Non ? Oh, eh bien, peu importe.

Elle fit semblant de consulter le journal, même si Millie savait exactement ce qui allait suivre.

— N'a-t-elle pas annoncé ses fiançailles juste après les vôtres ?

— Je ne sais pas, grand-maman.

Millie avait les yeux fixés sur son assiette.

— Oui, je crois que oui. Maintenant, je m'en souviens, c'était en novembre.

Lady Rettingham avait feint de réfléchir, même si son air concentré ne dupait personne. Elle avait une mémoire affûtée pour les préparatifs conjugaux des autres filles.

— Seulement deux mois ? Cela semble très précipité, si vous me demandez mon avis, avait lancé Millie en prenant une bouchée de son pain grillé. Peut-être était-elle obligée de se marier ?

— Ne sois pas vulgaire, Amelia. Et ne parle pas la bouche pleine.

Millie avait croisé le regard de Seb l'autre côté de la table. Il essayait de ne pas sourire.

Elle avait lentement compté dans sa tête. Un… deux… trois…

— Je crois réellement que vous devriez au moins choisir une date, avait lâché Lady Rettingham.

Millie n'avait pas dépassé trois.

— Rien ne presse, grand-maman, avait dit Millie en léchant le beurre sur ses doigts. Je vous l'ai dit, ce ne sera pas avant au moins deux ans.

Sa grand-mère avait tremblé d'indignation.

— Deux ans ! C'est tout à fait ridicule. N'importe quoi peut arriver durant cette période.

— Je crois que ce que ma grand-mère veut dire, c'est que tu pourrais changer d'idée, avait expliqué Millie à Seb.

Lady Rettingham s'était tournée vers lui.

— Amelia ! Mais je suis certaine que Sebastian désire être marié dès que possible. N'est-ce pas, Sebastian ?

— En fait, je suis heureux d'appuyer ce que Millie décide, Lady Rettingham.

La comtesse douairière l'avait regardé de haut, comme s'il l'avait d'une manière ou d'une autre amèrement déçue.

— Eh bien, je suppose que vous savez tous deux ce que vous faites, avait-elle lourdement déclaré. J'imagine que vous allez choisir une date lorsque vous le jugerez bon. J'espère seulement être encore là pour le voir.

Elle avait poussé un profond soupir, l'image même de la dignité blessée.

— Oh, Seigneur, j'ai cru qu'elle allait sortir son mouchoir et se mettre à se tamponner les yeux, dit plus tard Millie à Seb alors qu'ils se dirigeaient vers l'écurie. Je sais qu'elle désespère de me voir mariée, mais je n'avais jamais cru qu'elle s'abaisserait à suggérer qu'elle serait peut-être morte si je ne me pressais pas !

Si cela s'était passé comme sa grand-mère le voulait, Millie aurait été fiancée à la fin de sa saison des débutantes. La douairière avait fait de son mieux pour préparer sa petite-fille pour son rôle d'épouse mondaine, formant Millie comme l'un des pur-sang de l'écurie de son père.

— Elle essaie seulement de protéger son patrimoine, fit remarquer Seb.

— Je suppose.

Millie comprenait que c'était son devoir de se marier. Étant l'unique fille du comte de Rettingham, elle ne pouvait pas hériter du domaine toute seule. Si elle se mariait et avait un héritier mâle, Billinghurst resterait dans la famille. Sinon, à la mort de son père, il irait à un obscur cousin du Northumberland.

Millie ne voulait pas que cela arrive. Mais elle ne voulait pas non plus passer sa vie comme la châtelaine d'un domaine de campagne, avec rien de plus contraignant à faire que de commander les serviteurs et décider quoi porter pour le dîner. Elle voulait être indépendante et faire quelque chose d'utile.

Elle fut distraite quand le palefrenier sortit Espiègle, son cheval préféré, de l'écurie. Ils se saluèrent tous les deux chaleureusement, Espiègle fouillant sa poche avec gourmandise à la recherche d'une gâterie qu'il savait que Millie lui avait apportée.

Seb avait choisi un cheval racé bai foncé de son père nommé Empereur. C'était une grosse bête puissante, et même si Millie le montait presque depuis qu'elle savait marcher, elle se méfiait encore de lui. Mais Seb le maîtrisa aisément, se balançant par-dessus la selle.

Elle sourit avec admiration.

— Il sait qui est le patron, n'est-ce pas ?

— Dommage que je ne puisse pas dire la même chose à ton sujet ! sourit Seb.

Il fit tourner la tête d'Empereur et sortit de l'écurie en cliquetant alors que Millie se hissait sur la selle.

Elle le rattrapa avant qu'ils arrivent au portail.

— Je vais te montrer qui est le patron. C'est la course ! cria-t-elle en se mettant au galop.

Ils galopèrent jusqu'à la crête surplombant le domaine qui offrait la meilleure vue sur Billinghurst, niché confortablement au milieu d'un patchwork de champs ondoyants. Les faibles rayons du soleil d'hiver se reflétaient sur les meneaux des fenêtres des maisons et transformaient les murs épais de pierre en un doré poli.

Ils descendirent de cheval pour les laisser se reposer et s'assirent sur le gazon givré. Ce genre de journée fraîche et claire de janvier arrivait rarement à Londres, laquelle semblait enveloppée en permanence d'un brouillard gris-jaunâtre, bas et déprimant.

Millie soupira de plaisir. Même si elle aimait Londres, Billinghurst était là où son cœur se trouvait.

— Tu aimes vraiment cet endroit, n'est-ce pas ?

Seb lui jeta un coup d'œil.

Millie hocha la tête, les yeux errant encore sur les champs.

— C'est chez moi.

Il resta silencieux pendant un moment, broyant du noir. Puis il poursuivit.

— Tu veux te marier, n'est-ce pas ? Seulement, cette idée ne semblait pas t'enthousiasmer quand ta grand-mère en parlait plus tôt.

— Pas toi aussi ! s'exclama Millie en roulant des yeux. Nous en avons déjà parlé, Seb. Nous avons convenu que nous n'allions pas nous marier avant que j'aie terminé ma formation. Es-tu en train de dire que tu voudrais que cela se fasse plus tôt ?

Il secoua la tête.

— Tant que ce n'est que la formation qui t'arrête.

— Qu'est-ce que cela pourrait être d'autre ?

Il détourna les yeux pour fixer les champs.

— Je me demande parfois si tu as seulement décidé de m'épouser à cause de ce qui est arrivé à ton père.

Millie demeura silencieuse pendant un moment. Elle ne pouvait lui en vouloir de se questionner. Leurs fiançailles avaient été soudaines, après des années à n'avoir été que des amis.

Peut-être en serait-il resté ainsi si son père n'avait pas été gravement blessé lors d'un accident de cheval. Pendant des semaines, sa vie avait été en jeu ainsi que l'avenir de Billinghurst. Pour la première fois de sa vie, Millie avait dû considérer les conséquences de sa décision de ne pas se marier.

— Tu as raison, dit-elle. J'ai seulement décidé de t'épouser à cause de ce qui est arrivé à papa. Mais pas comme tu le crois, ajouta-t-elle rapidement en voyant son visage s'effondrer. Quand il a eu son accident, je me suis sentie si horriblement seule et apeurée. Puis tu es arrivé et m'as fait me sentir en sécurité.

Il était venu directement d'Écosse pour être avec elle. Juste au moment où elle pensait avoir atteint le point le plus bas de son désespoir, soudainement Seb était là, la soutenant. Il lui avait enlevé tellement de poids de ses épaules, veillant sur le domaine. Il était resté avec elle au chevet de son père, tenant sa main durant ces longues et insoutenables journées et nuits.

— C'est à ce moment que j'ai compris que je t'aimais, dit-elle. Et c'est pour cette raison que je ne voudrais jamais être avec quiconque d'autre.

— Et tu ne m'épouses pas seulement afin de pouvoir hériter de Billinghurst ?

Millie rit.

— Quelle question !

— Je suis sérieux.

Il tourna la tête pour la regarder. Pour une fois, il n'y avait pas de lueur d'humour dans ses yeux bleus.

— Seb, je t'épouse parce que je t'aime.

Elle fronça les sourcils en le considérant.

— Qu'est-ce qui t'a fait penser à tout ceci ?

Il haussa les épaules.

— Je ne sais pas. Peut-être que c'est parce que je n'arrive pas à croire à ma chance.

Il tourna les yeux de nouveau vers l'horizon.

— Je t'ai toujours aimée. Depuis le moment où je t'ai rencontrée au premier bal des débutantes. Mais je n'ai jamais imaginé que tu pourrais faire attention à moi. Et puis, tout à coup, un miracle s'est produit et tu m'as aimé. Maintenant, je ne cesse de regarder par-dessus mon épaule, me demandant si ce n'est qu'un coup de chance extraordinaire et qu'un jour, tu te réveilleras et retrouveras ta raison…

Millie mit son doigt sur les lèvres de Seb, le faisant taire.

— Ne vois-tu pas ? J'ai retrouvé ma raison le jour où j'ai compris que je t'aimais.

Il la prit dans ses bras et l'embrassa. Elle avait toujours pensé qu'il serait étrange d'embrasser Sebastian, car elle le connaissait depuis si longtemps comme un ami. Mais c'était comme la chose la plus naturelle du monde.

Ils s'allongèrent, le gazon humide trempant leurs vêtements, et contemplèrent le ciel bleu sans nuages. Millie posa la tête sur la poitrine de Seb, sentant le battement régulier de son cœur contre sa joue.

— Donc, tu veux m'épouser ? demanda-t-il de nouveau. Parce que si pour une raison quelconque tu veux annuler nos fiançailles, tu sais que je comprendrais…

— Tais-toi donc, Seb.

Elle leva la tête de sa poitrine et l'embrassa encore. Il lui rendit férocement son baiser, sa langue se glissant entre les lèvres de Millie.

— Oh, Seigneur, dit-il d'une voix rauque. Est-ce mal que j'aie envie de te faire l'amour ici même ?

— Tu sais que nous ne pouvons pas. Grand-maman te poursuivrait avec le fusil de chasse de papa.

— Cela vaut peut-être le risque.

Alors que Seb se penchait pour l'embrasser de nouveau, un coup de fusil résonna dans les champs. Ce n'était que le garde-chasse qui tirait sur des lapins dans le champ plus bas, mais cela leur fit reprendre leurs esprits.

— Qu'est-ce que je t'avais dit ?

Millie rit en se relevant.

— Allez, rentrons avant que tu fasses quelque chose que tu regretterais.

— Qui dit que je regretterais ?

— Tu regretterais si grand-mère t'attrapait !

CHAPITRE 9

Lyford, la maison familiale de Seb, se trouvait à environ cinquante kilomètres au sud-ouest de Billinghurst, près de la frontière du comté. C'était une magnifique maison géorgienne à couper le souffle, avec une élégante symétrie et une imposante façade aux colonnes corinthiennes, située au centre d'un parc impeccablement soigné. Millie se sentait toujours comme une modeste cousine de la campagne quand elle y venait.

Ils arrivèrent au beau milieu de la matinée, mais seule Sophia, la sœur de Seb, était là pour les accueillir. Elle boudait mélancoliquement sur la méridienne de la bibliothèque.

— Merci, mon Dieu, vous êtes venus, dit-elle en se levant avec difficulté, sa grossesse très évidente sous sa robe ample. Ils ne m'ont pas laissée les accompagner à la chasse à cause de mon état. Ce n'est pas juste, ajouta-t-elle en les embrassant. Ne tombe jamais enceinte, Millie, la prévint-elle. C'est insupportablement ennuyeux. Il me reste encore trois mois, et j'en ai déjà assez de ce malheureux bébé.

— Tu as l'air très bien, la complimenta Millie.

La peau veloutée de Sophia était tout simplement rayonnante et ses cheveux, aussi foncés que ceux de son frère étaient blonds, luisaient sous les rayons du soleil d'hiver qui entraient à flots par les grandes fenêtres.

— Je vais bien, c'est ce qui rend tout cela absolument frustrant, dit Sophia en faisant la moue. Je m'épanouis, comme ils le disent. Mais tout le monde insiste pour me traiter comme si j'étais un précieux paquebot. Chaque fois que je veux faire quelque chose de plus exigeant que sortir du lit, ils secouent la tête et parlent à voix basse de « mon état ». Mère a retenu les services de Sir Charles Ingham pour être mon obstétricien, et je crois qu'elle le ferait m'accompagner partout si elle le pouvait. Et David est encore pire !

Elle roula des yeux.

— Cela ne m'étonne pas. C'est son fils et héritier que tu portes, tu t'en souviens ? fit Seb.

— Oh, pour l'amour de Dieu, pas toi aussi !

Sophia se tourna vers Millie.

— Quoi qu'il en soit, tu es là maintenant. Tu pourras me tenir compagnie pendant que les autres iront à cheval et faire de la randonnée et chasser, et toutes les autres choses que je n'ai pas le droit de faire.

Le majordome leur servit le thé dans le petit salon alors qu'ils poursuivaient leur discussion sur les autres invités.

— Qui d'autre est là ? demanda Seb.

— Eh bien, mère et père, évidemment, et Richard et David. Et puis, il y a les Carnforth et leur fille Lucinda. Tu te souviens de Lucinda, Mil, nous avons fait la saison des débutantes ensemble.

Millie hocha la tête.

— Comment pourrais-je oublier Lulu ?

Lucinda, la fille de Lord et de Lady Carnforth, était arrivée comme beaucoup d'autres débutantes avec la solide détermination de se trouver un époux convenable. Seulement l'ambition de Lucinda frôlait l'obsession. Elle avait déjà fait fuir un fiancé et maintenant elle était à la recherche d'un suivant.

— Elle a jeté son dévolu sur notre frère, peux-tu le croire ? lança Sophia à Seb. Elle est probablement déjà en train de poursuivre le pauvre Richard avec son fusil.

— Il a échappé à la capture jusqu'à maintenant, je suis certain qu'il peut y arriver de nouveau, dit Seb. N'y a-t-il pas un autre mâle peu méfiant qu'elle peut chasser ?

— Seulement Jumbo, et il est ici avec Georgina Farsley.

Sophia fit une grimace d'excuse.

— Désolée, dit-elle. Nous ne savions pas qu'il l'emmenait jusqu'à ce qu'ils arrivent. Il semblerait qu'ils soient en couple maintenant.

— Que le ciel soit loué ! dit Seb. Peut-être que maintenant elle me laissera tranquille. Elle et Jumbo, hein ? Qui l'aurait cru ?

Georgina Farsley était une héritière américaine qui avait tenté sa chance auprès de Seb l'année précédente. Le fait qu'il n'était absolument pas intéressé par elle ne l'avait pas empêchée de blâmer Millie pour l'échec de sa quête. Elle nourrissait une rancune depuis.

Mais c'était la présence de Jumbo Jameson qui rendait réellement maussade Millie. Le fils du comte de Haworth était riche, beau, et un bouffon orgueilleux. Il était aussi l'une des raisons pour lesquelles Millie avait autant détesté la saison des débutantes. Elle avait passé deux mois extrêmement misérables à écouter les semblables de Jumbo et ses grossiers amis se pavaner autour d'elle. La seule pensée de devoir passer plus de temps en sa compagnie la rendait malade.

Les invités rentrèrent de la chasse peu de temps avant le déjeuner. Caroline, la mère de Seb, duchesse de Claremont, parvint à avoir l'air incroyablement royal même dans ses rêches habits de chasse. Le duc accueillit chaleureusement Millie. Un peu trop chaleureusement à son goût ; il était peut-être son futur beau-père, mais il était aussi un vieux coureur de jupons notoire avec une faiblesse connue pour les blondes.

Lord et Lady Carnforth étaient un couple réservé et timide, contrairement à leur ambitieuse fille Lucinda qui arriva agrippée de manière possessive au bras du frère aîné de Seb, Richard, comme une duchesse en devenir.

Et puis il y avait Jumbo et Georgina. Ils formaient un beau couple, tous deux élancés, et exsudant un luxe clinquant.

Millie grimaça quand les yeux de Jumbo tombèrent sur elle. Un seul regard suffisant de sa part était assez pour la ramener au bal du Gouverneur, se tenant dans un coin avec un carnet de danse vide.

— Eh bien, si ce n'est pas Florence Nightingale ! la salua-t-il.

Millie se força à sourire à sa vieille blague éculée par politesse.

— Bonjour, Jumbo. Georgina.

Elle fit un signe de tête vers Miss Farsley. Elle était très belle, d'une manière très sèche. Ses yeux avaient l'éclat froid du jais poli, ses lèvres peintes étaient une implacable tache cramoisie contre sa peau blanche. Elle était mince comme un fil dans un pantalon masculin et une veste de tweed ajustée.

— Seb, lâcha-t-elle d'une voix traînante, son accent américain encore plus prononcé depuis que Wallis Simpson et ses amis l'avaient rendu à la mode. Quelle merveilleuse surprise !

Elle s'avança pour l'embrasser sur la joue, ignorant complètement Millie.

— Est-ce que tu restes toute la fin de semaine ?

— Nous rentrons à Londres demain, je le crains. Millie doit reprendre son service lundi.

— Reprendre son service, hein ? dit Jumbo, ses sourcils se levant. J'imagine que ces bassins hygiéniques ne vont pas se vider tout seul, n'est-ce pas ?

— Nous faisons plus que de vider les bassins hygiéniques, dit Millie patiemment.

— Oh, oui ? Ne me dis pas qu'ils vous laissent aussi les urinoirs ?

Il rit grassement de sa propre plaisanterie.

— En fait, nous sauvons des vies.

Elle le regretta dès que les mots furent dits. Jumbo hurla de rire.

— Vous sauvez des vies ? rugit-il alors que toutes les têtes se tournaient dans leur direction. Dieu, je ne suis pas certain que je voudrais que tu sauves la mienne.

— Je ne suis pas certaine que je le voudrais non plus, répliqua Millie avec affectation.

Seb pouffa de rire dans son verre, mais Jumbo était trop occupé à glousser à son propre esprit pour s'en rendre compte.

— D'après ce dont je me souviens, tu étais un peu trop encline aux accidents. Je n'aurais pas du tout envie de mettre ma vie entre tes mains. Tu te souviens de cette fois au Wilton quand tu as fracassé une bouteille de champagne sur l'évêque ? demanda-t-il tout en regardant autour de lui, cherchant un auditoire. La renversant entièrement sur lui, le pauvre homme était totalement trempé.

— Comme c'est horrible, répliqua Georgina d'un air suffisant.

Millie sentit une vague brûlante colorée monter du décolleté de sa robe.

— C'était il y a longtemps, bredouilla-t-elle.

— Et ensuite, pour empirer les choses, elle a voulu faire une sortie digne et a glissé sur le champagne renversé et dérapé sur toute la longueur de la salle de bal ! poursuivit Jumbo en l'ignorant. Dieu, que c'était amusant !

Il rugit de rire et les autres se joignirent avec admiration, particulièrement Georgina. Même Seb souriait, remarqua Millie en le fusillant du regard.

Il se mit à pleuvoir durant le déjeuner, alors ils demeurèrent à l'intérieur le reste de l'après-midi à jouer à des jeux et à écouter de la musique. Millie les laissa à une partie de charade animée dans le petit salon et se réfugia dans la bibliothèque pour s'attaquer à un puzzle.

Ce fut un véritable soulagement de s'asseoir dans un endroit calme avec rien d'autre que le sombre tic-tac de l'horloge de parquet pour lui tenir compagnie.

Elle se démenait encore sur les pièces quand Seb la trouva.

— Te voilà, dit-il. Pourquoi ne te joins-tu pas à nous ?

— Et écouter Jumbo tout l'après-midi ? Non, merci. Il me donne mal à la tête.

— Il est inoffensif. Ignore-le.

— Toi, ça te va. Tu n'es pas la cible de ses plaisanteries incessantes.

Le hurlement de rire de Lucinda Carnforth provenant du bout du couloir fit frémir Millie.

— Écoute-les, dit-elle. Je ne peux imaginer rien de plus pénible que d'avoir à les entendre toute la journée.

— Ça te plaisait auparavant, lui rappela Seb. Je me souviens d'un temps où tu te serais jointe à eux.

Il avait raison, pensa Millie. À une époque, elle aurait occupé le devant de la scène, elle se serait tordue de rire en essayant de mimer une phrase impossible. Maintenant, elle se surprenait à consulter l'heure et à se demander si le médecin avait terminé sa tournée dans le service Hyde et si Mrs Mortimer avait fait pleurer une autre infirmière ce matin.

Elle abandonna sa tentative d'enfoncer un fragment de ciel où il n'allait pas.

— Misérable chose. Pourquoi ne veux-tu pas rentrer ?

— Laisse-moi essayer.

Seb vint de son côté de la table et étudia le puzzle.

— Je sais que Jumbo peut parfois être casse-pieds, Mil, mais c'est un de mes bons amis. J'aimerais que tu fasses un effort.

Il lui prit le morceau et l'essaya à quelques autres endroits, puis abandonna.

— On dirait qu'il n'a sa place nulle part, non ?

Je sais ce qu'il ressent, pensa Millie. Elle souhaitait tant avoir sa place parmi les amis de Seb, pour le bien du jeune homme.

Alors, elle fit un effort. Elle serra les dents et essaya très fort de ne pas laisser Jumbo l'irriter le reste de l'après-midi. Elle se joignit aux autres, observant Jumbo enseigner à Georgina à jouer aux échecs. Il était un horrible et impatient professeur, mais Georgina était une élève encore pire. À plusieurs occasions, elle laissa Jumbo prendre ses pièces, même quand il était évident même pour Millie quel aurait dû être son prochain déplacement.

— Je ne comprends pas, chuchota-t-elle à Seb quand Georgina concéda une nouvelle partie, riant à sa propre bêtise. Elle aurait pu facilement gagner.

— Peut-être a-t-elle un plus gros prix en tête ? suggéra-t-il.

Millie prit un air renfrogné. Georgina Farsley n'était peut-être pas la personne la plus gentille, mais elle n'était assurément pas stupide. Millie ne pouvait pas imaginer une raison pour laquelle elle ne voudrait pas gagner contre un imbécile prétentieux comme Jumbo Jameson.

Elle parvint à garder ses sentiments pour elle-même jusqu'à la fin du dîner. Elle se mordit la langue quand Jumbo se vanta de s'être rendu à Munich en avion avec ses parents pour rendre visite à Herr Hitler, et quel charmant hôte il avait été.

— Il ne souhaite pas entrer en guerre contre nous, rassura-t-il tout le monde en faisant un signe de la main qui tenait son verre à vin. Au contraire, il respecte tout à fait la Grande-Bretagne. Il veut seulement ce qui appartient de plein droit à l'Allemagne.

Elle résista aussi à l'envie de lui dire qu'il proférait des bêtises quand il lança avec enthousiasme à quel point ce serait un « souffle de vent frais » quand le prince de Galles serait roi, même si elle put voir d'après les expressions flagrantes du père de Seb et de Lord Carnforth qu'ils trouvaient très déplacé de discuter du sujet alors que le vieux roi n'était même pas encore mort.

La duchesse, comme toujours en parfaite hôtesse, fit habilement dévier la conversation.

— Est-ce que Sophia vous a dit qu'elle et David déménagent dans leur nouvelle maison londonienne la semaine prochaine ? s'adressa-t-elle à Lady Carnforth.

— Vraiment ? fit Lady Carnforth. Je suis étonnée que tu veuilles de tout ce bouleversement dans ton état, Sophia.

— C'est ce que j'ai dit, soupira la duchesse. Mais vous savez comment sont les filles de nos jours, Eleanor. Elles ne veulent simplement pas entendre raison. Tout doit être fait à leur manière, n'est-ce pas ?

Elle regardait Millie à l'autre bout de la table en parlant. Millie se demanda si elle était aussi irritée que sa grand-mère de devoir attendre pour son mariage.

— Honnêtement, mère, ce n'est pas nécessaire de faire tant d'histoires, dit joyeusement Sophia. Ce bébé arrivera que je sois assise ici à fixer la fenêtre ou à Smith Square en train de suspendre des rideaux dans sa chambre.

— Bonté divine !

Sa mère la considéra, les yeux écarquillés d'horreur.

— J'espère que tu n'envisages pas de suspendre des rideaux, Sophia ?

— Non, mère, bien sûr que non, soupira-t-elle. Mais je pense faire une pendaison de crémaillère, ajouta-t-elle en souriant autour de la table.

— Certainement pas.

La duchesse se tourna vers son gendre.

— David, vous ne pouvez possiblement pas penser qu'il s'agit là d'une bonne idée ?

Il haussa les épaules.

— Si c'est ce que Sophia désire.

Il regarda avec adoration sa femme de l'autre côté de la table.

— Tout à fait, s'esclaffa le duc. Laissons les filles faire ce qu'elles veulent, hein ? C'est la seule manière de les faire tenir tranquilles.

La duchesse pressa les lèvres.

— Mais es-tu certaine qu'une pendaison de crémaillère est une bonne idée, chérie ? demanda-t-elle à sa fille.

— Mère, tout ira bien. Demandez à Millie, elle vous le dira.

Sophia se tourna vers elle.

— Dis-lui, Millie. Être enceinte n'est pas comme être malade, n'est-ce pas ?

— Eh bien, je…

— Qu'est-ce qu'en sait Amelia ? l'interrompit avec impatience la duchesse. Elle n'est pas médecin, n'est-ce pas ?

— Non, mais elle sauve des vies, vous vous en souvenez ? intervint Jumbo.

Millie le fixa.

S'il parle encore des bassins hygiéniques, je vide cette saucière sur sa tête, pensa-t-elle, ses doigts se tendant vers l'argenterie.

— Je sais que tu penses que ce que je fais est très amusant, Jumbo, mais au moins est-ce utile, dit-elle avec le plus de dignité qu'elle put trouver. La chose la plus utile que tu fais est de commander un cocktail au White !

Un silence embarrassé suivit son emportement. Du coin de l'œil, Millie vit le froncement de désapprobation de Seb.

— Ma foi, dit Lucinda Carnforth en brisant le silence tendu avec un bruyant murmure, je ne sais pas si je devrais le mentionner, mais… il y a quelque chose qui bouge dans tes cheveux.

Ils retournèrent à Londres le soir même. La duchesse avait insisté pour qu'ils passent la nuit comme prévu, mais elle ne put dissimuler son soulagement quand Millie déclina l'invitation.

— Je comprends tout à fait, vu les circonstances, chuchota-t-elle.

Millie s'affala sur le siège passager, muette de honte, son chapeau descendu jusque sur ses oreilles.

Seb la regarda du coin de l'œil.

— Tu peux l'enlever si tu veux, suggéra-t-il. Je suis certain que je ne vais rien attraper.

Millie frissonna.

— Arrête. Je ne veux même pas y penser. Je n'ai jamais été aussi humiliée de ma vie.

Jamais elle ne pourrait leur faire face de nouveau, elle en était certaine. En fait, elle n'allait probablement plus pouvoir regarder personne en face. Elle ne pouvait qu'imaginer les ragots qui circulaient déjà dans les maisons de campagne et celles de Londres.

« Avez-vous entendu au sujet de la fille de Rettingham ? Elle est allée chez les Claremont avec des poux. Oui, des poux. Pouvez-vous y croire ? C'est tout à fait extraordinaire. »

Ce n'était qu'une question de temps avant que la nouvelle atteigne les oreilles de sa grand-mère, et alors l'enfer se déchaînerait.

— Ce n'était pas si grave, dit Seb. Je crois que certaines personnes ont trouvé cela plutôt amusant…

— Comme ton ami Jumbo, tu veux dire ? dit Millie d'un ton brusque.

Le son de son hurlement de rire allait hanter ses cauchemars pour toujours.

— Oh, oui, il a adoré, n'est-ce pas ? Il a trouvé que c'était absolument hilarant.

— Tu dois avouer, Mil, que c'était assez amusant. L'air de Georgina…

Il vit son regard sinistre et cessa de sourire.

— Oh, pour l'amour du ciel. Ce n'est pas la fin du monde, non ?

— Ah non ?

Millie fixa lugubrement droit devant elle.

— Je m'attends à ce que ta mère te demande d'annuler les fiançailles.

— Bien sûr que non.

— Seb, elle était tellement impatiente que je parte ! Elle fait probablement fumiger ma chambre et brûler toute la literie en ce moment même. Je suis étonnée qu'elle n'ait pas essayé de *me* jeter aussi dans le feu.

Ils roulèrent en silence pendant un moment. Puis Seb parla.

— Vois ça du bon côté. Au moins, si tu es bannie par la bonne société, tu n'auras plus à voir Jumbo Jameson.

Millie risqua vers lui un coup d'œil prudent sous le bord baissé de son chapeau. Il lui sourit, ses yeux bleus plissés.

— Arrête, dit-elle, sa bouche se tordant. J'essaie d'être humiliée.

— Est-ce que j'y peux quelque chose si mon sourire est contagieux ?

Millie tira sur le bord de son chapeau.

— Je t'en prie, n'utilise pas ce mot ! supplia-t-elle.

CHAPITRE 10

C'était jour de visite au service Wren. Le premier en ligne derrière les portes était Joe, le frère de Jennie.

— Vous voyez ? Je vous avais dit qu'il serait là, lança Dora en rajustant les draps de la fille.

Celle-ci avait été déménagée dans la salle principale.

— Et vous vous êtes inquiétée toute la semaine pensant qu'il ne viendrait pas.

Les yeux de Jennie clignèrent avec anxiété vers les portes. Elle se rétablissait bien, mais voir son frère fit disparaître le peu de couleur qu'elle avait au visage.

— Je ne crois pas pouvoir l'affronter. Il ne me pardonnera jamais ce que j'ai fait.

— Il est ici, non ?

Dora replia le drap des quarante-cinq centimètres réglementaires. Elle n'avait même plus besoin de le mesurer, elle pouvait le juger à l'œil.

— Il est probablement venu me dire qu'ils ne veulent plus de moi à la maison.

Les yeux de Jennie s'emplirent de larmes.

— Croyez-vous qu'il aurait apporté des fleurs s'il venait vous dire ça ?

Dora ajusta la couverture.

— Écoutez-le d'abord avant de vous inquiéter, d'accord ?

— Ne me laissez pas, supplia Jennie quand sœur Wren ouvrit enfin les portes et que les visiteurs commencèrent à entrer.

— Je ne peux pas rester ici, j'ai du travail.

— Et s'il se met en colère contre moi ? Et s'il perd son calme ?

Dora serra la main de Jennie.

— Ne vous en faites pas, je vous surveillerai.

— Vous le promettez ?

— Je le promets.

Elle regarda autour d'elle, souriante, alors que Joe s'avançait près du chevet. Il semblait mal à l'aide dans son plus beau costume, serrant un bouquet de fleurs.

— Bonjour, Mr Armstrong.

Elle lui sourit alors que sa sœur fixait silencieusement ses mains.

— Infirmière, dit-il en hochant la tête, les yeux fixés sur Jennie. Ça va, Jen ?

Il semblait aussi nerveux que sa sœur.

— Quelles jolies fleurs ! Je vais les mettre dans l'eau, d'accord ?

Aucun des deux ne répondit.

— Eh bien, je vais vous laisser, poursuivit Dora en lui prenant les fleurs. Je reviendrai avec la desserte plus tard. Peut-être prendrez-vous une tasse de thé ?

Dora partit afin d'effectuer la liste de tâches que sœur Wren lui avait donnée. Tout en travaillant, elle continua à leur jeter des coups d'œil. Joe était assis près du lit de Jennie. Au moins, ils semblaient se parler.

Elle espérait qu'il ne serait pas trop dur avec sa sœur. Dora avait appris à connaître et à aimer Jennie Armstrong durant la semaine où elle avait pris soin d'elle. Elle avait dix-sept ans, mais était très jeune et naïve pour son âge. Dora eut l'impression qu'elle n'avait pas de vie à elle, travaillant de longues heures à une usine de tissus en plus de prendre soin de son père et de son frère depuis la mort de sa mère. Elle était exactement le genre à s'attirer des ennuis. Une petite fille craintive et ignorante qui pouvait facilement être guidée hors du droit chemin.

Même si elle ne parlait jamais du père de son bébé. La seule fois où Dora l'avait mentionné, les yeux de Jennie étaient devenus vides. « Je ne veux pas en parler », c'est tout ce qu'elle avait dit.

Quand Dora revint plus tard, Jennie et Joe étaient encore en train de discuter. Le visage de Jennie était bouffi de larmes, mais d'après la manière dont elle agrippait la main de son frère, Dora supposa qu'il n'en était pas la cause.

— Doyle, pourquoi faites-vous les yeux doux à ce jeune homme ?

La voix stridente de sœur Wren interrompit ses pensées.

— Je-je ne fais pas ça, sœur.

— Ne discutez pas avec moi, je vous ai surveillée.

Elle se tenait devant la desserte, lui barrant le passage.

— Concentrez-vous sur votre travail, je vous prie. Si je vous prends à encore le regarder, vous serez punie au bain froid. Cela vous servira de leçon !

— Si tu veux mon avis, c'est elle qui aurait besoin de la punition du bain froid, chuchota Katie O'Hara quand Dora passa près d'elle en route vers la cuisine. As-tu vu la manière dont elle regarde le fils de Mrs Venables ? Elle n'arrive pas à détacher son regard de lui.

— Et c'est quoi au juste la punition du bain froid ?

— Tu n'en as pas entendu parler avant ? Les sœurs les dispensent toujours aux infirmières qu'elles croient courir après les garçons. Tu dois te lever à la pointe du jour et te rapporter à la sœur de nuit pour un bain glacial. Et je veux vraiment dire glacial. Encore plus froid que les bains à la maison des infirmières après que les anciennes ont utilisé entièrement l'eau chaude ! Cela étant dit, ajouta-t-elle, je crois que celui-ci vaut peut-être le risque d'un bain glacial, tu es d'accord ?

Elle fit un signe de tête en direction de Joe Armstrong.

— Tu crois que tous les hommes valent la peine de risquer un bain glacial !

Dora rit. Grassouillette, Katie O'Hara était arrivée d'un petit village d'Irlande afin d'étudier au Nightingale comme ses sœurs aînées. Elle profitait au maximum de sa présence dans la grande ville, loin de sa mère.

Quand l'heure des visites fut terminée, l'habituelle routine consistant à refaire les lits et à laver les dos, à changer les pansements et à distribuer les bassins hygiéniques commença. Mais d'abord, elles devaient fouiller les casiers des patients et confisquer tout ce qui pourrait moisir. Toute la nourriture qui pouvait être utilisée allait en lieu sûr dans le garde-manger du service ou était distribuée parmi les patients.

Sœur Wren se tenait devant le garde-manger, observant avec gourmandise la nourriture qui arrivait. Elle était particulièrement fascinée par un pot de confiture maison que le fils de Mme Venables avait apporté, un cadeau de la sœur de celle-ci.

— Les patients pourront en avoir avec leur petit déjeuner, annonça-t-elle.

— Et elle pourra en avoir avec son thé et son pain grillé quand elle ira se prélasser cet après-midi !

Katie sourit à Dora en lui tendant une boîte d'œufs qu'elle avait trouvée.

Jennie Armstrong parut beaucoup plus enjouée quand Dora vint lui faire son traitement contre les escarres.

— Comment cela s'est-il passé ? demanda-t-elle tout en lavant et séchant soigneusement les épaules et les hanches de Jennie.

Elle était si mince que Dora pouvait tracer chaque os noueux de sa colonne sous sa peau.

— Ça s'est bien passé. Il était contrarié, mais pas en colère. Et il a dit à papa que je suis entrée d'urgence à l'hôpital pour une appendicite, alors il n'y a vu que du feu.

Elle parut soulagée.

— Je suis contente de cela au moins. Je ne veux pas qu'il découvre ce qui s'est passé.

— Je suis étonnée qu'il ne soit pas aussi venu vous rendre visite.

Il y eut un long silence. Puis Jennie lâcha :

— Papa ne viendrait jamais. Je ne le voudrais pas, de toute façon.

Sa voix était lourde de ressentiment.

— Vous ne vous entendez pas bien avec lui ? dit Dora en tamponnant de l'alcool méthylé.

Jennie ne répondit pas. Dora se demanda si ces ecchymoses qui s'estompaient et ces cicatrices qui recouvraient le dos de la fille étaient la réponse.

— Au moins, vous vous êtes réconciliée avec votre frère, c'est une bonne chose, dit-elle.

— Oui, j'en suis heureuse. Joe a toujours veillé sur moi. C'est lui le fort, vous voyez. Même mon père l'écoute.

Puis son sourire s'effaça.

— J'aurais seulement souhaité qu'il ne parle pas autant de mon… du père du bébé.

— Qu'a-t-il dit ?

— Il me pressait, voulant savoir de qui il s'agissait et où il habitait.

— Je suppose qu'il veut qu'il assume ce qu'il a fait.

— Il veut le tuer plutôt. Joe le mettrait en pièces à mains nues si jamais il l'attrape.

— Alors, vous ne lui avez pas dit ?

Jennie secoua la tête.

— Ça n'a pas d'importance de toute façon. Il ne le trouvera jamais, dit-elle d'une voix morne. Il est parti depuis longtemps.

— Vous voulez dire qu'il a filé quand il a appris au sujet du bébé ?

Jennie garda la bouche fermement close, emprisonnant les mots, comme si elle en avait déjà trop dit.

— Ça va, ajouta Dora. Vous n'avez pas à me le dire si vous ne voulez pas.

Jennie l'observa avec circonspection.

— Vous n'en parleriez pas à Joe ?

— Bien sûr que non. Je sais garder un secret, croyez-moi.

Jennie hésita pendant un moment, puis secoua la tête.

— Je ne peux pas, lâcha-t-elle. J'ai trop honte. Il s'avère que… il n'était pas l'homme que je croyais qu'il était.

— Dans quel sens ?

Mais Jennie ne répondit pas. Dora vit une larme se glisser entre ses paupières fermement closes et comprit que peu importe ce qui était arrivé à l'homme mystérieux de Jennie, il lui était trop douloureux d'en parler.

Elle n'y repensa plus jusqu'à ce qu'elle termine son quart de travail à dix-sept heures. Elle traversait la cour quand elle aperçut Joe Armstrong assis sur un banc sous les platanes. Un vent glacial balayait ses cheveux sur son visage, mais il semblait à peine le remarquer alors qu'il fumait une cigarette, le regard perdu. Il avait l'air de porter tous les problèmes du monde sur ses larges épaules.

Dora hésita. Devait-elle s'approcher ? Elle se souvint de la dernière fois où elle avait pris l'initiative de lui parler. Elle avait causé plus de tort que de bien ce jour-là et ne voulait pas recommencer. En outre, ils étaient juste devant le bureau de l'infirmière en chef. Elle n'aurait qu'à regarder par sa fenêtre, et Dora aurait encore plus d'ennuis que la punition du bain froid de sœur Wren.

Mais Joe Armstrong semblait si affligé qu'elle se surprit à marcher vers lui avant qu'elle puisse s'en empêcher.

— Ça va, Mr Armstrong ?

Il leva vivement la tête.

— Oh, c'est vous, infirmière. Désolé, j'étais bien loin.

— Y a-t-il quelque chose qui vous préoccupe ?

— Je ne fais que réfléchir.

— L'heure des visites s'est terminée il y a plus d'une heure.

— Ouais, eh bien, j'ai beaucoup de choses à réfléchir, n'est-ce pas ?

Dora jeta un rapide coup d'œil vers la fenêtre de l'infirmière en chef, puis s'assit près de lui.

— Jennie va guérir, vous savez.

— Vraiment ?

Joe Armstrong la regarda, ses yeux se plissant.

— Elle m'a dit qu'elle ne pourrait plus avoir d'enfant maintenant. Quel genre de vie aura-t-elle, dites-moi ?

Il prit une longue bouffée de sa cigarette. Ses mains tremblaient, remarqua Dora.

— Notre Jennie a toujours aimé les bébés. Tout ce qu'elle a toujours voulu, c'est se marier et avoir sa propre famille. Qui voudra d'elle maintenant ?

— Je-je suis désolée.

Les épaules de Joe s'affaissèrent.

— Non, infirmière. C'est moi qui devrais être désolé. Je n'avais pas l'intention de vous parler aussi sèchement, ajouta-t-il en parvenant à esquisser un sourire las. Notre Jennie n'a pas cessé de parler de vous… infirmière Doyle ceci, infirmière Doyle cela. Je ne crois pas qu'elle s'en serait sortie sans vous.

— Oh, je n'irais pas jusque-là…

— Moi oui. Vous avez été gentille avec elle. Et Jennie n'a pas eu beaucoup de gentillesse dans sa vie, je peux vous l'assurer.

Leurs regards se croisèrent et s'accrochèrent. Dora se leva, se sentant tout à coup embarrassée.

— Je dois y aller, dit-elle. Si l'infirmière en chef me voit en train de vous parler, elle me tordra le cou.

Comme elle s'éloignait, il la rappela.

— Infirmière ?

— Oui ?

Elle regarda par-dessus son épaule.

— Je suppose qu'elle ne vous a rien dit… au sujet de celui qui lui a fait cela ?

Dora pensa à la promesse qu'elle avait faite à Jennie, puis secoua la tête.

— Pas à moi.

— C'est peut-être mieux ainsi.

Joe Armstrong jeta son mégot sur le sol et l'éteignit sauvagement avec le talon de sa botte.

— Mais je garantis que je le retrouverai bien assez vite.

Nick Riley fumait derrière le pavillon des brancardiers quand il vit Dora en train de parler à Joe Armstrong.

Il reconnut immédiatement Armstrong. L'homme était membre du club de boxe de Poplar et ils s'étaient affrontés à quelques reprises sur un ring. Il avait la réputation d'être un boxeur déloyal et la plupart des gars le craignaient. Mais pas Nick.

Pourquoi parlait-il à Dora ? Nick se sentit immédiatement sortir de ses gonds.

Il lui semblait parfois qu'il avait passé la majorité de sa vie à observer Dora Doyle, sans jamais avoir le courage de lui dire le fond de sa pensée. Sa famille et celle de Dora étaient voisines depuis plus de dix ans, allant chez l'une comme chez l'autre. Il avait onze ans quand elle était arrivée rue Griffin. Il était déjà presque un homme et responsable de mettre de la nourriture sur la table de sa famille. Il avait regardé Dora jouer avec les plus jeunes, enviant sa liberté. Il l'avait écoutée leur raconter des histoires, assise sur le pavé, et avait souhaité pouvoir lui aussi s'asseoir à ses pieds avec les autres. Il se sentait si timide et idiot près d'elle que tout ce qu'il trouvait à faire était de s'en prendre à elle et de la taquiner. Mais même là, elle était plus qu'à la hauteur. Quand il avait ri de ses cheveux roux frisés, elle lui avait envoyé un coup de pied dans les tibias, si fort que cela lui avait donné les larmes aux yeux, même si jamais il ne lui avait laissé voir à quel point cela lui avait fait mal.

Et elle lui avait encore fait mal à peine quelques mois plus tôt, quand il avait enfin trouvé le courage de l'embrasser. C'était la première fois qu'il montrait ses véritables sentiments, la première fois qu'il se rendait vulnérable envers quiconque.

Et elle l'avait rejeté.

Le souvenir lui faisait encore mal. C'est à ce moment-là qu'il avait pris la décision de l'oublier. Il avait même commencé à fréquenter Ruby Pike en un effort de repousser de son esprit et de son cœur toutes pensées envers Dora.

Mais il ne s'était pas attendu à ce que cela soit aussi difficile.

Il la regarda s'éloigner de Joe et traverser la cour dans sa direction. Quand elle arriva à la hauteur du pavillon des brancardiers, il se plaça devant elle.

— Oh, Nick ! Tu as failli me faire avoir une crise cardiaque !

Dora plaqua sa main sur sa poitrine.

— Est-ce que c'était Joe Armstrong avec qui tu parlais ?

Elle fronça les sourcils.

— Tu le connais ?

— Je suis monté sur le ring avec lui à quelques occasions.

— C'est un boxeur ?

Elle y réfléchit pendant un moment.

— Cela ne me surprend pas.

— Que fait-il ici ?

— Il est venu rendre visite à sa sœur.

— La fille qui a eu un avortement illicite ?

Il vit l'éclair de colère sur le visage de Dora.

— Qui t'a dit ça ? demanda-t-elle d'un ton brusque.

Puis, avant qu'il puisse répondre, elle poursuivit.

— Je suppose que c'est Lettie Pike ? dit-elle, la bouche crispée. Cette vieille chipie ne devrait pas tant commérer.

— Demander à Lettie Pike de ne pas commérer, c'est comme lui demander de ne pas respirer.

— Vrai.

Dora sourit à contrecœur. Elle n'était même pas jolie, pensa Nick. Sa bouche était trop large, son nez trop gros et beaucoup trop criblé de taches de rousseur. Et pour les cheveux… Il avait toujours choisi de belles filles, par le passé. De véritables canons, comme Ruby. Le genre qui faisait tourner la tête des hommes sur la rue.

Dora ne ferait jamais tourner la tête d'aucun homme. Et malgré cela, quand elle regardait Nick d'une certaine manière, c'était comme si quelqu'un allumait un feu d'artifice en lui.

— Alors, pourquoi te parlait-il ?

— Tu es un fouineur, toi ? Ce n'est pas ton genre de vouloir connaître les affaires de tout le monde. À mon avis, tu as passé trop de temps avec Lettie Pike !

Il y avait une lueur de taquinerie dans les yeux de Dora.

— Il est inquiet au sujet de sa sœur.

— J'imagine qu'il voudra aussi savoir qui l'a mise dans un tel pétrin. Je sais que si j'étais lui, je voudrais que quelqu'un paie pour ce qu'on lui a fait.

Quelqu'un devait toujours payer. C'était la méthode de l'East End.

— Et tu crois que cela aidera sa pauvre sœur ?

— Il faut protéger les gens que l'on aime, insista obstinément Nick.

Peut-être que s'il était intervenu plus tôt, il aurait pu protéger son frère Danny de leur père. En fin de compte, il avait fini par faire payer Reg Riley, lui faisant goûter à sa propre médecine, puis l'avait fait fuir de Bethnal Green pour de bon.

— La violence n'est pas la réponse à tout, Nick, lui dit Dora.

Cela a fait partir ton beau-père, non ? aurait-il voulu lui répondre.

Il n'aurait jamais interféré dans les affaires de personne, mais quand Danny lui avait dit qu'il avait vu Alf Doyle frapper Dora ce jour-là, c'était comme si quelqu'un avait appuyé sur un interrupteur dans la tête de Nick, ravivant toute son ancienne rage. Quelques jours plus tard, il avait piégé Alf dans une ruelle et l'avait convaincu de faire ses bagages et de quitter la rue Griffin. Et lâche comme il était, Alf n'avait pas discuté.

Peut-être n'aurait-il pas dû faire ça, pensa Nick. Mais comme il avait dit à Dora, il faut protéger les gens que l'on aime.

C'était la manière avec laquelle il la regardait. Depuis tous les mois où ils se fréquentaient, Lettie Pike n'avait jamais vu Nick regarder sa Ruby comme il regardait Dora Doyle.

Elle s'était arrêtée un moment près d'une fenêtre pour frotter son dos douloureux. Ces infirmières pensaient en baver, mais elles devraient essayer son travail. Elle devenait trop vieille pour balayer, frotter et préparer des feux. Elle devrait être en train de se reposer. Et c'est ce qu'elle aurait fait aussi, si son paresseux de mari, Len, pouvait réussir à rester loin des preneurs de paris. Entre les chevaux et l'alcool, il réussissait à gaspiller chaque penny qu'elle ramenait à la maison et davantage. Il avait même trouvé les quelques livres qu'elle avait cachées dans une boîte de conserve sous le lit, ce crétin de voleur. Et quand elle s'en était plainte, il lui avait donné une gifle pour l'avoir caché pour commencer.

Elle avait regardé par la fenêtre et aperçu Dora Doyle en train de parler à un jeune homme sous les arbres au milieu de la cour. Et elle n'était pas la seule qui surveillait. Dans les ombres près du pavillon des brancardiers, Nick Riley les avait aussi observés.

Lettie avait senti un picotement de malaise.

Elle était restée clouée sur place alors que Dora avait terminé de discuter avec le jeune homme et avait traversé la cour. Puis Nick s'était placé devant elle.

Lettie avait pressé son nez contre la fenêtre, mais elle n'avait pas eu besoin d'entendre ce qu'ils se disaient. Tout était là, dans la manière dont ils se regardaient.

— Sœur ? avait-elle lancé.

— Qu'y a-t-il, Lettie ?

Sœur Wren était immédiatement arrivée.

Elles travaillaient ensemble dans ce service depuis de nombreuses années. La sœur ne la traitait pas comme elle traitait les infirmières. Elle estimait beaucoup trop la valeur de Lettie pour ça. La préposée au ménage était ses yeux et ses oreilles dans le service ; elle avisait la sœur quand les infirmières tramaient quelque chose.

Comme maintenant, par exemple.

— Regardez, avait-elle dit en pointant. Elle est plutôt culottée celle-là.

Sœur Wren avait regardé, puis regardé de nouveau. Une rougeur maussade s'était élevée de son cou, un signe assuré qu'elle se préparait pour l'une de ses colères.

— Doyle, avait-elle sifflé. J'aurais dû le savoir.

— Terrible, n'est-ce pas ? avait dit Lettie. Traîner pour draguer des garçons alors qu'elle devrait être en train de travailler. Et en uniforme en plus. Je trouve ça très honteux, vraiment.

— Moi aussi, Lettie. Mais ne vous inquiétez pas, elle ne perd rien pour attendre.

— Allez-vous l'envoyer voir l'infirmière en chef ?

Sœur Wren l'avait regardée, et Lettie avait eu la satisfaction de voir une lueur de méchanceté dans ses yeux.

— Oh, non, avait-elle souri avec délectation. Je vais m'en occuper moi-même.

Ruby était déjà à la maison quand Lettie rentra. Elle était assise à la table de la cuisine, en train de vernir ses ongles. Lettie étouffa son mécontentement que la vaisselle soit encore empilée dans l'évier et que personne n'avait pris la peine de commencer à préparer le dîner.

Elle jeta son sac à provisions sur le plancher.

— Je vais mettre la bouilloire à chauffer, d'accord ? dit-elle de mauvaise humeur.

— Je vais prendre un thé, si tu en fais.

Ruby ne leva pas les yeux alors qu'elle soufflait sur ses ongles.

Lettie se rendit à l'évier et remplit la bouilloire sous le robinet.

— Où sont les garçons ? demanda-t-elle.

— Dieu seul le sait. En train de mijoter quelque chose, comme toujours, je suppose.

Ruby leva ses ongles aux bouts écarlates pour les montrer à sa mère.

— Que penses-tu de cette couleur ? Je l'ai achetée chez Woolworth.

— Très joli.

Lettie regarda les boucles dorées savamment coiffées de sa fille et sentit son cœur se soulever de fierté. Elle était peut-être une véritable paresseuse, mais Ruby était de loin la plus belle fille de Bethnal Green.

Elle se demandait parfois comment elle avait réussi à mettre une telle splendeur au monde. Elle-même n'était pas une beauté. Même jeune fille, elle avait été maigre au teint cireux, des cheveux fins châtain clair et des dents tellement de travers que sa mère disait qu'elle pouvait « manger une pomme à travers une boîte aux lettres ». Len Pike ne payait pas de mine non plus. Et malgré tout, ensemble, ils avaient réussi à produire une magnifique créature comme Ruby.

Dès le moment où Ruby était née, elle avait été le petit ange de Lettie. Elle la traitait comme une princesse, se privant afin d'acheter des robes à sa fille, peignant son halo de boucles dorées pendant des heures, lui disant à quel point elle était spéciale. Ce n'était pas la faute de Ruby si elle était pourrie gâtée, pensa sa mère.

Elle se gonflait d'un orgueil qu'elle n'avait jamais connu auparavant quand les autres mères commentaient combien la petite Ruby était belle. Et quand les jeunes hommes avaient commencé à la courtiser, Ruby avait pris cela comme un dû. Mais Lettie, qui n'avait jamais reçu un regard admiratif de toute sa vie, était ravie par l'attention que sa fille recevait. Ruby ne serait jamais comme elle, avait-elle décidé. Elle n'aurait jamais à se contenter de quelqu'un comme Len Pike, avec son corps flasque et son mauvais caractère. Ruby pouvait avoir tous les hommes qu'elle voulait.

Et elle voulait Nick Riley.

Ce n'était pas l'homme que Lettie aurait choisi pour sa fille. Elle avait espéré que Ruby ait un peu plus d'ambition, et choisirait quelqu'un avec une profession, peut-être même un homme d'affaires, quelqu'un avec un peu d'argent qui pourrait lui offrir toutes les choses les plus raffinées de la vie qu'elle méritait.

Lettie doutait que Nick Riley puisse un jour être en mesure de se permettre une automobile ou une maison en banlieue. Il était beau, il n'y avait aucun doute là-dessus, et il travaillait dur. Mais c'était un casse-pieds bourru avec un méchant caractère quand on le provoquait. Et le cœur de Lettie se serrait en pensant à sa Ruby côtoyant une belle-famille comme la vieille ivrogne de June Riley et son imbécile de fils.

Mais si Nick était l'homme sur lequel Ruby avait jeté son dévolu, alors c'était celui qu'elle devait avoir. L'idée qu'il ne voie pas à quel point il était chanceux ou qu'il ne ressente pas la même chose n'était jamais venue à l'esprit de Lettie avant qu'elle le voie avec Dora.

Elle jeta un coup d'œil vers Ruby, se demandant la meilleure manière d'aborder le sujet.

— J'ai vu ton Nick plus tôt, dit-elle nonchalamment en mettant le thé dans la théière.

— Ouais ?

— Il était en train de parler à Dora Doyle.

Lettie lança un regard vers sa fille.

— Ils semblaient très unis.

— Pourquoi, que faisaient-ils ?

— Je te l'ai dit, ils parlaient. Et ils souriaient, ajouta-t-elle en remplissant la théière.

— Ils souriaient, hein ? Ooh, je ferais mieux de faire attention, n'est-ce pas ?

— Tu peux rire, ma fille, mais tu ne les as pas vus ensemble. Je te le dis, ils étaient très unis.

Ruby posa son pinceau à vernis.

— Mince, maman, nous nous connaissons tous depuis des années. Ils vont forcément se parler, non ? Ça ne veut rien dire. Qu'est-il censé faire, l'ignorer parce que nous nous fréquentons ?

Ruby leva encore ses mains, les faisant tourner d'un côté puis de l'autre pour admirer la lumière qui se reflétait sur ses ongles.

Lettie remua les feuilles de thé.

— Il semblait un peu trop heureux de la voir, si tu veux mon avis, marmonna-t-elle.

Et comme Ruby ne répondit rien, elle répéta.

— Est-ce que tu m'écoutes ? J'ai dit…

— J'ai entendu ! trancha Ruby. Es-tu en train de me dire que mon Nick me trompe avec Dora Doyle ?

— Je ne dis rien du tout. Mais tu sais qu'il s'est fait une réputation dans le coin. Beaucoup de filles ont essayé d'attirer son attention, et elles sont toutes restées sur le carreau…

— Oui, mais c'était avant qu'il me rencontre, non ?

Lettie croisa le regard de sa fille. Les yeux bleus de Ruby étaient durs et déterminés.

— De toute façon, Dora est ma meilleure amie. Elle est plus avisée que ça. Même si elle était intéressée par lui, ce qui n'est pas le cas.

— Elle n'est peut-être pas intéressée, mais comment peux-tu affirmer la même chose de lui ?

— Oh, maman !

Ruby émit un rire presque d'apitoiement.

— Regarde-moi. Crois-tu réellement que Nick accorderait la moindre attention à quelqu'un comme Dora ?

Lettie fixa le joli visage de sa fille. Elle aurait pu faire du cinéma, elle était tellement belle. Puis, elle pensa à Dora Doyle, aussi quelconque qu'un bâton, son gros nez barbouillé de taches de rousseur.

— Tu as raison, ma chérie, je suis bête, acquiesça-t-elle.

Mais quand elle se retourna pour verser le thé dans des tasses ébréchées, elle ne vit pas le regard inquiet dans les yeux de sa fille.

CHAPITRE 11

La nouvelle tomba à minuit.

Depuis la sombre déclaration juste après 22 h 30 ce soir-là mentionnant que la vie du roi « se déplaçait paisiblement vers sa fin », les radios dans les cuisines et les salles de soins partout dans l'hôpital étaient à l'écoute pour plus d'informations.

Violet supervisait une admission d'urgence au service chirurgical pour hommes quand une étudiante en larmes vint lui murmurer la nouvelle.

— Merci de m'avoir prévenue, infirmière, avait-elle dit calmement.

Elle était certaine que plus tard l'infirmière raconterait à ses amies que Miss Tanner avait pris la nouvelle sans aucune émotion, ce qui prouvait bien ce que tout le monde disait, qu'elle était un véritable glaçon.

Mais même si Violet était émue par la mort du roi, elle avait plus de chagrin pour le jeune homme derrière la cloison qui perdait rapidement sa lutte pour la vie après avoir été renversé à vélo en route vers son quart de travail de nuit. Évidemment qu'elle ressentait du chagrin pour le décès de Sa Majesté. Mais au moins avait-il vécu une longue vie remplie et il était mort dans la dignité. Il n'y avait pas eu de dignité pour le pauvre Mr Parsons, allongé en sang dans un caniveau, sa vie terminée presque avant même qu'elle ait débuté.

Elle ouvrit la porte sur la salle des visiteurs et fut confrontée à un groupe de visages blêmes et inquiets. Les parents, les frères et les sœurs de Mr Parsons avaient tous été tirés de leur sommeil et avaient jeté leur manteau par-dessus leurs vêtements de nuit dans leur précipitation pour l'hôpital.

C'était une scène à laquelle elle assistait souvent, mais qui ne devenait pas plus facile. Des patients qui s'accrochaient avec ténacité à la vie durant le jour semblaient perdre leur volonté lors des longues heures d'obscurité. En tant que sœur de nuit, il était de son devoir de préparer les membres de la famille au pire ou de leur annoncer la nouvelle qu'ils redoutaient.

— Est-ce que… est-ce qu'il va s'en tirer, infirmière ? chuchota Mrs Parsons.

Violet prit une profonde inspiration, se ressaisit et ferma doucement la porte.

La nouvelle de la mort du roi se répandit dans l'hôpital comme une vague de tristesse. Les infirmières sanglotaient, les patients s'éveillaient, devenaient agités, avaient besoin de parler. Violet passa la nuit à aller d'un service à un autre, apaisant et calmant, tenant des mains et faisant une infinie quantité de tasses de thé.

Quand l'aube pointa, elle était exténuée. Elle ne pensait qu'à rentrer et à s'écrouler dans son lit.

Au début, elle ne fut pas certaine si elle imaginait le bruit de l'eau qui coulait dans la salle de bain du service Wren peu avant six heures. Elle enquêta et trouva une jeune infirmière à l'air mécontent en train d'emplir la baignoire. L'étudiante de nuit se tenait dans l'embrasure à la surveiller, l'air presque aussi misérable.

Elles se retournèrent vivement quand Violet apparut.

— Que croyez-vous être en train de faire, infirmière ? s'enquit-elle.

— C'est pour ma punition, sœur.

La voix de la jeune femme fut presque noyée par le rugissement du robinet. Elle avait l'air aussi fatigué que Violet, son visage défait par le manque de sommeil, ses cheveux roux crépus en un halo emmêlé.

— Je vous demande pardon ?

— Ma punition du bain froid. Sœur Wren dit que vous devez la superviser.

Violet se frotta les yeux d'une main lasse.

— Je suis désolée, infirmière, vous allez devoir vous expliquer.

Son regard passa d'une fille à l'autre.

Ce fut l'étudiante de nuit qui parla en premier.

— Sœur Wren nous fait prendre un bain froid à l'aube si nous sommes prises à parler aux hommes, sœur, expliqua-t-elle.

— Je vois. Donc, je dois veiller à ce que cette punition soit menée à bien ?

Toutes deux acquiescèrent.

— Et supposons que je ne le veuille pas ?

Les infirmières se regardèrent d'un air confus.

— Je-je suis désolée, mademoiselle, commença l'étudiante rousse. Je ne comprends pas…

Violet soupira.

— Comment vous appelez-vous, infirmière ?

— Doyle, sœur.

— Dites-moi, Doyle, parliez-vous à cet homme ?

— Oui, sœur.

Elle croisa le regard de Violet en l'affirmant. Pas audacieusement ou effrontément, mais d'une manière assurée et franche. Elle ne paraissait pas être du type séductrice, pensa Violet.

Elle tendit la main et ferma le robinet.

— Allez-vous-en, Doyle, dit-elle avec lassitude.

— Mais mademoiselle…

— Doyle, la nuit a été très longue, et maintenant, je dois vérifier tous les rapports des services et m'assurer que tous les patients sont nourris et que tout est en ordre avant que l'équipe de jour arrive à sept heures. Croyez-vous vraiment que j'ai aussi le temps de superviser votre bain froid ?

— Non, sœur.

Le large visage plein de taches de rousseur de la fille s'emplit d'espoir.

— Non, en effet. Et je suis certaine que vous avez de meilleures choses à faire de votre temps aussi. Alors allez prendre votre petit déjeuner et assurez-vous de revenir promptement au service pour votre travail.

— Mais sœur Wren sera très…

— Je me charge de sœur Wren, dit fermement Violet.

— N'est-ce pas une terrible nouvelle au sujet du pauvre roi ?

Millie entendait cela partout où elle allait en ce morne et froid mardi matin. Toutes les infirmières en parlaient lors du petit déjeuner et les vieilles femmes au service des maladies chroniques féminines, celles qui étaient conscientes de ce qui se passait autour d'elles en tout cas, voulaient toutes partager leurs bons souvenirs avec Millie alors qu'elle accomplissait ses tâches dans la salle.

À l'extérieur de l'hôpital, les cloches de l'église sonnaient. Sœur Hyde avait permis une radio dans la salle, mais Millie avait commencé à souhaiter qu'elle ne l'eût pas fait, car elles devaient endurer de la musique solennelle heure après heure.

— Pourquoi devons-nous écouter ça ? demanda Maud Mortimer alors qu'elle se soumettait à contrecœur à la brosse de Millie. Cet endroit n'est pas déjà suffisamment déprimant sans devoir écouter ces épouvantables chants funèbres ?

— C'est pour le roi, dit Millie, défaisant soigneusement un nœud dans les longs cheveux blancs soyeux de Maud.

— Pourquoi ? Il ne peut pas l'entendre, non ? Pour l'amour du ciel, ma fille, devez-vous être aussi rude ? dit-elle en éloignant brusquement sa tête.

Millie ralentit son brossage.

— Désolée. La musique est une marque de respect, ne croyez-vous pas ?

— Respect, mon œil, désapprouva Maud. Ce n'est rien d'autre que de la sensiblerie mièvre, si vous voulez mon avis. Même si je ne suis absolument pas étonnée de vous voir si émotive, vous me semblez être du type mièvre, ajouta-t-elle.

— C'est toujours triste lorsque quelqu'un meurt.

— Quelle sottise absolue ! dit Maud en balayant de la main les paroles de Millie. Pour la plupart des gens, c'est un soulagement béni. Ou ce le serait si ce n'était de bonnes âmes comme vous, ajouta-t-elle sur un ton accusateur. Vous, les infirmières et les médecins, arrivez ici avec vos gants de toilette et vos tasses à bec et votre incessante gaieté répugnante, essayant de nous garder en vie alors que tout ce que nous voulons est de mourir en paix.

Le sourire de Millie vacilla, incertain.

— C'est notre travail de nous soucier des gens, Mrs Mortimer.

— Vous appelez cela vous soucier ? Si vous vous en souciez réellement, vous abrégeriez nos souffrances.

— Vous ne devez pas parler ainsi.

— Pourquoi pas ? demanda-t-elle en faisant un geste vers la salle. Avez-vous au moins pris la peine de regarder autour de vous ? Croyez-vous que ces femmes veulent être impuissantes et souffrantes ? Croyez-vous qu'elles aiment que quelqu'un les nourrisse, leur lave les cheveux et leur essuie le derrière ? Ne croyez-vous pas que chacune d'entre elles choisirait de s'endormir et ne jamais se réveiller si elle le pouvait ? Je sais que c'est ce que j'aimerais. Oh, n'ayez pas l'air aussi choquée, dit-elle d'un ton brusque. Si je n'ai plus de raison de vivre, pourquoi ne pourrais-je pas partir quand je le souhaite ?

— Il y a toujours une raison de vivre.

Maud Mortimer lui décocha un regard de mépris pur.

— Stupide, stupide fille ! siffla-t-elle. Vous ne dites cela que parce que vous êtes jeune. Attendez d'avoir mon âge et que tout le monde que vous aimiez soit mort ou ait oublié que vous existez. Attendez que votre esprit décline et que votre corps vous laisse tomber et que vous soyez à la merci de filles stupides avec de joyeux sourires et des brosses à cheveux, alors vous me direz que vous voulez vivre.

La désolation dans ses durs yeux vifs donna envie de pleurer à Millie. Elle sentit les larmes brûlantes lui picoter les yeux.

— Oh, pour l'amour du ciel !

Maud lui enleva la brosse à cheveux, mais elle tomba de sa faible poigne et roula sous le lit.

— Vous voyez ? fit-elle. Je ne peux même pas brosser mes propres cheveux. Quel genre de vie cela est-ce ?

Millie plongea sous le lit pour récupérer la brosse, mais Maud la congédia.

— Laissez-moi seule, dit-elle avec lassitude. Vous me donnez mal à la tête.

— Mais…

— M'avez-vous entendue ? J'ai dit de partir. Allez tourmenter une autre de ces misérables femmes. Peut-être pourrez-vous pleurer un bon coup ensemble sur ce pauvre vieux roi.

Millie tremblait encore quand elle poussa son chariot vers la salle de soins. Elle essaya de se dire que Maud avait simplement une mauvaise journée. Mais l'amertume qu'elle avait vue dans les yeux de la vieille femme la hanta.

Elle évita Maud Mortimer le restant de la matinée. Heureusement, sœur Hyde donna à Helen la tâche de nourrir Maud au déjeuner. Millie observa de l'autre côté du service alors que son amie s'assit près du lit, une tasse à bec dans la main.

— Je n'en veux pas, dit Maud en détournant la tête. Je refuse d'être nourrie comme une enfant.

— Allez, Mrs Mortimer, vous devez garder vos forces, supplia Helen. Essayez une seule gorgée pour moi…

— Je vous ai dit que je n'en voulais pas !

Maud repoussa la tasse avec tant de force qu'elle échappa à la main d'Helen et glissa sur le plancher.

Il y eut un silence consterné. Sœur Hyde s'avança jusqu'à Maud, son expression sévère.

— Vraiment, Mrs Mortimer, vous devez laisser l'infirmière Tremayne vous nourrir, la prévint-elle. Sinon…

— Sinon quoi ?

Maud l'affronta avec un ton de défi.

— Je vais mourir de faim ?

— Sinon, nous devrons avoir recours à une sonde d'alimentation, dit doucement sœur Hyde.

Il y eut un long silence. Même de l'autre bout du service, Millie aperçut un bref éclat de peur sur le visage de Maud.

— Très bien alors, dit-elle avec dignité. Vous pouvez me nourrir.

Sœur Hyde sourit.

— Voilà qui est mieux. Tremayne, préparez une autre tasse à bec. Et Benedict, l'appela-t-elle, voyez à ce que ce dégât soit immédiatement nettoyé.

Alors que Millie passait la serpillière, elle regarda Helen nourrir Maud.

— Voilà, dit-elle d'une manière apaisante en tenant la tasse à ses lèvres. Ce n'est pas si mal, n'est-ce pas ?

Millie vit le regard morne dans les yeux de Maud et se souvint de ce qu'elle avait dit au sujet d'être à la merci de filles avec de joyeux sourires. C'était triste, pensa-t-elle. En ce qui concernait Maud Mortimer, cela ne pouvait pas empirer.

CHAPITRE 12

— Désolée, chérie. La chambre est prise.

Violet considéra la femme qui se tenait sur le pas de la porte, les bras croisés sur sa poitrine. Elle lui retourna son regard, son visage de marbre.

— Mais elle était disponible ce matin, répondit-elle. Elle était parfaite. Grande, ensoleillée avec une porte menant sur le jardin, pensa-t-elle.

— Je vous avais dit que je la voulais. J'ai dit que je revenais cet après-midi avec l'argent…

— Oui, eh bien, quelqu'un vous a pris de vitesse, je le crains.

Violet se redressa.

— Vous m'avez dit que la chambre était disponible depuis des semaines. Il est très étrange que deux personnes se présentent et la veuillent la même journée, vous ne trouvez pas ?

— Ces choses-là arrivent.

La femme haussa les épaules.

Violet tint fermement la main d'Oliver.

— Alors cela n'a rien à voir avec mon fils ? dit-elle à voix basse.

Le regard furieux de la femme la trahit.

— Je croyais que vous étiez une dame célibataire respectable, bredouilla-t-elle.

— Je suis veuve.

— Ah bon ?

La femme jeta un coup d'œil entendu à la bague bon marché de Violet qui scintillait de manière peu convaincante sous les pâles rayons du soleil.

— Vous ne portiez pas ça ce matin.

— Je dois l'enlever quand je travaille.

— Ah oui ? Et de quel genre de travail il s'agit ?

Les joues de Violet lui brûlèrent.

— Je suis infirmière !

— Si vous le dites, ma belle.

La femme la regarda sceptiquement.

Violet retint sa colère, déterminée à ce qu'Oliver ne la voit pas ainsi. Elle détestait la manière dont la femme la regardait de haut, mais en même temps, elle ne pouvait pas lui en vouloir. Elle ne serait pas la première jeune mère à acheter une bague bon marché chez un prêteur sur gages et à essayer de se faire passer pour une veuve en égard de sa respectabilité.

Ce n'est pas ce que vous pensez, voulait-elle crier. Mais la peur la garda silencieuse.

— Écoutez, ma belle, dit aimablement la propriétaire. Je suis certaine que c'est difficile pour vous. Vous semblez une femme gentille. Mais je ne peux pas vous laisser la chambre. Pas avec…

Ses yeux se posèrent rapidement sur Oliver, puis se détournèrent.

— N'avez-vous pas de famille qui pourrait vous aider ? s'enquit-elle.

— Non, répondit Violet d'une voix faible. Je n'ai personne.

— Alors, je suis désolée pour vous, réellement.

Violet resta sur le pas de la porte pendant un moment après que la porte se fut refermée devant elle, refoulant ses larmes.

— Maman ?

Oliver tira sur sa main, la voix incertaine.

— Allons-nous vivre ici ?

— Non, mon trésor. Il se trouve que ce n'est pas le bon endroit finalement.

— Mais je ne veux plus vivre chez Mrs Bainbridge.

Moi non plus, pensa Violet. *Mais nous n'avons pas beaucoup de choix.*

— Nous trouverons bientôt un autre endroit, mon chéri, promit-elle.

Quand elle baissa les yeux vers lui, elle parvint à retrouver son sourire.

— Maintenant, est-ce que l'on retourne à la maison en passant par le marché ? Nous achèterons des beignets aux pommes de la caravane, qu'en penses-tu ?

— Oui, s'il te plaît !

Oliver exécuta une petite danse, frétillant et se tortillant tout en tenant sa main.

— Et est-ce que l'on pourra avoir du *fish and chips* pour le repas ?

— Pourquoi pas ? Je crois que nous méritons une récompense.

Ils marchèrent vers la maison, passèrent devant les boutiques parées de sombres crêpes noirs afin de marquer la mort du roi. Il faisait un temps glacial, et un vent mordant soufflait dans les rues étroites, mais au moins le brouillard étouffant s'était dissipé. Violet demeura à l'extérieur aussi longtemps qu'elle put, en partie parce qu'elle appréhendait de retourner dans l'immeuble sombre et humide et en partie pour donner la chance à Oliver de respirer l'air frais. Elle avait remarqué que sa respiration empirait récemment, sa petite poitrine se soulevant et retombant quand il respirait. Mrs Bainbridge s'était aussi plainte que sa toux l'empêchait de dormir.

Mais elle ne put attendre plus longtemps, et ils rentrèrent d'un pas lourd, s'arrêtant au passage pour acheter le repas.

Leur petite chambre empestait la pourriture et l'humidité. Violet feignit de ne pas remarquer les plaques de moisissure noire qui grimpait sur le plâtre sous la fenêtre pendant qu'elle aidait Oliver à enlever son manteau, puis elle entra dans la cuisinette pour préparer leur *fish and chips*.

— Est-ce qu'on peut le manger directement dans le papier journal ? supplia-t-il.

— Certainement pas.

— Mais c'est ainsi que Mrs Bainbridge le mange.

— Raison de plus pour que nous ne le fassions pas, marmonna Violet pour elle-même en sortant deux assiettes du placard.

C'est à ce moment qu'elle s'aperçut que la boîte de conserve de cacao avait disparu.

L'endroit était peut-être pourri jusqu'à l'os, mais elle le gardait impeccablement propre. Les surfaces de bois étaient récurées avec du désinfectant et tout était parfaitement aligné dans les placards. Ainsi, il lui était facile de voir quand quelque chose avait été déplacé. Ou pris.

Un sentiment glacial l'envahit. Elle tendit la main jusqu'au fond du placard, fouillant parmi les boîtes de conserve et les paquets, sachant déjà que ce qu'elle cherchait n'était plus là, mais ne voulant pas abandonner.

— Maman ! appela Oliver.

— Juste une minute, chéri. Maman cherche quelque chose.

Mais la vieille boîte de conserve de cacao Rowntree dans laquelle elle gardait son argent et ses quelques biens précieux avait disparu.

Se forçant à demeurer calme, elle donna à Oliver son assiette, puis descendit cogner à la porte de Mrs Bainbridge.

Il fallut quelques minutes avant qu'elle ouvre la porte, s'essuyant les mains sur son tablier à fleurs. Par-dessus son épaule, la cuisine était un vrai chaos de bébés gémissant, d'enfants se disputant et d'une odeur rance de friture.

— Oui ? Que voulez-vous ?

Violet avait désiré demeurer calme. Mais voir l'étroit visage sournois de Mrs Bainbridge fut trop pour elle.

— Où est ma boîte de conserve ? somma-t-elle.

Mrs Bainbridge cligna des yeux.

— De quoi parlez-vous ?

— Vous le savez très bien. J'avais une vieille boîte de conserve dans mon placard et elle a disparu.

— Et pourquoi me regardez-vous ? Je ne l'ai pas.

— Quelqu'un l'a.

Violet regarda par-dessus l'épaule de la femme dans sa cuisine. Une demi-douzaine d'enfants lui retournèrent son regard, tous avec des yeux aussi sournois que ceux de leur mère.

— Êtes-vous en train de me traiter de voleuse ?

Violet se débattit pour garder son calme.

— Je veux simplement récupérer mes biens, dit-elle patiemment. Je ne me soucie même pas de l'argent. Mais il y avait des bijoux dans cette boîte. Un médaillon que ma mère m'a donné. C'est tout ce qu'il me reste…

— Alors, vous auriez dû mieux en prendre soin, n'est-ce pas ?

— Et vous devriez cesser de vous servir dans les affaires des autres !

Mrs Bainbridge parut indignée.

— Je n'ai pas votre foutu médaillon, gronda-t-elle. Vous êtes la bienvenue à fouiller l'endroit si vous ne me croyez pas. Mais je vous le dis, vous ne trouverez rien ici.

Elle s'écarta du pas de la porte. Violet regarda dans la cuisine fétide et humide. À quoi bon ? pensa-t-elle. Son bijou avait dû trouver le chemin du prêteur sur gages des heures plus tôt.

— Ou peut-être devrions-nous appeler les policiers ? suggéra Mrs Bainbridge. Les laisser régler ça ?

— Non !

Violet vit l'éclair de triomphe dans les yeux de sa logeuse et comprit qu'elle avait parlé trop vite.

— Restez simplement loin de ce qui m'appartient, dit-elle à voix basse.

— Et est-ce que cela inclut votre garçon ? lança la propriétaire alors qu'elle se dirigeait vers l'escalier. Je suppose que cela signifie que vous ne voulez plus que je le surveille quand vous êtes sortie ?

— Bien sûr que oui.

— Eh bien, je ne suis pas certaine de le vouloir. Ce n'est pas agréable, vous savez, de se faire traiter de voleuse alors que vous essayez seulement d'être une bonne voisine. Je crois que j'ai besoin d'une excuse de votre part avant de me déranger de nouveau.

— Je suis désolée, murmura Violet.

Elle remonta jusqu'au sommet de l'immeuble, brûlant de colère et de frustration à chaque marche. Comme elle détestait cette horrible femme ! Mais Mrs Bainbridge avait raison. Violet ne pouvait même pas mettre un verrou sur la porte parce qu'elle comptait sur elle pour veiller sur Oliver quand elle était au travail.

Il leva les yeux vers sa mère quand elle entra dans leur chambre.

— Maman, c'est froid.

— Je n'ai plus tellement faim.

Elle prit son assiette et jeta son contenu dans la poubelle.

Après le thé, elle aida Oliver à se laver à l'évier et à mettre son pyjama, lui lut une histoire et le mit au lit.

— Je t'ai laissé du lait et des biscuits, au cas où tu aurais faim durant la nuit, dit-elle en ravivant le feu. Maintenant, souviens-toi, mon trésor, qu'est-ce que maman te dit toujours ?

— Ne touche pas au pare-feu et ne laisse entrer aucun étranger dans la chambre, répéta-t-il religieusement. Et je dois partir avec personne, peu importe ce qu'elle me dirait.

— C'est ça.

Violet s'assit sur son lit étroit et embrassa son fils pour la nuit. Comme toujours, elle l'étreignit férocement, prise d'une peur terrible que c'était la dernière fois qu'elle le voyait.

— J'aimerais que tu n'aies pas à partir tous les soirs, maman, dit-il.

— Moi aussi, mon chéri.

— Je préférais quand nous habitions avec Mr Mannion dans la grosse maison.

— Moi aussi, soupira Violet.

Il y avait de l'air frais là-bas et un grand jardin où Oliver pouvait s'amuser. Et le vieux Mr Mannion, souffrant comme il était, adorait l'observer par la porte-fenêtre. Il disait qu'Oliver apportait un souffle de vie dans la vieille maison délabrée. Ses propres enfants avaient grandi, étaient partis depuis longtemps et ne lui rendaient jamais visite. En fait, ils avaient rarement des visiteurs. C'est pour cette raison que Violet s'était sentie si en sécurité là-bas.

Mais ensuite, Mr Mannion était mort et ses enfants avaient fini par se souvenir qu'ils avaient un père. Ils avaient débarqué à la maison, saisissant les biens de Mr Mannion comme des corbeaux de la charogne. La maison avait été vendue et Violet avait été renvoyée.

Mais venir à Londres avait été une erreur, pensa-t-elle. Elle s'était imaginé qu'elle pourrait se fondre dans la grande ville, qu'elle pourrait se faire une nouvelle vie pour son fils et elle sans éveiller la curiosité de quiconque. Mais elle avait eu tort.

Elle arriva au Nightingale et se dirigea directement vers le pavillon des brancardiers. Mr Hopkins, le brancardier en chef, l'accueillit à la porte. C'était un méticuleux petit homme, avec une moustache raide et une allure militaire accentuée par ses chaussures polies et son uniforme brun bien pressé. À cheval sur le protocole, il portait un brassard de crêpe noir en respect pour le roi.

— Elles vous attendent derrière, mademoiselle, dit-il dans son accent chantant du Welsh. Tout un attroupement, ce soir.

— Merci, Mr Hopkins.

Violet fit le tour du pavillon, là où les aspirantes femmes de ménage étaient regroupées afin de se protéger du vent.

Violet regarda la flopée de visages pleins d'espoir se tourner vers elle. C'était sa tâche de la nuit qu'elle préférait le moins. Elle prit une profonde inspiration et choisit rapidement.

— Ce n'est pas juste, elle a été choisie la nuit dernière, protesta l'une des femmes quand Violet guida les quelques chanceuses.

Violet se raidit. Il y avait toujours des mécontentes.

— Revenez demain soir, lança-t-elle par-dessus son épaule.

— Et que vais-je dire à mon mari quand je rentrerai les mains vides ? Il va me tuer si je ne rapporte pas d'argent ce soir.

Violet entendit le ton implorant dans la voix de la femme, mais poursuivit son chemin.

— C'est ça, éloigne-toi de moi. Tout va bien pour toi, garce prétentieuse ! lança dans son dos la femme. Tu ne sais pas ce que c'est d'avoir un bonhomme à la maison qui te roue de coups, n'est-ce pas ?

Violet indiqua les tâches aux femmes de ménage de nuit, puis traversa la cour vers son petit salon et enfila son uniforme. Elle pouvait presque se sentir devenir une personne différente alors qu'elle attachait ses manchettes amidonnées sur sa robe grise et nouait les longs cordons de sa coiffe sous son menton. Pour quelques heures, elle pouvait mettre de côté les problèmes et préoccupations de Violet Tanner pour devenir la sœur de nuit.

Mais la sœur de nuit avait ses propres soucis à gérer, se rendit-elle compte quand elle rencontra sœur Wren dans le couloir des sœurs.

Le cœur de Violet se serra quand elle la vit approcher avec sœur Blake à l'autre bout du couloir, la bouche pincée. Quelque chose l'avait mise dans une humeur massacrante.

— J'aimerais vous dire un mot.

Elle fonça sur Violet, son petit visage empli de méchanceté et de colère.

— Pourquoi avez-vous sapé mon autorité ?

Sœur Blake parut consternée.

— Vraiment, sœur Wren…

— J'ai sapé votre autorité ? Je ne sais pas ce que vous voulez dire, répliqua calmement Violet.

— Ne faites pas la bornée ! Je vous ai demandé de superviser la punition d'une de mes étudiantes, mais vous avez refusé.

— Peut-être devriez-vous discuter de cela en privé ? suggéra sœur Blake avec tact.

— Mêlez-vous de vos affaires !

Sœur Wren se tourna vers elle.

Violet Tanner redressa les épaules.

— Oui, j'ai refusé de superviser la punition, dit-elle.

— Puis-je savoir pourquoi ?

— J'ai trouvé que c'était méchant et inutile.

Les yeux gris délavé de sœur Wren s'embrasèrent.

— Méchant… inutile ?

Violet hocha la tête.

— Pour ma part, elle n'a rien d'utile.

— C'était une punition !

— Si vous vouliez punir la fille, l'envoyer chez l'infirmière en chef aurait été tout aussi efficace. Il n'y avait aucun besoin de la soumettre à une humiliation. À moins que votre but était justement de l'intimider et de l'humilier ?

Des tendons de rage sortirent du maigre cou de sœur Wren.

— Comment osez-vous ? s'indigna-t-elle en s'étouffant sur ses mots. Vous n'avez aucun droit de me parler ainsi. Vous n'êtes que la sœur de nuit !

Violet défia du regard sœur Wren. Ses petits poings fermés de chaque côté de son corps, son visage grimaçant de rage. Elle était si petite et si furieuse qu'elle rappela à Violet Oliver frappant des pieds pendant une crise de colère.

Tout à coup, elle se rappela la femme sur le pas de sa porte plus tôt, l'examinant comme si elle était quelque chose au bout de sa chaussure. Puis, elle vit Mrs Bainbridge, se servant avec désinvolture dans les biens de Violet, sachant qu'elle était piégée et ne pouvait pas se défendre.

Elle devait peut-être accepter la manière dont elles l'avaient traitée. Mais elle n'avait pas à l'accepter de sœur Wren.

— Puis-je vous rappeler, sœur Wren, que je suis encore une sœur dans cet hôpital et non pas l'une de vos étudiantes que vous pouvez commander ?

— Maintenant, écoutez-moi…

— Non, *vous* écoutez-moi.

Le tremblement de colère dans la voix de Violet fut suffisant pour faire taire sœur Wren. Elle resta là, la bouche close en une mince ligne d'indignation cinglante.

— Je suis heureuse de suivre vos instructions quand il s'agit du bien-être de vos patientes. Mais à l'avenir, si vous désirez infliger un bain froid à quelqu'un à la pointe du jour, alors vous allez devoir faire vous-même votre sale besogne. Est-ce clair ?

Il y eut un bref silence.

— Avez-vous terminé ? cracha sœur Wren.

— Oui, merci.

— Dans ce cas, nous entendrons ce que l'infirmière en chef aura à dire à ce sujet !

Sœur Wren s'éloigna, la colonne raidie par le ressentiment.

Sœur Blake la regarda partir.

— Bien fait, dit-elle à Violet. Il était temps que quelqu'un lui dise ce qu'il pensait de sa foutue punition de bain froid. Cela fait des années que nous essayons de lui dire, mais elle ne voulait rien savoir. On dirait que vous avez enfin réussi à vous faire entendre !

Violet ne répondit pas. Ses yeux étaient toujours fixés sur sœur Wren.

— Ne vous en faites pas, vous n'aurez aucun problème, dit sœur Blake. Si je connais l'infirmière en chef, elle sera d'accord avec vous.

Ce n'était pas l'infirmière en chef qui l'inquiétait, pensa Violet. La dernière chose qu'elle voulait était de se faire une ennemie au Nightingale.

Et elle avait le sentiment que sœur Wren pouvait être effectivement une ennemie vindicative.

CHAPITRE 13

Ruby se tenait devant le miroir, grimaçant à son apparence. La plupart des filles auraient été heureuses de ce qu'elles voyaient, mais Ruby ne remarquait que les défauts. Les callosités sur ses doigts causées par dix heures par jour passées à sa machine, sa jupe tendue sur ses hanches trop arrondies. Même ses boucles blondes, malgré tous ses efforts avec le fer à friser, pendaient mollement autour de son visage.

Elle maudit son reflet. Pourquoi sa mère avait-elle dû lui dire ça au sujet de Nick ? Elle n'avait pas réussi à se regarder depuis sans voir sa confiance faiblir.

Parce que malgré ce qu'elle avait dit à sa mère, Ruby était inquiète.

C'était les petites choses qui la troublaient. Elle devait tenir la main de Nick quand ils se promenaient, jamais il ne tendait la sienne vers celle de Ruby. Parfois quand elle lui parlait, papotait au sujet d'un nouveau film qu'elle voulait voir au Rialto ou ce que cette garce d'Esther Gold lui avait dit à l'usine, elle sentait que ses pensées étaient ailleurs.

Et il ne lui avait jamais, jamais dit qu'il l'aimait.

C'était une étrange sensation pour elle. Aucun jeune homme n'avait perdu son intérêt pour Ruby Pike. C'était toujours l'inverse. Maintenant, elle savait ce que les garçons ressentaient quand elle devenait froide avec eux, cessait de sourire à leurs plaisanteries et se raidissait quand ils voulaient mettre leurs bras autour d'elle. Ce n'était pas une sensation agréable.

Elle ne voulait pas que cela se produise avec Nick Riley. Tout le monde rue Griffin savait qu'ils se fréquentaient. Ruby n'était pas certaine qu'elle parviendrait encore à marcher la tête haute si elle le laissait lui échapper.

Mais c'était plus qu'un orgueil blessé. Elle avait commencé à éprouver des sentiments pour lui. De réels et véritables sentiments, pas seulement les papillons dans le ventre qu'elle ressentait habituellement quand elle regardait dans ses magnifiques yeux bleus.

Il était profond, comme le dirait sa mère. Il ne trahissait pas ses sentiments, ne frimait pas ou n'essayait pas de l'impressionner comme certains des autres garçons avec qui elle était sortie. Il n'étalait pas son argent, ne faisait pas le pitre pour la faire rire ou ne se bagarrait pas avec d'autres types pour prouver à quel point il était viril.

Nick n'avait pas besoin de prouver quoi que ce soit. Ruby ressentait un élan de fierté quand elle marchait dans la rue à son bras. Il était si beau, elle sentait les autres filles l'observer envieusement. Et il était si costaud et puissant qu'elle se sentait aussi protégée. Rien ni personne ne pouvait lui faire du mal quand Nick Riley était dans les parages. Même son père le traitait avec un respect méfiant.

Elle savait qu'elle ne trouverait jamais personne d'autre comme lui. Elle devait le garder, c'était aussi simple que cela. Et pour ce que Ruby en savait, il n'y avait qu'une seule manière de s'en assurer.

Elle ne doutait pas que cela fonctionne. C'était ce que tous les hommes voulaient, non ? Elle s'était fait peloter par suffisamment d'entre eux dans la dernière rangée du cinéma pour le savoir. Et aussi profond qu'il puisse être, Nick Riley n'était qu'un simple homme comme tous les autres.

Même s'il n'avait jamais essayé ou rien de tout cela. Ils s'étaient souvent embrassés et enlacés, mais contrairement aux autres garçons, Nick n'avait jamais essayé d'aller plus loin. Ruby se plaisait à se dire que c'était parce qu'il la respectait trop. Elle ne voulait pas considérer la possibilité qu'il ne soit simplement pas intéressé.

Elle tourna nerveusement une boucle, la crêpa pour la remettre en place. Malgré ce que les gens pouvaient penser d'après son apparence et ses agissements, elle n'était jamais allée jusqu'au bout. Sa mère l'avait mise en garde de ne pas s'offrir, de s'assurer d'avoir d'abord une bague à son doigt. Mais à *elle*, cela ne lui avait pas servi à grand-chose, non ? Toute cette attente et se retrouver mariée à un raté paresseux. Ruby n'avait pas l'intention de finir comme sa mère, jamais de la vie.

Non, le bon Dieu lui avait donné la beauté qui rendait les hommes fous et elle avait l'intention de l'utiliser.

Elle y réfléchissait depuis des jours et maintenant elle avait sa chance. Son père était au travail et sa mère emmenait les garçons voir le roi qui était exposé au public à Westminster. June, la mère de Nick, y allait aussi et pour une fois elle emmenait son frère Danny. Ils allaient avoir la maison entière pour eux.

Même si Nick ne semblait pas excité à cette perspective. Il était plus inquiet pour son frère.

— Tu vas le surveiller, n'est-ce pas ? prévint-il sa mère pour la centième fois en la suivant dans la cour arrière.

— Bien sûr que oui. Je suis sa mère, non ? Tu ne crois pas que je sais comment veiller sur mon propre foutu fils ?

June Riley roula des yeux vers Ruby. Elle lui envoya un sourire, mais elle comprenait pourquoi Nick était inquiet. Elle avait déjà senti une odeur de gin dans l'haleine de June et vu à quel point ses mains tremblaient. Dans l'état qu'elle était, ils allaient probablement tous deux finir sous un tram. S'ils réussissaient à se rendre dans le quartier West ; June devait passer devant plusieurs pubs sur son chemin jusqu'à l'arrêt du bus.

Elle observa Nick enrouler l'écharpe de laine autour du cou de son frère, l'enfoncer dans son manteau pour empêcher le froid d'entrer. Danny lui donnait la chair de poule, avec ses yeux vides et creux, ses lèvres qui bavaient, mais Nick ne démontrait sa tendresse à personne d'autre comme il la démontrait à son frère.

— Amuse-toi bien, d'accord, Danny ?

Ruby se força à lui sourire chaleureusement. Danny lui décocha l'un de ses regards de lapin effrayé et baissa la tête.

— Es-tu certaine que tu ne veux pas nous accompagner ?

Sa mère sortit de la maison, boutonnant son manteau, suivie par les frères cadets de Ruby qui se chamaillaient, comme d'habitude.

— C'est irrespectueux, si tu veux mon avis, ne pas vouloir voir le roi.

— Il ne va pas le remarquer si je ne suis pas là, non ? En plus, je veux rester ici avec Nick. J'ai promis de lui offrir un repas.

Sa mère jeta un coup à Nick, puis à Ruby.

— Tant que c'est tout ce que tu lui offres, la prévint-elle.

Ruby rit.

— Ne t'inquiète pas pour ça. Je sais ce que je fais.

Trente minutes plus tard, Ruby se tenait devant la cuisinière, faisant frire du bacon avec les œufs que sa mère venait de rapporter à la maison. Elle commençait à regretter d'avoir offert à Nick de cuisiner pour lui. Elle avait déjà éclaboussé sa nouvelle robe de gras et elle était certaine que ses cheveux sentaient la friture.

Elle jeta un coup d'œil par-dessus son épaule en direction de Nick, lequel se versait une bière. Elle n'était pas habituée de le voir assis à leur table de cuisine. Il montait rarement à l'étage des Pike de la maison qu'ils partageaient. Ruby savait qu'il ne supportait pas le reste de sa famille, particulièrement sa mère qui ne retenait jamais ses opinions sur les Riley ou sur personne d'autre au demeurant. Ruby avait essayé de dire à Nick que sa mère ne le pensait pas réellement, mais il ne parut pas convaincu.

— Je ne ferais pas ça pour tout le monde, tu sais, lui dit-elle en touchant d'une cuillère les œufs. Tu devrais être honoré.

— Je te le dirai après y avoir goûté.

— Ne fais pas l'effronté.

Elle lui sourit, exhibant ses fossettes, puis oublia rapidement qu'elle était censée être charmante quand elle transperça accidentellement l'un des œufs avec la cuillère.

— Oh, merde. Maintenant, regarde ce que j'ai fait ! jura-t-elle alors que le jaune de l'œuf coulait dans la poêle qui grésillait.

— Tiens, laisse-moi faire.

Nick s'approcha et lui prit la poêle des mains.

— Tu es en train de faire un vrai gâchis.

— Je ne suis pas une très bonne cuisinière, admit-elle, impuissante, en l'observant gratter habilement des morceaux de bacon noircis sur les rebords de la poêle. C'est maman qui fait la cuisine.

— Tu devras apprendre un jour.

— À moins que je marie un homme qui sait cuisiner ? dit-elle avec espoir.

— Ou qui se moque de manger carbonisé.

Il lui jeta un coup d'œil.

— Ne reste pas plantée là à battre des cils. Rends-toi utile et dresse la table, d'accord ?

Ils s'assirent l'un en face de l'autre à la table. Ruby fit de son mieux pour avoir l'air sophistiqué, jouant de manière langoureuse avec sa nourriture comme elle avait vu faire une fois Bette Davis dans un film.

— Pourquoi ne manges-tu pas ?

Nick regarda vers son assiette en fronçant les sourcils.

— Tu tripotes cette nourriture depuis cinq minutes.

— Je n'ai pas faim.

— Passe ça par ici alors.

Elle lui tendit son assiette.

— Tu dois être affamé si tu manges ma cuisine, plaisanta-t-elle.

— Ce n'est pas si mal.

— Est-ce un compliment ?

Elle lui sourit malicieusement.

— Fais attention, beau baratineur, tu vas me faire perdre la tête.

Il ne répondit rien, alors elle enleva sa chaussure, tendit la jambe sous la table et fit lentement glisser son pied sur la jambe de Nick.

Nick la considéra, ses yeux s'assombrissant.

— Tu es celle qui devrait faire attention, dit-il doucement.

— Je sais ce que je fais.

— Vraiment ? Je me le demande.

Après cela, pour sa plus grande frustration, Nick insista pour faire la vaisselle, même si Ruby fit de son mieux pour l'attirer vers le canapé.

— N'est-ce pas agréable d'avoir toute la maison pour nous ? ronronna-t-elle. J'ai hâte d'avoir mon propre endroit. Alors, je pourrai fermer la porte sur le reste du monde.

Elle aimait sa famille, mais la maison était trop bondée, toujours pleine de bruits, ses frères se bagarrant, son père criant et sa mère critiquant sans cesse les voisins. Elle détestait devoir partager une chambre avec Frank et Dennis, devoir supporter qu'ils fouillent dans ses affaires, se servant dans son sac à main et barbouillant dans *Picturegoer*, son magazine sur le cinéma, avec son meilleur rouge à lèvres.

— Je veux vraiment mon propre espace. L'un de ces beaux appartements modernes que la Compagnie est en train de construire, avec une salle de bain où je n'aurais qu'à ouvrir le robinet pour pouvoir tremper dans une véritable baignoire quand je le veux plutôt que d'avoir à tirer le vieux bain en étain de la cour.

Elle regarda Nick.

— Et toi ? Ne veux-tu pas partir d'ici un jour ?

Nick frottait la poêle à frire, le dos tourné à elle.

— J'ai des plans, admit-il.

— Quel genre de plans ?

Il posa la poêle sur l'égouttoir.

— Je vais partir en Amérique, finit-il par dire.

Ruby se redressa et le fixa par-dessus le dossier du canapé.

— En Amérique ? Tu veux dire comme Hollywood ?

— New York. J'ai lu qu'il y avait des médecins là-bas qui pourraient guérir notre Danny.

Ruby fronça les sourcils. Pourquoi fallait-il que tout tourne toujours autour de Danny ? De toute façon, Nick devait savoir qu'il faudrait un miracle, pas des médicaments, pour guérir ce garçon.

— Les médecins coûtent de l'argent, non ? Comment feras-tu pour te les permettre ? demanda-t-elle.

— J'économise.

— Sur ton salaire ? Tu peux à peine payer le prix du trajet en bus jusqu'à Bow, alors encore moins jusqu'en Amérique !

Il leva fièrement le menton.

— J'ai mes gains de la boxe. Et si je boxe suffisamment bien, ils vont peut-être même payer pour mon voyage afin que j'aille boxer.

Ruby l'examina, impressionnée. Il avait des plans, de l'ambition. Elle aimait ça.

— J'adorerais aller en Amérique, soupira-t-elle.

Elle lisait avidement la vie des vedettes d'Hollywood dans *Picturegoer* chaque semaine.

— Je veux être comme Olivia de Havilland, vêtue à la dernière mode et me rendre à d'élégantes fêtes tous les soirs. Ça serait la belle vie, n'est-ce pas ?

Nick lui fit l'un de ses rares sourires.

— Tu ferais mieux de commencer à économiser alors.

— À moins que tu m'emmènes ? suggéra-t-elle audacieusement.

— Et pourquoi voudrais-je faire ça ?

Mais il souriait encore, ce qui était bon signe.

Il termina la vaisselle et s'essuya les mains sur le torchon.

— Bon, je ferais mieux d'y aller, fit-il.

Ruby sauta sur ses pieds, prise de panique.

— Tu ne restes pas ?

— Je ne peux pas. J'ai un entraînement au club.

— Ne peux-tu pas le manquer, juste pour un soir ? Ce n'est pas tous les jours que nous avons la maison pour nous, non ? Je pensais que nous pourrions passer une belle soirée tranquille ensemble. Seulement nous deux, ajouta-t-elle de manière entendue.

— Je ne sais pas si c'est une si bonne idée.

— Pourquoi pas ?

Elle feignit l'innocence.

— Tu sais très bien pourquoi.

Leurs regards se croisèrent, et Ruby sentit une secousse de désir qui lui fit ramollir les jambes.

Elle lui décocha un regard sous ses cils.

— Qu'est-ce qui ne va pas, Nick ? dit-elle avec une moue. Tu ne veux pas de moi ?

Les yeux de Nick étaient sombres, presque noirs.

— Je ne veux pas profiter de toi. Ça ne serait pas bien, dit-il, la voix rauque.

— Tu ne profiterais pas de moi si je veux que ça arrive, n'est-ce pas ?

Nick fronça les sourcils, mais elle pouvait voir que déjà il faiblissait. Il voulait la toucher, elle pouvait sentir son désir courir en lui comme l'électricité.

Soutenant son regard, elle leva la main et commença à déboutonner sa robe.

— Ne fais pas ça.

Ses mots sortirent comme un gémissement de désir. Il n'arrivait pas à détacher ses yeux d'elle alors qu'elle faisait glisser sa robe sur ses épaules et la laissait tomber à ses pieds.

Elle devait s'empêcher de trembler devant lui, exposée dans sa camisole et sa culotte. Elle pouvait sentir ses mamelons se durcir sous son regard sombre, se pressant contre la mince soie.

— Nous ne devons pas faire ça, dit-il doucement.

Mais elle savait qu'il ne le pensait pas. Il l'observait avec un grand désir, comme un homme assoiffé fixant une étendue d'eau au milieu d'un désert brûlant.

— Fais comme tu veux.

Agilement, elle sortit les pieds de sa robe. Puis elle se tourna lentement et se dirigea hors de la pièce, vers sa chambre, et ferma la porte derrière elle.

Elle se demanda si elle n'avait pas poussé un peu trop le bouchon alors qu'elle était allongée dans son lit cinq minutes plus tard, jouant nerveusement avec la soie effilochée de son édredon.

Elle entendit la porte de la maison claquer et son cœur se serra. Elle avait tellement été certaine qu'il la suivrait. Mais tout en frissonnant dans l'obscurité glaciale, elle commença à se sentir plutôt idiote. Elle s'assit, tenant ses genoux. Alors, c'était ça. Nick n'était de toute évidence pas intéressé.

— Tant pis pour lui, dit-elle à voix haute.

Mais les mots sonnaient creux.

Elle était en train de se demander si elle devait se lever et allumer la lampe quand elle entendit le grincement de la poignée de sa chambre qui tournait lentement. La porte s'ouvrit et elle vit la grande et costaude silhouette de Nick se profilant dans la lumière provenant du couloir.

Il resta dans l'embrasure pendant un moment et même si elle ne pouvait pas voir son visage, elle pouvait sentir son hésitation.

— Tu entres ou quoi ? dit-elle doucement.

Une autre hésitation, puis il entra et ferma silencieusement la porte derrière lui, bloquant la lumière.

CHAPITRE 14

En un mardi matin humide et brumeux de la fin du mois de janvier, Dora et sa famille s'assemblèrent avec des milliers d'autres à l'extérieur de la gare de Paddington pour attendre l'arrivée du cortège funèbre du roi en route vers Windsor.

— Tu parles d'un retard pour des obsèques ! marmonna mémé Winnie, la bouche pleine de tartine à la graisse.

Comme à son habitude, elle n'allait jamais nulle part sans un pique-nique, même pour une occasion solennelle.

— Il devait passer il y a une heure. Je me demande ce qui le retient.

— Nous avons entendu dire qu'ils ne peuvent pas remonter les rues à cause de tout ce monde, leur expliqua un homme à proximité. C'est bondé près de Hyde Park, d'après ce qu'on dit. Les policiers n'arrivent pas à les refouler.

— Et c'est parfait ainsi, approuva pieusement mémé. Nous devons tous présenter nos hommages à Sa Majesté. Je n'aurais manqué cela pour rien au monde. Même si ce vent froid n'aide en rien mes rhumatismes, râla-t-elle en serrant son manteau autour d'elle.

Dora sourit. Il avait fallu beaucoup pour faire sortir mémé Winnie de la rue Griffin, encore plus jusque dans l'ouest. Dora ne l'avait jamais vue dépasser Aldgate. Et malgré tout, elle était là, pomponnée dans son plus beau manteau, celui qu'elle portait toujours lors des obsèques et qui empestait la naphtaline.

— Je ne vois rien ! se plaignit Bea. Pourquoi devons-nous être tout au fond ? Ce n'est pas juste !

Elle regarda d'un œil noir la tête et les épaules imposantes de l'homme devant elle, comme si elle aurait aimé lui faire sauter son chapeau.

— Oh, cesse de pleurnicher, Bea. Ce ne sont que des obsèques pas un satané cirque, la réprimanda Josie. Peu importe si tu n'as pas un siège en première rangée.

— Tout va bien pour Alfie. Il est assis sur les épaules de Dora, rechigna Bea.

— Eh bien, si tu crois que *tu* vas t'asseoir sur mes épaules, j'ai de petites nouvelles pour toi ! rit Dora. Alfie pèse déjà une tonne.

Elle chatouilla les jambes dodues de son petit frère, ce qui le fit glousser.

Puis elle regarda sa mère et son sourire s'effaça. Rose Doyle balayait fébrilement la foule du regard. Dora savait exactement qui elle cherchait.

Elle tira sur la manche de son manteau.

— Je ne pense pas qu'Alf sera ici, maman, chuchota-t-elle.

Rose lui fit un sourire fatigué.

— Je sais que je suis idiote. J'ai simplement pensé que parmi ces milliers de gens… Enfin, il doit bien être quelque part, non ? Il ne peut pas s'être volatilisé comme ça.

— Je suppose que non, maman, acquiesça Dora avec lassitude.

— Je sais qu'il reviendra quand il sera prêt, mais j'aimerais qu'il se presse. Nous aurions bien besoin de lui à la maison, particulièrement maintenant que…

Elle vit le coup d'œil de mémé et s'arrêta abruptement. Dora les regarda à tour de rôle.

— Particulièrement maintenant que quoi ? demanda-t-elle.

— Ce n'est rien, ma chérie. Oh, écoutez.

Sa mère leva la tête au son d'une fanfare au loin.

— On dirait que le roi est en chemin !

— C'est parti.

Mémé enveloppa le reste de son pain et le fourra dans son sac à main usé.

— Il était temps, je dois dire.

— Je ne vois rien ! protesta Bea en sautant sur place.

Ils observèrent l'affût de canon et le cercueil, avec la couronne impériale qui étincelait sur le couvercle, passer en vrombissant, tiré par une compagnie de matelots, huit devant et douze répartis de chaque côté.

— Regardez-les, murmura Josie avec admiration, sa voix presque couverte par les accords funèbres des cornemuses du régiment d'Écosse. Avez-vous déjà vu quelque chose de semblable ? La manière dont ils bougent en un accord parfait. Comme s'ils étaient une machine.

Le cercueil était suivi par le nouveau roi et ses frères à pieds. Dora et ses sœurs s'étirèrent pour apercevoir le roi Édouard enveloppé de son pardessus, avançant les yeux baissés.

— Il semble si triste, n'est-ce pas ? dit Josie.

— C'est les foutues obsèques de son père, ma fille. Il ne va pas marcher sur les mains, non ? siffla mémé. Oh, regardez, voilà la reine Mary. N'a-t-elle pas l'air digne ?

Ils regardèrent la calèche de la reine passer lentement, Sa Majesté assise à l'arrière, vêtue de noir.

— Mais quel dommage que nous ne puissions pas voir son visage derrière ce voile épais.

Quand tout fut enfin terminé, mémé sourit de satisfaction, exhibant son dentier qu'elle avait mis pour l'occasion.

— Oh, je n'aurais raté ça pour rien au monde. J'adore les belles obsèques, soupira-t-elle. Mais je ne suis pas certaine pour ces cornemuses. Je n'avais pas entendu un tel tapage depuis que le chat de Mrs Peterson a eu la queue coincée dans l'essoreuse.

— Je suppose que nous devrions tenter de trouver un bus pour rentrer à la maison, dit Rose. Je pense que ça prendra une éternité avec tous ces gens.

Elle regarda autour d'elle.

— Où est Bea ?

Ils regardèrent tout autour, mais personne n'arrivait à se souvenir de l'avoir vu depuis le début de la procession.

— Elle n'arrêtait pas de dire qu'elle ne voyait rien. Peut-être a-t-elle essayé de s'approcher à l'avant ? suggéra mémé.

— Maman, attends ici avec Alfie au cas où elle reviendrait, dit Rose. Dora, Josie et moi allons nous séparer pour la chercher.

— Attendez, dit Josie en pointant. La voilà qui arrive.

Comme de juste, Bea avançait, blême de terreur, guidée vers eux à travers la foule par un policier. Quand elle les vit, elle se libéra de sa poigne et, aussi dramatique que d'habitude, s'élança en larmes dans les bras de sa mère.

— Ben, dis donc, regardez-la faire toute une histoire, chuchota mémé. Elle n'a disparu que depuis cinq minutes.

— Je comprends que vous êtes sa famille ?

Le policier sourit.

— Oui, monsieur l'agent, merci...

Dora se retourna et vit un visage familier. Ces yeux verts mouchetés d'ambre étaient ombragés par son casque, mais elle les aurait reconnus n'importe où.

— Mr Armstrong ?

— Infirmière Doyle ?

Il la détailla de bas en haut.

— Désolé, je ne vous avais pas reconnue sans votre uniforme.

— Et je ne vous avais pas reconnu dans le vôtre ! rit Dora.

— Est-ce que vous vous connaissez ? demanda mémé en s'imposant entre eux.

— L'infirmière Doyle a veillé sur ma sœur pendant son séjour à l'hôpital, expliqua Joe Armstrong.

— Vous pouvez m'appeler Dora, maintenant que la sœur ne nous voit pas.

— Et moi, Joe. Enchanté de vous rencontrer, Dora.

Il tendit la main et elle la prit.

— C'est étrange de pouvoir vous parler sans que vous regardiez sans cesse par-dessus votre épaule.

— Donc, vous êtes un gamin de l'East End ? interrompit mémé.

— Nous vivons dans Whitechapel.

— Ça alors.

Dora n'aimait pas la façon dont mémé fixait Joe. Elle avait déjà vu ce regard auparavant.

— Bon, nous devrions rentrer à la maison.

Elle se pencha et prit Alfie dans ses bras. Ses joues rebondies étaient aussi froides que du marbre contre les siennes.

— Nous ne voulons pas empêcher Joe de travailler, n'est-ce pas ?

— Je suis certaine que ça ne le dérange pas, n'est-ce pas, mon garçon ? dit mémé tout en exposant ses fausses dents.

— En fait, je devrais être en service, dit-il en souriant à Dora. Ça change que ce soit moi qui le dise et pas vous, n'est-ce pas ?

— Vous devriez passer prendre le thé un jour, dit mémé tandis que Dora grognait intérieurement. Tous les amis de notre Dora sont toujours les bienvenus. N'est-ce pas, Rose ?

Dora lança un regard implorant à sa mère, laquelle sourit.

— Allez, maman. On va te ramener à la maison. Je crois que toute cette effervescence de la journée est trop pour toi, dit Rose.

Le bus vers Bethnal Green était bondé, ainsi au moins Dora n'eut pas à endurer l'interrogatoire de sa grand-mère. Mais elle pouvait l'entendre chuchoter bruyamment à Rose au fond du bus.

— As-tu vu la façon dont il regardait notre Dora ? Il paraissait très épris, n'est-ce pas ?

— Ce ne sont pas nos affaires, maman, répondit patiemment Rose.

— Eh bien, je crois qu'il se passe quelque chose. Tu devrais lui parler, Rosie, lui dire de l'encourager un peu. Dieu sait que cette fille n'aura pas des offres tous les jours. Elle a presque vingt ans… il est grand temps qu'elle se fasse courtiser, je pense. J'étais mariée et avec un bébé en route à son âge.

Dora croisa le regard de Josie, et elles se sourirent honteusement.

— Elle n'arrête jamais, n'est-ce pas ? dit Dora en secouant la tête.

— Tu te souviens de la fois où elle a tenté de te mettre en couple avec Nick Riley ? lui rappela Josie. Imagine-toi, vous deux ensembles !

Dora détourna le regard afin que sa sœur ne la voie pas rougir.

— Imagine, dit-elle à voix basse.

— Alors, y a-t-il quelque chose entre toi et Joe ? demanda Josie.

— Non ! Nous avons bavardé à quelques occasions, c'est tout.

— Mais mémé a raison. Je crois que tu lui plais.

— Pas toi aussi !

Dora roula des yeux d'exaspération.

— Une bonne fois pour toutes, je ne plais pas à Joe Armstrong. Pas comme tu l'entends de toute façon. Et même si c'était le cas, tu sais que je ne serais pas intéressée par lui. Et tu sais aussi pourquoi.

Elles restèrent silencieuses pendant un moment. Josie nettoya un espace de la fenêtre embuée à l'aide de sa manche et fixa les rues grises de la ville. Dora souhaita n'avoir rien dit. Elle savait que sa sœur était aussi hantée qu'elle par le souvenir d'Alf Doyle. Il était peut-être parti, mais il jetait encore une ombre sur leurs vies.

La maison était froide quand ils entrèrent.

— Je gèle, se plaignit Bea pendant que mémé allumait les lampes.

— Mettons du charbon dans le feu.

Dora s'avança vers le foyer et ramassa le seau.

— Oh, il est vide.

— Ça va, dit sa mère. Bea peut enfiler un chandail supplémentaire.

— Mais autant le remplir tout de même…

— Tu ne peux pas. Il n'y a plus de charbon, lâcha sans ménagement mémé.

— Plus de charbon ?

Dora les regarda tour à tour. L'atmosphère parut soudainement tendue. Même Josie sembla embarrassée.

— Que se passe-t-il ? s'enquit-elle. Qu'est-ce que vous ne me dites pas ?

Un regard anxieux passa entre sa mère et sa grand-mère.

— Tu dois lui dire, Rose, dit mémé à voix basse.

— Me dire quoi ? Pour l'amour de Dieu, que quelqu'un parle !

Sa mère prit une profonde inspiration.

— Ton frère a perdu son emploi, dit-elle.

— C'est la faute des juifs, intervint Bea. C'est ce que notre Pete dit. Il pense qu'on se débarrasse de bons travailleurs britanniques comme lui juste pour qu'ils puissent… aïe ! brailla-t-elle quand mémé la gifla vivement près de l'oreille. C'était pourquoi, ça ?

— Pour avoir raconté n'importe quoi.

— Mais Pete dit…

— Ton frère ne sait pas de quoi il parle et toi non plus ! s'exclama mémé d'un ton brusque. Ne crois-tu pas que nous avons déjà suffisamment d'ennuis sans que tu débites ces conneries de chemises noires ? Et tu peux arrêter de crier aussi ou je vais t'en donner une de l'autre côté !

Elle leva la main. Bea baissa la tête.

Dora fouilla dans son portefeuille et en sortit quelques pièces.

— Josie, apporte ça au dépôt de charbon et rapportes-en. Et emmène Bea et Alfie, dit-elle.

Josie prit les pièces, mais Bea croisa les bras avec obstination.

— Je ne veux pas y aller. Vous allez parler de choses secrètes pendant que nous serons partis, et je veux entendre ce qui se passe.

— Ça suffit, petite insolente fouineuse !

Mémé la fusilla du regard.

— Nous savons tous de qui je tiens ça, n'est-ce pas ?

Bea, à bonne distance, retourna son regard à mémé.

— Allez, encouragea Dora. Vous pourrez vous acheter des friandises avec la monnaie, ajouta-t-elle.

Bea fit passer son regard de Dora à Josie pendant un moment, ses yeux verts étincelants de gourmandise. Puis, prenant la main d'Alfie, elle sortit de manière théâtrale, suivie par Josie.

— Et assure-toi qu'ils ne te donnent pas de la poussière au dépôt ! lança mémé derrière eux quand la porte claqua.

— Bon, commença Dora quand ils furent partis. Je veux que vous me disiez ce qui s'est passé.

— Ce n'est rien, répondit sa mère. C'est juste que le licenciement de Pete nous a laissés un peu à court, c'est tout.

Elle ne put rencontrer les yeux de Dora en expliquant.

— À court à quel point ?

— Nous avons deux semaines de retard sur le loyer, dit mémé pour combler le silence.

— Mais nous nous arrangerons, ajouta gaiement Rose. Tout ira bien. Tu n'as pas à t'inquiéter.

Son sourire était radieux, mais Dora pouvait voir les rides de l'effort autour de ses yeux.

— Comment allez-vous vous arranger ? demanda-t-elle.

Un autre silence suivit.

— Tu ferais mieux de lui dire, Rosie, dit lourdement mémé. Elle le découvrira bien assez vite.

— Découvrir quoi ?

La terreur se mit à papilloter dans sa poitrine.

Sa mère baissa les yeux vers ses mains.

— Je vais aller à l'assistance publique, lâcha-t-elle.

Dora la fixa avec horreur.

— Maman, non ! Tu ne peux pas !

— Quel choix ai-je, chérie ?

Rose leva des yeux remplis de douleur vers les siens.

— Cela me fait sentir misérable, vraiment. Mais les enfants doivent manger, et peu importe la manière dont on regarde ça, nous n'avons pas suffisamment d'argent qui entre. Écoute, ce ne sera peut-être pas si mal, dit-elle d'une voix forcée. Et si ça signifie que nous aurons de l'aide…

Elle n'acheva pas sa phrase, trop désespérée.

— Mais l'assistance publique, maman !

Les choses devaient être encore pires que ce que sa mère révélait si elle pensait aller vers l'assistance publique pour quémander.

Tout autour d'eux dans l'East End, les gens vivaient encore avec la crainte des refuges pour les démunis. Mémé racontait souvent des histoires sur l'époque où elle et ses frères et sœurs y avaient été placés quand leur père était mort et que leur mère n'avait pas les moyens de les garder. C'était une vie dure et cruelle. L'un des frères de mémé y était mort de la tuberculose.

Évidemment, les choses étaient prétendument mieux maintenant. Mais demander de l'aide signifiait encore laisser le comité de l'assistance publique mettre son nez dans vos affaires. L'homme des évaluations des ressources viendrait avec son calepin et prendrait en note la valeur de tout ce qu'ils possédaient. Ensuite, il déciderait ce qui allait devoir être vendu avant de pouvoir demander de l'argent.

C'était un processus dégradant, et Dora savait qu'il y en avait plusieurs dans Bethnal Green qui auraient préféré mourir de faim avant de laisser entrer l'homme des évaluations des ressources.

— Il doit bien y avoir autre chose que nous pouvons faire ?

— Comme quoi ? Crois-moi, ma chérie, j'ai tout fait. J'ai travaillé nuit et jour à la blanchisserie, et mémé et Josie font du travail à la pièce pour l'usine de boîtes de carton.

Dora leva vivement la tête.

— Josie travaille ?

— Seulement à temps partiel, les soirs et les fins de semaine.

— Et ses travaux scolaires ?

— Elle réussit à faire ses devoirs, ne t'inquiète pas.

Dora vit mémé secouer la tête avec compassion et regarda sa mère. La tête de Rose était baissée, ses cheveux noirs striés de mèches grises qui n'étaient pas là récemment. C'était une femme si fière que cela devait lui briser le cœur de se retrouver dans une telle position.

— Je devrais faire quelque chose, dit Dora.

— Tu en fais déjà plus qu'assez, cédant tes réserves chaque semaine.

— Je pourrais vous donner davantage si je retournais travailler chez Mr Gold.

— Non, Dora, répondit Rose en secouant la tête. Je ne veux pas en entendre parler.

— Je suis sérieuse, maman. Nous sommes une famille, nous devons unir nos efforts. Je peux gagner plus comme machiniste chez Mr Gold que je fais comme étudiante…

— S'il te plaît, ma chérie.

Les yeux noirs de sa mère l'imploraient.

— Je mets déjà en péril l'avenir de Josie. Je ne veux pas qu'une autre de mes filles le fasse.

Sa voix céda.

— Je n'ai pas fait grand-chose de ma vie. Tout ce que j'ai et dont je peux être fière ce sont mes enfants. Le simple fait de te voir dans cet uniforme, savoir que tu auras une carrière convenable, sans devoir prendre des lessives ou devenir une bonne à tout faire pour gagner ta vie, eh bien, cela me donne de l'espoir sur lequel m'accrocher quand les choses vont mal.

Elle prit la main de Dora et la serra.

Elle baissa les yeux sur les doigts couverts de callosités enroulés autour des siens.

— Ce n'est pas juste, dit-elle. Pas quand tout le monde travaille si fort… Au moins, laisse-moi te donner tout mon salaire, offrit-elle. Je sais que ce n'est pas grand-chose, mais cela t'aidera.

— Tu n'en auras pas besoin ?

— Pour quoi faire ? Je suis nourrie et logée, et ce n'est pas comme si j'avais le temps de dépenser quoi que ce soit !

Dora sourit ironiquement.

— Et j'aimerais faire ma part d'effort si je peux. S'il te plaît, maman. Je me sentirais mieux ainsi.

— Eh bien, si tu es certaine…

Sa mère la regarda reconnaissante.

— Merci, ma chérie.

— On ne sait jamais, cela aidera peut-être à tenir à distance l'assistance publique ! plaisanta faiblement Dora.

Mais quand elle vit le regard qu'échangèrent sa mère et sa grand-mère, elle eut le sentiment désagréable que le malheur allait tout de même cogner à la porte bientôt.

CHAPITRE 15

— Catarrhe bronchial aigu, annonça le médecin en décrochant son stéthoscope de ses oreilles.

— En êtes-vous certain ? demanda Violet. Sa température est plutôt élevée…

— Ma chère dame, une légère fièvre est à prévoir dans cette condition. Je vous assure, il n'y a pas lieu de s'inquiéter.

Il lui tapota le bras en lui disant cela. Il parlait à la manière typique des médecins, un mélange d'arrogance et de condescendance qui la mettait hors d'elle.

— Ce n'est pas une légère fièvre, dit-elle, retenant sa colère. Une légère fièvre est moins de 39 °C. La température de mon fils était à 39,5 °C la dernière fois que je l'ai prise. Je suis infirmière, expliqua-t-elle, alors que les sourcils du médecin s'élevaient.

— Si vous êtes infirmière, alors je suis certain que vous savez que de vivre dans des conditions humides comme celles-ci n'aide pas la poitrine fragile de votre fils, rétorqua-t-il, jetant un coup d'œil significatif vers la moisissure noire sous la fenêtre.

Violet devint silencieuse. Après l'avoir ainsi fermement remise à sa place, le médecin lui sourit gentiment.

— Je comprends que vous avez des connaissances médicales, Mrs...

Il consulta vaguement ses notes.

— Gifford, dit automatiquement Violet.

— Mrs Gifford. Mais dans cette situation, vous êtes d'abord et avant tout une mère inquiète. Évidemment, vous allez exagérer l'importance de certains symptômes ou même remarquer des symptômes qui ne sont pas là. Les mères imaginent le pire, ma chère. C'est leur boulot.

— Et j'imagine sa façon de respirer aussi ?

Violet regarda anxieusement Oliver. Ses muscles sterno-cléido-mastoïdiens étaient en difficulté, amenant sa tête vers l'arrière et poussant son menton vers l'avant lors de chaque respiration.

— Une inhalation de teinture de benjoin ou de térébenthine arrangera rapidement cela.

Le médecin ramassait déjà ses choses pour partir.

— S'il ne va pas mieux dans quelques jours, envoyez-moi chercher de nouveau. Et entre-temps, essayez de faire quelque chose au sujet de votre hébergement.

Il jeta un regard autour de lui, sa bouche se tordant de dégoût.

— Vivre ici n'aide en rien votre fils, vous savez.

Dites-moi quelque chose que je ne sais pas, pensa Violet.

Elle fut tentée de lui montrer toutes les annonces de logement auxquelles elle avait répondu et pour lesquelles elle avait été chassée parce que personne ne voulait d'une mère célibataire et de son enfant. Même si elle leur disait qu'elle était veuve.

Le médecin fit son sac. La panique enfla dans sa poitrine quand il se dirigea vers la porte.

— Vous ne pouvez pas laisser Oliver ainsi ! cria-t-elle.

Il se retourna pour la regarder.

— Je suis certain qu'il ira très bien sous vos excellents soins.

Violet l'écouta descendre les marches. Pourquoi ne l'avait-il pas écoutée ? Elle n'était pas seulement une autre mère inquiète. Oliver était malade, réellement malade, et il n'avait rien fait.

— Maman ?

— Je suis là, mon trésor.

Elle parvint à sourire pour son fils. Elle avait aménagé une tête de lit avec une chaise retournée couverte d'oreillers afin qu'il puisse se redresser, mais il avait tout de même de la difficulté à respirer.

Elle s'assit sur son lit et repoussa une mèche de cheveux noirs collée sur son froid moite.

— Comment te sens-tu ?

— Un peu mieux.

Il la regarda, ses yeux noirs immenses.

— Tu ne vas pas me laisser, n'est-ce pas, maman ?

— Non, mon chéri, je ne vais nulle part.

Elle avait déjà pris sa décision qu'elle allait téléphoner l'hôpital et trouver une excuse pour ne pas aller travailler.

— Je dois rester ici et soigner mon bébé, n'est-ce pas ?

Elle se leva et jeta quelques morceaux de charbon dans le feu, observant les flammes reprendre vie. Puis elle replaça le pare-feu et ajusta le paravent improvisé fait de couvertures jetées sur un séchoir qu'elle avait assemblé afin de protéger Oliver des courants d'air qui provenaient de la fenêtre ouverte.

Elle frotta de la pommade sur sa petite poitrine, sentant ses côtes se soulever puis redescendre sous sa main.

— C'est douloureux, maman, se plaignit-il.

— Je sais, mon chéri.

Elle sentait la douleur de chaque inspiration qu'il prenait comme si c'était ses propres poumons qui étaient congestionnés.

— Ceci t'aidera à te sentir mieux.

Mais tout en frottant la pommade sur sa peau, elle savait que ce n'était pas suffisant. L'inquiétude se répandit en elle, emplissant tout l'espace à l'intérieur de sa tête comme une encre noire.

Après avoir fait de son mieux pour l'installer plus confortablement, elle se lava les mains et les sécha.

— Bon, je dois sortir pour un moment. Ne t'inquiète pas, je serai de retour rapidement, ajouta-t-elle en voyant son regard d'épouvante. Je dois seulement téléphoner à l'hôpital pour prévenir que je ne viendrai pas. Ils devront trouver une autre infirmière pour veiller sur les patients ce soir si je ne suis pas là, n'est-ce pas ?

Oliver pleurait encore quand elle partit, et Violet sanglota aussi en se pressant vers la cabine téléphonique au coin.

L'infirmière en chef, Miss Fox, fut très gentille quand Violet lui expliqua qu'elle avait une légère fièvre et ne pouvait pas venir au travail.

— Bien sûr, vous devez vous mettre au lit immédiatement, avait-elle dit, pleine de sollicitude. N'oubliez pas de prendre beaucoup de liquides. Avez-vous quelqu'un qui veille sur vous ?

En entendant la chaleur et l'inquiétude dans sa voix, Violet se sentit craquer. Elle voulait fondre en larmes comme une enfant. Elle voulait lui dire la vérité, qu'elle était seule et effrayée et ne savait pas quoi faire. Mais plutôt, elle demeura rigide et assura Miss Fox qu'elle était parfaitement en mesure de prendre soin d'elle-même et que si tout allait bien elle serait de retour à son poste le lendemain soir. Quand mentir était-il devenu une seconde nature pour elle ? se demanda-t-elle.

Mrs Bainbridge l'intercepta dans le couloir, transportant une grosse casserole. Violet se prépara pour une rencontre pénible, mais Mrs Bainbridge la surprit en lui tendant la casserole.

— J'ai fait du bouillon. J'ai pensé que vous en voudriez pour votre garçon, offrit-elle. Je sais que le petit ne va pas très bien, alors j'ai pensé que ça pourrait l'aider.

Violet put voir dans son expression que Mrs Bainbridge agissait ainsi par culpabilité pour toutes les fois où elle l'avait négligée et n'avait pas allumé le feu. Elle aurait aimé refuser par principe, mais elle était tellement épuisée par l'inquiétude qu'elle accueillait même les plus petites marques de réconfort et de gentillesse.

— Merci, dit-elle en lui prenant la casserole.

Cet après-midi-là, elle prépara une inhalation de teinture de benjoin et érigea une tente de vapeur autour de lui pendant qu'elle faisait réchauffer le bouillon. À son grand soulagement, Oliver parvint à manger tout ce qu'elle lui offrit, puis annonça qu'il s'ennuyait.

— Pourquoi je ne peux pas me lever pour jouer ? marmonna-t-il entre ses lèvres serrées alors que Violet prenait sa température.

— Quand tu te sentiras mieux, chéri.

— Mais je me sens mieux maintenant !

— Voyons cela, d'accord ?

Elle vérifia le thermomètre : 38,3 °C. Peut-être que le médecin avait raison, après tout ?

— Voilà ce que je te propose, je vais aller chercher les cartes et te montrer un nouveau jeu, d'accord ?

Le reste de l'après-midi et la soirée se déroula à jouer aux cartes et à lire. Oliver demanda son livre préféré, *Les enfants de la rivière*, même s'il avait déjà entendu l'histoire une centaine de fois.

Après, Violet monta dans le lit avec lui et tint son petit corps fiévreux près d'elle jusqu'à ce qu'il s'endorme. C'était un bonheur d'être avec lui. Cela lui manquait de lui parler et de chanter pour lui et de lui lire une histoire avant qu'il s'endorme.

— Est-ce que mon père m'a connu ? demanda-t-il à moitié endormi, ses paupières se fermant déjà.

Violet arrêta de lui caresser la tête.

— Pourquoi cette question ?

Il haussa ses frêles épaules.

— Je ne me souviens pas du tout de lui.

Violet laissa sa main courir lentement sur sa soyeuse tête noire tellement semblable à celle de son père.

— Oui, il savait tout de toi, répondit-elle prudemment.

— Et est-ce qu'il a déjà joué avec moi et lu des histoires comme tu le fais ?

— Tu n'étais qu'un bébé quand il t'a connu. Mais il t'aimait. Il t'aimait de tout son cœur.

Une boule monta dans sa gorge, mais elle l'avala résolument.

— J'aimerais qu'il ne soit pas mort, dit fermement Oliver. Je crois que j'aimerais avoir un papa.

Il se tordit pour la regarder.

— Tu devrais te marier avec quelqu'un d'autre, décida-t-il.

Violet rit.

— Il n'y a de la place que pour un seul homme dans ma vie, mon trésor.

Elle le souleva doucement de son épaule et se leva.

— Maintenant, il est temps pour toi de dormir.

— Promets-moi que tu y réfléchiras, dit-il pendant qu'elle le réinstallait contre les oreillers et enfouissait les couvertures sous son menton.

— D'accord, je vais y réfléchir, acquiesça-t-elle. Maintenant, repose-toi.

Elle s'assit près de lui, tenant sa petite main dans la sienne jusqu'à ce que ses paupières frémissent et se ferment et qu'il glisse dans le sommeil. Alors, elle lâcha doucement sa main, se leva et massa ses muscles crispés.

Elle raviva le feu, puis alla tirer les rideaux. C'était une claire nuit étoilée de février et l'air frais et doux contenait la promesse du printemps. Bientôt, l'hiver serait terminé et le temps serait suffisamment beau pour sortir Oliver tous les jours, pensa-t-elle. Il allait pouvoir respirer de l'air frais, et elle n'aurait plus à s'inquiéter pour sa poitrine fragile pendant quelques mois bénis.

Puis elle se rendit compte avec stupeur quel jour c'était. Elle s'était tellement inquiétée pour Oliver qu'elle ne s'était même pas souvenue qu'aujourd'hui, elle fêtait son anniversaire.

Elle contempla les toits éclairés par les rayons de la lune et se demanda si quelqu'un d'autre y avait songé. Est-ce que sa mère avait un peu pensé à elle ? Si oui, ce n'était probablement pas avec tendresse. Violet souhaitait de tout cœur pouvoir lui écrire, mais sa mère avait été très claire quatre années plus tôt : elle ne souhaitait plus entendre parler de sa fille.

Une larme coula sur sa joue et elle l'essuya vivement. Peut-être qu'Oliver avait raison, pensa-t-elle. Peut-être devait-elle trouver un mari, quelqu'un pour prendre soin d'elle.

Mais à l'instant où elle y songeait, elle savait que cela n'allait jamais se produire. Elle était seule maintenant, et pour son propre bien et celui d'Oliver, cela devait demeurer ainsi.

— Je suis désolée, dit Millie.

— Mais c'est mon anniversaire, Mil. Nous l'avons planifié il y a une éternité. Tu as dit que tu pouvais venir.

— Oui, mais je ne savais pas que Mrs Tremayne et le conseil d'administration choisiraient cette journée pour visiter les services, n'est-ce pas ? Nous l'avons su seulement ce matin.

Le courant d'air glacial du couloir de la maison des infirmières fit frissonner Millie alors qu'elle écoutait Seb à l'autre bout de la ligne téléphonique. Elle ne le blâmait pas d'être contrarié. Elle avait eu hâte de se rendre au Touquet pour son anniversaire. Mais maintenant, sœur Hyde avait annulé tous les congés.

— Oui, évidemment, il ne faut pas décevoir Mrs Tremayne, n'est-ce pas ? dit-il avec amertume.

— Ne sois pas ainsi, Seb, s'il te plaît, supplia Millie. Tu sais que je n'y peux rien.

— J'imagine que non.

Il fit une pause.

— Cette Mrs Tremayne, elle n'aurait pas un lien de parenté avec ton ami William ?

— C'est sa mère, pourquoi ?

— Aucune raison. Alors quand vais-je te voir de nouveau ?

— Je vais sûrement pouvoir venir à la pendaison de crémaillère de Sophia.

— C'est dans un mois. Ne puis-je pas te voir avant ça ?

— Je vais essayer, mais je ne peux rien promettre. Elles ne nous avisent jamais du moment où nous aurons droit à un congé avant la dernière minute. J'ai réussi à en avoir un pour la fête de Sophia en disant que mon cousin se mariait en Écosse. J'espère seulement que sœur Wren ne lit pas les pages mondaines !

Elle écouta le silence à l'autre bout de la ligne.

— Ça te va, n'est-ce pas ?

— Je n'ai pas vraiment le choix, n'est-ce pas ?

— Je vais me faire pardonner, je te le promets.

Il rit.

— Cela m'a l'air intrigant. Dis-m'en plus.

Elle entendit le jappement d'un chien au loin.

— Écoute, je ferais mieux d'y aller. J'entends sœur Sutton approcher. Elle va inévitablement trouver quelque chose à me reprocher.

— Je t'aime…

— Moi aussi. Désolée, Seb, je te rappelle dès que je peux.

Elle raccrocha le téléphone à l'instant où sœur Sutton tournait le coin, Sparky, son jack russell, comme toujours sur ses talons.

— Benedict ?

Sa voix résonna dans le couloir, arrêtant Millie dans sa foulée. Le corps trapu et large de sœur Sutton emplissait presque le couloir.

— Sœur ?

Elle n'avait d'autre choix que d'attendre pendant que sœur Sutton s'avançait lourdement vers elle, de manière empotée dans ses chaussures robustes. Son uniforme était tendu sur sa forte poitrine et la boucle de sa coiffe amidonnée se perdait presque dans les plis charnus de son menton.

— Je suis montée plus tôt dans votre chambre, Benedict. C'est une honte, grogna-t-elle. Vos biens étaient éparpillés partout, votre lit n'était pas convenablement fait et quand avez-vous retourné votre matelas la dernière fois ?

Millie jeta un coup d'œil vers Sparky qui montrait les crocs dangereusement près de ses chevilles.

— La semaine dernière, sœur.

— La semaine dernière ? C'est ça !

Ses yeux ressemblaient à de minuscules raisins noirs dans son gros visage mou.

En tant que sœur responsable de la maison des infirmières, elle devait veiller au bien-être des étudiantes y habitant. Avant le début de sa formation, Millie avait eu hâte d'avoir quelqu'un de maternel dans sa vie. Mais elle avait rapidement découvert que sœur Sutton l'était autant qu'un sergent-major de régiment.

Sentant que sœur Sutton était sur le point de lui faire un sermon, Millie fit la seule chose sensée qu'elle pouvait faire et éclata en sanglots.

— Bonté divine, ma fille !

Sœur Sutton recula, surprise. Même Sparky cessa d'aboyer.

— Que diable vous arrive-t-il ?

— Je-je suis désolée, sœur, bredouilla-t-elle, cherchant dans sa poche un mouchoir. Je viens de parler au téléphone avec mon petit ami, et il m'a dit…

— Oui, eh bien, ça suffit comme ça, merci beaucoup !

Sœur Sutton tapa dans ses mains.

— Montez à votre chambre et ressaisissez-vous.

— O-oui, sœur.

Millie dissimula son sourire dans son mouchoir tandis que la sœur se pressait à s'éloigner. Elle faisait peut-être autorité sur un lit bien fait ou un tablier convenablement amidonné, mais s'il y avait quelque chose qui désarçonnait sœur Sutton, c'était d'avoir à gérer les problèmes émotifs de jeunes filles. Glisser un petit ami pénible dans la conversation avait épargné à Millie bien des sermons interminables récemment.

Millie se précipita à l'étage dans la chambre du grenier qu'elle partageait avec Helen et Dora. Dora était assise en tailleur sur son lit, la tête plongée dans un manuel, tandis qu'Helen tendait le cou pour apposer son maquillage en se regardant dans le petit miroir carré au-dessus de la commode. Toutes les deux s'arrangeaient pour ignorer le lit retourné de Millie au milieu de la chambre.

— Pas encore ! soupira-t-elle en ramassant un oreiller. Franchement, sœur Sutton ne se fatigue jamais de faire ça ?

— Je vais t'aider.

Dora posa son livre et glissa du lit.

Pendant qu'elles tiraient le lourd matelas en crin de cheval sur son châlit de fer, Millie leur raconta qu'elle avait dû laisser tomber Seb pour son anniversaire.

— Tout ceci est la faute de ta mère, dit-elle à Helen en la fusillant du regard. Elle et les membres du conseil d'administration n'auraient pas pu choisir un autre jour pour faire leur visite ?

— Ne m'en parle pas. Je n'ai pas plus hâte que toi.

Helen enleva les épingles de ses cheveux et les fit gonfler autour de son visage.

— Elle va nécessairement me prendre en faute. Elle y arrive toujours.

— Je croyais que vous aviez fait une trêve ?

Après avoir partagé une chambre avec elle pendant près de deux ans, Millie savait trop bien comment Helen avait vécu dans la crainte de sa trop désapprobatrice mère. Mais récemment, Constance Tremayne semblait avoir relâché son emprise ferme sur la vie de sa fille.

— Oh oui, en effet. Mais cela ne la retient pas de désapprouver tout ce que je fais.

Helen passa une brosse dans ses cheveux.

— Elle est même pire depuis que j'ai commencé à fréquenter Charlie. Elle est convaincue qu'il va parvenir à m'empêcher de terminer ma formation.

— Cela ne va jamais se produire, n'est-ce pas ?

Helen s'était transformée et avait perdu une grande partie de sa timidité depuis qu'elle avait rencontré Charlie. Mais elle était toujours l'étudiante qui travaillait le plus que Millie connaissait.

— Alors, où t'emmène-t-il ce soir ?

— Seulement au cinéma. Il y a un nouveau film de John Wayne au Rialto. Même si je me moque un peu de ce que je vois, tant que je peux m'asseoir et reposer mes pieds ! grimaça-t-elle.

— Pourquoi n'allons-nous pas au cinéma ? suggéra Millie à Dora. Je ne serais pas contre une sortie.

Dora secoua la tête.

— Je dois retourner au travail dans trente minutes. Et je ne termine pas avant vingt et une heures, ajouta-t-elle en ajustant le drap sur le lit de Millie.

— Un autre soir alors ?

— Je n'ai pas les moyens.

— Mais nous avons seulement été payées hier ! Tu ne peux pas avoir déjà tout dépensé ?

Millie rit d'incrédulité.

Dora garda la tête baissée en lissant la couverture.

— Ce sont mes affaires, bredouilla-t-elle.

— Alors, je payerai.

— Non, merci.

Elle se redressa, secoua l'oreiller et le mit en place.

— Je te l'ai déjà dit. Je n'ai pas besoin de charité.

— Ce n'est pas ce que j'ai dit.

Millie fronça les sourcils tandis que Dora se dirigeait vers la porte.

— Où vas-tu ? Doyle…

Mais elle avait déjà ramassé ses livres et franchi la porte.

Millie se tourna vers Helen.

— Qu'est-ce qui ne va pas avec elle ?

— Je n'en sais rien, répondit Helen en haussant les épaules. Tu sais comme elle peut être susceptible, particulièrement au sujet de l'argent.

— Ne me dis pas que j'ai encore mis les pieds dans les plats ?

Millie soupira. Elle semblait toujours faire ça avec Dora.

CHAPITRE 16

Au milieu du mois de février, Jennie Armstrong se portait suffisamment bien pour rentrer chez elle.

— Ne sous-estimez jamais la force de guérison de la jeunesse ! dit en souriant le docteur Tremayne après avoir terminé de l'examiner. Et d'excellents soins infirmiers évidemment, ajouta-t-il en faisant un clin d'œil à Dora.

Elle se sentit rougir et tritura les notes qu'il lui tendait. Après avoir travaillé avec lui, elle comprenait maintenant pourquoi William Tremayne était aussi populaire auprès des infirmières du Nightingale. Il était si chaleureux et charmant, elle pouvait l'imaginer faire tourner la tête de n'importe quelle femme.

— Infirmière Doyle, est-ce que vous et le docteur Tremayne… vous savez ?

Jennie était fébrile après le départ du médecin, et Dora vidait son casier.

— Non ! s'esclaffa-t-elle. Mais je crois que je suis probablement la seule infirmière dans cet hôpital qui peut dire ça, ajouta-t-elle avec un sourire de conspiratrice.

— Vous n'avez pas de petit ami alors ?

Dora secoua la tête.

— Pas moi. Voulez-vous emporter ces fleurs ? Ce serait dommage de les jeter.

— Laissez-les là si vous voulez, dit Jennie. De toute façon, mon frère les a probablement apportées autant pour vous que pour moi, ajouta-t-elle malicieusement.

Elle semblait beaucoup plus jeune que ses dix-sept ans avec ses grands yeux étincelants et son visage espiègle.

— Alors, avez-vous hâte de rentrer à la maison ?

Dora changea vivement de sujet.

Le sourire de Jennie s'évanouit.

— Retourner à la cuisine, au ménage et aux coups de mon père, vous voulez dire ? J'ai très hâte, dit-elle avec amertume.

Dora la regarda.

— C'est si grave ?

— Je le déteste.

La véhémence dans la voix de Jennie l'étonna.

— Il a rendu ma vie misérable depuis la mort de maman. Il me tarde de partir.

Elle retira un pétale séché de l'une des fleurs.

— Je pensais que j'allais partir avec… lui, dit-elle à voix basse.

— Votre petit ami ?

— Il avait dit qu'il veillerait sur moi. Il avait promis que nous allions nous marier, avoir notre propre maison…

Elle laissa tristement sa phrase en suspens.

— Mais il s'est fait la malle ?

Jennie leva la tête vers elle, ses grands yeux verts remplis de chagrin.

— Il se trouve qu'il mentait sur toute la ligne, lâcha-t-elle. Il n'allait jamais m'épouser. Comment aurait-il pu, quand…

Elle s'empêcha de terminer sa phrase.

— On dirait que vous êtes mieux sans lui, dit Dora. Un homme qui laisse tomber une jeune fille qui a des ennuis ne vaut pas la peine d'être connu, selon moi.

— Vous ne comprenez pas, fit Jennie. Ce n'était pas à cause du bébé. Il n'était même pas au courant pour le bébé quand il… il m'a laissée.

— Et vous ne lui avez pas dit ?

— Je voulais, mais je n'ai pas eu la chance. Et ensuite, j'ai découvert qu'il était marié.

— Ah.

— Je ne savais pas, insista Jennie, les yeux baignés de larmes. Je n'aurais jamais été avec lui si j'avais su qu'il avait déjà une femme et des enfants.

— Ne pleurez pas, ma belle.

Dora pressa un mouchoir dans les mains de Jennie quand elle se mit à sangloter.

Elle regarda le visage tourmenté de la jeune fille. Elle était si naïve et cherchait si désespérément l'amour, qu'elle avait dû être une prise facile pour un beau parleur marié voulant un petit à-côté. C'était tellement honteux.

Sœur Wren les garda occupées pour le reste de la matinée à chercher, entre toute chose, le pot de confiture de Mrs Venables qui avait disparu.

— Quelqu'un l'a volé de la cuisine, annonça-t-elle dramatiquement. Je veux que vous fouilliez le service entier, incluant les casiers et sous les lits. Regardez dans tous les coins, infirmières !

— C'est ridicule, chuchota Laura Ennis alors qu'elles vidaient les placards de la cuisine pour les inspecter. Ce n'est qu'un pot de confiture, pas les joyaux de la couronne !

— Vrai, mais tu sais comment elle est quand elle a quelque chose en tête, répondit Dora en soupirant. Et depuis que ces œufs ont disparu, elle est convaincue qu'il y a une voleuse parmi nous.

Elle était en train de fouiller sous un lit quand Joe Armstrong arriva pour ramener sa sœur. Dora vit une paire de chaussures polies à quelques centimètres de son nez, puis elle leva les yeux et vit son visage.

Il la considéra avec curiosité. Il tenait un gros bouquet de fleurs à la main.

— Vous cherchez quelque chose ? demanda-t-il.

— Un pot de confiture, pouvez-vous le croire ?

Elle se leva, époussetant des grains invisibles sur son tablier.

— Pour l'amour du ciel, ne dites pas à la sœur que vous êtes policier sinon elle vous demandera de nous passer à toutes les menottes.

— Je vous demande pardon ? fit-il en sourcillant d'incompréhension.

— Peu importe, dit-elle en souriant joyeusement. Vous êtes venu chercher Jennie ? Elle vous attend.

Elle commença à se diriger vers le lit de Jennie, mais Joe l'arrêta.

— Un instant, infirmière. C'est pour vous, dit-il en lui tendant brusquement les fleurs. Pour vous remercier de tout ce que vous avez fait pour notre Jennie, expliqua-t-il.

— Elles sont magnifiques, Mr Armstrong. Merci.

Dora enfouit son visage dans le bouquet, goûtant leur odeur.

— Mais ce n'était pas nécessaire.

— Je sais, mais je le voulais.

Il lissa nerveusement ses cheveux blonds. Dora remarqua qu'il rougissait. En un soudain éclair d'intuition, elle sut qu'il allait l'inviter à sortir.

— Dora..., commença-t-il.

— Nous sommes tous très heureux de la manière dont votre sœur s'est remise, l'interrompit-elle, la bouche asséchée par l'affolement. Elle a encore besoin de beaucoup de repos afin de garder ses forces, mais si vous veillez sur elle, elle devrait se porter comme un charme...

— Je veillerai sur elle, ne vous inquiétez pas. Dora, il y a quelque chose que j'aimerais vous demander...

Dora le fixa, prise de panique. *Oh Dieu,* pensa-t-elle. *S'il vous plaît, ne m'invitez pas. S'il vous plaît...*

— Doyle ? N'avez-vous rien de mieux à faire que de bavarder ?

La voix stridente de sœur Wren fut comme une musique aux oreilles de Dora.

— Je ne fais que dire au revoir à Miss Armstrong, sœur.

— Oui, eh bien, maintenant, c'est fait.

Sœur Wren s'affaira et son tablier amidonné craqua lorsqu'elle se mit à marcher.

— Allez rapidement mettre ces fleurs dans l'eau et remettez-vous au travail. Avez-vous trouvé ce pot de confiture ?

— Pas encore, sœur.

— Alors, allez-y !

Dora se tourna vers Joe.

— Désolée, je dois y aller, chuchota-t-elle.

— Mais je voulais…

Elle lui fit un haussement d'épaules d'excuse et se précipita avant qu'il puisse continuer. Pour une fois, elle remercia silencieusement le ciel pour l'emprise de sœur Wren.

CHAPITRE 17

— Cela fait maintenant trois jours, infirmière en chef. Forcément, cette situation ne peut se poursuivre.

Kathleen Fox jeta un coup d'œil vers l'horloge de bois poli accroché au mur de son bureau et soupira. Il était dix heures passées. Son assistante aimait habituellement se plaindre de l'absence continue de la sœur de nuit à dix heures précises chaque matin.

— Y a-t-il un problème, Miss Hanley ? Miss Wychwood se débrouille parfaitement comme remplaçante de la sœur de nuit.

— Peut-être, mais il est très peu commode que nous devions couvrir pour l'absence de Miss Tanner.

Le large visage carré de Miss Hanley était indigné.

— Les roulements sont sens dessus dessous.

Ah, les roulements. Kathleen Fox se sourit. Son assistante avait une obsession avec les listes et les horaires qui frôlait le fanatisme. Kathleen était certaine que cela devait avoir un lien avec l'expérience militaire du père de Miss Hanley.

— Je suis certaine que Miss Tanner n'est pas tombée malade avec l'intention de délibérément perturber vos roulements, dit-elle avec douceur.

— Malade ! Les sœurs ne tombent pas malades. L'ancienne sœur de nuit n'a pris aucune journée maladie en presque vingt ans de travail ici.

— L'ancienne sœur de nuit est morte en service. Elle n'est pas vraiment le meilleur exemple.

Les yeux de Miss Hanley se rétrécirent en signe de méfiance.

— Est-ce là l'une de vos plaisanteries, infirmière en chef ?

Leur sens de l'humour était l'une des nombreuses choses qui les séparaient. Ce n'était pas un secret que Veronica Hanley, ou « Monsieur Hanley » comme de nombreuses infirmières l'appelaient, avait voulu le poste d'infirmière en chef. Beaucoup s'entendaient pour dire qu'elle aurait dû l'avoir. Elle était robuste, disciplinée et aurait commandé l'hôpital comme son père avait commandé le régiment Hampshire de Lucknow.

Mais Kathleen Fox avait été nommée à la place, au grand désarroi de Miss Hanley. L'assistante de l'infirmière en chef lui avait mené la vie dure pendant sa première année, mais la paire s'était mise d'accord pour une trêve précaire dernièrement.

Mais cela n'empêchait pas les moments occasionnels de friction.

— Alors que suggérez-vous que je fasse, Miss Hanley ? demanda avec lassitude Kathleen. Me rendre chez elle, la faire sortir en la tirant par les cheveux et insister pour qu'elle revienne à sa tâche ?

— Ce ne serait peut-être pas une mauvaise idée pour savoir si et quand elle a l'intention de revenir, fit en reniflant Miss Hanley.

Kathleen examina le sous-main sur son bureau devant elle. Pour une fois, elle devait admettre que Miss Hanley avait raison. Il serait importun d'attendre de la sœur de nuit de remplacement de poursuivre indéfiniment.

Et il y avait quelque chose d'autre aussi. Quelque chose qui la troublait depuis que Miss Tanner lui avait téléphoné pour lui dire qu'elle était souffrante. L'infirmière en chef ne pouvait mettre le doigt dessus, mais il y avait quelque chose dans le ton de sa voix qui lui faisait penser que Violet Tanner ne lui disait pas toute la vérité.

— Très bien, Miss Hanley, dit-elle. Je vais faire une visite à notre Miss Tanner.

— Infirmière ! Venez ici immédiatement.

— Oui, Mrs Mortimer, qu'y a-t-il ?

Millie fut heureuse de s'être souvenue de l'appeler par son nom entier. La dernière fois, elle l'avait amicalement appelée « Maud » par accident, et Millie s'était fait passer un savon autant par Mrs Mortimer que par sœur Hyde. Mrs Mortimer avait été de loin la pire.

Maud la congédia.

— Pour l'amour du ciel, je ne veux pas de vous ! Je veux une infirmière convenable. Pourquoi pas cette fille aux cheveux noirs ?

Elle fit un signe de tête vers Helen qui se trouvait à l'autre bout de la salle.

— Elle semble savoir ce qu'elle fait.

— L'infirmière Tremayne est occupée, Mrs Mortimer. Je crains que vous soyez prise avec moi, dit Millie joyeusement. Alors, que puis-je faire pour vous ?

— Très bien.

Mrs Mortimer poussa un soupir de martyr.

— Mes oreillers ont besoin d'être ajustés.

Pas de s'il vous plaît ni de merci, pensa Millie en secouant et retapant les oreillers avant de les remettre soigneusement en place. Maud Mortimer s'adressait toujours aux infirmières comme si elles étaient des domestiques.

— Voilà. C'est mieux ? demanda-t-elle.

Mrs Mortimer s'appuya contre eux.

— Cela devra faire, je suppose, dit-elle de mauvaise grâce. Mais je dois dire qu'une véritable infirmière aurait fait un meilleur travail.

— Je dois dire que vous avez raison, Mrs Mortimer, approuva Millie.

Elle prit l'exemplaire du *Times* de la patiente, encore proprement plié dans son casier.

— Vous ne faites pas les mots croisés aujourd'hui ?

— Je ne suis pas d'humeur.

— J'adore les mots croisés du *Times*. J'aidais toujours mon père à les faire quand j'habitais à la maison.

Maud leva un sourcil impérieux.

— Je suis certaine que vous étiez d'une grande aide, dit-elle d'un ton caustique.

— Vous seriez surprise.

Millie baissa les yeux vers les mains ridées de Maud, posées mollement sur le couvre-lit.

— Je pourrais vous aider si vous voulez ? offrit-elle. Peut-être pourrais-je compléter les réponses pour vous.

Le regard vif de Maud se fixa sur elle.

— Qu'êtes-vous en train de dire ? Insinuez-vous que je suis trop faible pour tenir un crayon ?

— Eh bien…

— Je vous l'ai dit, stupide fille, je ne suis pas d'humeur. Dieu du ciel, est-ce obligatoire de s'occuper de manière utile dans cet endroit ?

— Non, mais…

— Alors, je vous trouve plutôt fatigante. S'il vous plaît, laissez-moi seule.

Elle tourna la tête, la congédiant. Millie ouvrit la bouche pour parler, puis la referma.

Helen fut compatissante.

— Elle est absolument horrible, n'est-ce pas ? chuchota-t-elle.

Millie haussa les épaules.

— Elle me fait pitié. C'est une femme tellement fière que cela doit être terrible pour elle d'avoir à admettre qu'elle a besoin d'aide.

— Ce n'est pas une raison pour s'en prendre à nous, répondit Helen. J'appréhende l'heure du repas. Elle va inévitablement faire encore des histoires parce qu'il faut la nourrir. J'espère seulement que ce ne sera pas moi qui vais devoir le faire aujourd'hui.

Elle frissonna à cette pensée.

— Je ne sais pas pourquoi ils ne lui mettent pas simplement une sonde d'alimentation. Ce serait beaucoup plus simple.

— Aimerais-tu avoir une sonde d'alimentation enfoncée dans la gorge ? demanda Millie. Ce serait peut-être beaucoup plus facile pour nous, mais pas pour elle.

Elle jeta un coup d'œil vers Maud Mortimer appuyée contre ses oreillers, les yeux clos. Mais même de l'autre bout de la salle, Millie pouvait voir qu'elle ne dormait pas.

— Elle était suffragette quand elle était plus jeune, dit-elle. J'ai entendu sœur le dire à l'infirmière-chef adjointe l'autre jour. Apparemment, elle avait été arrêtée et nourrie de force parce qu'elle refusait de manger. C'est pour cette raison qu'elle est si terrifiée par la sonde d'alimentation.

— Oh, Seigneur, je n'en avais aucune idée.

— C'est bien le but, non ? Aucune d'entre nous ne sait quoi que ce soit sur ces femmes.

Millie fit un geste vers la salle.

— Pour nous, elles ne sont que de vieilles dames qui mouillent leur lit et refusent de manger. Nous oublions qu'un jour elles étaient comme nous, des filles avec des espoirs, des rêves et la vie devant elles.

— Oui, mais elles sont vieilles et ont besoin de notre aide maintenant, lui rappela Helen. Nous devons quand même prendre soin d'elles.

— Et si nous devenons comme elles un jour ? Je ne sais pas pour toi, mais je détesterais qu'une jeune infirmière s'entête à me traiter comme une enfant simplement parce qu'elle l'a appris dans un manuel.

Helen sourit.

— Maintenant, tu commences même à ressembler à Mrs Mortimer !

Sœur Hyde fut demandée pour assister à une réunion dans le bureau de l'infirmière en chef, laissant l'infirmière-chef adjointe Willis responsable de la supervision du repas.

Au plus grand soulagement d'Helen, la tâche de nourrir Maud Mortimer incomba à Millie.

— Et faites en sorte qu'elle prenne tout cette fois, la prévint l'infirmière-chef adjointe Willis en lui tendant la tasse. La sœur a peur qu'elle ne conserve pas ses forces.

Millie regarda la tasse à bec. Cela ressemblait à un objet qu'un petit enfant utiliserait. Comme cela devait être humiliant de devoir s'y soumettre. Particulièrement aux mains d'une étrangère suffisamment jeune pour être votre petite-fille.

Elle prit une profonde inspiration. Si sœur Hyde avait supervisé le repas comme d'habitude, elle doutait qu'elle ait eu le courage de parler. Mais l'infirmière-chef adjointe Willis était une femme gentille.

— S'il vous plaît, infirmière-chef adjointe, puis-je faire une suggestion ? dit-elle.

Elle tressaillit quand sœur Willis fronça les sourcils en la considérant. Gentille ou non, elle n'appréciait pas d'ingérence de la part d'une étudiante.

— Allez-y, dit-elle sans ambages.

Millie voyait déjà l'expression d'objection de Maud quand elle approcha quelques minutes plus tard avec son plateau.

— Si vous croyez que vous allez me nourrir de cette mixture, vous vous trompez, dit-elle avec rudesse, sa bouche se serrant déjà en signe de refus.

— Si vous croyez que je vais vous nourrir tout court, alors *vous* vous trompez.

Millie posa la tasse.

— La sœur n'est pas ici, et je suis beaucoup trop occupée pour rester là à tenir cette tasse. Si vous voulez manger, vous devrez le faire vous-même.

Les yeux de Maud Mortimer s'écarquillèrent.

— Je vous demande pardon ?

— Vous m'avez entendue.

Millie prit la tasse et la lui montra.

— J'ai pensé que cela pourrait vous aider. J'ai enveloppé les poignées d'un tas de bandages propres afin qu'elles soient plus faciles à agripper, vous voyez ?

Maud fixa la tasse, puis Millie. Son visage indéchiffrable. En regardant dans ses yeux froids, Millie sentit sa confiance faiblir.

— En tout cas, je vais la mettre ici sur ce plateau…

Elle la posa prudemment.

Le regard de Maud passa de la tasse à Millie puis de nouveau vers la tasse. Millie remarqua qu'elle tentait de plier ses doigts. Puis, se redressant, elle tendit les mains vers la tasse. Millie retint son souffle, le laissant s'échapper seulement quand Maud saisit les poignées et souleva la tasse en tremblant vers ses lèvres.

— Occupée, mon œil ! l'entendit Millie marmonner alors qu'elle s'éloignait. Occupée à bavarder avec ses amies, plus probablement.

Typique de Maud, pensa Millie en s'éloignant. *Elle doit toujours avoir le dernier mot.*

Elle se souriait encore quand sœur Hyde revint au service. Millie se trouvait dans la cuisine à faire la vaisselle avec l'étudiante à l'essai. À travers l'entrebâillement de la porte, elle vit la sœur parler à l'infirmière-chef adjointe Willis. Sœur Hyde regarda dans la salle vers Maud Mortimer, puis par-dessus son épaule vers la porte de la cuisine. Millie aperçut son regard gris glacial, et son ventre se contracta.

— Infirmière Benedict ?

Une assiette glissa de ses mains au son de la voix de la sœur. Elle retomba dans l'évier, les éclaboussant elle et l'étudiante d'eau savonneuse.

— Oui, sœur ?

Elle se retourna, de la mousse ruisselant de son visage.

Sœur Hyde étouffa un soupir.

— L'infirmière-chef adjointe me dit que vous avez eu une idée afin d'aider Mrs Mortimer à se nourrir elle-même ?

— Oui, sœur.

Elle fixa le plancher.

Nous y voilà, pensa-t-elle. *C'est ici que je me fais encore remonter les bretelles.*

— C'était une bonne idée, Benedict. Mrs Mortimer a de la difficulté avec la perte de son indépendance, alors vous avez fait montre d'une grande sensibilité. Pour une fois, ajouta-t-elle.

Millie leva les yeux vers elle, croyant à peine ce qu'elle venait d'entendre. Cela importait peu que sœur Hyde parvenait à faire ressembler un éloge à une cinglante critique. Le seul fait d'entendre ces mots était plus que suffisant.

— Merci, sœur.

Sœur Hyde l'examina de haut en bas.

— C'est seulement dommage que vous ne parveniez pas à accomplir une simple tâche comme faire la vaisselle.

CHAPITRE 18

Kathleen Fox consulta le morceau de papier au fond de sa main gantée, puis releva les yeux vers l'immeuble humide. Assurément, ce n'était pas la bonne adresse.

Ses doutes augmentaient depuis qu'elle était descendue du bus. Les étroites rues pavées dans les environs semblaient directement sorties de Dickens. Des lessives crottées pendaient mollement sur des cordes accrochées entre des maisons si hautes et si proches les unes des autres que seul un faible rayon de soleil perçait l'obscurité. Un cheval au dos creux passa en faisant claquer ses sabots, tirant lentement une charrette, tandis que des enfants vêtus de loques jouaient dans le caniveau. Au loin, l'horizon était gâché par les grues des quais et les cheminées des navires, alors que les goélands poussaient leurs cris stridents au-dessus des têtes en cherchant des choses à ramasser.

Même en cognant à la porte, Kathleen n'arrivait pas à s'imaginer qu'une personne aussi raffinée que Violet Tanner puisse choisir d'habiter un tel endroit.

La femme qui répondit avait une cigarette qui pendouillait à ses lèvres.

— Oui ?

Elle plissa les yeux en regardant Kathleen à travers la fumée qui voletait.

— Que voulez-vous ?

Elle l'examina de haut en bas.

— Si vous venez pour la cueillette de l'église, vous pouvez aller voir ailleurs, car je n'ai rien à vous donner.

Elle allait lui claquer la porte au visage, mais Kathleen tendit le bras.

— Je cherche Miss Tanner, dit-elle.

La femme la regarda avec des yeux hostiles.

— Il n'y a personne ici de ce nom.

De quelque part à l'intérieur de l'immeuble, Kathleen entendit le son lointain d'un enfant qui toussait.

— Êtes-vous certaine ? C'est l'adresse qu'elle m'a donnée.

Son ton était plaisant, mais les yeux qu'elle darda sur la femme étaient capables de réduire en pleurs une étudiante en moins de dix secondes.

— Alors, elle vous roule dans la farine, n'est-ce pas ?

— Je ne pense pas que Violet Tanner me roule dans la farine, comme vous dites.

La femme inclina la tête.

— Violet, vous dites ?

Un sourire malveillant se dessina sur le visage de la femme.

— Je le savais, bredouilla-t-elle pour elle-même. Je savais que la prétentieuse garce cachait quelque chose. Tanner, hein ? Elle a du culot.

— Je vous demande pardon ?

La femme la regarda, la considérant pendant un moment, puis fit un pas de côté.

— Dernier étage, dit-elle faisant un signe de la tête vers l'escalier étroit. C'est là que Violet Gifford habite en tout cas.

Kathleen passa près d'elle dans le couloir. Le papier peint graisseux et jaunissant et l'odeur de choux trop bouillis la firent se sentir mal. *Pauvre Miss Tanner,* pensa-t-elle. Pourquoi, grand Dieu, choisirait-elle de vivre dans un tel taudis ?

Elle le découvrit dès qu'elle atteignit le dernier étage. Elle resta à la porte pendant un moment à écouter la toux râpeuse d'un enfant. Puis elle frappa.

Il n'y eut pas de réponse, alors elle entra silencieusement.

La pièce était petite, exiguë et empestait la moisissure et la pommade. Violet Tanner l'avait transformée en une chambre de malade, montant une cloison de fortune autour d'un des lits. Kathleen reconnut à peine la sœur de nuit habituellement posée dans la femme qui épongeait le visage fiévreux d'un petit garçon.

— Bonjour, Miss Tanner, la salua-t-elle. Ou est-ce Mrs Gifford ?

— Infirmière en chef ?

Son visage dévasté exprima à peine le choc. Kathleen vit immédiatement qu'elle était absolument épuisée. Sa peau avait la couleur de l'argile, mis à part deux cercles noirs entourant ses yeux comme des ecchymoses. Des mèches de cheveux s'échappaient d'un chignon lâche.

Kathleen ne prit pas la peine de demander d'explication. Toute son attention professionnelle se fixa instantanément sur l'enfant.

— Depuis combien de temps est-il ainsi ? demanda-t-elle, faisant glisser son manteau et roulant ses manches.

— Quelques jours. Il a habituellement un accès de bronchite chaque hiver, mais cette fois, c'est bien pire.

Violet pressa doucement l'éponge sur le front en sueur de son fils. Le garçon s'écarta d'elle, les yeux clos, les lèvres déversant un flot de paroles incohérentes qu'aucune des deux ne comprit.

— Je pensais que son état s'améliorait. Sa température était basse pendant un moment, mais elle remonte encore. Je lui ai donné des inhalations de vapeur et des cataplasmes de graines de lin, dit-elle, la voix aiguë d'inquiétude. J'ai fait venir deux fois le médecin, mais il m'a juste dit que j'étais trop anxieuse.

Alors, ce médecin est un idiot, pensa Kathleen.

Elle plaça ses mains sur la poitrine de l'enfant. Sa respiration était rapide et superficielle, son sternum se soulevait avec effort à chaque respiration. Ses lèvres étaient bleues.

— Et qu'en pensez-vous ? demanda-t-elle.

Violet baissa les yeux vers l'enfant.

— Je crois qu'il doit être à l'hôpital.

— Je suis d'accord.

Kathleen prit son manteau.

— Où se trouve la cabine téléphonique la plus proche ?

— Au coin.

— Je vais aller appeler une ambulance. Vous restez ici avec votre fils. C'est votre fils, je présume ?

Violet se mordit la lèvre et hocha la tête.

— Oliver, dit-elle. Il s'appelle Oliver.

Violet était trop épuisée pour continuer à mentir. Trop épuisée et beaucoup, beaucoup trop effrayée.

Elle fut heureuse que Miss Fox soit là pour prendre les choses en main. Elle organisa l'ambulance, puis aida Violet à emballer quelques effets pour elle et Oliver. C'était un tel soulagement d'avoir quelqu'un avec qui partager le fardeau.

Elles montèrent dans l'ambulance avec l'enfant. Violet serra sa petite main entre les siennes et essaya de fermer son esprit à toutes les terreurs sans nom qui menaçaient de la submerger.

Elle aurait dû appeler une ambulance, se dit-elle encore et encore. Elle savait qu'Oliver était malade, mais elle s'était laissée persuader par cet arrogant médecin plutôt que de faire confiance à son propre instinct. Si son fils mourait, ce serait de sa faute. Sa faute de l'avoir laissé vivre dans de telles conditions, de ne pas avoir subvenu à ses besoins correctement.

S'il mourait, ce serait sa punition pour toutes les terribles erreurs qu'elle avait faites dans sa vie.

Miss Fox sembla lire ses pensées.

— Tout ira bien, dit-elle doucement. Il est entre bonnes mains maintenant.

Sa voix était calme et rassurante, mais Violet avait utilisé elle-même ce ton avec trop de familles de patients pour être dupée.

À l'hôpital, elle suivit l'infirmière en chef, avançant comme un fantôme dans les couloirs qu'elle connaissait si bien, mais qui soudainement lui semblaient étranges et terrifiants. Même les infirmières dans leurs uniformes impeccables semblaient venir d'un autre monde.

Dans le service des enfants, sœur Parry fronça les sourcils en voyant l'infirmière en chef vêtue de son manteau et de son chapeau et non de son uniforme. Elle ne reconnut pas Violet de prime abord. Elle tenta de la repousser dans la pièce réservée aux parents jusqu'à ce que l'infirmière en chef intervienne.

— Étant donné les circonstances, je crois que nous pouvons permettre à Miss Tanner de rester, sœur, dit-elle.

Sœur Parry fronça les sourcils de confusion.

— Miss Tanner ?

Cela se vit sur son visage quand elle la reconnut.

— Sœur ? Mais je ne comprends pas… que faites-vous ici ?

Encore une fois, Miss Fox répondit pour elle.

— Nous aurons tout notre temps pour les questions plus tard, sœur. La première chose que nous devons faire est de remettre sur pied ce jeune homme.

Elle sourit à Oliver alors que le brancardier le soulevait sur le lit qui avait été préparé à son intention.

— Maintenant, nous devons installer une tente d'inhalation. Est-ce que le médecin a été informé ?

— Il est en chirurgie. Mais le résident est en chemin, infirmière en chef.

— Très bien. Je vais faire en sorte d'avoir une discussion avec Mr Joyce quand il sortira de la salle d'opération. J'aimerais avoir son opinion.

Violet eut la permission de rester dans la salle jusqu'à ce qu'Oliver soit installé, puis le résident arriva. Elle voulut demeurer avec eux, mais Miss Fox la prit par le bras et la guida doucement à l'extérieur de la salle.

— Vous pouvez le laisser pour quelques minutes, tout ira bien, dit-elle. Vous et moi devons discuter.

Elle emmena Violet dans son bureau, une pièce tapissée de livres et remplie de meubles lourds et foncés. Kathleen la fit asseoir dans l'un des fauteuils en cuir encadrant le foyer et demanda du thé. Violet fixa les flammes qui crépitaient, reconnaissante de ne pas avoir à réfléchir. Elle était pétrifiée par la peur et la terreur depuis si longtemps qu'elle ne s'était pas rendu compte à quel point elle était complètement épuisée. Enveloppée de la chaleur bienvenue du feu, tout ce qu'elle désirait était de fermer les yeux et dormir.

La bonne apporta un plateau de thé. Miss Fox le servit, plaça une tasse entre les mains de Violet, puis se rassit.

Violet comprit qu'elle attendait une explication. Elle prit une profonde inspiration.

— Ce n'est pas ce que vous croyez, commença-t-elle. Je suis, j'étais, mariée. Je suis veuve depuis cinq ans. Tanner est mon nom de jeune fille.

— Je vois.

Miss Fox réfléchit pendant un moment.

— Pourquoi ne m'avez-vous pas dit que vous aviez un enfant ?

— M'auriez-vous donné le poste si vous l'aviez su ?

Miss Fox soutint son regard. Sans son sévère uniforme noir, elle paraissait beaucoup plus jeune et plus humaine. Des cheveux châtains ondulés adoucissaient son visage, mais ses yeux gris étaient aussi directs et intransigeants que jamais.

— Probablement pas, concéda-t-elle, et elle posa sa tasse. Mais cela n'a pas dû être facile pour vous de vivre cette curieuse double vie. Comment avez-vous réussi à prendre soin de votre fils ?

— Je me suis débrouillée.

Violet baissa le menton, sentant la critique.

— Ma propriétaire, Mrs Bainbridge, surveille Oliver pendant que je travaille ici. Et travailler la nuit signifie que je peux être avec lui durant la journée.

— Malgré tout, je suis étonnée que vous ayez choisi de vivre dans un tel endroit. La pièce épouvantablement humide n'a pas dû être bénéfique pour la poitrine de votre fils.

— Je n'avais pas beaucoup de choix !

Violet sentit sa frustration éclater.

— Ne croyez-vous pas que j'ai essayé de trouver un meilleur endroit où habiter ? Mais les gens n'aiment pas louer à des mères sans mari. Ce n'est pas respectable, voyez-vous.

— J'imagine que cela n'aide pas que vous ne portiez pas d'alliance ?

— J'en porte parfois. Mais ce n'est qu'une alliance d'occasion bon marché, alors personne ne lui accorde crédit.

Violet baissa les yeux vers sa main nue.

— J'ai vendu ma véritable alliance, dit-elle à voix basse.

Elle entendit Miss Fox soupirer.

— Je vous en prie, ne pensez pas que je vous critique, Violet, dit-elle. Au contraire, je vous admire de vous en être aussi bien sortie. Comme j'ai dit, cela n'a pas dû être facile pour vous.

Sa douce compassion fit fondre les défenses de Violet.

— C'était plus facile lorsque je m'occupais d'un patient privé, admit-elle. Nous habitions sur place, alors j'étais en mesure de m'occuper d'Oliver tout en étant infirmière.

— Je me demande pourquoi vous n'avez pas cherché un emploi semblable après.

Violet parvint à esquisser un petit sourire.

— Ce n'est pas tous les malades qui veulent un enfant dans les parages. J'ai été très chanceuse de trouver un employeur comme Mr Mannion.

— En effet.

Miss Tanner sirota son thé pensivement. Puis, elle poursuivit.

— Eh bien, de toute évidence la situation ne peut continuer ainsi.

Violet prit une inspiration profonde et résolue. Elle s'y était attendue, mais c'était tout de même un choc.

— Je comprends.

Elle déposa sa tasse et se leva.

— Préférez-vous que je travaille durant mon préavis ou que je quitte mon poste immédiatement ?

Miss Fox la fixa.

— Qui a parlé de votre départ ?

— Mais j'ai supposé que…

— Je parlais de votre hébergement. Vous ne pouvez rester dans cet horrible endroit. Et vous ne pouvez laisser votre fils nuit après nuit à la miséricorde de cette propriétaire. Je ne l'ai rencontrée que brièvement, mais je dois dire que je ne lui ferais même pas confiance pour prendre soin d'un chat !

Elle avait un accent du nord terre à terre que Violet n'avait jamais remarqué auparavant. Il lui donnait un air chaleureux et accessible.

— En fait, infirmière en chef, la seule créature pour laquelle Mrs Bainbridge a du temps est son chat, dit-elle.

Miss Fox sourit.

— Cela ne m'étonne pas du tout.

Elle fit signe à Violet de se rasseoir.

— Je sais que vous avez fait de votre mieux, mais cette maison est bourrée d'humidité et très mauvaise pour la santé de votre fils. Voilà pourquoi vous devez venir habiter ici.

Violet la dévisagea. Pendant un instant, elle se demanda si elle l'avait bien entendue.

— Ici, infirmière en chef ?

— Pourquoi pas ? Il y a suffisamment de place dans l'édifice des sœurs pour vous et Oliver. Par contre, il serait peut-être préférable si vous aviez quelque chose de plus grand, afin qu'il puisse avoir sa propre chambre. Je sais…

Ses yeux gris s'illuminèrent.

— Vous pourriez prendre mon appartement.

Violet resta bouche bée.

— Je ne pourrais pas faire ça !

— Pourquoi pas ? De toute façon, c'est beaucoup trop grand pour une seule personne. Je serais parfaitement heureuse dans un plus petit logement, dit-elle en souriant. Cela semble être la solution parfaite, vous ne trouvez pas ?

Violet était certaine d'être en train de devenir folle. Ou peut-être s'était-elle endormie et que ceci était un rêve ?

— Vous ne pouvez pas faire ça, chuchota-t-elle.

— Miss Tanner, je suis l'infirmière en chef ici. Je peux agir à ma guise.

Il y avait un soupçon d'amusement dans ses yeux.

— Alors, qu'en pensez-vous ?

Violet se sentit sourire avec réticence, mais elle ne se laissa pas encore espérer.

— Et les autres sœurs ? demanda-t-elle.

— Quoi, les autres sœurs ?

— Elles n'aimeraient peut-être pas qu'Olivier et moi emménagions ici.

— Je suis certaine que la plupart d'entre elles vont trouver cela parfaitement acceptable.

— Et les autres ?

Miss Fox lui fit un sourire impérieux. Tout à coup, elle ressemblait indéniablement à l'infirmière en chef.

— Laissez-moi m'en occuper.

Elle se leva.

— Maintenant, commença-t-elle. Je suis certaine que le résident a terminé d'examiner votre fils, alors nous devrions monter et voir ce qu'il en dit. Je suggère que pour le moment vous montiez vos effets dans la chambre de la sœur de nuit, jusqu'à ce que nous puissions organiser quelque chose de plus permanent.

— Oui, infirmière en chef.

Violet resta debout un moment, cherchant ses mots. Il lui fallut toute sa retenue pour ne pas se jeter dans les bras de Miss Fox en signe de gratitude pure. Mais à la place, elle parvint à la remercier à voix basse.

— Merci.

— Il n'y a pas de quoi.

Elle était presque parvenue à la porte quand Miss Fox la rappela.

— Miss Tanner ?

Elle se retourna.

— Oui, infirmière en chef ?

— Vous n'avez pas d'autres secrets que vous ne me dites pas, n'est-ce pas ?

Violet fit une pause. Toutes sortes de pensées se poursuivirent dans son esprit, mais elle les interrompit.

— Non, infirmière en chef, dit-elle.

CHAPITRE 19

L'homme de l'assistance publique était petit et sec, avec une moustache mince et une chevelure plaquée vers l'arrière qui sentait la brillantine. Dora et sa famille l'observèrent impuissants alors qu'il sillonnait leur maison, son calepin sous le bras, regardant dans les tiroirs et les placards.

— Regardez-le, fourrant son nez partout comme si l'endroit lui appartenait ! siffla furieusement mémé.

— Il calcule ce qui peut être vendu.

Dora s'efforça d'empêcher l'émotion de poindre dans sa voix.

— Nous pouvons garder ce dont nous avons besoin, mais tout le reste doit partir.

— Il nous dépouille, voilà ce qu'il fait. Je ne sais pas comment il arrive à dormir la nuit, faire cela à des gens convenables, dit mémé, suffisamment fort pour que l'homme l'entende.

— Chut, maman. Il ne fait que son travail, répliqua Rose entre ses dents.

— Votre fille a raison, madame. Je ne serais pas ici si vous n'aviez pas fait une demande d'assistance publique, n'est-ce pas ?

Il pointa son crayon vers le fauteuil berçant de mémé.

— Cela doit valoir quelques livres.

— Pas ma chaise ! s'exclama mémé en se rendant devant. Vous ne pouvez pas la prendre. Elle est dans ma famille depuis des années. Ma mère s'asseyait dessus et sa mère avant elle.

L'homme haussa les épaules.

— Vous avez d'autres chaises. Je vous laisse suffisamment de meubles pour vos besoins de base. Ce sont les règles, ce n'est pas moi qui les fais.

— Oui, mais vous aimez les mettre en pratique, n'est-ce pas ?

Mémé le fusilla du regard.

Dora entendit un gémissement et se retourna. Sa mère se tenait bien droite, mais des larmes coulaient sur ses joues blêmes.

— Tout ça est ma faute, chuchota-t-elle. Je suis tellement désolée, les enfants. Je vous ai tous laissés tomber.

Josie mit ses bras autour de sa mère.

— Ne dis pas ça, maman. Tu ne nous as pas laissés tomber.

— Regardez-nous. Regardez jusqu'où nous sommes descendus. Devoir vendre tous nos biens, juste pour pouvoir payer le loyer.

Elle essuya vivement ses larmes avec sa manche.

— Nous ne serions pas dans cette position si votre père était là. Et c'est sûrement ma faute s'il est parti, n'est-ce pas ? J'ai dû faire quelque chose qui l'a fait fuir.

— Oh, maman.

Dora enroula ses bras autour d'elle et de Josie.

— Tout ira bien, promis. Nous retomberons sur nos pieds bientôt.

Mémé ouvrit d'un coup sec le voilage de la fenêtre et regarda dehors.

— Au moins, les voisins s'amusent bien, commenta-t-elle d'un air grave. Regardez-les dehors, bouche bée par-dessus leur clôture. Je suis étonnée que Lettie Pike ne pavoise pas.

À la porte voisine, Lettie Pike avait déjà une vue imprenable.

— Il est là depuis longtemps, non ? Franchement, je n'aurais pas cru qu'ils avaient autant de choses, et vous ?

Elle se tortilla d'excitation.

— Vous vous amusez bien, n'est-ce pas ?

Nick était assis à la table de la cuisine, son pouce suivant la trace d'une éraflure dans le bois, ainsi il n'avait pas à voir le visage joyeux de Lettie. D'une minute à l'autre, il allait la soulever et la lancer par cette foutue fenêtre.

— Éloigne-toi, maman, pour l'amour de Dieu.

Ruby lança à Nick un regard méfiant.

— N'avez-vous rien de mieux à faire un samedi matin que d'espionner les voisins ?

Sa mère l'ignora, son nez toujours collé à la fenêtre.

— Oh, regardez, le type sort à l'instant… Il appelle les deux autres dans la camionnette…

Ils vont sortir les meubles dans une minute, je parie !

Elle laissa tomber le rideau et alla mettre son manteau.

— Où allez-vous ? demanda Nick.

— En bas, évidemment. Je ne vais pas manquer cela, non ? Tu viens ou quoi ? demanda-t-elle à Ruby.

Ruby jeta un coup d'œil à Nick.

— Non, lâcha-t-elle, hésitant une fraction de seconde de trop au goût de Nick. Qui crois-tu que je sois ? Dora est mon amie. Et tu ne devrais pas y aller non plus, ajouta-t-elle.

— Pourquoi pas ? Tous les voisins sont là. Je ne vais pas rater la chance de voir les Doyle tomber de leur piédestal, non ?

Le visage étroit de Lettie s'illumina de plaisir.

— Qu'est-ce qu'ils vous ont fait ? voulut savoir Nick.

Lettie le fixa, ne sachant pas quoi dire.

— Là n'est pas la question, répondit-elle d'un ton sec.

La porte claqua derrière elle, et Ruby se tourna vers Nick.

— Ne fais pas attention, elle ne pense pas à mal.

— Ta mère est une vieille chipie vicieuse.

— Je ne peux pas dire le contraire.

Ruby sourit. Elle fit le tour de la table et se glissa sur ses genoux, entortillant ses bras autour de son cou.

Il dégagea la tête d'un mouvement brusque.

— Elle va revenir dans une minute.

— Alors, on ferait mieux d'en profiter, n'est-ce pas ? ronronna-t-elle en s'approchant pour un long et langoureux baiser.

Nick huma l'odeur de son parfum dans ses cheveux blonds et sentit son traître de corps répondre instantanément. Ruby était une fille si belle qu'un homme devrait être mort à partir du cou pour ne pas être excité par elle. Chaque fois qu'il la touchait, il était perdu et chaque fois, il se détestait.

Il n'avait pas prévu de s'engager autant. Elle avait fait tous les premiers pas la première fois et chaque fois depuis, mais ce n'était pas une excuse. Il savait que dès qu'il la touchait, il lui donnait un faux espoir et il tenait trop à elle pour faire ça.

— Non.

Il évita ses baisers et immobilisa ses mains.

— Pourquoi pas ?

Ruby parut blessée, ses lèvres pulpeuses faisant une moue.

— Cela fait si longtemps, Nick. Presque une semaine depuis la dernière fois… tu sais.

Elle le regarda coquettement entre ses interminables cils.

— On pourrait croire que tu t'es lassé de moi ?

Nick ne répondit pas. Il se leva, la repoussa doucement de ses genoux et alla vers la fenêtre.

— Ne me dis pas que tu espionnes les Doyle toi aussi ? le taquina Ruby. Tu n'as pas honte, Nick Riley ? Et après t'en être pris à ma mère !

Elle s'avança sur la pointe des pieds derrière lui, enroulant ses bras autour de lui. Nick l'ignora et regarda vers la cour pavée. Deux hommes sortaient des meubles de chez les Doyle.

— Regarde-les, dit-il. Pour eux, ce ne sont que de vieux morceaux. Ils ne comprennent pas ce qu'ils font, n'est-ce pas ?

— Ne regarde pas si ça t'affecte autant.

Les mains de Ruby se baladèrent sur la poitrine de Nick et déboutonnèrent sa chemise.

Le corps de Nick se tendit quand il vit Dora suivre les hommes par la porte arrière. Il la vit se retourner pour confronter les voisins, fière et provocatrice. Mais sa main tremblait quand elle repoussa ses boucles rousses de son visage, et Nick put dire à quel point son geste intrépide lui coûtait.

— Nous devrions être en bas avec elle, dit-il.

— Pourquoi ?

Les mains de Ruby s'immobilisèrent.

— Parce que c'est ton amie.

— Dora est une grande fille, répondit dédaigneusement Ruby. Elle peut prendre soin d'elle.

Nick considéra la silhouette solitaire au centre de la cour.

Pas tant que je suis là, pensa-t-il.

Elle ne blâmait pas les voisins de regarder. La plupart d'entre eux n'étaient pas mauvais, juste curieux. Mais Dora sentit tout de même sa colère s'enflammer quand elle les vit de l'autre côté de la clôture. Ces gens les connaissaient depuis des années. Ils étaient censés être leurs amis.

— Vous en avez assez vu ? les défia-t-elle alors que les hommes passaient près d'elle en transportant une commode. Ne soyez pas timides, approchez-vous… vous verrez mieux. Vous ne voulez rien manquer, non ?

Elle fixa ses yeux sur Mrs Peterson qui piétinait aux abords de la foule.

— Voilà ce qu'on va faire, pourquoi n'apporteriez-vous pas tous vos chaises pour vous mettre à votre aise ? Nous pourrions faire une petite fête. Ce sera encore une fois comme le fichu jubilé !

Les voisins traînèrent les pieds et parurent embarrassés. Tous sauf Lettie Pike qui lui retourna son regard.

— Tu veux savoir pourquoi nous regardons ? Pour vous voir recevoir ce que vous méritez, riposta-t-elle. Ta mère nous prenait toujours de haut, croyant qu'elle était meilleure que nous. Maintenant, regarde-la.

Dora se retourna pour lui faire face.

— Elle pourrait être à la rue et crever de faim qu'elle serait encore meilleure que toi, Lettie Pike ! cracha-t-elle.

— Et je m'attends à ce que ça lui arrive !

Le visage de Lettie était tordu de méchanceté.

— Attends, et bientôt ce sera le refuge pour les démunis.

— Fermez-la, Lettie.

Ils se retournèrent tous au son de la voix de Nick Riley. Il se mêlait rarement aux insignifiantes querelles des voisins, alors elle fut aussi surprise que les autres de le voir se faufiler à coup d'épaules à travers la foule.

Lettie échappa un cri d'indignation.

— Maintenant, écoute…

— Non, vous écoutez. Écoutez tous.

Il traversa la fissure de la clôture pour se tenir à côté de Dora.

— Le spectacle est terminé, d'accord ? Si quelqu'un a quelque chose à dire à cette famille, vous pouvez me le dire d'abord.

Il se tint là à les observer d'un air menaçant, ses bras croisés sur sa poitrine musclée.

Dora ne parvint pas à le regarder, mais elle sentit sa présence à travers sa peau, grande, forte et protectrice.

Les voisins commencèrent à s'éloigner. Quelques-uns bredouillèrent des excuses, même si aucun ne croisa les yeux de Dora. Mise à part Lettie, bien sûr, qui leur lança un regard glacial.

— Est-ce que tu remontes ? dit-elle à Nick.

— Dans une minute.

— Mais ma Ruby va attendre…

— J'ai dit dans une minute !

Lettie tressaillit au haussement de sa voix.

— Ça va, ça va, calme-toi.

Elle rentra en traînant les pieds, claquant la porte derrière elle.

Il se tourna vers Dora.

— Est-ce que ça va ?

— Je crois que oui.

Elle prit une longue et frémissante inspiration.

— Au moins, nous donnons aux voisins de quoi parler !

Il sourit d'un air grave. Son visage était tout en angle, l'air trop dangereux pour être véritablement beau.

— Cela leur fera changement plutôt que de parler de ma mère.

Dora regarda autour d'elle.

— Où est-elle ? Je ne l'ai pas vue.

Malgré tous ses défauts, June Riley était l'une des meilleures amies de sa mère. Ce n'était pas son genre de rater une dispute.

— Elle cuve son vin, comme d'habitude. Elle n'est rentrée qu'au petit matin.

— Je suis étonnée qu'elle ait réussi à dormir malgré le bruit.

— Ma mère pourrait dormir même lors du second avènement si elle a eu sa dose !

Il fixa attentivement son regard sur Dora. Elle était toujours étonnée d'à quel point ses yeux étaient intensément bleus, bordés d'épais cils noirs.

— Es-tu certaine que ça va ?

Elle hocha la tête.

— Mais je ne sais pas pour maman, par contre. Elle est très affectée par tout ça. Elle a l'impression qu'elle nous a tous laissés tomber.

Dora n'aurait jamais admis ça à personne d'autre, mais elle sentait que Nick la comprenait mieux que quiconque.

Il jeta un coup d'œil vers la maison.

— Ont-ils pris beaucoup d'affaires ?

— Je ne sais pas.

Elle frissonna.

— Je crains d'entrer et de regarder.

— Tu veux que je t'accompagne ?

— Il ne vaudrait mieux pas, dit-elle. Je ne crois pas que maman souhaiterait que quiconque nous voie… tu sais…

Nick hocha la tête.

— C'est une femme fière, ta mère.

— En effet, soupira Dora. Mais je ne sais pas quel impact ça aura sur elle.

— Elle ira bien. Comme vous tous.

Elle savait que ce n'étaient que des mots. Mais d'une certaine façon, quand Nick les disait, elle les croyait.

Elle plongea son regard dans le sien et elle sentit son ventre tressaillir de désir. Il lui rendit son regard, et elle vit ses lèvres s'ouvrir, comme s'il était sur le point de dire quelque chose. Et…

— Nick !

Le cri de Ruby fut comme un seau d'eau glaciale les arrosant. Ils levèrent la tête et la virent pendue à la fenêtre au-dessus d'eux.

— Vas-tu passer la journée en bas, ou quoi ? cria-t-elle.

Il grimaça.

— J'arrive, d'accord ?

Dora lui sourit.

— Tu ferais mieux d'y aller.

— Elle peut attendre une minute.

Ses yeux restèrent fixés sur ceux de Dora.

— Es-tu certaine que ça va ?

— Je vais bien. Merci encore d'être venu à mon secours.

— Quand tu veux. Tu n'as qu'à demander, tu le sais.

— Nick !

— J'arrive. Calme-toi.

Il s'éloigna. Dora leva la tête et fit un signe de la main à Ruby. Cette dernière retourna à l'intérieur et claqua la fenêtre, son visage de marbre.

CHAPITRE 20

Le repas du dimanche midi au presbytère était toujours un supplice pour les enfants Tremayne. Mais aujourd'hui était encore pire pour William. Parce que c'était le jour où il présentait Philippa Wilde à sa mère.

C'était la première fois que Constance Tremayne rencontrait l'une de ses petites amies. Pour commencer, parce qu'il n'aimait pas que ces idylles deviennent trop sérieuses et aussi parce qu'il n'avait jamais rencontré une fille qui aurait pu supporter une pénible rencontre avec sa mère.

Mais Phil en était plus que capable. Il l'observait avec admiration de l'autre côté de la table alors qu'elle était en train d'éblouir ses parents, flirtant avec son père et répondant aux questions de sa mère avec son charme enjoué habituel.

Pourtant, cela n'avait pas très bien commencé. Constance Tremayne était allée directement à l'attaque, avant même qu'ils passent à table.

— William m'a dit que vous étiez médecin, Philippa. Cela semble un choix de carrière étrange pour une femme. Je me demande pourquoi vous n'avez pas songé à être infirmière.

William avait agrippé le pied fin de son verre de xérès si fermement que c'était un miracle qu'il ne se soit pas brisé. Il attendit avec appréhension que Phil livre son cinglant assaut verbal habituel comme elle faisait sur quiconque osait suggérer que les femmes ne devaient pas devenir médecins. Elle avait défendu son point de vue et rembarrait les gens à ce sujet depuis qu'il avait fait sa connaissance à l'université.

Elle pouvait même dire des choses blessantes concernant le rôle de soumission que les infirmières tenaient dans les services — il savait qu'elle l'avait déjà fait. Cela ne serait pas très bien accueilli par sa mère, avait-il pensé, particulièrement alors que Constance était si fière de sa propre formation d'infirmière.

Mais Phil avait presque souri, ce petit sourire en coin propre à elle, et avait répondu avec tact.

— Vous savez, Mrs Tremayne, je ne crois réellement pas que j'ai ce qu'il faut pour être infirmière.

Constance Tremayne avait eu un sourire satisfait d'approbation, et William s'était permis de recommencer à respirer.

— Eh bien, oui, ma chère, je suppose que vous avez raison, avait-elle approuvé. Être infirmière demande vraiment beaucoup à une fille. J'ai toujours pensé que c'était plus une vocation que simplement une carrière. Quand je travaillais dans les services…

Et elle était repartie sur l'un de ses bons souvenirs. William avait lancé un rapide coup d'œil de gratitude à Phil. Elle avait levé son verre en une salutation moqueuse.

Il avait regardé sa sœur, assise sur le canapé près de son petit ami Charlie. Helen était aussi tendue qu'un élastique étiré, les genoux serrés l'un contre l'autre, les coudes collés sur ses côtes comme si en se rendant aussi petite que possible, elle allait pouvoir échapper aux yeux vigilants de sa mère. Charlie était assis aussi droit à ses côtés, ses cheveux blonds élégamment lissés, son cou qui rougissait sous l'étroitesse du col de sa chemise. *Pauvre Charlie*, avait pensé William. Comme si une coupe de cheveux et son plus beau costume pouvaient faire une différence. Constance avait fait de son mieux pour l'ignorer depuis qu'il était arrivé.

Au moins, son père avait semblé avoir pitié de lui.

— Comment allez-vous, Charlie ? avait demandé avec gentillesse Timothy Tremayne, regardant le jeune homme par-dessus ses lunettes en demi-lune. Vous travaillez à la menuiserie de votre oncle maintenant, n'est-ce pas ?

Charlie avait paru heureux de l'attention inattendue.

— C'est exact, monsieur. Et je me débrouille bien aussi. Mon oncle dit que j'ai un don naturel avec mes mains. Ce qui est parfait, vraiment, puisque mes jambes m'ont laissé tomber !

Il avait souri en regardant autour de lui dans la pièce, puis avait vu le regard de désapprobation de Constance Tremayne et son expression s'était émoussée.

— Comme c'est merveilleux que vous ayez un métier, avait lancé Phil. J'ai toujours admiré les hommes qui peuvent vraiment faire quelque chose d'utile.

— Tout à fait, s'était joint avec enthousiasme le révérend Tremayne. Ce qui me rappelle, je me demandais si vous pouviez jeter un coup d'œil au cadre de la fenêtre de mon bureau ? Le vent la secoue si fortement que j'arrive à peine à m'entendre réfléchir.

— Cela me ferait plaisir, monsieur.

— Vraiment ? J'ai toujours l'intention de téléphoner à un menuisier, mais…

— Cela ne sera vraiment pas nécessaire, avait interrompu la mère de William. Nous ne pouvons pas abuser de la bonté de Charlie.

— Oh, mais ce n'est rien, avait dit Charlie. Il ne faut probablement que remplacer un peu de mastic.

— Tout de même, je ne veux pas en entendre parler, avait fermement déclaré Constance avec une étincelle de menace dans les yeux.

— Mais…

— Vraiment, c'est mon dernier mot sur le sujet.

Elle s'était levée, son sourire tendu en place.

— Devrions-nous passer à la salle à manger ?

Comme ils quittaient le parloir, William avait entendu sa mère dire à son père dans un chuchotement feint :

— Vraiment, Timothy, je suis étonnée que vous puissiez même suggérer une telle chose. N'est-ce pas suffisamment gênant que notre fille fréquente un ouvrier sans devoir l'engager pour faire divers travaux à la maison ?

William avait regardé furtivement Charlie, espérant qu'il n'avait pas entendu la remarque. Le sourire aimable du jeune homme était toujours en place, mais la douleur dans ses yeux lui avait appris qu'il avait bien compris chacun des mots.

De toute évidence, Constance Tremayne était affligée que sa fille soit tombée amoureuse d'un fils de marchand de quatre-saisons de Bethnal Green. William savait qu'elle avait tenté de mettre un terme à leur histoire d'amour. Mais comme son plan avait échoué, elle avait eu recours à sa duperie habituelle quand elle était confrontée à une situation déplaisante qu'elle ne pouvait pas diriger. Elle l'ignorait simplement.

Le pauvre Charlie faisait de son mieux pour bien s'entendre avec Mrs Tremayne, et cela contrariait William de voir ses efforts repoussés. Il se sentait honteux de sa mère ; Constance se plaisait à se voir comme un modèle de vertu sociale et malgré tout elle était indiciblement impolie.

Si seulement sa mère pouvait prendre conscience qu'Helen aurait pu trouver bien pire que Charlie Dawson. Il était gentil, poli et de toute évidence adorait sa compagne. William les avait observés en train de se tenir la main sous la table et avait été ravi que sa sœur ait enfin trouvé quelqu'un qui la rendait heureuse. Elle avait si horriblement souffert sous la poigne de fer de sa mère avant ceci, endurant beaucoup plus que ce qu'il n'avait jamais dû lui-même endurer.

Peut-être était-ce la raison pour laquelle Constance en voulait tant à Charlie. Mais ce n'était tout de même pas une excuse pour le faire sentir si indésirable.

William tourna donc plutôt son attention vers Phil. Elle était réellement magnifique, pensa-t-il alors qu'il l'observait de l'autre côté de la table. Elle n'avait pas une beauté flagrante, son menton était trop pointu, sa bouche trop grande et ses cheveux ne semblaient pas se décider s'ils étaient bruns ou blonds ou simplement une masse striée des deux couleurs. Mais ses imperfections et la façon dont ses yeux étincelaient de défi au-dessus de ses hautes et proéminentes pommettes lui donnaient un charme irrésistible. Elle était aussi, de manière intimidante, intelligente, franche, amusante et avait de bonnes relations. Pas étonnant qu'il soit absolument épris d'elle.

Mais ce qui l'attirait réellement était que Philippa Wilde était un défi.

— Alors où travaillez-vous en ce moment ? demanda Constance alors qu'ils se passaient les légumes.

— À Sainte-Agatha à Berkhamsted. Je me spécialise en orthopédie.

— Oh ? J'aurais cru que vous auriez préféré la pédiatrie.

Il vit la lueur de combat dans les yeux de Phil.

— Qu'est-ce qui vous fait dire ça ?

— Aider à guérir les enfants malades semble tellement plus féminin, vous ne croyez pas ?

— En fait, Mrs Tremayne, je n'aime pas vraiment les enfants, répondit Phil en déposant une cuillérée de petits pois dans son assiette.

— Phil est terriblement intelligente, coupa hâtivement William en voyant l'expression de sa mère s'assombrir. Elle a eu une double mention à l'université. Elle était toujours de loin la plus brillante de notre année.

— Il n'y avait pas tellement de concurrence, répliqua Phil en passant le plat.

— Et vous n'êtes qu'interne subalterne tandis que mon fils est principal ? dit Constance. Comme c'est étrange.

— Pas lorsque vous considérez que la plupart des hôpitaux sont gérés par le club fermé des vieux médecins en chef qui se sentent menacés par une femme parmi eux.

— Je crois que vous verrez que la majorité des patients préfère un médecin en chef masculin, répliqua Constance. C'est tellement plus réconfortant, vous ne trouvez pas, de savoir que vous êtes entre les mains rassurantes d'un homme ?

— J'ose dire que vous avez raison, dit Phil. Je sais que j'aime être entre les mains d'un homme.

Elle décocha un sourire à William de l'autre côté de la table qui fit presque arrêter son cœur de battre.

— Alors, vous vous connaissiez à l'université ? intervint rapidement Helen avant que Constance ait la chance de comprendre ce qui venait d'être dit.

Comme William, elle était toujours aux aguets pour tout ce qui pourrait provoquer leur mère.

Heureusement, Phil comprit l'allusion.

— C'est exact, dit-elle. Même si nos chemins ne se croisaient pas souvent à cette époque, soupira-t-elle. J'étais trop occupée à étudier et votre frère était trop occupé à...

— Des carottes ?

William poussa le plat en travers de la table vers elle, lui lançant un regard d'avertissement.

— Merci.

Phil prit le plat avec un sourire moqueur.

— Comme je le disais, j'étais trop occupée à étudier, et Will était trop occupé avec ses études aussi.

William secoua la tête en la regardant, mais elle l'ignora.

— Nous avons perdu contact durant plusieurs années quand nous sommes partis chacun de notre côté. Mais nous nous sommes revus lors de retrouvailles de l'université à Noël. N'est-ce pas, Will ?

Le regard torride qu'elle lui lança le fit rougir. Cette nuit-là avait été l'une des plus mémorables et extraordinaires de sa vie. Il n'avait jamais rencontré une femme qui était si confiante, si certaine de ce qu'elle voulait.

— Cela a dû être agréable de rattraper le temps perdu, non ? fit remarquer Constance.

— Oh oui, nous avions beaucoup de temps à rattraper, n'est-ce pas ?

Elle s'en fichait, tout simplement, pensa-t-il. Cette nuit-là, ils étaient retournés dans la chambre d'hôtel de William et avaient fait l'amour, et le lendemain matin, Phil était partie avant qu'il se réveille. Quand il avait enfin réussi à dénicher son numéro de téléphone, elle avait paru presque irritée d'avoir de ses nouvelles. Cela avait été un choc déplaisant pour William, lequel était plus habitué à gérer des filles en pleurs s'accrochant à lui que celles férocement indépendantes.

Cela avait été ainsi depuis lors. Phil menait complètement le jeu. Il croyait savoir comment jouer, mais il était un débutant comparé à elle. Pas qu'elle soit déloyale ; elle était tout à fait franche et avait été absolument claire sur le fait que William n'était pas du tout le seul homme dans sa vie. Il devait se battre pour avoir son attention et quand il l'obtenait, cela lui semblait être une réelle victoire.

Phil tourna son attention vers Helen et son petit ami.

— Will m'a dit que vous vous êtes rencontrés à l'hôpital. Comme c'est romantique ! dit-elle.

— Peu professionnel, plutôt.

Constance fusilla du regard Helen alors qu'elle attaquait avec colère son rosbif.

— Les liaisons amoureuses entre les patients et les infirmières ne sont pas permises au Nightingale. Je suis étonnée que ma fille n'ait pas été renvoyée.

— Nous n'avions pas de liaison quand Charlie était un patient, mère, souligna Helen.

William la contempla, impressionné. Six mois plus tôt, des propos sévères de sa mère auraient été suffisants pour plonger sa sœur dans tous ses états.

— Mais je la surveillais, admit Charlie avec un sourire penaud. Même si je ne pensais pas qu'elle pourrait faire attention à moi après mon accident, ajouta-t-il.

Il se tourna vers Constance.

— Délicieux dîner, Mrs Tremayne

— Dans la bonne société, on parle plutôt de déjeuner, le corrigea-t-elle froidement.

— Oh. Je vous demande pardon.

William vit Charlie rougir et échanger un regard tourmenté avec sa sœur de l'autre côté de la table.

Phil se tourna vers Charlie, le visage animé.

— Est-ce que cela vous dérange si je vous questionne au sujet de votre jambe ?

William se mit à rire, reconnaissant qu'elle change de sujet.

— J'ai oublié de te prévenir, Charlie, mon vieux, Phil a une obsession inconditionnelle pour les membres, particulièrement ceux perdus.

— Je n'ai qu'un intérêt professionnel.

Elle se retourna vers Charlie.

— Cela ne vous dérange pas si je vous en parle, n'est-ce pas ?

— Bien sûr que non, répondit-il d'un air débonnaire.

— Pas à table, Philippa, je vous en prie ! dit Constance avec un sourire forcé.

Phil l'ignora.

— Alors, comment cela est-il arrivé ? demanda-t-elle.

— C'était un accident à l'usine où je travaillais. Mon pantalon s'est coincé dans une pièce non sécurisée d'une machinerie.

William vit la bouche étroite de sa mère faire une moue de dégoût.

— Certains d'entre nous mangent encore…

— Comme c'est fascinant. Qu'est-il arrivé ensuite ? voulut savoir Phil.

— Eh bien, ma jambe était prise au piège. Elle a fini par être tirée dans la machinerie et écrasée.

— Complètement écrasée ?

— Il n'en restait plus rien quand ils ont coupé mon pantalon.

— Bonté divine, j'aurais bien aimé voir ça. J'ai déjà assisté à des amputations auparavant, mais jamais rien d'aussi spectaculaire. Je suppose qu'ils n'ont pas pris de photographies ?

— Pour être honnête, je ne crois pas qu'il restait grand-chose à photographier. Le médecin considère que…

— Vraiment, je ne crois pas que cette conversation soit appropriée !

Constance laissa tomber son couteau et sa fourchette avec fracas, les faisant taire.

— Timothy, peut-être aimeriez-vous parler de votre sermon de ce matin aux enfants, puisqu'ils ont manqué le service ?

Elle se tourna d'un air implorant vers son mari.

William remarqua le malicieux clin d'œil qu'échangèrent Phil et Charlie et se sourit à lui-même. Il ne leur en voulait pas. Charlie méritait une petite vengeance après la manière dont sa mère l'avait traité.

Ce fut un soulagement pour tous quand l'après-midi s'acheva. Phil les ramena, puisque la Bessie adorée de William était encore une fois au garage.

— Belle voiture, commenta Charlie. Une Hillman Minx ?

Phil hocha la tête.

— Carrosserie en acier pressé et un moteur d'une puissance au frein de trente chevaux.

— Synchrone ?

— Évidemment. Je l'ai eue neuve l'an dernier.

— Phil connaît les voitures, dit William.

— Phil connaît tout, le corrigea-t-elle en faisant ronfler le moteur.

— Mais elle est incroyablement modeste, ajouta-t-il en lui souriant.

L'atmosphère dans la voiture fut beaucoup plus détendue sur le chemin de retour vers Londres. Ils bavardèrent, rirent et furent soulagés d'avoir survécu à un autre dimanche au presbytère.

— Votre mère n'est pas si désagréable, dit Charlie avec bienveillance. Non, elle ne l'est pas, insista-t-il sous un chœur de grognements.

— Pourquoi insistes-tu pour voir le meilleur dans chacun, Charlie ? demanda William, exaspéré. Nous avons tous l'air terrible à tes côtés.

— Je redoute sa visite officielle avec le conseil d'administration la semaine prochaine, soupira Helen. Je sais qu'elle va trouver à redire sur tout. Et la pauvre Millie passe déjà des nuits blanches à cette pensée…

Elle s'arrêta brusquement, sa bouche étroitement fermée.

— Ça ne m'étonne pas, rit Charlie. Ton amie est une véritable catastrophe ambulante. As-tu raconté à ton frère ce qu'elle a fait la semaine dernière ?

— Qu'a-t-elle fait ? demanda William.

— Peu importe, bredouilla Helen.

— C'était tordant, dit Charlie en souriant. Millie n'a que décoloré accidentellement les cheveux d'une femme alors qu'elle devait l'épouiller, c'est ça ?

— On dirait une véritable idiote, dit Phil, les yeux fixés sur la route.

— Ce n'est pas le cas. C'est une fille adorable, dit William un peu trop rapidement.

Il espéra que Phil ne l'ait pas remarqué, mais elle était beaucoup trop vive pour cela.

— Que se passe-t-il ? Pourquoi ai-je l'impression qu'il y a quelque chose que tu ne me dis pas au sujet de cette Millie ? Est-elle encore l'une de tes anciennes flammes, par hasard ?

— Non.

— Mais c'est ce que tu voulais, c'est ça ?

William jeta un coup d'œil vers Helen, mais celle-ci avait les yeux braqués sur la fenêtre, refusant de croiser son regard. Elle n'avait jamais approuvé l'amitié de son frère avec Millie et l'avait même mise en garde de ne pas trop s'approcher d'elle.

— C'est une fille adorable, répéta-t-il. Très naïve, très innocente.

— Elle ne ressemble pas du tout à ton type de fille ! rit Phil.

— Non, dit-il. Elle ne l'est pas.

— Oh, Seigneur, dit Phil. Ne me dis pas qu'elle t'a rejeté ? Devrais-je être jalouse ?

Elle le regarda du coin de l'œil.

— N'aie pas l'air aussi inquiet, je ne fais que te taquiner. J'aimerais bien la rencontrer. Elle semble absolument charmante.

Ils déposèrent Helen et Charlie devant l'hôpital, puis Phil conduisit la courte distance vers le logement de William de l'autre côté du parc Victoria.

— Eh bien ? dit-elle en se garant sur le bord du trottoir. Est-ce que j'ai réussi la rencontre avec ta mère, tu crois ?

— Tu as été merveilleuse. J'étais très impressionné.

— Je suis restée bien sage. J'espère que tu l'as remarqué ?

— Oui. Merci. Et merci de t'être mordu la langue à plusieurs occasions.

— En fait, j'ai assez aimé jouer à la petite amie obéissante. Même si, comme tu sais, je suis loin de l'être.

— Je serais déçu si tu l'étais.

— C'est vrai ?

Elle se glissa vers lui sur le siège en cuir poli et pendant un moment, il crut qu'elle s'avançait pour l'embrasser jusqu'à ce qu'elle s'incline et lui ouvre sa portière.

La déception l'envahit.

— Tu n'entres pas ? Je pensais que nous passerions la soirée ensemble ?

— Pas ce soir. Je rencontre quelqu'un.

Il ressentit un coup de poignard.

— Un homme ?

— Oui.

— Qui est-ce ? Est-ce que je le connais ?

Elle mit un doigt sur ses lèvres.

— Tant de questions, chuchota-t-elle. Je ne te pose pas de questions sur ta mystérieuse Millie, non ?

— Il y a une différence, dit-il avec amertume. Je ne couche pas avec Millie.

— Qui te dit que je couche avec mon ami ?

— Est-ce le cas ?

Elle soupira.

— La jalousie ne te va pas bien, William.

Elle embrassa sa joue et se coula derrière le volant.

— À la prochaine, dit-elle.

— Quand ?

Il détestait la note suppliante qui s'insinua dans sa voix, mais il n'y pouvait rien.

— Bientôt, promit-elle. Je te téléphonerai.

Il sortit de la voiture et claqua la portière. Elle lui envoya un baiser et démarra en trombe, le laissant seul sur la chaussée.

Un goût aigre remplit la bouche de William. Cela se terminait toujours ainsi avec Phil. Elle semblait aimer partir et le laisser avec la crainte qu'il n'allait plus la revoir. Il savait qu'il allait passer le reste de la soirée à se torturer, à se demander avec qui elle était et ce qu'elle faisait. Il se détestait pour cela, mais il ne pouvait s'en empêcher.

Phil avait raison, pensa-t-il. La jalousie ne lui allait pas bien.

CHAPITRE 21

Peter, le frère de Dora, était bâti comme une armoire à glace. Mais la gifle retentissante de mémé le fit presque tomber.

— Je n'endurerai pas ça, déclara-t-elle férocement. Je ne te laisserai pas entrer tes idioties de chemises noires dans cette maison, tu m'entends ?

— Ce ne sont pas des idioties, bredouilla-t-il en se frottant l'oreille. De toute façon, vous devriez nous remercier. Au moins, nous nous tenons debout pour l'East End.

— Je n'ai pas besoin qu'une bande de voyous se tienne debout pour moi, merci bien, rétorqua Dora alors qu'elle aidait sa mère à plier de la lessive humide et à l'étendre devant le feu.

Peter la fusilla du regard.

— Nous ne sommes pas des voyous.

— Tu en as l'allure.

Il avait été si fier de se pavaner dans son nouvel uniforme noir, mais sa seule vue la rendait malade.

— Et comment appelles-tu des gens qui s'en prennent à ceux qui ne sont pas d'accord avec eux ? Ou qui se promènent et démolissent les magasins ?

— Nous ne faisons que ce qui est juste.

— Donc c'est juste de terroriser un pauvre vieux monsieur au milieu de la nuit comme ils ont fait quand ils sont entrés par effraction dans la boutique de prêts sur gages du pauvre Mr Solomon ?

— Le vieux Solomon est un filou. Il était temps qu'il ait ce qu'il mérite, ajouta Peter, les lèvres tordues. Et tu ferais mieux de faire attention à ce que tu dis, la prévint-il. Tu ne veux pas que quiconque croie que tu es de leur côté.

— Pourquoi ? Viendras-tu lancer une brique à travers ma fenêtre au milieu de la nuit ?

Ils se confrontèrent avec colère de part et d'autre de la cuisine humide. Dora ne reconnaissait presque plus son propre frère. Peter avait toujours été si plein d'entrain et de joie, mais depuis qu'il avait perdu son travail et s'était mis à fréquenter les fascistes de Mosley, il était devenu une brute grincheuse.

— Pourquoi n'aimes-tu pas les Juifs ? intervint Bea.

— Parce qu'ils ont ce qui est légitimement à nous, lui dit Peter, fixant toujours Dora d'un œil mauvais. Toutes les entreprises dans le coin leur appartiennent, et c'est eux qui font de l'argent. Ils s'enrichissent et nous, les honnêtes Britanniques, n'obtenons pas un sou.

— Mais je ne comprends pas, dit Bea en fronçant les sourcils. S'ils gagnent tout l'argent, pourquoi n'auraient-ils pas le droit de le garder ?

— Écoute-la, dit mémé. La vérité sort de la bouche des enfants.

Le vif coup à la porte arrière les fit tous se retourner.

— J'y vais, dit avec empressement Bea, déjà debout et à mi-chemin vers la porte.

— Vous allez me remercier un jour pour ce que j'ai fait, siffla Peter vers Dora.

— Tu seras derrière les barreaux si tu continues ainsi.

— Aucune chance. Je suis un héros.

— Ça suffit, vous tous, les fit taire Rose. N'avons-nous pas suffisamment d'ennuis dans cette maison sans que vous vous chamailliez tout le temps ?

Elle regarda Bea qui refermait la porte.

— Qui était-ce ?

— Mrs Peterson. Elle m'a donné ceci.

Ils fixèrent tous la marmite qu'elle tenait dans ses bras.

— Pourquoi t'a-t-elle donné ça ? demanda Rose.

— Je ne sais pas. Elle n'a rien dit.

— Est-ce qu'il y a quelque chose dedans ?

Bea leva le couvercle et regarda à l'intérieur.

— Elle est vide.

Mémé et Rose échangèrent un regard.

— Eh bien, c'est plutôt étrange, non ?

Mémé fronça les sourcils.

Ils furent interrompus par un nouveau coup à la porte. Cette fois, Dora alla répondre.

C'était Tom Turnbull, le fils d'un voisin. Il transportait une vieille table de nuit usée.

— Papa a dit de vous apporter ça, lança-t-il en la posant devant elle.

— Pourquoi ? commença à demander Dora, mais Tom avait déjà sauté par-dessus la clôture.

Rose arriva derrière elle. Elles considérèrent toutes deux, perplexes, la table de nuit à leurs pieds.

— Sais-tu ce qui se passe ? fit Rose. Moi, non.

— Peut-être devrions-nous lui demander ?

Dora fit un signe de la tête vers Mrs Prosser qui se dirigeait vers elle, chancelant sous le poids d'une pile de vêtements.

— Quelques petites choses qui ne vont plus aux miens, dit-elle en déposant le tout dans les bras de Rose. J'ai pensé qu'ils iraient à tes enfants, dit-elle en souriant aimablement. Je suis tellement désolée pour tes ennuis, Rosie, sincèrement.

Dora jeta un coup d'œil vers le visage de sa mère. Elle vit que toutes sortes d'émotions passaient derrière son masque fermé.

Sa fierté finit par apparaître.

— Je ne peux pas accepter…

Elle voulut rendre les vêtements, mais Mrs Prosser leva la main.

— Ce n'est pas de la charité, Rose. Nous ne faisons que nous entraider, c'est tout. Dieu sait que tu as fait la même chose pour nous suffisamment de fois au cours des années. Il était temps que nous puissions faire quelque chose en retour.

Elle regarda furtivement Dora.

— J'ai honte de moi quand je pense que nous sommes restés là sans rien faire l'autre jour. Nous aurions dû réagir alors.

Elle s'écarta quand deux de leurs voisins traversèrent la cour en titubant sous le poids d'une commode.

— Je-je ne sais pas quoi dire, murmura Rose.

— Tu n'as rien à dire, répondit Mrs Prosser en lui tapotant la main. Considère ça comme des remerciements de la part de tout le monde rue Griffin.

Ils continuèrent à affluer tout l'après-midi. Chaque voisin semblait avoir quelque chose à donner, que ce soit une chaise ou du linge de lit usagé.

Rose remercia avec raideur chaque visiteur, mais Dora pouvait voir qu'elle était bouleversée, passant rapidement de la gratitude à l'affolement d'être réduite à accepter la charité.

Le dernier à se présenter fut Nick Riley. Mémé cria de joie quand elle vit ce qu'il apportait.

— Mon vieux fauteuil à bascule !

Elle le regarda l'installer à son endroit habituel près du feu.

— Où l'as-tu trouvé ?

— Un de mes amis de l'hôpital m'a expliqué où ils vendent tous les biens qu'ils saisissent, alors j'y suis allé et je l'ai racheté.

Il était immobile, paraissant un peu embarrassé par sa propre générosité.

Les petits yeux durs de mémé Winnie s'embuèrent. Elle s'effondra dans son fauteuil avec un gros soupir. Mais étant mémé, elle ne pouvait pas laisser passer ce moment sans se plaindre.

— Le coussin est un peu humide, se plaignit-elle en frétillant son généreux derrière.

— Donne-le-moi, nous le ferons sécher devant le feu.

Rose leva les yeux au ciel.

— Merci, chuchota Dora en accompagnant Nick vers la porte arrière. Elle ne l'admettra jamais, mais elle se sentait perdue sans son fauteuil.

— Ne me remercie pas, ce n'était pas mon idée.

Il fit un signe de la tête vers la cour. Ruby se tenait de l'autre côté de la clôture.

— C'est elle qui a tout organisé. Elle a mis tout le quartier à contribution.

— Tout ce que j'ai fait est de frapper à quelques portes et leur rappeler à tous ce que ta mère avait fait pour eux, dit Ruby en haussant les épaules, les yeux baissés modestement.

— Merci, Ruby.

— Ça va.

Elle leva les yeux et croisa ceux de Dora.

— Nous sommes copines, non ? Et les copines ne se font pas de crasse. Elles se soutiennent, quoi qu'il arrive. N'est-ce pas ?

Dora fronça les sourcils au regard entendu que les yeux bleus de son amie lui lançaient. Elle avait le sentiment que Ruby essayait de lui dire quelque chose.

— Bien sûr, répondit-elle. Quoi qu'il arrive.

Ils fermèrent la porte sur les derniers visiteurs, s'assirent parmi l'accumulation de leurs nouveaux biens et se regardèrent. Mémé fut la première à parler en leur nom.

— Eh bien. C'est tout un revirement de situation, n'est-ce pas ? Je dois dire que je ne m'attendais pas à ça quand j'ai mis mes dents ce matin !

— Qu'en penses-tu, maman ? demanda Dora.

Rose regarda autour d'elle.

— Tout le monde a été très gentil, dit-elle.

Mais d'après le regard morne de ses yeux, Dora supposa qu'elle essayait encore de digérer tout ça.

— Tu n'as pas l'air bien, Rosie, observa mémé. Tu devrais monter et t'allonger un peu. Je crois que tout ceci est un peu trop pour toi.

— Je pense que tu as raison, répondit Rose, et elle se leva. Je pense que je vais faire un petit somme.

— Bonne idée. Je te monterai une bonne tasse de thé, d'accord ? dit vivement Dora.

— Merci, ma chérie.

Rose lui fit un sourire triste.

Mémé secoua la tête.

— Pauvre fille, tout cela l'a frappée durement, dit-elle quand Rose fut montée.

— Je ne vois pas pourquoi, protesta Bea. Nous avons plein de nouvelles jolies choses maintenant.

— Tais-toi, Bea ! dirent-ils tous en chœur.

Dora était dans l'arrière-cuisine en train de préparer le thé quand il y eut un nouveau coup frappé à la porte arrière.

— La vache, pas encore ! entendit-elle mémé crier. Réponds, Josie. C'est peut-être June Riley avec un piano à queue !

Dora sourit. Mais son sourire disparut quand elle entendit la voix d'un homme demander :

— Est-ce ici qu'habite Alf Doyle ?

Elle se figea, laissant presque tomber la théière. Elle connaissait cette voix. Elle appartenait à Joe Armstrong.

— Pourquoi voulez-vous le savoir ? entendit-elle mémé demander.

— Peu importe. Est-ce qu'il habite ici ou non ?

Il est mort, pensa Dora. C'était la seule raison pour qu'un policier se présente à leur porte. Ils avaient dû retirer le corps d'Alf du fleuve.

Se forçant à demeurer calme, elle sortit de l'arrière-cuisine.

— Joe ? fit-elle.

Il se retourna. Il ne portait pas d'uniforme, mais de rêches vêtements de travail.

— Dora ? Que faites-vous ici ?

— J'habite ici. Vous avez rencontré ma famille, vous vous souvenez ?

Joe examina autour de lui, reconnaissant les visages pour la première fois. Ses larges épaules se voûtèrent.

— Oh, non.

Il enleva son chapeau et passa sa main dans ses cheveux. Il semblait plus stupéfait qu'en colère maintenant.

— Donc, Alf Doyle est votre…

— C'est mon beau-père, lui dit Dora.

— Et c'est mon mari.

La voix de Rose s'éleva de l'embrasure de la porte. Dora la vit se tenir bien droite, se préparant pour la mauvaise nouvelle.

— Et c'est ma maison, alors si vous avez quoi que ce soit à dire, vous pouvez me le dire.

— Il est mort, n'est-ce pas ? murmura mémé.

Bea éclata bruyamment en pleurs. Le visage de Josie resta de marbre et inexpressif.

Joe se tourna vers Rose.

— Je suis désolé, madame, dit-il. Mais j'ai de bonnes raisons de croire que votre mari a mis ma petite sœur enceinte.

CHAPITRE 22

Ce fut comme si tout l'air de la pièce avait été aspiré. Pendant un moment, personne ne bougea. Puis Rose parla calmement.

— Josie, emmène Bea et Alfie à l'étage.

Bea se mit à gémir.

— Mais je ne veux pas…

— Tu feras ce qu'on te dit ! dit Rose si férocement que Bea s'enfuit sans ajouter un mot.

Ils écoutèrent les pas des enfants monter avec fracas l'escalier, puis mémé se tourna vers Joe.

— Qu'est-ce que c'est que cette histoire ?

Il jeta un coup d'œil vers Dora.

— La raison pour laquelle la sœur de Joe était à l'hôpital est parce qu'elle… a perdu un bébé, expliqua-t-elle à sa place.

— Elle s'en est débarrassé, vous voulez dire, termina-t-il sauvagement pour elle. Elle s'est retrouvée chez un charcutier illicite qui l'a mise en pièces et l'a laissée pour morte.

— Et vous croyez qu'Alf est responsable ? dit mémé.

— Je sais que c'est le cas. Jennie me l'a dit.

Mémé secoua la tête.

— Espèce de sale petite merde. Eh bien, cela explique bien des choses, non ?

— Tu ne veux pas dire que tu le crois ?

Peter se tourna vers Joe.

— Je me fiche de ce que votre petite pute de sœur dit, mais vous ne pouvez pas venir ici et faire ce genre d'accusation sur ma famille ! Mon beau-père…

— Ma sœur n'est pas une pute.

La voix de Joe était un grognement grave. Remplie de menace.

— Elle s'est fait mettre enceinte, non ?

— Seulement parce que votre salaud de beau-père a profité d'elle.

Peter voulut régler le compte de Joe, mais Dora le retint.

— Ne fais pas ça, Pete. C'est un policier, le prévint-elle.

— Je me débrouille aussi très bien avec mes poings, dit Joe.

Les deux jeunes hommes s'affrontèrent du regard pendant un moment, puis Peter recula à contre-cœur.

— Sortez, grogna-t-il.

— Pas avant d'avoir dit ce que je suis venu dire à Alf Doyle.

— Vous allez attendre longtemps, marmonna mémé. Il est parti depuis belle lurette.

Les yeux de Joe se tournèrent vers Dora. Elle hocha la tête.

— Nous ne l'avons pas vu depuis plus de cinq mois.

Il fronça les sourcils.

— C'est la dernière fois que Jennie l'a vu aussi.

Il regarda directement Dora.

— Et vous n'avez pas eu de ses nouvelles depuis ?

— Pas un mot.

— Et ce n'est pas faute d'avoir essayé non plus, dit mémé. Ma Rose se rend à la gare de triage pour le rechercher tous les jours depuis sa disparition. Elle s'inquiète à se rendre malade, se demandant où il est passé. Et tout ce temps, il se jouait d'elle !

Sa bouche édentée se pinça de colère.

— Je suppose qu'il a pris peur quand il a découvert que votre sœur était enceinte ?

Joe secoua la tête.

— C'est un mystère. D'après ce que je peux tirer de Jennie, il a disparu avant qu'elle le sache elle-même.

— Peut-être qu'elle n'était pas la seule avec qui il forniquait ? suggéra mémé.

— Bon, ça suffit.

Peter s'avança et prit les choses en main.

— J'en ai suffisamment entendu. Alf ne forniquait avec personne. Tu sais qu'il ne ferait jamais cela à maman, n'est-ce pas, Dora ?

Ses yeux allèrent de mémé à sa sœur. Elle ne put que le regarder sans expression.

— Pourquoi mentirait-elle, Pete ? fit-elle doucement.

— Je ne sais pas, moi.

Il rougit de colère.

— Mais je sais qu'Alf n'a rien fait. C'est un type bien, l'un des meilleurs…

— Ton frère a raison, dit Rose Doyle. J'ai honte de vous tous, penser une telle chose d'Alf.

Ils se tournèrent tous vers elle. Elle était demeurée si silencieuse dans l'embrasure que Dora avait oublié qu'elle était là à écouter. Son visage était figé. Seule la blancheur de ses doigts agrippés à l'encadrement de la porte indiquait sa tourmente intérieure.

— Écoutez, madame, je suis désolé, commença Joe. Je sais que tout ceci est un choc pour vous, mais je dois savoir…

— Sortez.

Le mot jaillit d'entre les dents serrées de Rose.

— Jennie ne savait pas qu'il était marié, sinon elle ne se serait jamais approchée de lui. Elle ne l'a appris qu'après sa disparition quand elle s'est mise à poser des questions à son sujet à mon père. C'était l'un de ses amis, vous voyez. C'est ainsi qu'ils se sont rencontrés…

— J'ai dit, sortez !

— Pas avant d'avoir dit ce que je suis venu dire.

Joe tenait bon, les mains serrées le long de son corps.

— Que vous aimiez cela ou non, votre vieux a mis enceinte ma petite sœur. Elle a essayé de s'en débarrasser, et ça a failli la tuer.

Il respirait bruyamment, la mâchoire crispée de colère.

— Notre Jennie est presque morte à cause de ce salaud d'Alf Doyle. Et je ne renoncerai pas avant de lui avoir fait payer.

Dora observa sa mère. Le visage de Rose était pâle et cireux, comme celui d'une morte.

— Vous feriez mieux de partir, dit-elle à voix basse à Joe.

— Et ne revenez plus ! grogna Peter.

Joe lui décocha un regard agressif, et pendant un instant, Dora craignit qu'ils se battent. Puis il sortit vivement par la porte arrière.

Elle le suivit dans la cour. C'était une soirée claire, et le ciel d'encre au-dessus de la rue Griffin étincelait d'étoiles. Le printemps était proche, mais le froid mordant de l'hiver n'avait pas lâché son emprise. Dora s'enveloppa de ses bras en frissonnant.

Joe se tourna pour lui faire face. Un rai de lumière sortait par la fenêtre de la cuisine, illuminant son visage.

— Je suis désolé, commença-t-il. J'aurais dû comprendre quand j'ai entendu le nom… mais je n'ai pas réfléchi.

— Comment avez-vous découvert que c'était lui ? demanda Dora.

— Jennie a fini par me l'avouer. Je suppose qu'elle s'est dit que cela n'avait plus d'importance, puisqu'il n'était plus là.

— Et vous dites que c'est un ami de votre père ?

— C'était un ami de beuverie.

Le visage de Joe était sinistre.

— Il venait à la maison pour jouer aux cartes parfois. Je me souviens de lui. Un grand type, toujours en train de rire et de plaisanter. Une grande gueule.

— Ça ressemble à Alf, dit Dora.

— Moi aussi j'aurais eu bien des choses à lui dire si j'avais su qu'il forniquait avec ma sœur !

Un muscle frémit dans sa mâchoire.

— Jésus, quand je pense à l'âge de cet homme… quel genre d'animal profiterait d'une gamine suffisamment jeune pour être sa fille ?

Dora ferma les yeux, refoulant le souvenir qui surgit dans sa tête.

— Je ne sais pas.

— Il lui a promis la lune, d'après ce que je comprends. Il lui a dit qu'il allait l'épouser, lui offrir une belle maison à elle. Pauvre enfant, il a dû lui paraître comme un foutu chevalier en armure rutilante !

Il pressa ses poings contre ses tempes, comme pour retenir sa rage.

— Si seulement j'avais été là, si seulement j'avais mieux pris soin d'elle, elle ne se serait jamais intéressée à quelqu'un comme lui.

— Chut, vous ne devez pas vous blâmer.

Dora tendit la main et la posa sur son épaule, essayant de la calmer. Graduellement, elle sentit ses muscles de granite se détendre sous ses doigts.

Il soupira.

— Écoutez, je sais que votre mère est bouleversée, mais je dois penser à notre Jennie. Ce salaud l'a laissée en mauvais état, et je veux qu'il paie.

— Je sais, répondit Dora en soupirant. Et croyez-moi, si je savais où il se trouvait, je vous le dirais.

— Vraiment ? Même si c'est votre beau-père ?

— Disons cela ainsi. Ce n'est pas le grand amour entre nous, lâcha-t-elle.

Elle croisa son regard interrogateur et baissa les yeux.

— Je vous promets de vous aviser si nous entendons quelque chose, dit-elle.

Quand Joe fut parti, elle entra dans la maison et trouva mémé et sa mère au milieu d'une dispute animée. Josie était descendue et était assise sur le tapis près du feu, les bras enroulés autour de ses genoux et fixant tristement les flammes alors que la dispute faisait rage autour d'elle.

— Mais tu as entendu ce qu'il a dit, Rosie…

— Je me fiche de ce qu'il a dit. Mon Alf ne ferait jamais quelque chose comme ça.

Elle se tourna vers Dora qui refermait la porte, d'un air furieux et de défi.

— Je ne veux plus le voir à proximité de la maison, c'est compris ? Je ne veux pas de lui ici, répandant ses mensonges.

— Nous ne savons pas s'il s'agit de mensonges, maman…

— Pas toi aussi !

Les yeux bruns de sa mère s'enflammèrent.

— Qu'avez-vous tous ? Avez-vous oublié combien votre père était un homme gentil et aimant ?

Personne ne répondit.

— Écoutez, je connais mon Alf mieux que quiconque, insista-t-elle. Et je vous le dis, il n'a pas touché cette fille. Je me fiche des mensonges qu'elle dit, je sais qu'il ne ferait jamais cela à sa famille.

Dora et Josie échangèrent un regard, mais aucune ne dit rien. Elles savaient trop bien ce qu'Alf Doyle pouvait faire à sa famille.

CHAPITRE 23

Oliver n'en avait pas cru ses yeux quand Violet lui avait montré leur nouveau logement pour la première fois. Il avait couru de pièce en pièce, regardant par chaque fenêtre.

— Un parc !

Il avait pointé son doigt vers le gazon qui s'étalait au-delà de l'édifice des sœurs.

— Ce n'est pas un parc, chéri. C'est un jardin.

— C'est à nous ? Est-ce que je peux y jouer ?

— Nous verrons.

— C'est beaucoup plus agréable que notre ancien logement, n'est-ce pas, maman ?

— Oui, chéri. C'est parfait.

Violet avait examiné la pièce, si fraîche et lumineuse, les rayons du soleil printanier s'infiltrant par le voilage immaculé de la fenêtre. C'était presque trop parfait.

Elle avait contemplé Oliver en train de bondir sur son lit, son petit visage illuminé de bonheur et elle avait souhaité pouvoir ressentir la même joie. Mais son cœur était rempli d'appréhension. Elle avait été tellement chanceuse qu'Oliver se rétablisse si complètement et rapidement et qu'ensuite Miss Fox leur offre un endroit si merveilleux pour habiter, qu'elle n'y croyait pas tellement. Violet était tellement habituée à la malchance, de passer d'une crise à une autre, qu'elle ne pouvait se permettre de se détendre.

C'était dans sa nature d'appréhender les problèmes, et elle n'avait pas besoin de chercher bien loin. Même si quelques sœurs les avaient bien accueillis, elle et Oliver, d'autres n'avaient pas été très heureuses. L'assistante de l'infirmière en chef, Miss Hanley, avait été la première à la prendre à part et à lui faire bien comprendre ses sentiments.

— Un hôpital n'est pas un endroit approprié pour les enfants, avait-elle sévèrement prévenu Violet. Ils font beaucoup trop de raffut.

— Oliver ne fera aucun raffut. Je vais m'en assurer, lui avait certifié Violet. Il est très bien élevé.

— Oui, mais c'est tout de même un enfant, avait insisté Miss Hanley. Et c'est votre responsabilité de lui fournir un toit, pas la nôtre. J'espère que vous n'avez pas l'intention de lui faire prendre ses repas dans la salle à manger ?

— Bien sûr que non. Il y a une cuisine dans le logement. Je cuisinerai pour lui.

Les narines de Miss Hanley s'étaient dilatées comme si c'était l'idée la plus scandaleuse qu'elle avait entendue.

— J'espère que cela ne signifie pas que vous allez négliger vos responsabilités ? avait-elle demandé.

— Je suis certaine que si cela se produit, vous serez là pour me le rappeler.

Violet s'était forcée à lui sourire stoïquement.

Sans surprise, sœur Wren était aussi contre l'idée.

— J'ai toujours su qu'elle dissimulait quelque chose, avait-elle dit à sœur Holmes peu de temps après qu'ils eurent emménagé. Imaginez, mentir sur le fait d'avoir un enfant ! Si elle peut faire ça, on peut se demander sur quel autre sujet elle peut mentir. Les infirmières qui habitent à l'extérieur ont toujours quelque chose à dissimuler, selon moi.

— J'habite à l'extérieur, lui avait rappelé sœur Holmes avec rudesse. Je dois vivre à la maison afin de prendre soin de ma mère âgée. Ou peut-être croyez-vous que je mène aussi une vie excitante ?

Sœur Wren n'avait rien répondu, mais Violet était certaine qu'elle ne resterait pas silencieuse sur le sujet bien longtemps.

— Ne vous préoccupez pas d'elle, lui avait conseillé sœur Blake. Elle est simplement vexée parce que l'infirmière en chef vous a donné son logement. Elle est obsédée par qui a la meilleure chambre de l'hôpital, et maintenant, vous l'avez battue haut la main.

— Je ne m'étais pas rendu compte que c'était une compétition, avait répondu Violet.

Sœur Blake lui fit un sourire malicieux.

— Tout est une compétition pour sœur Wren.

Violet était en train de faire des sandwichs pour le repas d'Oliver quand Miss Fox arriva.

— Bonjour.

Elle frappa doucement, puis passa la tête à la porte.

— Est-ce que cela vous dérange si j'entre ?

— Bien sûr que non, infirmière en chef.

Violet sortit rapidement de la cuisine en essuyant ses mains, puis devint immédiatement aussi nerveuse qu'une étudiante lors d'une tournée dans les services.

— Je suis désolée de vous interrompre. Je n'en ferai pas une habitude, je vous assure. Je voulais seulement m'assurer que ce jeune homme est bien installé.

Elle sourit à Oliver, qui fit irruption de sa chambre avec un avion jouet. Il s'arrêta abruptement à la vue de l'infirmière en chef se tenant dans le couloir, impressionnante dans son sévère uniforme noir.

Son regard monta sur son corps pour se poser sur sa coiffe blanche élaborée. Ses yeux noirs s'arrondirent d'étonnement.

— Maman, chuchota-t-il bruyamment, le regard toujours braqué sur l'infirmière en chef, pourquoi cette dame a un oiseau sur la tête ?

Violet aperçut les yeux de Miss Fox et se sentit rougir.

— Infirmière en chef, je suis tellement désolée..., commença-t-elle.

Mais Miss Fox se mit à rire et balaya de la main son excuse.

— Je suppose que cela semble assez absurde pour un enfant, n'est-ce pas ?

Elle se pencha vers Oliver pour lui répondre.

— C'est censé me donner l'air important, jeune homme. Cela sert aussi à ce que les infirmières me voient arriver de très loin et cessent de faire les vilaines choses qu'elles faisaient avant que j'arrive. Et parfois, aussi les médecins, ajouta-t-elle.

— Mon papa était médecin, annonça Oliver en faisant faire un piqué à son avion.

— Ah oui ?

Miss Fox leva un sourcil en regardant Violet.

Oliver hocha la tête.

— Il sauvait des vies, mais il est mort. Puis-je aller jouer dans le jardin, maman ?

Violet lança un regard nerveux vers Miss Fox.

— Je ne sais pas, Oliver. Je ne veux pas que tu gênes…

— C'est idiot, l'air frais lui fera du bien, la coupa vivement Miss Fox. Il a été confiné dans un lit d'hôpital pendant si longtemps qu'il est normal qu'il veuille courir au soleil.

— Vous êtes certaine, infirmière en chef ?

— Évidemment que je suis certaine.

Miss Fox fit un grand sourire à Oliver.

— Va t'amuser, jeune homme. Tu l'as mérité.

— Mais reste bien en vue, lança Violet derrière lui alors qu'il passait la porte. Et ne touche à rien et ne te mets pas dans le chemin de quiconque. Et ne parle à personne, ajouta-t-elle.

Mais Oliver était déjà parti, courant sur le gazon aussi rapidement que ses jambes le pouvaient.

— Il semble aller beaucoup mieux que la première fois où je l'ai vu, observa Miss Fox.

— En effet.

Violet osait à peine penser à cette sinistre nuit quand elle avait été si certaine de le perdre.

— Tout comme vous.

Miss Fox se tourna vers elle.

— Je crois que le logement vous plaît ?

— Beaucoup, infirmière en chef.

— Un peu mieux que votre dernier logement en tout cas.

Violet pensa à l'immeuble humide et sombre avec ses odeurs moisies de cuisson et les chats rachitiques de Mrs Bainbridge hurlant dans la cour. Le simple fait d'y penser la fit frissonner. Comment avait-elle pu endurer cela pendant si longtemps ?

— Oui, en effet. Merci.

— Oh, ce n'est rien, dit Miss Fox en haussant les épaules. Comme je vous l'ai dit, cet endroit était de toute façon beaucoup trop grand pour une seule personne.

— Je ne parlais pas du logement. Je parlais du fait que vous m'ayez donné une seconde chance.

— Vous êtes une bonne infirmière. Je ne voulais pas vous perdre.

Elle tourna son regard vers la fenêtre.

— Votre fils semble bien s'intégrer et se faire déjà des amis, d'après ce que je vois.

Violet courut à la fenêtre et tira sur le rideau. À l'autre bout du jardin, Oliver observait sœur Sutton planter des capucines.

— Je lui ai dit de ne pas déranger…

Elle s'avança vers la porte, mais Miss Fox l'arrêta.

— Laissez-le, il ne fait rien de mal. Regardez.

Elle pointa.

Pendant que Violet les observait, elle vit Sparky le chien de sœur Sutton rouler sur lui-même obligeamment pour se faire gratter le ventre, tandis que sœur Sutton regardait d'un air approbateur.

— Il s'est bien débrouillé pour se rallier une créature aussi difficile et grincheuse, observa l'infirmière en chef.

— Oui, approuva Violet. J'ai entendu dire que le chien de sœur Sutton peut être assez désagréable.

Miss Fox lui décocha un sourire en coin.

— Je ne parlais pas du chien, lâcha-t-elle.

Un instant plus tard, Oliver entra à toute vitesse, Sparky sur les talons.

— Miss Sutton m'a invité à faire un pique-nique avec elle, annonça-t-il à bout de souffle tandis que Sparky jappait à l'unisson. Nous allons manger du pâté.

— Mais j'ai fait des sandwichs…

Une fois encore Violet se retrouva à parler au vide quand Oliver fila, laissant la porte battre derrière lui.

— Oh zut ! fit Miss Fox. On dirait que vous avez perdu votre compagnon de repas.

— On le dirait bien.

Violet hésita pendant un moment.

— Je suppose que vous n'avez pas envie d'un sandwich, infirmière en chef ?

Dès qu'elle parla, elle craignit de l'avoir offensée. Elle était peut-être accessible, mais elle était tout de même l'infirmière en chef. Mais Miss Fox sourit.

— Cela me semble une délicieuse idée, dit-elle.

Il était étrange d'être assises ensemble dans ce qui avait été le salon de l'infirmière en chef, bavardant comme de vieilles amies. Violet se dit qu'il était facile de lui parler. Peut-être un peu trop facile, elle devait faire attention avant d'ouvrir la bouche et s'assurer qu'elle n'en révélait pas trop.

Miss Fox n'en révéla pas trop non plus. Elle parvint à tirer une fine ligne entre la chaleur et le décorum. Elle fit sentir à Violet comme si elle était une bonne amie, tout en commandant son respect.

— Eh bien, c'était excellent.

Miss Fox se tamponna délicatement la bouche avec sa serviette.

— Mais je ne vous retiendrai pas plus longuement, Miss Tanner. J'ai une réunion avec le conseil d'administration concernant leur prochaine visite de l'hôpital.

Elle se leva.

— Je suis heureuse que vous soyez installée. Je veux que vous vous sentiez chez vous.

— Merci, infirmière en chef.

Mais Violet ressentait de la culpabilité en refermant la porte. Elle l'aimait bien et savait que l'infirmière en chef avait pris des risques pour leur venir en aide. Violet aurait vraiment aimé pouvoir être honnête avec elle et tout lui dire. Peut-être aurait-elle compris ? Peut-être aurait-elle même essayé de les aider davantage ?

Ou peut-être les aurait-elle chassés et dit à Violet de ne plus jamais frapper à la porte de l'hôpital, pensa-t-elle lugubrement.

Non, elle ne pouvait raconter à personne son histoire, peu importe à quel point elle semblait être aimable. Parce que mettre sa confiance en quiconque signifiait se mettre Oliver et elle en grave danger.

CHAPITRE 24

C'était le jour de la visite des membres du conseil d'administration, et sœur Hyde était encore plus excitée que d'ordinaire.

Immédiatement après le petit déjeuner, les infirmières furent mises au travail, tirant tous les lits au centre de la salle, éparpillant des feuilles de thé pour tasser la poussière et ensuite balayant le tout. Les planchers furent polis, les matelas secoués, les casiers frottés à l'intérieur et à l'extérieur et les abat-jour évasés en verre placés au-dessus de chaque lit furent descendus et nettoyés.

Les patientes ne s'en tirèrent pas non plus. Celles qui pouvaient se lever du lit furent guidées vers la salle de bain, tandis que les autres étaient lavées, poudrées et mises dans des chemises de nuit fraîches. L'air fut rempli d'une odeur de phénol et de lessive fraîchement amidonnée.

Évidemment, il n'y avait aucune chance que quiconque ait la permission de prendre une pause, à la grande frustration de Millie. C'était l'anniversaire de Seb et elle souhaitait désespérément lui téléphoner pour se faire pardonner de ne pas être avec lui.

Et même là, sœur Hyde ne fut pas entièrement satisfaite. Elle déambula dans le service, faisant courir ses doigts le long des barrières de lits et sur les rebords des fenêtres, son visage rigide de désapprobation.

— Regardez-la, fit remarquer Maud Mortimer alors que Millie lui brossait les cheveux. On pourrait croire que nous aurons la visite de la famille royale.

Millie sourit.

— Les membres du conseil d'administration *sont* la famille royale en ce qui concerne cet hôpital.

— J'imagine qu'ils sont pareils à n'importe quel autre comité ; un ramassis de pompeux comptables, fonctionnaires et de fouineurs dévorés par leur propre suffisance.

Millie songea à Mrs Tremayne.

— Vous avez probablement raison.

— J'ai toujours raison.

Maud examina par-dessus ses lunettes le journal posé sur ses genoux.

— Sept, horizontal. Vers le bas. La deuxième lettre est un *e*.

— Décliner, répondit sans hésiter Millie.

Maud l'observa de côté. Millie essaya de rester inexpressive pendant que Maud revérifiait soigneusement, comptant les lettres.

— Vous avez peut-être raison, concéda-t-elle en reniflant.

— J'ai toujours raison, dit Millie.

— S'il vous plaît, ne faites pas la maline avec moi, jeune fille.

Maud poussa du revers de la main le journal vers elle.

— Vous pouvez le compléter.

— Il serait préférable que la sœur ne me voie pas faire ça, dit Millie en prenant le crayon. Elle m'enverrait nettoyer les toilettes une nouvelle fois.

— Je ne dirai rien si vous ne dites rien.

Millie laissa tomber le crayon, se retourna et se retrouva nez à nez avec William Tremayne.

Cela faisait si longtemps qu'elle ne l'avait pas vu que le choc fit tambouriner son cœur contre ses côtes comme s'il essayait de sortir de sa poitrine.

— Que faites-vous ici ? fit-elle.

— C'est un médecin, stupide fille. J'aurais pensé que c'est l'endroit le plus approprié pour lui.

Maud le regarda des pieds à la tête.

— Du moins, je suppose que c'est un médecin. Il semble horriblement jeune.

Elle l'examina de plus près.

— Où est Mr Forrest ? Ou l'autre… celui à l'aspect peu engageant et qui louche ?

— Mr Forrest est en salle d'opération et le docteur Pascoe est souffrant aujourd'hui.

William s'efforça de ne pas sourire.

— Je suis le docteur Tremayne et l'interne de garde. Vous avez demandé à me voir ?

— Un interne ?

Maud eut l'air de douter.

— Eh bien, j'imagine que vous devrez faire l'affaire.

Elle tritura ses lunettes pour les ôter de ses mains molles.

— J'ai besoin de somnifères.

— Pourquoi ?

Maud décocha à Millie un regard de martyre.

— Vraiment, est-ce que tout le monde dans cet hôpital est idiot ? Parce que je veux dormir, jeune homme.

William prit le dossier que Millie lui tendait.

— Éprouvez-vous de la douleur ?

— De la douleur ?

Maud le considéra d'un air incrédule.

— Si vous prenez un moment pour lire ce dossier, docteur, vous comprendrez que la douleur est le moindre de mes soucis. En fait, toute sensation dans mes membres inutiles serait tout à fait la bienvenue, dit-elle en soupirant. Je ne peux pas dormir à cause du chahut constant dans ce service. Écoutez.

Elle marqua une pause. Millie écouta aussi ; elle était tellement habituée aux faibles gémissements et pleurnichements du service qu'elle avait cessé de les remarquer.

— C'est bien pire la nuit, poursuivit Maud. C'est comme tenter de dormir dans une cage pleine de chouettes folles. Si vous ne voulez rien me donner pour m'aider à dormir, pour l'amour de Dieu, donnez-leur-en à elles.

Les yeux noirs de William se plissèrent en regardant Millie par-dessus les notes.

— Je suis certain que ça ne sera pas nécessaire, Mrs Mortimer.

Il parcourut les notes.

— Je vois que vous avez eu des séances d'électrothérapie et de massothérapie.

— Une perte de temps ridicule.

Maud balaya sa question.

— Comme si envoyer des centaines de volts dans mes jambes allait les ramener à la vie.

— Cela a fonctionné pour le monstre de Frankenstein, dit Millie entre ses dents.

Maud lui décocha un regard acéré.

— Ne soyez pas impertinente. Mes membres me laissent peut-être tomber, jeune fille, mais mon ouïe est intacte.

— Je constate que nous n'avons pas encore tenté d'injections de strychnine, fit observer William en sortant un crayon de la poche de son sarrau blanc. Peut-être que ça vaudrait la peine d'essayer.

— Est-ce que ça va me guérir ?

— Non, admit-il en gribouillant dans son dossier. Mais ça ralentira la progression de votre maladie.

— Alors, nous ne l'essaierons pas, dit-elle.

William leva la tête et fronça les sourcils, son crayon suspendu.

— Je ne comprends pas. Assurément, tout ce qui pourrait stopper…

Il aperçut les yeux de Millie. Elle secoua la tête en signe d'avertissement.

— Très bien.

Il écrivit quelques mots dans le dossier et le rendit à Millie.

— Je vous ai prescrit des somnifères, dit-il à Maud.

— Merci. Maintenant, vous pouvez partir.

Elle ferma les yeux et s'appuya contre ses oreillers.

William la considéra, perplexe, pendant un moment. Millie toucha sa manche.

— C'est son signal pour votre départ, chuchota-t-elle.

— C'est tout un personnage, n'est-ce pas ? observa-t-il alors qu'ils s'éloignaient de son lit, hors de portée de voix de Maud.

— On s'y habitue.

— Je ne suis pas habitué aux patients qui donnent leur opinion au sujet de leur traitement.

Il semblait si secoué que Millie eut de la peine pour lui.

— Mrs Mortimer a de nombreuses opinions. La plupart d'entre elles sont en désaccord avec le reste du monde, je le crains.

Il jeta un coup d'œil dans le service.

— Et sont-elles toutes comme elle ?

— La plupart ne sont pas aussi animées. Plusieurs ne sont même pas conscientes de ce qui leur arrive.

— Alors c'est sûrement un endroit très déprimant pour travailler.

— C'est ce que j'ai déjà cru, mais j'en suis arrivée à penser différemment. Nous ne pouvons pas sauver ces patientes, mais nous pouvons au moins faire en sorte que leurs derniers jours soient aussi doux que possible. Et vous savez, certaines de ces femmes n'ont reçu aucun réconfort ou soin de personne depuis des années.

Millie le regarda de biais.

— Quoi ? Pourquoi me regardez-vous ainsi ?

— Vous avez changé, dit William avec admiration. Vous avez beaucoup grandi depuis la dernière fois où je vous ai vue.

Elle sentit une rougeur brûler son visage.

— J'espère bien. Mais je fais encore des choses idiotes parfois.

— Je suis heureux de l'entendre. Je détesterais savoir que vous devenez trop sérieuse.

Il plongea dans son regard.

— Comment allez-vous ? fit-il.

— Je vais très bien, je vous remercie.

— Cela fait tellement longtemps que je vous ai vue. Est-ce que vous m'évitiez ?

— Bien sûr que non, pourquoi le ferais-je ?

— Je me demandais s'il y avait une gêne entre nous.

— Je ne vois aucune raison pour laquelle il y aurait de la gêne, siffla Millie du coin de la bouche, consciente de la proximité de sœur Hyde.

— Je suis heureux de l'entendre. J'aime à penser que nous pouvons encore être amis. Même si vous m'avez délaissé pour un autre homme, ajouta-t-il malicieusement.

Avant que Millie puisse répondre, sœur Hyde arriva et demanda à William d'examiner une autre patiente, Mrs Little. Alors qu'elle le congédiait, elle se retourna vers Millie.

— Benedict, s'il vous plaît, assurez-vous que Mrs Church a utilisé le bassin hygiénique. Je ne veux aucun malheureux incident lors de la visite du conseil d'administration. Est-ce clair ?

Le conseil d'administration avait presque une heure de retard. Il arriva au milieu de l'après-midi, et sœur Hyde était encore plus irritable.

— C'est parfaitement ridicule, murmura-t-elle furieusement à l'infirmière-chef adjointe Willis alors qu'elles étaient toutes en ligne à l'extérieur du service afin d'accueillir les visiteurs. Nous avons du travail à faire et des patientes à nous occuper. Nous ne pouvons attendre ici que le cirque arrive.

— Je me fais du souci au sujet de Mrs Little, chuchota à son tour avec inquiétude l'infirmière-chef adjointe Willis. Le docteur Tremayne croit qu'elle n'en a plus pour très longtemps. Et si elle mourait pendant qu'ils sont ici ?

Sœur Hyde lui lança un regard noir.

— Que suggérez-vous ? Nous ne pouvons pas vraiment demander à la pauvre femme de s'accrocher jusqu'à ce qu'ils soient partis, n'est-ce pas ?

Pendant qu'elles attendaient, sœur Hyde arpenta de long en large la ligne, inspectant ses infirmières tel un sergent-major passant en revue ses troupes. Elle désigna une coiffe de travers, des chaussures non polies et des trous dans des bas. Seule Helen s'en sortit sans une critique, comme toujours.

Enfin, le conseil d'administration arriva, dirigé par l'infirmière en chef. Une demi-douzaine d'hommes en costumes, bien nourris et à l'aspect suffisant, une très vieille dame avec un cornet à l'oreille et Mrs Tremayne.

Un seul regard à Constance Tremayne et Millie comprit immédiatement pourquoi Helen l'avait tellement crainte. Tout en elle était rigide et bien-pensant, de son chignon serré à son tailleur étriqué.

Elle n'était pas à la tête du conseil d'administration, mais elle agissait comme tel, distribuant des sourires pompeux autour d'elle.

L'infirmière en chef la présenta à sœur Hyde, qui à son tour lui présenta toutes les infirmières. Millie sentit ses paumes transpirer alors que Mrs Tremayne approchait et pria pour qu'elle ne veuille pas lui serrer la main.

— Je ne me suis pas sentie aussi nerveuse depuis que j'ai été présentée à la cour ! chuchota-t-elle à Helen qui se tenait tremblante à ses côtés.

— Comment crois-tu que je me sens ? C'est ma mère ! siffla Helen.

Mrs Tremayne dépassa Millie en la regardant à peine et se dirigea directement vers Helen. Millie compatit pour son amie quand sa mère la salua froidement, son regard critique la balayant lentement de haut en bas, cherchant des défauts.

Millie fut choquée. Elle n'avait jamais eu de mère, alors il lui était difficile de comparer, mais elle traitait sa servante à la maison avec plus de chaleur que Constance traitait sa propre fille.

Alors qu'elles entraient dans le service, sœur Hyde s'adressa à Millie en sifflant.

— Vous êtes certaine que vous avez offert à Mrs Church le bassin hygiénique ?

— Oui, sœur.

Il n'était pas utile de lui dire que Bessie l'avait refusé, pensa-t-elle. Sœur Hyde semblait suffisamment inquiète.

Mrs Tremayne ouvrait la marche à travers le service tandis que les autres membres du conseil d'administration traînaient dans son sillage. Elle s'arrêtait à tous les lits, offrant des mots de réconfort à chaque patiente. Parfois, elle tendait une main gantée et touchait doucement une épaule ou un front fiévreux. Elle rappela à Millie des images qu'elle avait vues de Florence Nightingale, passant calmement parmi les blessés de guerre à Scutari.

Puis elle arriva au lit de Maud Mortimer.

— Et comment allez-vous aujourd'hui ? demanda-t-elle d'une voix condescendante.

— Mourante, répondit sèchement Maud. Lentement, ajouta-t-elle.

— Oh.

Mrs Tremayne parut troublée.

— Mais elles prennent bien soin de vous ? dit-elle, retrouvant son aplomb.

— Oh, oui, c'est simplement merveilleux. Nous rigolons sans cesse ici, comme vous pouvez vous imaginer. En fait, nous sortons toutes dans la cour plus tard pour une partie de croquet. Peut-être aimeriez-vous vous joindre à nous ?

Elle regarda Mrs Tremayne de haut, son expression impassible.

Constance considéra Maud pendant un instant, sans voix. Puis, retrouvant sa dignité, elle se retourna et se dirigea vers le lit suivant. Millie et Helen se regardèrent furtivement et essayèrent de ne pas rire. Même la bouche de sœur Hyde se tordit alors qu'elle suivait le groupe.

Elles en étaient à la moitié du service quand Helen chuchota :

— Sens-tu quelque chose ?

Millie renifla.

— Non, quoi ?

Helen secoua la tête.

— Peu importe. Ce n'est probablement rien.

— Et qui avons-nous ici ? dit Constance Tremayne en s'approchant du lit suivant.

— Mrs Church, madame. Enchantée de vous rencontrer.

Millie poussa un soupir de soulagement. Dieu merci, Bessie était dans l'une de ses phases lucides. Mrs Tremayne parut satisfaite que quelqu'un la traite avec la déférence qui lui était due.

— Savez-vous qui je suis, ma chère ?

Elle parlait très lentement.

Mrs Church la regarda avec des yeux vitreux.

— Quelqu'un d'important, je suis certaine.

— Eh bien oui, reconnut gracieusement Mrs Tremayne. Je suis Constance Tremayne. Je gère cet hôpital.

Millie étouffa un grognement de rire. Sœur Hyde la fusilla du regard.

— Je sens assurément quelque chose, siffla Helen du coin de la bouche. Tu ne crois pas que…

Millie prit une profonde inspiration et ses yeux s'écarquillèrent d'horreur.

— Oh, Seigneur. Non !

— Infirmières, s'il vous plaît.

Sœur Hyde se retourna vivement pour les réprimander, puis se figea quand elle comprit elle aussi ce qui s'était passé.

— Dans ce cas, laissez-moi vous serrer la main, madame.

— Poursuivons, vous voulez bien ? intervint vivement sœur Hyde.

— Juste un instant.

Mrs Tremayne retira son gant et tendit la main.

— C'est un plaisir de vous rencontrer, Mrs Church.

Elle sortit la main de sous ses couvertures et saisit celle de Mrs Tremayne alors qu'ils observaient tous dans un silence horrifié.

— Je vous en prie. Appelez-moi Bessie.

Ce fut la plus longue journée que Millie dut endurer. Les heures semblèrent passer à une allure d'escargot, et elle commença à désespérer que vingt et une heures arrivent enfin.

Sœur Hyde la blâma entièrement, évidemment.

— Je croyais vous avoir dit de donner à Mrs Church un bassin hygiénique, lui avait-elle sifflé furieusement.

— Je l'ai fait, sœur.

— Alors, pourquoi ne vous êtes-vous pas assurée qu'elle l'utilise ?

Millie fut condamnée à la salle de soins pour nettoyer son épouvantable erreur. Mais c'était le moindre de sa punition. Alors qu'elle avait de l'eau jusqu'aux coudes, trempant et frottant, elle ne cessait de se repasser encore et encore l'horrible incident dans sa tête, se demandant s'il y avait autre chose qu'elle aurait pu faire, une manière d'éviter le désastre. Mais chaque fois qu'elle voyait dans sa tête l'image de Mrs Tremayne, cela empirait.

Au moins, cela avait apporté un rare sourire sur le visage de Maud Mortimer.

— Ça lui apprendra, à la condescendante sorcière, avait-elle dit. Personnellement, je crois que

Mrs Church a parlé pour nous toutes. J'aurais seulement souhaité avoir pensé à faire une telle déclaration aussi audacieuse.

Enfin, à vingt et une heures, l'équipe de nuit prit la relève et Millie put s'enfuir. Elle se dépêchait de rentrer à la maison des infirmières, pensant déjà à se mettre au lit, tirer les couvertures par-dessus sa tête et ne jamais en sortir, quand elle vit William se diriger vers elle.

— Je ne vous vois pas pendant des semaines et puis je tombe sur vous deux fois dans la même journée, la salua-t-il avec un sourire. J'ai entendu dire que la visite du conseil d'administration a été… mouvementée ?

Elle grogna.

— Qui vous l'a raconté ?

— En fait, j'ai entendu l'histoire trois fois jusqu'à maintenant. La dernière, c'était d'un brancardier à la morgue.

— Les mauvaises nouvelles voyagent rapidement.

Elle le regarda.

— Comment va votre mère ? Est-elle très en colère ?

— Sa fierté est un peu entamée, mais je crois qu'elle survivra, dit-il en souriant. J'aurais seulement aimé être là pour voir l'expression sur son visage.

— Ne dites pas ça, répondit Millie en fermant brièvement les yeux. C'était horrible.

— Voyez le bon côté. Je ne crois pas que vous aurez à endurer une autre visite du conseil d'administration avant longtemps.

— Pauvre Mrs Tremayne. Si cela peut être une consolation pour elle, sœur Hyde m'a fait souffrir pour mon erreur.

— Prenez ceci comme une leçon pour vous deux, dit gravement William. Vous avez appris à ignorer Mrs Church quand elle vous dit qu'elle n'a pas besoin du bassin hygiénique. Et ma mère a appris à ne jamais enlever ses gants à proximité d'un patient.

Millie rit.

— Comment parvenez-vous toujours à me faire sourire, même dans des moments comme celui-ci ? demanda-t-elle.

Il haussa les épaules.

— Je suis un clown naturel.

— Je crois que nous sommes deux, dit-elle tristement.

— Alors, nous faisons une bonne paire.

— Excusez-moi.

Ils se retournèrent alors qu'une silhouette sortait de l'ombre.

— J'espère que je n'interromps rien ? dit une voix familière.

CHAPITRE 25

— Seb !

Millie s'éloigna de William et se précipita dans les bras de son fiancé, débordante d'enthousiasme.

— Que fais-tu ici ?

— Je voulais te voir le jour de mon anniversaire. Et je savais que tu travaillais, alors j'ai pensé venir faire une rapide visite.

Son regard était fixé sur William alors qu'il parlait.

— Quelle merveilleuse surprise ! Tu ne peux imaginer à quel point je suis heureuse de te voir.

Millie l'étreignit férocement.

— L'es-tu réellement ?

— Bien sûr. Pourquoi ne le serais-je pas ?

Elle se dégagea, toujours souriante.

— Tu connais William, n'est-ce pas ?

— En effet, nous nous sommes déjà rencontrés.

William tendit la main.

— Enchanté de vous rencontrer de nouveau. Joyeux anniversaire, au fait.

— Merci.

Seb sembla plutôt froid en lui serrant la main.

— Je ferais mieux d'y aller. Je suis censé rejoindre des amis au Café de Paris.

— Ça alors, cela me paraît amusant.

— Pourquoi ne vous joignez-vous pas à nous ? Si vous n'avez rien d'autre de prévu, évidemment.

Millie se tourna vers Seb, sa fatigue oubliée.

— On y va ? J'ai terminé, et ce serait merveilleux de passer du temps avec toi pour ton anniversaire.

Il consulta sa montre.

— Ne dois-tu pas être au lit pour l'extinction des feux dans une heure ?

— Depuis quand cela m'a-t-il déjà arrêtée ?

Millie sourit.

— Je crois que ce que votre fiancé insinue, c'est qu'il préférerait être seul avec vous, suggéra William avec tact.

— C'est absurde, il adore le Café de Paris. C'est vrai, n'est-ce pas, Seb ? demanda Millie en lui saisissant la main. S'il te plaît ? Je ne serais pas contre le fait de m'amuser après l'abominable journée que j'ai eue. Oh, allons-y ! Ce sera amusant.

Le sourire de Seb fut crispé.

— Pourquoi pas ?

Le Café de Paris était comme un opulent palais de sultan, resplendissant de dorures et de velours rouge, avec ses doubles escaliers majestueux et son balcon sensuellement incurvé. C'était à la mode et bondé de gens buvant, mangeant, dansant et s'amusant de manière générale.

Millie aspira l'air surchauffé, parfumé d'odeurs de cigares, d'alcool et de parfum français. Elle pouvait sentir l'atmosphère, chargée d'excitation, picoter à travers ses veines alors que le maître d'hôtel les amenait à leur table.

— N'est-ce pas merveilleux ?

Elle sourit à Seb par-dessus son épaule, mais ses mots furent perdus parmi les rires, la musique et les cliquetis des verres.

La nouvelle petite amie de William les attendait avec un groupe de gens. Elle était aussi grande que lui et théâtralement vêtue d'un fluide pyjama de soirée en soie noire. Elle n'avait fait aucun effort avec ses cheveux, les laissant tomber en vagues désordonnées autour de son visage. D'une main, elle tenait un verre et dans l'autre, un long porte-cigarette.

— Elle semble prête à se mettre au lit, chuchota Seb tout près de l'oreille de Millie.

William la présenta comme étant Philippa Wilde.

— Mais tout le monde m'appelle Phil, ajouta-t-elle.

Sa voix était aussi ferme et pleine de confiance que sa poignée de main.

Ses sourcils s'arquèrent une fraction de seconde quand William présenta Millie et Seb.

— Alors, vous êtes la célèbre Millie, c'est ça ? Je suis enchantée de vous rencontrer enfin.

Ses yeux couleur bonze l'évaluèrent. Millie ne comprit pas pourquoi et ne fut pas certaine d'aimer ça.

Ils s'assirent et commandèrent des cocktails. Ils burent et bavardèrent pendant un moment, leurs voix luttant contre la musique et les rires les entourant.

— Will m'a dit que vous suiviez une formation d'infirmière ? s'adressa Phil à Millie. Pourquoi ne vouliez-vous pas être médecin ?

Elle rougit.

— Je ne crois pas être suffisamment intelligente pour ça.

— Quelle sottise ! Vous n'avez pas besoin d'être intelligente. Regardez William.

Elle pinça affectueusement la joue de William. Il rit et embrassa sa main. Millie fronça les sourcils. De toute évidence, William trouvait la franchise de sa petite amie très charmante, mais Millie pensa que c'était purement désobligeant.

Soudain, Phil se pencha par-dessus la table pour parler à Seb.

— Je suppose que vous savez que William a un énorme béguin pour votre fiancée ?

— Phil ! protesta William.

— Quoi ? C'est vrai, non ?

Elle se retourna vers Seb.

— Vous devriez le voir quand il parle d'elle. Il devient muet à l'extrême.

— Je suis certain que ce n'est pas vrai, bredouilla Millie, horrifiée.

— Je ne serais absolument pas étonné, répliqua nonchalamment Seb. Qui pourrait ne pas être amoureux de Millie ?

Elle lui sourit avec gratitude, mais il ne la regardait pas. Ses yeux rôdaient dans le restaurant bondé à la recherche du serveur afin de commander plus de cocktails.

— Et que faites-vous dans la vie, Sebastian ? demanda Phil.

Il fixa son verre.

— Pas grand-chose, vraiment.

— C'est un écrivain, intervint fièrement Millie.

— Vraiment ? Comme c'est fascinant. Aurais-je lu quelque chose que vous avez écrit ?

— Pas à moins que vous lisiez le carnet mondain.

— Il sera très célèbre un jour, ajouta Millie loyalement.

— Je n'irais pas jusque-là, bredouilla-t-il.

— Mais peu importe, n'est-ce pas ? dit Phil en haussant les épaules. Si votre carrière n'aboutit à rien, sûrement que votre père possède un château supplémentaire dans lequel vous pouvez vivre ?

— J'en suis certain.

Seb vida son verre et fit de nouveau signe au serveur.

— Pardonnez à Phil, s'excusa William pour elle. Elle a tendance à être très socialiste après quelques cocktails.

Il lui ôta son verre et le déposa sur la table.

— Viens, allons danser.

— Mais j'étais en train de parler à Sebastian !

— Je ne suis pas certain qu'il veuille te parler. Viens.

Il se leva, la tirant sur ses pieds.

Millie le regarda la diriger entre les tables vers la piste de danse.

— Quelle fille horrible ! dit-elle. Je ne vois pas ce que William voit en elle.

— Ne t'inquiète pas, je suis certain qu'il va toujours te préférer.

Elle se retourna vivement, fronçant les sourcils.

— Tu ne crois pas cette stupidité, n'est-ce pas ? Elle ne sait pas de quoi elle parle. William et moi ne sommes que des amis.

— Vous sembliez très près quand je suis arrivé plus tôt, non ?

Millie rit, jusqu'à ce qu'elle voit les yeux bleus de Seb l'observer avec sérieux par-dessus son verre.

— Il essayait seulement de me remonter le moral, c'est tout.

— Si tu le dis.

Ils restèrent assis en silence, regardant les danseurs. Les yeux de Millie furent attirés vers William et Phil. Elle dansait sensuellement, s'enroulant autour de lui, son corps se fondant au sien. Il s'accrochait à elle, riant de son sans-gêne. Millie leur envia leur intimité. Elle commençait à sentir la distance entre Seb et elle grandir comme le désert glacial de l'Arctique.

Ce n'était pas juste, songea-t-elle. Elle avait suggéré qu'ils se joignent à William parce qu'elle voulait que Seb s'amuse. Mais à la place, il vidait lugubrement ses verres comme s'il était déterminé à ternir la soirée.

Finalement, elle s'inclina près de lui.

— Tu ne t'amuses pas, n'est-ce pas ?

Sa bouche se tordit.

— Qu'est-ce qui a pu te donner cette idée ?

— Devrions-nous aller ailleurs ?

— Je préférerais rentrer.

— Ça me va.

De toute façon, elle recommençait à se sentir fatiguée, comme si l'épuisement de la journée la rattrapait.

Ils prirent un taxi jusqu'à l'hôpital. Seb la déposa devant le portail.

— Il est plus de minuit, dit-il. Est-ce que ça ira ?

— Je vais sauter par-dessus le mur et escalader la gouttière comme d'habitude, répondit Millie gaiement.

Elle se pencha pour l'embrasser. Pour la première fois, le baiser de Sebastian était froid, presque cavalier.

Elle recula, perplexe.

— Joyeux anniversaire, Seb.

Il la regarda d'un air maussade.

— Si tu le dis.

Au petit matin, Violet Tanner fit une autre tournée de l'hôpital, puis se dirigea vers le service Hyde. On lui avait appris dans le rapport de service que l'une des patientes n'allait probablement pas passer la nuit.

L'infirmière responsable était assise au bureau central en train d'écrire son rapport à la faible lueur de la lampe verte. Elle leva la tête quand Violet approcha.

— Je suis venue prendre des nouvelles de la patiente atteinte de Parkinson. On m'a avisée que son état se détériorait.

— Mrs Little ? Elle est au lit sept. La sœur est avec elle.

— Sœur Hyde est avec elle ?

Violet se faufila dans la salle, ses chaussures à semelles molles ne faisant aucun bruit sur le plancher poli. Et, en effet, sœur Hyde était assise au chevet de la patiente, sa grande silhouette squelettique penchée vers elle. En s'approchant, Violet vit qu'elle tenait la main de la vieille femme.

Sœur Hyde leva les yeux, souriant d'un air las.

— Miss Tanner.

Elle portait son uniforme, aussi raide et amidonné que toujours, même s'il était quatre heures du matin.

— Que faites-vous ici, sœur ? chuchota Violet.

— Je n'arrivais pas à dormir en pensant à cette pauvre Mrs Little.

Sœur Hyde baissa les yeux vers la dame âgée profondément endormie sur ses oreillers immaculés.

— Je n'étais pas certaine qu'elle passe la nuit et je ne voulais pas qu'elle meure seule.

Violet se plaça de l'autre côté du lit.

— Comment va-t-elle ?

— Son état s'est un peu amélioré. Mais c'est toujours le cas juste avant la fin. Je crois que ce ne sera plus tellement long maintenant.

Elle regarda Violet. La faible lumière des lampes tamisées jetait de grandes ombres sur son visage émacié.

— Je suppose que vous trouvez cela étrange que je veuille être ici ? Mais quand une patiente est dans ce service pendant si longtemps, on apprend à les connaître. Et quand on perd l'une d'elles… eh bien, je suppose que c'est presque comme perdre un membre de sa propre famille.

Mrs Little remua, ses lèvres bougèrent silencieusement. Sœur Hyde étreignit sa main.

— Là, ma chère. Vous êtes en sécurité, dit-elle doucement.

Violet la considéra. Elle savait que sœur Hyde avait une redoutable réputation, même au sein des autres sœurs. Elle eut le sentiment qu'elle était autorisée à apercevoir un côté de son caractère qu'elle gardait bien dissimulé. Un côté que peut-être seules les patientes pouvaient voir.

— Voulez-vous vous asseoir pour un moment ? l'invita sœur Hyde. De la compagnie serait la bienvenue, si vous n'avez pas d'obligations.

Violet était sur le point de s'excuser quand elle vit le regard implorant de la vieille sœur.

— Je suis certaine que quelques minutes ne feront pas de mal, dit-elle.

— Merci. On peut se sentir très seule à attendre assise ici.

Violet alla chercher une autre chaise, et elles s'assirent l'une en face de l'autre de chaque côté du lit. L'attention de sœur Hyde était encore fixée sur la forme frêle de Mrs Little et elle caressait sa main pour lui faire savoir qu'elle n'était pas seule.

— Si je comprends bien, elle n'a pas de famille ? dit Violet.

Sœur Hyde secoua la tête.

— Son mari ainsi que ses deux fils se sont fait tuer à la guerre.

La main, posée sur l'édredon, semblait aussi vieille et ridée que celle de la patiente.

— Elle est seule, comme nous toutes.

Sa remarque étonna Violet. Mais avant qu'elle puisse demander ce qu'elle voulait dire, sœur Hyde sourit et lui demanda aimablement :

— Comment vous habituez-vous à votre nouvelle demeure, sœur ?

— Très bien, merci.

— Je vois souvent votre petit garçon courir partout dans le jardin ; Oliver, c'est ça ?

Violet fut immédiatement sur ses gardes.

— J'espère qu'il ne fait pas de chahut ? J'essaie qu'il reste calme…

— Oh, pas du tout, la rassura sœur Hyde. Au contraire, il est très plaisant d'avoir un enfant dans les parages. Il est rare que nous entendions le rire d'un petit dans notre communauté isolée. J'ai entendu dire qu'il était devenu un grand favori de sœur Sutton ?

Violet hocha la tête.

— Il l'aide à son jardin. Même si je suspecte qu'il est probablement davantage un obstacle qu'une aide ! ajouta-t-elle avec regret.

— Vraiment ?

Les sourcils de sœur Hyde se soulevèrent.

— Alors, elle doit vraiment beaucoup l'aimer. Sœur Sutton garde jalousement ses plates-bandes !

— Tout le monde a été très gentil avec nous, dit Violet.

Ce n'était pas tout à fait vrai. Miss Hanley était encore très mécontente de la situation et sœur Wren ouvertement hostile. Mais cela ne dérangeait pas trop Violet. Elle avait affronté bien pire au fil des ans et savait comment y faire face.

Non, c'était ceux qui étaient amicaux qu'elle avait de la difficulté à gérer. Après tellement de temps seule, elle était méfiante à laisser approcher quiconque.

— Oui, nous sommes en général un aimable groupe de femmes, approuva sœur Hyde. Même si, évidemment, nous avons nos petites manies et disputes comme n'importe quelle famille.

— Vous les considérez comme tel, alors ? demanda Violet.

— C'est la seule famille que je connais depuis de nombreuses années.

Il y eut un soupçon de tristesse dans son sourire.

— Je suis arrivée l'année du décès de la reine Victoria et je suis ici depuis. Les membres de ma famille de sang sont tous morts maintenant. Si ce n'était du Nightingale, je serais aussi seule que notre pauvre Mrs Little.

Elle regarda Violet.

— Avez-vous des parents ? Mis à part votre fils, évidemment.

Violet se crispa.

— Non, dit-elle.

— Alors peut-être que le Nightingale deviendra votre famille aussi ?

Elle secoua la tête.

— Je n'aime pas trop m'attacher.

— Est-ce la raison pour laquelle vous avez déménagé si souvent ?

Violet la regarda vivement.

— Comment l'avez-vous su ?

La bouche de sœur Hyde s'incurva.

— Une supposition, ma chère. Mais juste, d'après l'expression sur votre visage.

Elle la jaugea.

— Pourquoi êtes-vous si perturbée par l'idée de vous enraciner ?

Violet ouvrit la bouche pour lui dire que ce ne la regardait pas, puis changea d'idée.

— C'est plus facile ainsi.

— Comment peut-il être préférable de traverser la vie sans personne pour prendre soin de vous ?

Ses mots atteignirent fortement Violet. « Ce ne l'est pas », voulut-elle lui répondre. Il y avait des moments où elle désirait ardemment un ami, quelqu'un avec qui partager son fardeau. Mais cela voulait dire mettre sa confiance en quelqu'un.

— Je n'ai pas dit que c'était préférable, répondit-elle vivement. J'ai dit que c'était plus facile.

— Ce n'est jamais facile de traverser la vie seule, ma chère. Peut-être que si vous nous laissiez une chance…

Mrs Little s'agita de nouveau, détournant leur attention. Sœur Hyde se pencha au-dessus d'elle, étudiant son visage dans l'obscurité.

— Ce ne sera plus long maintenant, dit-elle.

— Comment le savez-vous ?

— Vous apprenez à sentir ces choses après tant d'années à prendre soin de ces femmes.

— Avez-vous besoin que je reste ?

Violet était déjà debout, pressée à échapper aux regards inquisiteurs de sœur Hyde et à ses questions qui l'étaient encore plus.

Une fois encore, la femme parut lire ses pensées.

— Non, ma chère, ça ira. Je vous ai déjà retenue trop longtemps de vos obligations. Je suis certaine que vous avez d'autres choses à faire.

Mais alors que Violet rangeait sa chaise, sœur Hyde ajouta :

— Mais vous vous souviendrez de ce que je vous ai dit, n'est-ce pas ? Donnez au Nightingale une chance. Vous ne savez jamais, nous pourrions vous surprendre.

CHAPITRE 26

— ... Puis prenez le cathéter dans la main droite, loin des yeux, et passez la lotion de perchlorure dessus et au travers... Doyle, est-ce que vous écoutez ? Je fais cela pour vous, vous savez.

— Oui, infirmière-chef adjointe. Je suis désolée.

Dora ramena son attention au chevet du lit où l'infirmière-chef adjointe Cuthbert lui démontrait comment utiliser un cathéter de verre. Mais elle était toujours consciente que Lettie Pike discutait avec la nouvelle patiente à l'autre bout de la salle. À la façon dont elles l'observaient, elle avait une bonne idée de ce dont elles parlaient.

Cuthbert sembla comprendre.

— Il est dix-sept heures, Doyle. Allez prendre votre pause. Je vais terminer ceci, soupira-t-elle.

— Merci, infirmière-chef adjointe.

— Et Doyle ?

— Oui, infirmière-chef adjointe.

Cuthbert jeta un coup d'œil vers le fond de la salle.

— Ne les laissez pas trop vous atteindre. Elles auront un autre sujet de commérage dans quelques jours.

— Oui, infirmière-chef adjointe. Merci.

Dora força un sourire reconnaissant, mais au fond d'elle, elle savait que ce potin était trop bon pour que Lettie laisse tomber. Cela faisait maintenant une semaine, et elle n'avait pas encore trouvé un autre sujet de conversation.

Cela avait été trop espérer que la nouvelle de la visite de Joe ne s'ébruite pas. Les murs sur la rue Griffin étaient minces comme du papier, et les oreilles de Lettie Pike beaucoup trop aiguisées pour ça. Le lendemain de la visite, elle s'était glissée près de Dora.

— Alors, c'est quoi cette histoire à propos de ton père qui voyait une autre femme ?

Le potin avait pris naissance à partir de là, jusqu'à ce que Dora entende des chuchotements partout où elle allait.

Et le fait que Jennie Armstrong avait été une patiente du service ne faisait qu'accroître le côté dramatique.

— La pauvre fille, vous auriez dû voir l'état dans lequel elle se trouvait, avait raconté Lettie à l'une des patientes. Mutilée, qu'elle était. Elle avait perdu tellement de sang que c'est un miracle qu'elle ne soit pas morte. Évidemment, elle ne pourra jamais avoir d'enfant maintenant. Je sais, c'est très dommage, n'est-ce pas ? Pauvre petite.

Puis Lettie avait secoué la tête, oubliant commodément qu'elle n'avait eu aucun bon mot pour Jennie quand elle avait été dans le service.

Dora était en train de boire son thé dans la cuisine quand Lettie arriva précipitamment. Elle s'immobilisa quand elle vit la jeune femme.

— Que fais-tu ici ? voulut-elle savoir.

— Je prends ma pause, j'ai l'air de faire quoi ?

— Est-ce que la sœur le sait ?

Dora posa sa tasse.

— N'as-tu rien de mieux à faire que de fourrer ton nez dans mes affaires ?

— Je ne fourre pas mon nez dans quoi que ce soit !

Lettie prit son panier derrière la porte et sortit ses chaussures d'extérieur. Puis, dans un souffle, elle poursuivit.

— Est-ce que le frère de cette fille est revenu ?

— Je crois bien que tu sais cela mieux que moi, n'est-ce pas ?

— Il ne laissera pas tomber, tu sais. Je ne crois pas qu'il sera heureux avant d'avoir retrouvé Alf.

Dora ne dit rien en regardant la femme changer de chaussures.

— Je suppose que ta mère est dans tous ses états, continua Lettie, les yeux étincelants. Ça ne doit pas être agréable, n'est-ce pas, savoir que son vieux couche à droite et à gauche ? Mais comme je le dis toujours, si un homme est heureux à la maison, il ne va pas voir ailleurs.

— Est-ce pour ça que ton Len est toujours appuyé au bar du Rose & Crown ? demanda Dora.

Lettie lui lança un regard noir.

— Et avec une jeune fille en plus, ajouta-t-elle, ignorant le commentaire de Dora. Ce n'est pas bon, n'est-ce pas ? Ça nous fait nous demander quel genre d'homme c'est.

Un frisson parcourut Dora. Elle observa Lettie en train d'enfouir ses chaussures dans son panier et souhaita qu'elle se presse et parte.

— Tu sais quoi ? continua la femme. Si j'étais ta mère, je crois que je me poserais quelques questions sur ce qu'il aurait pu trafiquer d'autre. Je serais inquiète au sujet de mes propres enfants.

Elle regarda de près Dora, une pensée lui traversant l'esprit.

— Tu ne crois pas qu'il s'en serait pris à votre Josie, n'est-ce pas ? Enfin, on entend de ces choses…

— Laisse-moi t'aider avec ce sac.

Dora se leva, incapable d'en endurer davantage, et s'avança pour prendre le panier.

— Je peux me débrouiller.

Dans son agitation pour ressaisir son panier, ses chaussures tombèrent. Comme Dora se penchait pour les ramasser à sa place, elle remarqua quelque chose niché au fond de la corbeille.

— Qu'est-ce que c'est ? s'enquit-elle.

— Rien.

Lettie reprit les chaussures et les fourra dans son panier avec empressement.

— Laisse-moi voir.

— Non ! Ce que j'ai ne te regarde pas.

— Ce sont les œufs, n'est-ce pas ?

Une autre boîte d'œufs avait disparu du garde-manger du service ce matin-là. Encore une fois, sœur Wren leur avait fait fouiller tous les placards et casiers à leur recherche.

— Est-ce que tu as aussi pris les autres choses qui ont disparu ? lui demanda Dora.

— Je ne sais pas ce que tu veux dire.

Lettie essaya de tenir tête, mais les perles de sueur sur sa lèvre supérieure la trahirent.

— Oh, Lettie.

Dora secoua la tête, savourant l'instant.

— Qu'as-tu fabriqué ?

Lettie croisa les bras en un dernier geste de défi.

— Je suppose que tu vas le dire à la sœur ?

— Pourquoi pas ? C'est ce que tu ferais, non ?

Dès que ces mots eurent franchi ses lèvres, la porte s'ouvrit en grand et sœur Wren entra précipitamment, un exemplaire du *Times* sous le bras.

Elle regarda Dora d'un air désapprobateur.

— Que faites-vous ici ?

— L'infirmière-chef adjointe Cuthbert m'a envoyée prendre ma pause, sœur.

Sœur Wren montra sa réprobation.

— Vous êtes toujours en pause les jeunes infirmières, n'est-ce pas ?

Elle se tourna vers Lettie.

— Je vais dans mon salon pour rattraper un peu de correspondance personnelle, dit-elle. Pourriez-vous être un amour et me faire une théière avant de partir, Lettie ?

Lettie ne répondit pas, mais demeura figée, fixant Dora.

— Lettie ?

Sœur Wren haussa la voix.

— Je-je…

Lettie ouvrit et ferma la bouche, fixant toujours Dora. Celle-ci lui retourna benoîtement son regard.

Sœur Wren l'examina.

— Vous êtes devenue très pâle soudainement. Y a-t-il quelque chose qui ne va pas ?

— Non, sœur.

Lettie retrouva enfin sa voix. Elle déposa son panier et prit la théière.

— J'aimerais une théière neuve, s'il vous plaît, Lettie. Et assurez-vous qu'il ne mijote pas. Je ne peux pas supporter le thé qui a mijoté.

Sœur Wren se tourna vers Dora.

— Que faites-vous encore ici ? Votre pause est sûrement terminée, non ?

— Oui, sœur.

Dora ramassa sa tasse et la porta à l'évier.

Tout en la lavant, elle décocha un regard oblique vers Lettie. Ses mains tremblaient tellement qu'elle parvenait à peine à verser le thé.

Dora se sourit à elle-même. Elle n'avait pas besoin de dire quoi que ce soit à sœur Wren au sujet du crime de Lettie. Qu'elle soit au courant était suffisant.

CHAPITRE 27

La nouvelle demeure du marquis et de la marquise de Trent était une grande maison géorgienne élégante de Smith Square, juste au nord de la Tamise dans Westminster. Sophia, Lady Trent, recevait ses invités dans le petit salon, irrévérencieusement resplendissante dans une robe Fortuny orange brûlé de fine soie plissée qui moulait soigneusement ses huit mois de grossesse, couverte d'un vaste châle brodé d'un dragon chinois.

— Tu rends invisibles toutes les autres femmes présentes dans la pièce ! dit Millie en riant quand elle l'accueillit.

Sophia la faisait assurément paraître pâle et insipide dans sa robe de crêpe rose tendre.

— Seulement si elle se tient devant elles ! la taquina Seb.

— Oh, tais-toi !

Sophia donna malicieusement une chiquenaude à son frère.

— C'est pour choquer, admit-elle à Millie. Ce sera ma dernière incursion publique avant que je fasse finalement ce que mère désire et me retire de la vie publique pour attendre mon heureux événement. Alors, j'ai voulu qu'il soit mémorable.

— Eh bien, c'est réussi. Tu es magnifique, dit Millie.

— J'aimerais me sentir ainsi.

Sophia grimaça.

— Transporter ce poids énorme me donne un horrible mal de dos.

— Tu devrais te reposer.

— Ne dis pas ça ! On dirait David. Il a complètement changé d'avis à propos de cette fête. Il est d'accord avec mère et croit que je devrais être allongée dans une chambre sombre ou quelque chose du genre, simplement parce que j'ai eu quelques absurdes douleurs et crampes.

— Quel genre de douleurs et de crampes ? voulut savoir Millie.

— Oh, rien d'inquiétant, dit Sophia dédaigneusement. Sir Charles Ingham est venu me rendre visite ce matin, sur l'insistance de David pas la mienne, et il semble croire que j'ai encore amplement le temps. De toute façon, je m'ennuie terriblement à ne rien faire. Je préfère de loin m'amuser. Et ce n'est pas comme si une pendaison de crémaillère était tellement fatigante, n'est-ce pas ?

Elle regarda derrière eux et se plaqua un sourire.

— Ah, regarde, voilà Gordon. Tu dois le rencontrer, Seb. C'est un éditeur, avec d'effroyables bonnes relations. Je suis certaine qu'il te serait utile.

Il y avait beaucoup de monde à la fête. En hôtesse toujours parfaite, Sophia s'était assurée d'inviter un mélange intéressant de riches et puissants avec un soupçon judicieux d'avant-gardistes. Des politiciens côtoyaient des écrivains, des industriels, des aristocrates. Dans un coin, un artiste français qui venait de provoquer un vif émoi à Londres avec une exposition surréaliste assez choquante flirtait avec une actrice très célèbre, qui avait récemment provoqué un émoi encore plus vif en ayant une aventure avec le mari de sa sœur. Et, bien sûr, il y avait l'habituelle poignée de malheureux Américains à la mode, sans qui aucun rassemblement social ne semblait complet ces jours-ci.

— Je ne sais pas comment elle fait, dit Millie en poussant un soupir désespéré. Je n'aurais pas la moindre idée par où commencer pour organiser une telle fête.

— C'est dans son sang, dit Seb. Mère l'entraîne depuis le moment où elle a été suffisamment vieille pour formuler une invitation.

Millie sirota son martini et se demanda si peut-être elle n'aurait pas dû écouter davantage sa grand-mère quand elle avait tenté de l'éduquer sur de tels sujets, plutôt que de toujours regarder par la fenêtre et de planifier sa fuite.

— Tu te rends bien compte que nous n'aurons probablement pas de fêtes comme celle-ci quand nous serons mariés ? dit-elle à Seb.

— Je suis heureux de l'entendre. Je n'imagine rien de pire que d'avoir à remplir notre maison de ces épouvantables personnes.

— Mais nous serons des asociaux !

— Bien.

Il lui sourit, ses yeux bleus pleins de chaleur.

— Ainsi, je n'aurai rien à trouver à dire à ce Français qui se roule dans la peinture jaune et appelle cela de l'art.

Ils se sourirent. Millie était heureuse que la tension concernant son anniversaire soit oubliée et qu'ils soient de nouveau comme avant.

— On dirait ma grand-mère. Elle dit toujours que ma tante Victoria ne peut pas réellement être une artiste, car elle n'a jamais été capable de peindre un bol de fruits acceptable… Seb ?

Elle fronça les sourcils, consciente qu'il ne l'écoutait plus, mais fixait quelque chose par-dessus son épaule.

Millie se retourna pour en connaître la raison et son cœur se serra. Là, de l'autre côté de la pièce, se tenait William Tremayne.

— Que fait-il ici ? marmonna Seb, son sourire s'évanouissant.

— Dieu seul le sait. Je ne m'étais pas rendu compte que lui et Sophia frayaient dans les mêmes cercles… oh, il vient par ici. Sois gentil, d'accord ? supplia Millie.

— Je serai absolument charmant, répliqua-t-il, la mâchoire crispée.

Millie lui jeta un coup d'œil inquiet alors que William approchait.

— Eh bien, bonjour, dit-il. Nous devons cesser de nous rencontrer ainsi.

— Tout à fait d'accord, fit Seb.

Millie lui décocha un regard d'avertissement, mais heureusement William ne parut rien remarquer.

— Que faites-vous ici ? demanda-t-elle.

— J'étais censé rejoindre Phil. Je crois qu'elle connaît d'une manière quelconque la famille de votre beau-frère, dit-il à Seb. Mais elle n'est pas là. Je crains qu'elle m'ait posé un lapin, soupira-t-il.

— Oh, comme c'est terrible. Peut-être a-t-elle été retardée ?

— Ou a reçu une meilleure offre.

Il sourit avec bienveillance.

— Philippa est une créature impulsive, expliqua-t-il.

Elle semble terriblement ennuyeuse, pensa Millie. Mais comme William était clairement épris, elle se dit qu'il était préférable de ne rien dire.

Seb vida son verre.

— Excusez-moi, dit-il. Je dois aller me présenter à cet éditeur, sinon je vais désespérer ma sœur. J'ai été enchanté de vous rencontrer de nouveau, dit-il à William.

Ils le regardèrent s'éloigner dans la foule.

— Pourquoi ai-je l'impression que votre fiancé ne m'aime pas ? s'enquit William.

Millie était sur le point de lui parler de la jalousie absurde de Seb, mais s'arrêta. C'était trop idiot, et elle ne voulait pas créer davantage de tension et gâcher la soirée.

Mais la magie était tout de même brisée. Seb et elle firent de leur mieux, se mélangeant aux autres invités, riant, bavardant et essayant de s'amuser. Mais tout semblait un tel effort, et Millie ne savait pas pourquoi. C'était comme si la présence de William avait un effet déprimant sur Seb, sapant son moral.

Ce fut presque un soulagement quand le temps de partir fut arrivé.

— Nous devons dire au revoir à Sophia, fit Millie en fouillant les environs. Où est-elle ?

— David a dit qu'elle était à l'étage pour se reposer. Je crois que la fête lui a été plus difficile qu'elle le pensait, répondit Seb.

— Je ne suis pas étonnée. Je vais monter la voir.

Millie gravit l'escalier.

— Sophia ? appela-t-elle doucement.

— Je suis ici, fit une voix faible.

Millie ouvrit la porte et se retrouva dans une majestueuse chambre à coucher, sortant directement d'un film d'Hollywood, luxueusement décorée en des teintes de blanc et d'ivoire. L'édredon ivoire en satin sur le vaste lit à dorures était chiffonné, mais il n'y avait aucun signe de Sophia.

Millie l'appela de nouveau.

Une porte s'ouvrit et Sophia apparut dans l'embrasure de son vestiaire, s'accrochant au cadre pour se soutenir. Elle s'était changée en un peignoir de soie gris tourterelle qui s'harmonisait parfaitement avec la couleur de son visage.

Millie se précipita près d'elle.

— Qu'y a-t-il ? Sophia, que se passe-t-il ?

Mais un seul regard à l'expression dévastée de son amie et elle connaissait déjà la réponse.

— Oh, mon Dieu, Millie ! chuchota Sophia, sa voix rendue rauque de douleur. Je crois… je crois que le bébé arrive !

CHAPITRE 28

— Mais ce n'est pas possible, dit Millie. C'est prévu pour dans un mois, non ?

— Je sais ! gémit Sophia. Fais quelque chose !

Elle repoussa son sentiment de panique et se força à réfléchir.

— Devrions-nous appeler Sir Charles ?

— Je ne crois pas que nous avons le temps…

Sophia cessa de parler et retint son souffle pendant un moment.

— Les douleurs viennent assez régulièrement maintenant, haleta-t-elle.

— À quel point régulièrement ?

— Tout… le temps.

Elle regarda Millie avec inquiétude.

— Ce n'est pas bon, n'est-ce pas ?

Elle saisit son bras.

— Le bébé ne peut pas arriver maintenant, il ne peut pas ! Oh, mon Dieu, tout est ma faute !

— Je vais chercher de l'aide…

Millie voulut aller vers la porte, mais Sophia la retint par le bras, ses doigts mordant sa peau.

— Nooon ! Ne me laisse pas ! Tu es infirmière, tu peux m'aider.

— Je ne peux pas accoucher un bébé toute seule. Je n'ai eu aucune formation en obstétrique. Je reviens dans une minute, promis. Tiens bon.

— Comment suis-je censée faire ça… oh, mon Dieu !

Elle se plia alors qu'une nouvelle vague de douleur la frappait.

— Dépêche-toi ! exhorta-t-elle entre des dents serrées.

Seb attendait dans le couloir, la cape de soirée en velours de Millie drapée sur son bras.

Il se retourna pour la regarder alors qu'elle descendait l'escalier.

— Est-ce que tu l'as trouvée…

Son sourire disparut.

— Millie, qu'y a-t-il ? Que se passe-t-il ?

— Je dois trouver William.

Elle se pressa dans le parloir, suivie de Seb, et balaya du regard la foule. William était près de la fenêtre en train de charmer une actrice plutôt éméchée. Millie se précipita et le saisit par le bras, l'amenant à l'écart.

— Vous devez venir, chuchota-t-elle. Le travail de Sophia a commencé.

— Êtes-vous certaine ? Les femmes enceintes peuvent éprouver de fausses douleurs pendant plusieurs semaines…

— Ce ne sont pas de fausses douleurs, croyez-moi ! dit-elle en tirant sur sa manche. Venez, William, ou je crains qu'elle donne naissance avant notre retour !

William étudia son visage tendu.

— Je vais prendre mon sac dans la voiture.

— Y a-t-il quelque chose que je puisse faire ? demanda Seb.

— Avisez son mari de ce qui se passe et demandez-lui de téléphoner à son spécialiste, dit William. Et pour l'amour du ciel, débarrassez-vous de tous ces gens !

Le visage de Seb s'assombrit à la brusquerie de ses ordres. Mais il tourna les talons et détala.

Millie était sur le point de le suivre, mais William la retint par la manche.

— Vous venez à l'étage avec moi.

— Mais je ne peux rien faire ! Je n'ai jamais accouché un bébé de ma vie.

— Espérons que Sir Charles Ingham arrive avant qu'on en soit là, répondit-il d'un air grave.

Sophia était parvenue à se mettre au lit quand ils arrivèrent.

— Oh, merci, mon Dieu ! sanglota-t-elle quand elle les vit. Il arrive, je le sens. Mère va me tuer !

C'est le dernier de tes soucis, se dit Millie tandis que William posait son sac, enlevait sa veste et roulait ses manches. Tout en se déplaçant, il lui donnait des instructions.

— Nous aurons besoin de beaucoup d'eau chaude, de bols et de carafes, de brosses à ongles, de serviettes, de lotion de bichlorure de mercure — vous en trouverez dans mon sac, ajouta-t-il devant l'air effaré de Millie — , du savon carbolique, des serviettes, de la gaze antiseptique, de la laine et de l'eau froide stérilisée.

Il marmonna à voix basse.

— Vous devez aussi stériliser un cathéter prêt à être utilisé, laver et raser la patiente et lui faire un lavement.

La tête de Millie tournait tandis qu'elle se pressait, essayant de tout rassembler pendant que William se nettoyait dans la salle de bain.

Il revint, son froncement d'inquiétude remplacé par le rassurant sourire professionnel qu'elle avait vu si souvent.

— Bon, madame la comtesse, dit-il vivement. Examinons cela, d'accord ?

Il repoussa l'édredon et l'examina pendant que Millie mélangeait la solution savonneuse pour le lavement. Quand il tourna son regard vers elle, le visage de William était aussi blanc que le satin des draps.

— Quoi ? cria Sophia en voyant son expression. Qu'y a-t-il ?

— Je ne m'attarderais pas à faire ça, infirmière, dit-il, tout en s'efforçant de garder sa voix calme. Je ne crois pas que nous aurons le temps.

Dès qu'il eut dit ces mots, Sophia leva les genoux et poussa un hurlement strident qui parut s'éterniser, résonnant dans la maison et rebondissant sur les murs.

Une seconde plus tard, un poing frappa violemment contre la porte de la chambre à coucher et David cria :

— Que se passe-t-il là-dedans ?

Millie se glissa à l'extérieur de la chambre. David et Seb se tenaient sur le palier, tous deux l'air perdu et inquiet.

— Seb dit que le bébé arrive ?

Le visage de David était tendu.

— J'ai appelé Sir Charles, mais il pratique un accouchement dans le Berkshire. Que dois-je faire ? Devrais-je appeler une ambulance ?

— Nous n'avons pas le temps.

Son visage perdit le peu de couleur qu'il avait.

— Pardon ? Tu veux dire que ça se passe maintenant ?

Il jeta un coup d'œil vers la porte puis sur Millie.

— Oh, mon Dieu, est-ce que Sophia s'en sortira ?

— Tout ira bien…

Un nouveau hurlement strident contredit les paroles de Millie.

David déglutit difficilement, le visage blême.

— Sauvez-la, je vous en prie, supplia-t-il.

— Millie ! cria William de l'autre côté de la porte. J'ai besoin de vous ici.

Elle regarda Seb, lequel enroula son bras autour des épaules de son beau-frère.

— Allez, viens, mon vieux, descendons prendre un brandy.

Avec un coup d'œil implorant vers Millie, David se retourna et se laissa guider. Seb regarda la jeune femme par-dessus son épaule.

— S'il te plaît, faites ce que vous pouvez pour la sauver, articula-t-il silencieusement.

— Nous le ferons, dit Millie en hochant de la tête.

Elle revint alors que Sophia se remettait d'une autre contraction. Comme la douleur la libérait de son emprise, elle s'effondra contre ses oreillers, en sueur et exténuée.

— Il n'y en a plus pour très longtemps, je crois, dit William de manière encourageante. Vous vous en sortez très bien, madame la comtesse. Essayez de vous détendre le plus possible entre les contractions.

Sophia lui lança un regard glacial.

— Étant donnée la situation dans laquelle nous sommes, je crois que vous pouvez m'appeler par mon prénom.

Heureusement pour eux tous, l'accouchement fut très rapide. Millie eut à peine le temps de terminer de stériliser tous les instruments avant que le minuscule corps flasque glisse dans le monde.

— C'est un garçon, dit William.

Pendant qu'il clampait le cordon, il capta le regard de Millie. Un seul regard à son visage solennel et son cœur se comprima.

— Est-ce qu'il… est-ce qu'il va bien ?

Les yeux de Sophia passèrent de l'un à l'autre.

— Il ne pleure pas… pourquoi ne pleure-t-il pas ? Je croyais que les bébés pleuraient toujours.

Elle se débattit pour s'asseoir, mais Millie alla près d'elle et la retint avec douceur par les épaules pour la recoucher contre ses oreillers. Le peignoir de Sophia s'accrocha à elle, trempé de sueur.

— Il a seulement besoin d'un peu d'aide pour déclencher sa respiration, je crois. Essaie seulement de te reposer.

Mais Sophia la repoussa.

— Je veux le voir, insista-t-elle. Je veux voir mon fils !

Millie jeta un coup d'œil par-dessus son épaule vers William, lequel frottait vivement la minuscule poitrine du bébé du plat de la main. Ses cheveux tombèrent sur ses yeux, et il les repoussa du poignet avant de poursuivre.

— Il est mort, n'est-ce pas ? murmura Sophia à travers des lèvres grises et sèches. Mon bébé est mort…

À ce moment, un faible et grêle sanglot parcourut la pièce. William se tourna pour les regarder, ses yeux foncés étincelant de triomphe dans son visage en sueur.

— Vous avez un fils en bonne santé, Lady Trent, dit-il, sa voix tremblant d'émotion.

Sophia éclata en pleurs, tout comme Millie. Tout en les refoulant encore, elle lava rapidement le bébé et l'enveloppa d'une des nouvelles couvertures portant le monogramme des armoiries familiales que Sophia avait spécialement commandées.

— Tu es un petit garçon chanceux, chuchota Millie.

Elle transporta le bébé et le posa dans les bras accueillants de sa mère. Sophia baissa les yeux vers lui, rendue muette par l'émotion.

— Nous allons nettoyer un peu, puis laisser le fier papa entrer, d'accord ? dit William.

Quand Millie ouvrit la porte quelques minutes plus tard, David se tenait déjà à bout de souffle sur le palier.

— J'ai entendu un bébé pleurer, dit-il. Est-ce…

Millie sourit.

— C'est un garçon.

— Grand Dieu ! Vraiment ?

L'expression sur son visage lui donna encore envie de pleurer.

— Puis-je le voir ? demanda David, la voix pleine d'émotion.

Les larmes coulaient déjà sur ses joues quand il posa pour la première fois les yeux sur son fils.

— Je ne sais pas comment vous remercier, dit-il encore et encore.

— Je suis seulement soulagé que nous ayons été ici et en mesure d'aider, répondit William.

Il ramassa ses affaires et Millie et lui se faufilèrent hors de la chambre, laissant les nouveaux parents seuls.

Ce n'est que lorsqu'ils furent sur le palier et que la porte de la chambre fut fermée derrière eux qu'il poussa un profond soupir.

— Dieu merci, fit-il en se frottant le front. J'étais tellement effrayé…

— Moi aussi.

Ses membres tremblaient comme si elle venait de gravir une montagne en courant.

— Mais nous avons réussi, dit-elle.

— En effet.

Ils se regardèrent. Puis, exactement au même instant, ils poussèrent un cri de joie et de soulagement.

Ils se souriaient encore bêtement quand Seb apparut au pied de l'escalier.

— Désolé de vous interrompre, lança-t-il, mais ma mère est au téléphone. Elle veut savoir s'il y a des nouvelles.

— Dites-lui qu'elle a un petit-fils, répondit William.

Il se retourna vers Millie.

— Sérieusement, je n'y serais pas parvenu sans vous.

— Était-ce vraiment votre premier accouchement ?

— J'ai seulement assisté à l'hôpital, avec le médecin en chef qui observait. Vous avez été une merveille pour faire en sorte que tout le monde garde son calme. Incluant moi.

— Maintenant, vous pouvez cocher « accouchement », dans mon dossier de formation !

— Peut-être devriez-vous le cocher sur le mien aussi ?

— Tu ne peux pas t'imaginer à quel point c'était angoissant, Seb. J'ai réellement cru que nous étions…

Millie se retourna vers lui, mais il était parti.

CHAPITRE 29

— Avez-vous vu mon journal ?

Sœur Wren se hâtait dans le couloir du quartier des sœurs, vêtue de son peignoir, quand Violet revint de son quart de travail de nuit. La plupart des infirmières paraissaient en meilleure forme sans leur uniforme, mais les boucles éparses et cendreuses de sœur Wren n'aidaient en rien à adoucir les angles vifs de son petit visage.

— Non, je suis désolée.

Sœur Wren exprima sa désapprobation.

— Ce misérable livreur de journaux doit être en retard. C'est typique !

Sans ajouter un mot, elle partit de manière théâtrale, claquant la porte de sa chambre derrière elle si fortement que le cadre chancela.

Bonjour à vous aussi, se dit Violet en entrant dans son propre logement.

— Oliver ?

Il n'y eut pas de réponse.

Il doit encore dormir, pensa-t-elle.

— Allez, petite marmotte, il est temps de…

La chambre était vide.

Chaque nerf, muscle et tendon s'activèrent immédiatement.

— Oliver !

Elle parcourut le logement en courant, ouvrant les portes et l'appelant encore et encore.

— Oliver, où es-tu ?

Elle se précipita dans le couloir, appelant toujours son nom. Tout ce temps, son esprit bouillait, sachant que son pire cauchemar s'était réalisé.

— Violet, que se passe-t-il ?

Sœur Blake sortit de sa chambre, attachant les ficelles de sa coiffe sous son menton.

— Oliver a été pris !

— Pris ? Que diable voulez-vous dire ?

— Je veux dire qu'il est parti… disparu, se corrigea-t-elle rapidement.

— Calmez-vous, ma chère, il ne peut pas être bien loin.

— Mais vous ne comprenez pas…

La panique s'empara de la gorge de Violet si violemment qu'elle parvenait à peine à parler.

D'autres portes s'ouvrirent dans le couloir, et des têtes en divers états d'ébouriffements apparurent.

— Que se passe-t-il ?

— Le fils de Violet a disparu.

— Disparu ? Ce n'est pas possible.

— Il ne peut pas être bien loin.

Les sœurs se rassemblèrent dans le couloir. Sœur Wren émergea de sa chambre, ses traits anguleux indignés.

— Eh bien ! Je n'ai pas vu tout ce remue-ménage quand j'ai dit que mon journal manquait, dit-elle d'un ton brusque.

Violet dépassa les sœurs et franchit les portes vers le jardin. Elle sentit que sœur Blake la suivait alors qu'elle parcourait le gazon en criant frénétiquement le nom d'Oliver.

— Quand l'avez-vous vu la dernière fois ? demanda sœur Blake en la rattrapant.

— Hier soir, quand je l'ai mis au lit.

Le souffle de Violet n'était fait que de courts halètements, lui faisant tourner la tête.

— Je lui ai souhaité bonne nuit et lui ai dit…

Elle lui avait dit ce qu'elle lui disait toujours. *Ne pars avec personne, peu importe ce qu'il te dirait.*

— Il est ici quelque part.

Non, il n'est pas ici.

Cette pensée tourbillonna sans arrêt dans sa tête. Il est parti. Ils nous ont trouvés et l'ont emmené.

Elles entendirent un chien qui jappait. Sparky tourna le coin à vive allure, les faisant presque tomber à la renverse.

— Sparky ! Reviens ici, vilain chien.

Violet se mit à courir en direction de la voix, sœur Blake sur ses talons et entra presque en collision avec Oliver, pieds nus et encore en pyjama, courant dans la direction opposée.

Il se figea quand il la vit, le visage dévasté par la culpabilité.

— Maman !

— Oliver !

Elle le saisit par les épaules et le secoua.

— Que t'ai-je dit au sujet de sortir tout seul ?

— Je ne voulais pas, mais Sparky jappait à ma fenêtre. Je voulais seulement sortir et jouer une minute…

Ses yeux bruns s'emplirent de larmes.

— D-désolé, maman.

Le soulagement envahit Violet, la faisant fondre. Elle s'effondra à genoux, s'agrippant à lui, des larmes ruisselant sur son visage.

— Oh, Oliver ! sanglota-t-elle. Je t'en prie, ne me fais plus jamais cela.

— Non, maman.

— Voilà, je vous avais dit qu'il n'était pas bien loin.

Elle avait totalement oublié sœur Blake qui se tenait derrière elle. Violet essuya rapidement ses larmes et se leva, un bras toujours sur les étroites épaules d'Oliver, s'accrochant à lui comme si elle ne le laisserait plus jamais.

— Merci de m'avoir aidée à le chercher, dit-elle avec raideur.

Maintenant que la panique était terminée, elle avait honte de sa perte de maîtrise de soi.

— Pas seulement moi.

Sœur Blake lança un coup d'œil par-dessus son épaule. Les autres sœurs se dirigeaient toutes dans différentes directions dans le jardin, cherchant sous des buissons, appelant le nom d'Oliver.

En les voyant, Violet sentit une décharge d'émotion. *Sœur Hyde avait raison*, pensa-t-elle, *elles ne sont pas indifférentes.*

— Et quant à toi, jeune homme…

Sœur Blake baissa les yeux vers Oliver, son expression feignant la sévérité.

— Tu ne dois plus causer un tel choc à ta mère, c'est compris ?

Oliver hocha solennellement la tête, ses yeux bruns brillants de larmes retenues.

— Il ne le fera plus, dit Violet. J'y veillerai.

— J'en suis certaine.

Sœur Blake lui sourit. Puis, elle se retourna et traversa le jardin vers le quartier des sœurs, appelant les autres infirmières pour leur apprendre la bonne nouvelle.

Le reste de la journée se déroula sans incident. Violet conduisit Oliver à l'école, puis rentra pour dormir quelques heures. Ensuite, elle s'occupa de courses jusqu'au moment où il fut temps de reprendre son fils à l'école.

— S'il te plaît, est-ce que nous pouvons aller au parc ? supplia-t-il, comme chaque fois qu'ils passaient devant le grand portail en fer forgé du parc Victoria, encadré par ses chiens de pierre aux oreilles redressées, toujours aux aguets.

— Après ce que tu as fait ce matin ? Je ne crois pas que tu mérites une récompense, et toi ? dit Violet sévèrement.

— Non, acquiesça Oliver d'une petite voix. Mais tu ne me laisses jamais aller au parc, même quand je ne suis pas désobéissant, se plaignit-il.

Violet se sentit coupable. Il avait raison, elle s'arrangeait toujours pour avoir une excuse. Soit il faisait trop froid ou trop humide ou il portait ses beaux habits. Mais la vérité était que le parc était vaste et qu'elle était trop effrayée pour le laisser hors de sa vue.

Même maintenant, cette seule pensée la fit serrer plus fermement sa main.

— Un autre jour, dit-elle.

— Promis ?

— Promis.

Ils passèrent le portail du Nightingale et contournèrent les édifices principaux vers le quartier des sœurs au fond. Alors qu'ils se dirigeaient vers le sentier de gravier qui traversait le jardin, Violet entendit quelqu'un l'appeler.

Elle se retourna et vit sœur Wren arriver rapidement dans leur direction. Elle avait dû les guetter de la fenêtre de son service.

Violet soupira.

— Oh là là, que veut-elle maintenant ? marmonna-t-elle entre ses dents.

Peu importe de quoi il s'agissait, ce n'était pas de bonnes nouvelles. Le visage élancé de sœur Wren était tordu de fureur.

— Avez-vous vu ça ?

Elle mit les restants d'un journal en lambeaux au visage de Violet.

Elle fronça les sourcils.

— Qu'est-ce que c'est ?

— Mon exemplaire du *Times.* La domestique l'a trouvé fourré dans le placard à balais. Dans cet état !

Elle le balança sous le nez de Violet.

— Et qu'est-ce que cela a à voir avec moi ? demanda-t-elle calmement.

— Ne prenez pas ce ton avec moi ! postillonna sœur Wren avec rage. Vous savez aussi bien que moi que c'est votre enfant qui l'a caché là !

— Oh là, juste un instant…

Violet s'efforça de freiner son humeur.

— Vous ne pouvez pas accuser ainsi mon fils.

— Qui d'autre cela pourrait-il être ? Il se promenait ce matin quand le journal a été livré. Il ne s'est pas déchiré et caché lui-même dans le placard, n'est-ce pas ?

Ses minuscules yeux étincelaient de méchanceté.

— Quelqu'un doit être puni !

Violet se tourna vers Oliver.

— Sais-tu quelque chose à ce sujet ?

Dès qu'elle le regarda, elle sut. Deux taches de culpabilité s'étendaient sur ses joues.

— Souviens-toi de ce que je t'ai toujours dit, Oliver, l'amadoua-t-elle doucement. Personne ne sera en colère si tu dis la vérité. Sais-tu ce qui s'est passé avec ce journal ?

Il leva la tête vers elle, ses yeux brun foncé remplis de détresse. Puis, lentement il hocha la tête.

— Je le savais ! siffla sœur Wren. Tu es un vilain petit garçon destructeur et tu mérites une bonne correction…

Elle fit un pas vers Oliver, mais Violet se mit dans son chemin.

— Posez un seul doigt sur mon fils et je jure que je vous le ferai regretter ! menaça-t-elle.

Elles s'affrontèrent dans l'allée comme des chats crachotants. Sœur Wren tremblait de fureur, mais même elle semblait comprendre qu'il ne fallait pas s'en prendre à une mère en colère qui protège son enfant.

— Que se passe-t-il ici, sœurs ?

Miss Hanley fonçait vers elles.

— Qu'y a-t-il ?

Elle les surplomba, sa large silhouette masculine telle celle d'un boxeur professionnel sous son uniforme amidonné.

— Des infirmières se querellant en public ?

Son regard glacial passa de l'une à l'autre.

— Vous feriez mieux d'avoir une très bonne raison pour cette exhibition honteuse !

— Je vais vous expliquer, d'accord ? Ce… malfaisant petit monstre, dit sœur Wren en pointant un doigt tremblant vers Oliver, a délibérément déchiré mon journal et dissimulé la preuve !

Le visage de Miss Hanley s'assombrit.

— Est-ce vrai ? s'enquit-elle.

— Il l'a lui-même admis ! couina sœur Wren. Effronté et impertinent en plus. Il n'a même pas tenté de mentir.

— Il va payer les dégâts, dit calmement Violet. Et croyez-moi, Miss Hanley, mon fils sera puni.

— Ce n'est pas suffisant ! Quelque chose doit être fait, implora sœur Wren. L'infirmière en chef doit être mise au courant. Nous ne pouvons pas avoir des enfants qui déambulent et détruisent la propriété des autres.

— Je suis d'accord, sœur. Je vais lui en parler. J'ai toujours pensé que la présence d'un enfant ici était une mauvaise idée et cet incident le prouve.

— Je ne veux pas partir ! s'exclama Oliver en éclatant en sanglots. Maman, ne les laisse pas nous renvoyer !

— Ça va, chéri.

Violet se pencha pour l'envelopper de ses bras, l'étreignant.

— Par pitié, devez-vous discuter de cela devant mon fils ?

Elle jeta par-dessus son épaule un regard furieux vers les deux femmes.

Au moins, Miss Hanley eut la grâce d'avoir l'air honteuse, tandis que sœur Wren lança, de mauvaise humeur :

— Vous êtes les seuls responsables. Nous ne pouvons simplement pas tolérer ce genre de perturbation délibérée ici.

— Vous avez dit ce que vous aviez à dire, sœur, la fit taire Miss Hanley.

Elle jeta un regard mal à l'aise vers Oliver, toujours en train de sangloter sur l'épaule de sa mère.

— Je n'ai pas fait exprès, pleura-t-il. C'était un accident. Je l'ai mis dans le placard seulement pour empêcher que quelqu'un soit fâché contre lui…

Il s'arrêta de parler abruptement.

Violet le tint à bout de bras.

— De quoi parles-tu, trésor ? Fâché contre qui ?

Oliver regarda avec prudence vers Miss Hanley et sœur Wren, puis vers sa mère. Il secoua la tête, sa bouche formant une ligne silencieuse obstinée.

— Tu dois me le dire, Oliver. C'est très important.

Il hésita un moment, puis s'inclina et chuchota.

— C'était Sparky.

— Le chien de sœur Sutton. Tu veux dire qu'il a déchiré le journal ?

Oliver hocha la tête.

— Il l'a pris au livreur de journaux ce matin. Je l'ai vu par la fenêtre. Mais avant que j'aie pu le lui enlever, il l'avait mangé.

— C'est ça ! souffla sœur Wren.

— C'est vrai !

Oliver se tourna vers elle, ses yeux bruns écarquillés dans son petit visage sérieux.

— J'essaie de lui apprendre à aller chercher le journal pour sœur Sutton chaque matin, pour ménager ses jambes, mais il n'a pas encore réussi. Il y est presque parvenu la semaine dernière avec le *Daily Telegraph* de sœur Parker, mais il l'a mangé, alors sœur Sutton l'a caché dans son seau à charbon et a dit que le livreur de journaux n'était pas venu.

Ses joues s'enflammèrent de nouveau en comprenant qu'il venait de trahir un autre secret honteux.

Violet leva les yeux vers Miss Hanley qui faisait de son mieux pour ne pas sourire.

— Eh bien, sœur, je crois que nous avons trouvé le véritable coupable, dit-elle.

— Je ne suis toujours pas satisfaite de tout ceci, marmonna sœur Wren furieusement.

— Dans ce cas, je suggère que vous en parliez à sœur Sutton, suggéra Miss Hanley.

Violet vit l'air de furieuse déception sur le visage de sœur Wren et fut presque désolée pour elle.

— J'avoue que mon fils est en partie responsable. Si vous pouviez me faire savoir combien je vous dois..., offrit-elle, mais sœur Wren l'interrompit.

— Oubliez ça, répliqua-t-elle brusquement.

Alors qu'elle sortait d'un pas lourd, son journal en lambeaux sous le bras, Oliver regarda sa mère.

— Elle ne va pas punir Sparky ou sœur Sutton, n'est-ce pas ? chuchota-t-il avec inquiétude.

Miss Hanley sourit légèrement.

— J'aimerais la voir essayer, jeune homme.

Sœur Wren était assise à la table de son salon, les morceaux de la dernière page du *Times* étalés devant elle comme un casse-tête. C'était tellement frustrant, essayer d'assembler toutes ces minuscules parcelles de papier ensemble. Chaque fois qu'elle trouvait une annonce intéressante, elle devait chercher partout la boîte postale qui accompagnait l'annonce. Et la moitié du temps, elle n'était pas certaine non plus qu'elle avait le bon côté de page.

Elle se cala et contempla la pagaille devant elle, bouillant silencieusement. Elle avait déjà passé trente infructueuses minutes et avait envie de tout jeter. Mais quelque part au fond de son esprit, elle avait une peur persistante qu'aujourd'hui était le jour où l'homme de ses rêves allait enfin apparaître dans les annonces personnelles et qu'elle ne le verrait pas.

Tout était la faute de cette misérable Violet Tanner, pensa-t-elle. Son enfant ridiculement attachant avait même réussi à adoucir le cœur dur de Veronica Hanley. Ensuite, elle allait le chouchouter et se préoccuper de lui comme l'idiote sœur Sutton.

— Sœur ?

Elle sursauta quand l'infirmière-chef adjointe Cuthbert passa la tête par la porte.

— Pour l'amour du ciel, infirmière-chef adjointe, ne pouvez-vous pas frapper ? dit-elle d'un ton acerbe. Qu'y a-t-il ?

— Une nouvelle admission est en route. Hémorragie utérine.

Cuthbert vit les fragments du journal étalés sur la table, même si sœur Wren essayait de les lui dissimuler.

— Pouvez-vous vous en occuper ? dit-elle brusquement.

— Oui, sœur. Désolée, sœur.

L'infirmière-chef adjointe disparut. Quand la porte se referma, le courant d'air fit voler des morceaux de journal comme des confettis dans la pièce.

— Bon sang de bonsoir ! soupira sœur Wren, et elle se remit à tout ramasser.

Trois mots, imprimés en gras, attirèrent son regard.

Dangerfield, née Tanner.

Elle n'était pas certaine de ce qui l'avait fait le ramasser. Après tout, c'était un nom plutôt courant. Mais elle ressentit un picotement.

Le reste de la ligne était effacée. Mais en dessous se trouvait une autre demi-ligne avec les mots « contactez immédiatement » suivis d'un numéro de téléphone.

Sœur Wren se rassit et considéra le minuscule bout de papier entre ses doigts. Qu'est-ce que cela signifiait ? Elle avait souvent vu ces annonces, demandant à un ami ou à un parent disparu depuis longtemps de contacter le bureau d'un notaire afin « d'apprendre une nouvelle avantageuse ». Mais c'était différent, plus abrupt, moins prometteur. Le simple fait de voir ces mots brusques « contactez immédiatement », fit dresser les poils de sa nuque.

— Sœur ?

La voix de l'infirmière-chef adjointe Cuthbert parvenait de l'autre côté de la porte.

— J'ai pensé que vous aimeriez savoir que Mr Cooper est en chemin pour voir la nouvelle patiente.

— J'arrive immédiatement.

Sœur Wren se leva, redressa sa coiffe. Elle baissa les yeux vers le numéro de téléphone apparaissant sur le morceau de papier au creux de sa main, puis, impulsivement, le glissa dans sa poche.

CHAPITRE 30

La chambre de Sophia à la maison de soins était recouverte de fleurs. Chaque espace était si chargé de vases bien remplis que Millie et Seb n'osaient pas bouger de peur d'en faire tomber un.

Sophia était assise au milieu, rayonnante en dentelle blanche, son visage inondé d'amour en regardant son fils dans ses bras.

— N'est-il pas absolument parfait ? Je pourrais le regarder toute la journée, soupira-t-elle.

— La maternité te va bien, dit Millie.

— N'est-ce pas ?

Sophia leva la tête, le visage baigné de joie.

— Je croyais que cela serait plutôt pénible, mais ce n'est pas du tout le cas. Évidemment, cela aide que tout le monde me gâte follement, ajouta-t-elle.

— C'est ce que je vois.

Millie regarda toutes les fleurs qui les entouraient.

— On se croirait chez un fleuriste.

— Je sais !

Sophia pointa vers un arrangement très raffiné de fleurs printanières.

— Devine qui a envoyé celui-ci ?

Millie resta interdite.

— Ton docteur Tremayne !

Elle sourit.

Millie jeta un rapide coup d'œil oblique vers Seb.

— Ce n'est pas mon docteur Tremayne, dit-elle à voix basse.

— Je sais, mais il est assez séduisant, n'est-ce pas ? Beaucoup plus chic que l'insipide Sir Charles Ingham. J'ai déjà avisé David que j'étais un peu amoureuse de lui. Comment ne pas l'être ?

— Comment en effet ?

La voix de Seb regorgeait de sarcasme.

Millie sentit une chaleur lui monter au visage.

— C'était gentil de la part de William d'envoyer des fleurs, commenta-t-elle prudemment.

— Absolument. En fait, ce serait plutôt à moi de lui envoyer des fleurs, approuva Sophia. Quand je pense à ce qu'il a fait pour moi, et toi aussi, bien sûr, ajouta-t-elle rapidement. Vous avez tous les deux été tout à fait merveilleux de venir ainsi à mon secours.

— C'est toi qui as fait le travail le plus difficile !

— J'étais complètement nulle, et tu le sais, fit Sophia en balayant le commentaire. J'aurais agi de manière complètement idiote si tu n'avais pas été là pour me calmer. Et quand le pauvre petit Billy ne gazouillait pas pendant un si long moment…

Elle refoula un frisson.

— Le médecin en chef a dit qu'il ne sait pas ce qui se serait produit si le docteur Tremayne ne l'avait pas fait respirer comme il l'a fait.

— Billy ? dit froidement Seb.

— Oh, zut ! j'ai laissé échapper le secret, n'est-ce pas ? J'ai promis à maman que je ne le dirais à personne avant que ce soit annoncé dans le *Times*.

Sophia caressa du doigt la joue de son bébé.

— David et moi étions si reconnaissants envers le docteur Tremayne que nous lui avons demandé si cela le dérangerait que nous nommions le bébé en son honneur. Et il a accepté d'être parrain, n'est-ce pas fantastique ? Évidemment, tu seras son autre parrain, Seb, ajouta-t-elle en souriant à son frère. Ne trouvez-vous pas que c'est une idée merveilleuse d'avoir un médecin comme parrain ? fit-elle. Peut-être que le docteur Tremayne inspirera Billy à faire carrière en médecine ?

— Si Seb ne l'inspire pas à faire carrière dans l'écriture, ajouta loyalement Millie.

Le regard glacial que Seb lui lança la fit taire immédiatement.

Sophia le remarqua, son regard allant de l'un à l'autre.

— Est-ce que tout va bien ?

Elle fronça les sourcils.

— Tout va bien, la rassura Millie. Alors, est-ce que votre mère est déjà venue voir son premier petit-fils ? fit-elle en changeant rapidement de sujet.

— Évidemment !

Sophia roula des yeux.

— Elle ne veut simplement pas rester à l'écart.

Elles discutèrent d'à quel point la duchesse était éprise du bébé et comment elle et la mère de David se livraient déjà à une rivalité éprouvante pour lui. Pendant ce temps, Seb resta à la fenêtre, les mains enfoncées dans les poches, fixant la rue, l'air maussade.

— Était-ce nécessaire d'être de si mauvaise humeur ? le gronda Millie, quand ils quittèrent la maison de soins trente minutes plus tard et parcoururent la rue Marylebone.

— Je suis désolé, es-tu déçue que je ne me sois pas joint à toi et à ma sœur dans votre adoration du docteur Tremayne ?

— Je suis déçue que tu te sois comporté comme un petit garçon boudeur, lâcha Millie. De toute façon, qu'as-tu contre William ? Il a sauvé la vie de ton neveu, tu t'en souviens ?

— Comment pourrais-je jamais l'oublier ? dit avec amertume Seb. On ne cesse de me dire à quel point c'est un héros.

Il vit l'expression remplie de reproches de Millie, et ses épaules s'affaissèrent.

— Je lui suis reconnaissant d'avoir sauvé la vie du bébé, bien sûr. J'aurais simplement souhaité pouvoir *moi* aussi en faire plus ce soir-là. As-tu une idée d'à quel point je me suis senti complètement inutile pendant que toi et lui étiez là en train d'accoucher le bébé de Sophia ?

— Tu as contribué.

— J'ai appelé une ambulance, puis servi verre après verre de brandy à David alors qu'il se rongeait les ongles jusqu'aux coudes. Ce n'est pas tellement héroïque, non ? En tout cas, pas comme sauver la vie d'un bébé.

Sa bouche se tordit.

— Regardons les choses en face, je ne peux pas rivaliser avec Tremayne.

Millie fronça les sourcils.

— Pourquoi voudrais-tu rivaliser avec lui ?

— Ce n'est pas évident ?

Seb rit âprement.

— Je suis fou de jalousie, Mil. Et je ne peux m'empêcher de me demander pourquoi tu voudrais être avec quelqu'un comme moi alors que tu pourrais l'avoir lui.

Elle tendit la main et prit la sienne.

— Mais je ne veux pas de lui.

— Ah non ?

Il voulut traverser la rue, mais Millie le retint.

— Seb, tu dis n'importe quoi. Je t'aime, tu le sais.

— Je ne suis plus certain d'encore le savoir.

Ses yeux bleus étaient remplis de chagrin.

— J'ai le sentiment que nous prenons des directions différentes et que je te perds. Tu appartiens à ce monde maintenant, un monde d'hôpitaux et de médecins, un monde dans lequel tu vois et affrontes des choses que je ne peux même pas imaginer. Et puis, il y a moi, coincé dans mon monde de parties de chasse et d'engagements sociaux avec les mêmes personnes qui parlent éternellement des mêmes choses sans arrêt.

— C'est mon monde aussi, protesta Millie.

Seb secoua la tête.

— C'était le cas quand nous nous sommes rencontrés. Mais tu le méprises maintenant. Non, ne nie pas, je l'ai vu sur ton visage quand nous sommes allés à Lyford. Il te tardait de t'échapper.

— Seulement à cause de cet idiot de Jumbo Jameson !

— Mais ne vois-tu pas ? Je suis comme Jumbo Jameson. Nous sommes allés à la même école, à la même université, nous avons les mêmes amis, fréquentons les mêmes fêtes. Nous sommes tous deux de riches types fainéants, suivant les dernières modes et tendances, faisant comme si nos vies avaient une sorte de signification. Mais nous ne faisons que du surplace.

— Tu n'es pas comme lui, Seb. Tu as une carrière !

— Oh, ça ! Je n'ai pas eu un énorme succès sur la rue Fleet, n'est-ce pas ? Quelques entrefilets mondains et un article sur le mariage de mon cousin.

— Tout le monde doit débuter quelque part.

— Tout ce que j'ai réellement fait est de boire du porto avec les autres écrivaillons au pub Cheshire Cheese. Je vais probablement attraper la goutte avant de faire une première page.

— J'ai une grande confiance en toi.

— Vraiment, Mil ? Je ne suis pas certain que j'en ai.

Elle le considéra. Elle n'avait jamais vu Seb aussi déprimé, cela ne lui ressemblait pas. Elle avait envie de le voir sourire, qu'il la fasse rire de nouveau.

— De toute façon, je m'en moque, déclara-t-elle. Je me moque si tu abandonnes le journalisme et passe le reste de ta vie à chasser la grouse avec Jumbo Jameson. Je voudrai quand même être avec toi.

— Prouve-le, dit-il.

— Comment ?

— Épouse-moi.

Elle sourit, incertaine.

— Je le ferai.

— Je ne veux pas dire dans deux ans. Je veux dire maintenant.

En premier, elle crut qu'il plaisantait. Mais le regard dans ses yeux était extrêmement sérieux.

— Nous pourrions nous marier cet été, dit-il. Nous pourrions habiter à Billinghurst, au moins jusqu'à ce que nous trouvions notre propre endroit à proximité. Cela te plairait, n'est-ce pas ? Revenir à la campagne, vivre avec ta famille ? Nous pourrions monter à cheval tous les jours, et je suis certain que ton père pourrait me trouver quelque chose d'utile à faire sur le domaine. Je ne crois pas avoir fait un si mauvais travail la dernière fois que j'ai donné un coup de main !

Il sourit, se moquant de lui-même.

— Et moi ? dit Millie, la voix glaciale. Est-ce qu'il me trouverait quelque chose d'utile à moi aussi ? Ou est-ce qu'on attendrait de moi que je produise un bébé immédiatement, comme Sophia ?

Seb grimaça.

— Ce serait suffisant pour certaines filles.

— Pas pour moi, dit fermement Millie.

Puis, en voyant son air déçu, elle ajouta :

— Je ne dis pas que je ne serais pas aussi ravie que Sophia d'avoir un bébé un jour. Mais je veux d'abord obtenir ma licence d'infirmière et ensuite…

— Pourquoi ? l'interrompit-il sans ménagement. Pourquoi dois-tu terminer ta formation alors que tu sais que tu vas de toute façon l'abandonner ? On dirait une complète perte de temps pour tout le monde.

Ses mots touchèrent une corde sensible, lui rappelant les commentaires sévères que sœur Hyde avait déjà faits. C'était encore plus douloureux parce qu'elle ne put trouver une réponse à lui donner. Tout ce qu'elle savait, c'était qu'elle rêvait de pouvoir écrire « infirmière diplômée » après son nom.

— Je veux être en mesure de dire que j'ai fait quelque chose qui valait la peine dans ma vie, fut tout ce qu'elle put dire.

— Et m'épouser ne vaudrait pas la peine, c'est ça ?

Elle le fixa désespérément.

— Pourquoi fais-tu ça, Seb ? implora-t-elle. Pourquoi veux-tu que je choisisse ?

— Si tu m'aimais, il n'y aurait même pas de choix à faire.

Sa voix était morne.

— Et si tu m'aimais, tu ne me le demanderais pas, dit-elle.

Ils restèrent sur le pavé à se fixer. Des gens passaient, les bousculaient d'un côté et de l'autre, mais ils le remarquèrent à peine.

Elle attendit qu'il lui dise que ce n'était qu'une plaisanterie, qu'il ne pensait pas ce qu'il avait dit. N'importe quoi qui l'aiderait à recommencer à respirer. Mais il demeura silencieux de manière inquiétante et déprimante. Quelque part, au loin, elle pouvait presque entendre son monde s'écrouler.

— Alors voilà, lâcha enfin Seb. Je suppose que nous connaissons tous deux notre position.

Millie regarda son expression entêtée et sentit quelque chose en elle se mettre à se refroidir et à se durcir comme de la glace. Ses yeux toujours ancrés dans les siens, elle enleva lentement sa bague de fiançailles et la lui remit.

— Je suppose que oui, dit-elle.

Au travail le lendemain matin, Millie se lança avec ardeur dans ses tâches. Pour une fois, elle fut heureuse que sœur Hyde lui demande de nettoyer les salles de bain, car cela lui offrit la chance de dépenser son énergie et sa frustration refoulées. Elle lava les planchers, polit les robinets jusqu'à ce qu'elle vit son visage malheureux dans le chrome et nettoya les toilettes comme si elle pouvait nettoyer tous les souvenirs de la veille aussi.

Mais pendant tout ce temps, elle ne pouvait s'empêcher de se demander si Seb avait raison. Pourquoi se débattre pendant encore deux ans de formation, quand tout le monde savait qu'elle allait abandonner après ? Elle n'allait manquer à personne, particulièrement pas à sœur Hyde. Elle pouvait retourner à Billinghurst et se marier avec Sebastian, et tout le monde serait heureux.

Sauf moi, se dit-elle, grimaçant à son reflet dans les robinets de la baignoire.

Elle avait de profonds cernes sous ses yeux causées par une nuit sans sommeil. Elle n'avait encore rien dit à Dora ou à Helen au sujet de ses fiançailles rompues. Même si elle savait qu'elles n'allaient pas répandre de potin, elle ne voulait pas que quiconque soit au courant. C'était comme si le dire à voix haute le confirmerait. Et elle n'était pas encore prête à l'admettre.

Seb lui manquait déjà. Même si elle n'avait pas pu le voir très souvent, il avait toujours été là, une présence rassurante au fond de son esprit. Son absence était presque physique, comme une dent perdue. Elle avait besoin de retourner en arrière et d'explorer l'endroit où il s'était trouvé, même si elle savait que cela lui serait douloureux.

Elle travailla si dur que même sœur Hyde sembla à contrecœur impressionnée par ses efforts. Alors, Millie fut troublée d'être convoquée par la sœur pendant qu'elles servaient le déjeuner aux patientes.

— Oui, sœur ?

Elle se prépara pour une autre réprimande.

— Benedict, je crains que Mrs Mortimer ait d'autres problèmes avec ses mains. Elle n'arrive plus du tout à tenir la tasse maintenant, même avec le bandage enroulé autour. Elle a besoin d'être nourrie et a sollicité que vous le fassiez.

— Moi, sœur ?

— Vous, Benedict.

Les sourcils arqués de sœur Hyde lui démontrèrent qu'elle était aussi étonnée par la demande qu'elle.

— Habituellement, je ne permettrais pas aux patientes d'imposer de telles choses, mais Mrs Mortimer a démontré beaucoup d'effort, et je n'ai simplement pas le temps ou la patience de discuter avec elle aujourd'hui. Alors, vous devrez le faire.

Elle fourra le plateau avec la tasse dans les mains de Millie. « Bonne chance », disaient ses yeux.

Millie porta prudemment le plateau dans la salle, consciente des regards de pitié des autres infirmières alors qu'elle passait. Elle savait pourquoi ; si le corps défaillant de Maud Mortimer l'abandonnait encore, elle allait vouloir passer sa frustration sur quelqu'un. Millie eut l'impression d'entrer dans la tanière du lion.

Elle se plaqua un sourire enjoué et déposa le plateau sur la table de lit de Maud.

— Bonjour, Mrs Mortimer, la salua-t-elle gaiement. Êtes-vous prête pour votre repas ?

— Évidemment, qu'y a-t-il d'autre à faire dans cet endroit que manger et dormir ? dit Maud abruptement. Et cessez de me sourire, ma fille, ajouta-t-elle. Je vous ai choisie parce que je trouve que vous êtes l'infirmière la moins irritante, alors ne vous flattez pas. Qu'est-ce que c'est ça ?

Elle fixa la tasse, ses lèvres tordues.

— Du bouillon, Mrs Mortimer.

— Encore du bouillon ? Bonté divine, quelle imagination ! Ce cuisinier a autant de talent qu'Escoffier.

Elle s'installa contre les oreillers avec un air de martyr.

— Très bien, soupira-t-elle. Vous feriez mieux de vous y mettre. Et je ne veux pas de vos minauderies ni de vos sympathies non plus, la prévint-elle. Mes doigts m'ont laissé tomber, et c'est la fin de l'histoire. Mais mon cerveau fonctionne encore parfaitement.

— Oui, Mrs Mortimer.

Millie la soutint soigneusement de son bras gauche tout en portant la tasse à ses lèvres de la main droite. Le silence se fit alors que Millie se concentrait à ne rien renverser sur le linge qu'elle avait placé autour du cou de Maud. Mais après une minute, la vieille dame repoussa la tasse à l'aide de son poignet et parla avec humeur :

— Qu'est-ce qui se passe avec vous aujourd'hui ? Habituellement, vous bavardez comme un perroquet.

— Je suis désolée, Mrs Mortimer. Je ne croyais pas que vous désiriez que je parle.

— Depuis quand cela vous a-t-il arrêté ? Bonté divine, si je n'étais pas mieux avisée, je jurerais que vous êtes réellement bouleversée par quelque chose.

Elle tourna la tête pour regarder Millie, ses yeux froncés.

— C'est ça, n'est-ce pas ? Qu'est-ce qui ne va pas avec vous ? Ce doit être de proportion cataclysmique pour bouleverser votre tempérament écœuramment joyeux.

Millie baissa les yeux vers la tasse.

— Sœur Hyde n'aime pas que nous discutions de nos vies personnelles avec les patientes.

Maud désapprouva.

— Ce supplice est suffisamment nul sans devoir l'endurer en silence. Maintenant, vous pouvez soit passer le temps avec les inepties qui font figure de conversation ici. Ou vous pouvez me parler convenablement.

Elle jeta un regard oblique à Millie.

— Je suppose que cela concerne un homme ?

Millie hocha la tête.

— C'est toujours le cas à votre âge. Alors, vous avez eu un désaccord avec un petit ami, c'est ça ?

— Je dois continuer à vous nourrir…

Millie leva la tasse vers ses lèvres, mais Maud détourna la tête.

— Pas avant que vous me disiez ce qui ne va pas.

— Très bien.

Millie baissa la tasse.

— Si vous tenez à savoir, j'ai rompu mes fiançailles.

— Ah.

Maud resta silencieuse pendant un moment.

— Et puis-je demander pourquoi ?

Il était évident qu'elle n'allait pas prendre une autre goutte de son repas avant de tout savoir, alors c'est ce que fit Millie. Maud se révéla avoir étonnamment une bonne écoute.

— Alors, qu'en pensez-vous ? demanda Millie après avoir terminé son récit.

Elle s'attendait presque à ce que Maud lui dise qu'elle avait fait la bonne chose, qu'aucun homme n'avait le droit de lui dicter la manière de vivre sa vie. Elle avait été une suffragette après tout.

Mais elle ne dit rien de tel.

— Pourquoi ce que je pense importe-t-il ?

Elle sembla sincèrement étonnée par la question.

Millie la regarda, découragée.

— J'ai pensé que vous me donneriez un conseil, dit-elle d'une petite voix.

— Il est plutôt tard pour ça, ne croyez-vous pas ?

Millie fixa la tasse.

— Croyez-vous que j'ai pris la bonne décision ? demanda-t-elle de nouveau.

Maud lui lança un regard sage.

— Ma chère, si vous devez me poser cette question, alors je me le demande.

CHAPITRE 31

Violet n'avait pas eu l'intention de se joindre à la chorale. Mais comme pour tout le reste concernant le Nightingale, elle s'était graduellement retrouvée impliquée, presque sans s'en rendre compte.

Cela avait commencé juste après vingt et une heures lors d'une belle soirée du mois de mars. C'était l'un des trois soirs où Violet était en congé et après avoir mis Oliver au lit, elle avait prévu de lire. Mais dès qu'elle avait ouvert son livre, l'ampoule électrique au-dessus d'elle avait vacillé et l'instant suivant, elle était plongée dans l'obscurité.

Violet avait posé son livre en soupirant. Elle avait fait le tour du logement et essayé toutes les lumières, mais aucune ne fonctionnait.

Presque immédiatement, elle entendit des voix dans le couloir.

— Que diable s'est-il passé ?

— Est-ce que le reste de l'hôpital est dans l'obscurité ?

— Où sont les bougies ?

— Je les cherche en ce moment…

— Eh bien, pressez-vous !

— Cessez de vous en faire, je viens de les trouver. Maintenant, je dois juste trouver une allumette…

Violet était plus habituée à l'obscurité que la plupart des gens. Elle avait rapidement trouvé la boîte d'allumettes qu'elle gardait au-dessus du placard de la cuisine et s'était précipitée dans le couloir, juste à temps pour voir la lumière d'une lampe de poche à l'autre bout.

— Ah, sœur Tanner, l'avait calmement saluée la voix de l'infirmière en chef. C'est tout un drame, n'est-ce pas ?

— Que s'est-il passé ?

— C'est ce que j'essaie de découvrir. Je suppose que ce n'est qu'un problème de fusible. Heureusement, cela ne semble qu'avoir touché cet édifice, mais je vais aller discuter avec Mr Hopkins et voir ce qui se passe dans le reste de l'hôpital.

— Voulez-vous que je vous accompagne ?

Elle avait surpris le sourire de l'infirmière en chef dans le rayon de la lampe de poche.

— C'est bien gentil, mais ce ne sera pas nécessaire. Je vois qu'il y a de la lumière dans les autres édifices, alors je crois que nous faisons une histoire avec rien. Je dois seulement m'assurer que tout le monde va bien et obtenir des allumettes chez Mr Hopkins pour vos bougies.

— J'en ai ici.

Violet avait levé sa boîte.

— Alors peut-être pourriez-vous venir en aide aux autres sœurs ?

L'infirmière en chef avait fait un signe de la tête vers le salon d'où elle était arrivée. La musique du piano s'échappait de la porte entr'ouverte.

— Elles sont actuellement en train de se maudire les unes les autres parce qu'aucune ne fume !

L'infirmière en chef avait disparu vers les édifices principaux, et Violet avait ouvert la porte du salon. Une demi-douzaine de visages s'étaient tournés vers elle.

— Qui est là ? avait sifflé une voix. Est-ce vous, infirmière en chef ?

— C'est moi… Violet Tanner, avait-elle répondu. Je vous ai apporté des allumettes.

— Dieu merci ! Donnez-les-moi.

Une main dans l'obscurité les lui avait arrachées. Un instant plus tard, il y avait eu le craquement d'une allumette et la flamme vacillante d'une bougie avait illuminé le visage blême de sœur Wren.

Elle paraissait encore plus fragile et minuscule sans son uniforme, son petit visage encerclé par des boucles brunes flasques. Elle arrivait à peine aux épaules de Violet.

Alors que davantage de bougies étaient allumées et distribuées, Violet avait reconnu les visages. Sœur Hyde était coincée au bout du canapé près de la corpulence avachie de sœur Sutton d'un côté, et la sœur enseignante, sœur Parker, serrée de l'autre, comme une paire d'étroits serre-livres. Sœur Parry avait allumé les bougies d'un candélabre posé sur le piano, où sœur Blake était assise.

— J'aime résolument jouer sous cette lumière. C'est plutôt évocateur, ne croyez-vous pas ?

Ses doigts avaient couru légèrement et habilement sur les touches.

— J'imagine que Chopin a composé ses concertos pour piano à la lueur de bougies comme ceci.

Elle avait levé les yeux vers Violet et souri.

— Ah, je vois que vous avez découvert notre petite chorale. Aimeriez-vous vous asseoir et écouter un petit moment ? Nous avons si rarement un public.

— Ce qui est probablement préférable ! était intervenue sœur Parry.

Violet était sur le point de refuser, quand elle avait capté le regard de défi dans les yeux de sœur Hyde.

— Eh bien, d'accord… avait-elle dit.

Elle s'était perchée sur le bord du fauteuil le plus près de la porte.

— Vous devrez nous pardonner si nous sommes épouvantables, avait poursuivi sœur Blake. Nous venons de commencer à pratiquer *Blow the Wind Southerly*, alors nous commençons seulement à l'apprivoiser.

Mais en fait, elles n'avaient pas du tout été si épouvantables. Même si le soprano nasillard de sœur Wren ne faisait pas le poids contre les retentissantes voix d'alto de sœurs Hyde, Parry et Sutton. Sœur Parker n'était pas d'une grande aide, puisque ses lunettes ne cessaient de glisser de son nez lui faisant perdre son repère sur la partition.

Sœur Blake avait abruptement cessé de jouer au milieu du deuxième refrain.

— Ça ne va pas du tout, avait-elle lancé. Les altos vous enterrent, Miriam. Nous avons réellement besoin d'une autre soprano.

— Alors, nous devrons attendre le retour de Miss Fox, avait dit sœur Wren en posant sa partition.

— À moins que Violet veuille se joindre à nous ?

— Oh non !

Elle et sœur Wren avaient parlé en même temps, pour une fois d'accord.

— Elle ne connaît pas la pièce, avait soutenu sœur Wren.

— Nous non plus, avait fait remarquer sœur Parker de sa douce voix écossaise, la lueur des bougies faisant étinceler ses épaisses lunettes. Nous avons commencé il n'y a qu'une heure. Je suis certaine que sœur Tanner peut nous rattraper.

Elle avait fait un large sourire à Violet, laquelle avait secoué la tête.

— Non, vraiment, je suis une médiocre chanteuse, avait-elle protesté.

— Venez, ma chère. Je suis certaine que vous ne pouvez pas être aussi mauvaise que nous toutes, avait dit sœur Hyde.

— Mais l'infirmière en chef chante la partie de soprano avec moi, avait insisté obstinément sœur Wren.

— Oui, mais l'infirmière en chef n'est pas là, n'est-ce pas ? Et Dieu seul sait combien de temps elle sera partie. En outre, nous aurons besoin d'une soliste soprano pour cette pièce. Peut-être que Violet aimerait la prendre ?

— Je ne crois pas ! avait coupé sœur Wren avant que Violet puisse refuser. Si quelqu'un doit chanter en solo, ce devrait être moi. C'est moi qui suis ici depuis le plus longtemps après tout.

Même à la faible lueur des bougies, Violet avait vu les visages accablés des autres sœurs tandis qu'elles avaient échangé des regards horrifiés.

— Mais nous avons besoin de vous où vous êtes, était intervenue doucement sœur Blake. Vous êtes une pièce vitale de notre casse-tête, Miriam. La colle qui nous tient ensemble.

— Si vous deviez chanter le solo, nous partirions en morceaux, avait approuvé solennellement sœur Parker.

— Je comprends bien, avait acquiescé sœur Wren, amadouée. Mais je crois que si je ne peux pas faire le solo, alors l'infirmière en chef devrait le faire, avait-elle ajouté en lançant un regard noir à Violet.

— Alors, c'est réglé, avait lancé sœur Blake. Violet peut chanter soprano.

Violet était sur le point de refuser de nouveau, mais en regardant les visages des autres sœurs, elle avait compris, vaincue, qu'il serait plus rapide de simplement accepter et en terminer que de discuter.

— Très bien, avait-elle soupiré. Mais je vous préviens, je manque quelque peu d'entraînement.

— Comme nous toutes, non ? lui avait murmuré sœur Parry en souriant quand elle avait pris place à ses côtés.

Violet était tellement nerveuse qu'elle arrivait à peine à tenir sa partition. Mais quand elle était parvenue à surmonter les quelques premières mesures, tout avait commencé à lui revenir. Cela faisait si longtemps qu'elle n'avait pas chanté, qu'elle avait oublié la joie pure de laisser la musique s'écouler d'elle.

Elle avait tellement été transportée, qu'elle avait oublié où elle se trouvait jusqu'à ce que sœur Blake cesse de jouer et qu'elle les voie la regarder.

— Je suis désolée.

Violet avait laissé tomber sa feuille et s'était inclinée pour la ramasser, soudainement troublée par leur attention.

— Je vous avais prévenues que je manquais d'entraînement…

— Pas du tout. C'était magnifique, avait dit avec admiration sœur Blake.

— Tout à fait.

Miss Fox se tenait dans l'embrasure de la porte, sa lampe de poche en main. *Depuis combien de temps était-elle là ?* s'était demandé Violet.

— Pourquoi ne nous avez-vous pas dit que vous aviez une si belle voix ?

Violet avait fixé le plancher, le visage brûlant, alors que les autres murmuraient leur appréciation. Tout ce temps, elle n'avait cessé de se demander pourquoi elle s'était mise dans cette situation. La dernière chose qu'elle voulait était de se distinguer de n'importe quelle manière, bonne ou mauvaise.

— Je ne faisais que vous remplacer, infirmière en chef, avait-elle dit. Maintenant, je ferais mieux de…

— Vous êtes certaine de ne pas pouvoir rester un peu plus longtemps ? l'avait invitée Miss Fox, alors qu'un chœur de protestation s'élevait. Nous ne pouvons pas déjà perdre notre chanteuse-vedette, pas alors que nous venons tout juste de la trouver !

À cet instant, les lumières s'étaient rallumées. La première chose que Violet avait vue était le visage de sœur Wren crispé de ressentiment.

— Non, vraiment, j'ai beaucoup à faire, avait-elle bredouillé. Je suis désolée…

Elle avait posé sa partition et s'était enfuie avant qu'elles aient la chance d'essayer de lui faire changer d'avis.

CHAPITRE 32

— Allez, laisse-moi t'aider.

Dora, penchée par-dessus la baignoire en train de frotter une alaise, regarda étonnée par-dessus son épaule vers Lettie Pike, debout derrière elle avec une brosse dans la main.

— Ce sera plus rapide à nous deux, dit-elle.

— Merci.

— Tu n'as pas envie d'être ici toute la nuit, non ? Pas quand tu es censée terminer à dix-sept heures.

Dora se redressa et massa les muscles contractés de son dos alors que Lettie se mettait au travail, frottant avec enthousiasme. Si quelqu'un lui avait dit une semaine plus tôt que Lettie Pike lui adresserait la parole ou encore qu'elle lèverait le petit doigt pour l'aider, elle aurait éclaté de rire.

Mais beaucoup de choses avaient changé depuis qu'elle avait découvert cette boîte d'œufs dans son panier. Dora n'avait jamais eu l'intention de parler de son vol à sœur Wren — malgré toutes ses fautes, Lettie Pike était encore sa voisine, et les gens de la rue Griffin se soutenaient, mais Lettie avait été si reconnaissante, que depuis elle s'était mise en quatre pour être gentille avec Dora.

Dora ne savait plus ce qui la faisait le plus sourire : le fait que Lettie avait cessé de répandre des potins sur sa famille ou l'observer faire de si grands efforts pour être plaisante.

Ayant travaillé de concert, elles terminèrent de frotter l'alaise puis l'essuyèrent, et Lettie l'aida à la draper sur un cylindre afin qu'elle termine de sécher. Grâce à elle, Dora parvint à terminer de travailler seulement trente minutes après l'heure à laquelle elle était censée partir – un record pour elle – puisque sœur Wren réussissait inévitablement à lui trouver « juste une dernière chose » à faire avant qu'elle la libère enfin. Mais la chance était de son côté, car sœur Parker, la sœur enseignante, visitait le service pour prendre des nouvelles de ses étudiantes, alors sœur Wren avait compris qu'elle ne pouvait pas être aussi impitoyable que d'habitude devant elle.

C'était une belle soirée de printemps et les platanes au centre de la cour étaient d'un vert acide frais sous les rayons du soleil de début de soirée. Dora souriait en traversant la cour, se dirigeant vers la maison des infirmières pour se changer. Mais son sourire disparut quand elle vit son frère Peter sortir du pavillon des brancardiers, suivi de Nick Riley.

Son cœur fit un bond. Une seule chose pouvait conduire Peter au Nightingale, et c'était des ennuis.

— Peter ?

Ignorant le risque d'être vue et envoyée chez l'infirmière en chef, Dora le rejoignit rapidement.

Il se tourna vers elle, son visage couvert de taches de rousseur se fendant d'un grand sourire. Il n'était qu'un peu plus grand qu'elle, fort et trapu, avec des yeux verts troubles et les cheveux roux pâle qu'ils avaient tous deux hérités de leur père. D'une certaine manière, cela allait mieux à son frère.

— Ça va, Dor ? Je n'étais pas certain de te voir. Nick croyait que tu étais peut-être encore au travail.

Il la regarda des pieds à la tête.

— Regarde-toi dans ton uniforme. N'es-tu pas adorable ?

Mais Dora entendit à peine son compliment.

— Qu'est-ce qu'il y a, que se passe-t-il ?

Les mots sortirent précipitamment, se bousculant les uns aux autres. Toutes sortes de peurs épouvantables se bousculèrent dans son esprit.

— Est-ce que quelque chose est arrivé à maman ou à mémé ? Oh, mon Dieu, ce n'est pas l'un des enfants, n'est-ce pas ?

— Ne panique pas, tout le monde va bien. Ça alors, moi qui croyais que vous, les infirmières, deviez demeurer calmes lors de crises !

Il mit ses mains sur les bras de Dora, la calmant.

— C'est une bonne nouvelle, Dor. J'ai un travail !

Il fallut un moment pour qu'elle assimile ses mots. Elle le fixa sans comprendre.

— Quoi ? Comment ? Où ?

— Ici. Nick a su qu'il y avait un emploi de brancardier et il a parlé en ma faveur. Je viens d'aller voir Mr Hopkins et il m'a donné le travail sur-le-champ.

Peter lui sourit.

— Oh, Pete, c'est une nouvelle formidable.

Dora plaqua sa main sur son cœur qui palpitait.

— Je suis tellement heureuse pour toi.

— Cela signifie que je vais pouvoir commencer à payer ma part, aider maman un peu plus, dit-il fièrement.

Dora regarda au-dessus de l'épaule de son frère vers Nick, les mains enfouies au fond des poches, frappant du bout de sa botte dans un pavé lâche.

— Merci, fit-elle d'une voix douce.

— Je n'ai rien fait, dit-il. Ils avaient besoin de quelqu'un, c'est tout.

Leurs regards se croisèrent et restèrent soudés pendant un moment. Puis, les yeux de Nick se tournèrent plus loin.

— Mais tu vas devoir te tenir à carreau, Pete. Mr Hopkins ne tolère aucune embrouille.

— Oui, ne t'inquiète pas.

— Et j'espère que cela signifie que nous n'entendrons plus parler de ces bêtises de chemises noires, ajouta Dora.

Le visage de son frère se rembrunit.

— Ce ne sont pas des bêtises, marmonna-t-il.

Dora aperçut les yeux de Nick. Il leva ses larges épaules en un faible haussement.

— Mais c'est une bonne nouvelle, fit-elle, déterminée à ne pas laisser quoi que ce soit gâcher le moment.

Ils laissèrent Nick au pavillon des brancardiers et marchèrent ensemble jusqu'au portail, faisant attention de rester hors de vue de quiconque pourrait la dénoncer.

— Comment va maman ?

Dora posa la question qui la tracassait depuis la dernière fois qu'elle avait été chez elle.

— Oh, Dor, elle ne va pas bien, dit Peter en secouant la tête. Elle n'est plus la même depuis que ce Joe Armstrong est venu. Cela l'a véritablement bouleversée, mais elle ne veut pas en parler. Elle essaie de faire comme si rien ne s'était produit. Et elle s'est mise en colère l'autre jour quand mémé y a fait allusion.

— Je ne la blâme pas. Pauvre maman.

— Je sais. J'aurais dû mettre une droite à ce connard quand j'en avais la chance ; venir comme ça bouleverser tout le monde avec ses mensonges.

Peter plaqua son poing dans la paume de sa main.

Dora ne put le regarder.

— Tu crois vraiment que ce sont des mensonges ? demanda-t-elle précautionneusement.

— Pas toi ? demanda-t-il en fronçant les sourcils. Arrête, Dora, tu connais Alf aussi bien que moi. C'est une perle, et il était dévoué à maman. Crois-tu honnêtement qu'un type décent comme lui pourrait faire ça ?

Le sang bouilla de colère dans ses oreilles et pendant une fraction de seconde, Dora fut tentée de dire à son frère exactement quel genre de type « décent » était Alf. Mais elle savait qu'elle ne pourrait jamais l'accabler d'une telle information.

— S'il est une telle perle, alors pourquoi nous a-t-il abandonnés ? fut tout ce qu'elle put dire.

— Je ne sais pas, moi.

Peter haussa les épaules. Puis, il ajouta à voix basse :

— Si tu veux mon avis, il a eu un accident et ils ne l'ont pas encore retrouvé. Mais ne dis pas ça à maman, d'accord ? Je ne veux pas la bouleverser plus qu'elle ne l'est déjà.

— Bien sûr que non.

Dora secoua la tête. Au moins, son frère et elle s'entendaient sur quelque chose.

Elle était encore de bonne humeur quand elle partit manger ce soir-là. Même le fait que la seule place de libre à la table des deuxièmes années soit entre sœur Sutton au bout et l'étudiante qu'elle préférait le moins, Lucy Lane, n'arriva pas à saper son moral. Ni l'amas de hachis gris gélatineux qui lui fut servi.

Comme d'habitude, elle était si affamée qu'elle mangea tout, s'arrêtant à peine pour parler jusqu'à ce que son assiette soit presque vide. De l'autre côté de la table, Katie O'Hara fit la même chose. Seule Lucy piquait méticuleusement sa nourriture, son nez retroussé pointé encore davantage en l'air.

— Je ne comprends pas comment vous pouvez supporter de manger cette atrocité.

Elle frissonna délicatement.

— Mais je suppose que c'est parce que vous y êtes habituées, ajouta-t-elle, avec un regard oblique sournois vers Dora.

Dora s'arrêta, sa fourchette à mi-chemin vers sa bouche. Lucy ne ratait jamais une chance de la piquer en faisant référence à d'où elle venait. Elle ne cachait pas que, pour elle, seules les filles de familles fortunées devraient avoir le droit d'avoir une formation d'infirmière.

Et peu étaient plus riches que Lucy Lane. Son père avait fait fortune avec une usine fabriquant des ampoules électriques et lui et la mère de Lucy menaient une vie luxueuse quelque part en ville. Comme elle était leur unique enfant, Lucy était pourrie gâtée. Elle se vantait sans arrêt du plus récent cadeau que son père lui avait acheté ou des fêtes fantastiques auxquelles elle avait participé.

La raison pour laquelle elle avait décidé de devenir infirmière, Dora ne la connaissait pas, puisqu'elle avait été aussi très claire sur le fait qu'elle avait été l'élève la plus douée de son pensionnat, avec une brillante carrière universitaire à Oxford devant elle.

De l'autre côté de la table, Katie O'Hara leva ses yeux bleus vers le ciel et continua d'enfouir sa nourriture dans sa bouche. Dora sourit. Au moins ne devait-elle pas partager une chambre avec Lucy, contrairement à la pauvre Katie.

Aucune paire n'aurait pu être plus mal assortie, décida-t-elle. Alors que Lucy Lane était petite et méticuleuse, Katie était toute en douceur, avec ses cheveux gonflés brun foncé, sa silhouette dodue et sa voix chantante irlandaise.

— Mon nom a été mentionné dans le rapport de service de sœur Parry aujourd'hui, annonça fortement Lucy à personne en particulier.

Personne ne répondit. Elles laissaient sa vantardise leur glisser dessus dernièrement.

— J'ai dû reconduire les enfants pour les opérations aux amygdales.

— Je l'ai déjà fait, dit O'Hara la bouche pleine. C'est horrible, n'est-ce pas ? La manière dont ces pauvres petits bouts crient quand ils sont emmenés là. Et l'on reste avec les autres en ligne à l'extérieur qui attendent leur tour. C'est vraiment crève-cœur.

— Tu es trop douce, c'est ça ton problème, fit Lucy en balayant son commentaire. Tu dois employer une main de fer avec les enfants. C'est pour leur propre bien. C'est ce que dit sœur Parry.

Dora n'écoutait pas. Elle regardait Millie plus loin à la table. Pour une fois, elle ne semblait pas intéressée à se joindre à la conversation. Et elle picorait son repas avec encore moins d'enthousiasme que Lucy.

— Est-ce que ça va ? articula silencieusement Dora.

Millie leva la tête et lui fit un petit sourire triste.

— Je vais bien.

Mais Dora savait que ce n'était pas le cas. Elle l'avait entendue pleurer en silence dans son oreiller tôt le matin la veille. Elle désirait lui demander pourquoi, mais elle sentait que Millie n'était pas prête à en parler. Dora n'aimait pas être indiscrète.

Après le repas, Katie demanda à Dora de venir dans sa chambre pour réviser.

— Je t'en prie, supplia-t-elle alors qu'elles sortaient de la salle à manger. Sinon, je resterai coincée avec cette je-sais-tout de Lane qui me dira à quel point je suis stupide.

L'idée n'attirait pas Dora. Mais la perspective de retourner dans sa propre chambre non plus. Helen était sortie avec Charlie, et elle avait le sentiment que Millie voulait être seule.

— D'accord, accepta-t-elle. Tant qu'elle ne me dit pas à quel point *je* suis stupide.

— Elle n'oserait pas, rit Katie. Tu es la seule qui lui a jamais tenu tête.

Mais cela n'empêcha pas Lucy de s'en prendre à elles deux alors qu'elles essayaient d'étudier dans leur chambre.

— Quelles sont les principales complications que vous devriez surveiller après une chirurgie de la mastoïde ?

Katie était assise en tailleur sur le plancher, son lourd exemplaire de *La méthode complète des soins infirmiers* ouvert sur ses genoux. Dora était assise sur le lit en face d'elle, fixant le plafond en réfléchissant.

— Voyons voir… une température irrégulière ou une soudaine chute de température… un pouls anormalement lent… ou louchement, ou vision double… somnolence, douleur, paralysie faciale, rigidité et délire, termina-t-elle triomphalement.

— Très bien.

— Tu as oublié les vomissements, dit Lucy d'une voix traînante.

Elle était assise sur son lit, faisant semblant de regarder par la fenêtre.

— Les vomissements non associés à l'absorption de nourriture, ajouta-t-elle avec un sourire suffisant pour Dora.

— Pourquoi ne révises-tu pas avec nous ? suggéra Katie.

— Non, merci. Je sais déjà tout cela.

— Tu pourrais nous aider, dit Dora.

— Pourquoi ?

Elles se regardèrent froidement à travers la chambre. Cela énervait Lucy que Dora réussisse souvent mieux qu'elle lors d'examens et soit aussi mentionnée favorablement dans les rapports de service. Dora ne se souciait que de faire de son mieux, mais Lucy considérait que tout dans sa vie était une compétition.

Katie étouffa un bâillement.

— Je suis trop fatiguée pour étudier de toute façon.

— Nous devons continuer, dit Dora. Mr Wittard, l'ORL, va donner son cours demain. Nous devons connaître tout ça avant.

— Vous auriez dû commencer à réviser beaucoup plus tôt alors, non ? fit remarquer Lucy avec flegme.

Elles la fusillèrent du regard. Le fait qu'elle avait raison ne la rendait pas moins énervante.

— Ils ne peuvent pas s'attendre à ce que nous ouvrions nos livres après avoir passé quatorze heures dans les services, se plaignit Katie. C'est inhumain, voilà ce que c'est.

— Et nous devons renoncer à notre seul après-midi de congé pour assister à son cours, lui rappela Dora.

— Pourquoi ai-je voulu devenir infirmière ? grogna Katie.

— Parce que tu n'avais pas le choix ?

— C'est vrai. Ma mère m'aurait désavouée si je ne l'avais pas fait.

Katie était l'avant-dernière de cinq sœurs. Les trois aînées étaient toutes venues de leur petit village de l'ouest de l'Irlande pour recevoir leur formation au Nightingale et l'on s'était attendu à ce que Katie fasse de même.

Soudain, Lucy se redressa et pressa son nez contre la fenêtre.

— Ma foi, il y a un homme dehors.

— Où ?

Katie se rua sur le lit de Lucy afin de mieux voir.

— Je ne le vois pas. Où est-il ?

— Il se tenait près de l'escalier il y a un instant, mais maintenant, il a disparu dans l'ombre de la haie. Il va resurgir dans une minute… oh, cesse de pousser, O'Hara, tu vas passer à travers la fenêtre sous peu… Voilà, regarde ! Maintenant, tu le vois ?

— Ooh, oui.

Katie laissa échapper un petit couinement d'excitation.

— Je me demande ce qu'il veut.

— Il ne cesse de lever les yeux vers les fenêtres. Je parie qu'il attend quelqu'un.

— Peut-être planifient-ils de s'enfuir pour se marier ?

— Ne sois pas ridicule, répondit Lucy en balayant le commentaire. Pourquoi tout doit-il être si dramatique avec toi ? Tu as encore lu ces absurdes romans d'amour illustrés n'est-ce pas ?

— En tout cas, il attend assurément quelque chose, se défendit Katie. Et cela doit être important s'il est prêt à se risquer de venir ici. Si sœur Sutton l'attrape…

— Je suppose qu'il n'a aucune idée d'être entré dans l'antre d'un dragon cracheur de feu !

— Voyons ça.

Dora posa ses livres et alla à la fenêtre. Elle vit une silhouette large d'épaules réfugiée sous le réverbère, aperçut un reflet de cheveux blonds à la lueur de la lumière et sentit un choc en la reconnaissant.

— Joe ?

Elle avait dit son nom sans réfléchir. Katie et Lucy se retournèrent en même temps pour lui faire face, l'une excitée et l'autre incrédule.

— Tu le connais ? s'indigna Lucy.

Katie parut impressionnée.

— Est-ce ton petit ami ?

— Non, seulement… quelqu'un que je connais, dit Dora.

— Que fait-il là ?

— Peut-être est-il venu déclarer son amour éternel ? suggéra Katie.

Les lèvres de Lucy se tordirent.

— Ne sois pas stupide !

— Je ferais mieux d'y aller et de le découvrir, n'est-ce pas ?

— À cette heure ?

Comme pour prouver son affirmation, la voix de sœur Sutton retentit soudainement dans le couloir.

— Extinction des feux dans quinze minutes, infirmières.

— Elle a raison, dit Katie à bout de souffle. Sœur Sutton te tordra le cou si tu sors en douce pour voir un homme.

— Pour l'amour du ciel, tu dis ça comme si c'était un rendez-vous galant. Cela ne prendra que cinq minutes.

Dora entrouvrit la porte et jeta un coup d'œil.

— Sœur Sutton monte à l'étage. Je vais me faufiler maintenant avant qu'elle redescende.

— Tu auras des ennuis si tu te fais prendre.

— Alors, je dois m'assurer qu'elle ne me prendra pas. Couvrez-moi, d'accord ?

— Ne t'inquiète pas, nous ne dirons rien. N'est-ce pas, Lucy ?

Katie lui décocha un regard entendu. Lucy demeura silencieuse, les lèvres serrées de désapprobation.

Dora marqua une pause dans le couloir, écoutant le son du lourd pas de sœur Sutton sur le palier au-dessus d'elle. Ensuite, elle détala dans le couloir et sortit silencieusement par la porte avant.

Quand elle atteignit l'escalier de pierres de la maison des infirmières, il n'y avait aucun signe de lui. Elle se mit à penser qu'elle avait tout imaginé tandis qu'elle scrutait l'obscurité.

— Joe ? chuchota-t-elle. Êtes-vous là ?

Il sortit de l'ombre dense d'une haie envahissante. À la faible lueur du réverbère, elle put voir le soulagement sur son visage.

— Dieu merci, c'est vous. Je n'étais pas certain de ce que je devais faire… J'allais frapper, mais j'ai vu cette grosse femme se diriger vers moi et je me suis caché.

— C'est tout aussi bien. Si sœur Sutton vous avait découvert, nous aurions tous deux eu des ennuis.

Dora frissonna à l'air frais de la soirée.

— Quoi qu'il en soit, que faites-vous ici ? Écoutez, s'il s'agit d'Alf, je vous ai dit que je vous aviserais si j'entendais…

— Ce n'est pas à son sujet. Je suis venu parce que j'ai besoin de votre aide. C'est notre Jennie.

— Qu'est-ce qui ne va pas ?

L'expression de Joe s'assombrit.

— Vous feriez mieux de venir et voir par vous-même. Mais je vous préviens, c'est affreux.

CHAPITRE 33

Jennie était recroquevillée sur un banc à l'extérieur du parc Victoria. Comme ils approchaient, elle tourna la tête pour les regarder. Dora aperçut un bref instant le visage de la jeune fille et laissa échapper un cri de surprise.

— Vous voyez ? Je vous avais dit que c'était affreux, dit Joe d'un air grave.

Elle était à peine reconnaissable. Sous l'éclairage cru et verdâtre, son visage était déformé, une masse livide boursouflée d'ecchymoses. Du sang coagulé était croûté autour de ses lèvres gonflées et des larmes sortaient lentement de ses yeux violets enflés.

Dora se sentit mal seulement à la regarder.

— Qui a fait ça ?

— Papa a appris au sujet du bébé, dit Joe d'une voix morne. Je suis rentré il y a une heure, et elle était ainsi.

— Pauvre biche.

Dora s'agenouilla devant la jeune fille et tendit la main pour caresser une mèche de cheveux de son visage. Elle était poisseuse de sang séché. Jennie avait été battue si violemment qu'il était difficile de savoir d'où le sang provenait.

— Nous devons l'emmener à l'hôpital.

— Non !

Jennie parvint à laisser le mot sortir de ses lèvres raides et enflées. Elle s'agrippa à la main de Dora.

— Nous avons pensé que vous pourriez la nettoyer ? demanda doucement Joe.

— Mais elle a peut-être des os cassés, une côte fêlée ou quelque chose d'autre.

Dora les fixa désespérément.

— Elle a besoin de soins médicaux appropriés, plus que ce que je peux lui offrir.

Jennie serra fortement la main de Dora.

— Pas d'hôpital… papa…

Ses yeux étaient à peine plus que des fentes dans son visage enflé, mais Dora put tout de même y lire la panique.

— Elle ne veut pas lui attirer des ennuis, traduisit Joe.

— Il le mérite, après ce qu'il a fait.

Dora sortit son mouchoir et tamponna doucement du sang qui coulait de la tempe de la jeune fille.

— Donc, si je ne peux pas l'emmener à l'hôpital, qu'attendez-vous de moi ? demanda-t-elle. Je ne peux pas la soigner ici au milieu de la rue, n'est-ce pas ?

— Je-je ne sais pas, admit Joe. Quand je l'ai trouvée ainsi, tout ce que je pouvais penser était de vous trouver. Je ne sais pas à quoi je m'attendais, j'ai juste pensé que vous pourriez nous aider…

Dora lut la demande sur son visage et prit sa décision.

— Je connais un endroit où nous pouvons l'emmener, dit-elle.

Il était bien après vingt-deux heures, et il n'y avait personne dans la rue Griffin quand Dora ouvrit le grand portail de bois qui menait à la cour arrière du numéro 28.

Les lumières étaient allumées au rez-de-chaussée, jetant une lueur invitante sur les dalles craquées alors qu'ils traversaient la cour. Dans la cuisine, Dora put voir mémé Winnie se berçant dans son fauteuil d'un côté du feu et sa mère, la tête inclinée sur son raccommodage, de l'autre côté. Josie était à la table de la cuisine, les coudes appuyés, perdue dans un livre comme toujours.

— Êtes-vous certaine que ce soit approprié ? chuchota Joe.

Il se tenait derrière elle, Jennie appuyée lourdement contre lui.

— Je ne sais pas.

Dora le regarda, puis regarda Jennie.

— Mais quel choix avons-nous ?

Sa famille leva la tête quand elle entra.

— Dora ?

Sa mère posa son raccommodage et se leva, souriante, mais troublée.

— Est-ce que ça va, chérie ? Pourquoi…

Elle se figea quand elle vit Joe dans l'embrasure de la porte.

— Que fait-il ici ? dit-elle d'une voix glaciale.

— Nous avons besoin de ton aide, maman.

Dora fit un signe de tête vers Joe, lequel transporta Jennie dans la cuisine. Quand il la lâcha pour fermer la porte derrière lui, les jambes de la jeune fille cédèrent sous elle.

Dora voulut la rattraper, mais sa mère arriva avant elle.

— Aidez-moi à l'installer sur une chaise, ordonna-t-elle à Joe.

Il souleva sa sœur dans ses bras comme une enfant et la porta près du foyer. Rose enleva son raccommodage de sa chaise et Joe y posa délicatement sa sœur.

— Josie, va faire bouillir de l'eau, fit Rose. Maman, avons-nous encore du brandy ? On dirait qu'elle pourrait en prendre une goutte.

Quand elles furent parties à leur tâche respective, Rose se tourna vers Dora.

— Vas-tu me dire ce qui se passe ?

Elle jeta un coup d'œil vers Joe.

— Le père de Jennie a appris au sujet du bébé.

— Et il lui a fait cela ?

Rose fixa la jeune fille.

Dora vit l'expression lointaine de sa mère et se rendit compte soudainement à quel point il lui devait être difficile de faire face à l'autre femme d'Alf.

— Je suis désolée, maman. Je n'aurais pas dû venir ici, mais j'ai paniqué. Nous n'avions pas d'autre endroit où l'emmener. Elle était trop effrayée pour se rendre à l'hôpital et elle ne pouvait pas rester chez elle…

— Tu as fait la bonne chose, dit sa mère fermement.

Elle se tourna vers Dora, son sourire bien en place.

— Nous devrions commencer à la nettoyer, n'est-ce pas ?

— Emmenez-la dans ma chambre, dit mémé.

Ensemble, elles aidèrent Jennie jusqu'au petit salon devant la maison où mémé dormait et ils la dévêtirent avec précaution. Son corps était aussi gravement contusionné que son visage, avec des marques livides violacées noires couvrant son dos, son ventre et ses jambes. Mais, étonnamment, Dora ne trouva aucun os brisé.

— Il n'y est pas allé de main morte, n'est-ce pas chérie ? dit-elle avec sympathie tout en tordant un linge dans la bassine d'eau chaude que Josie lui avait apportée. Ne t'inquiète pas, nous allons te remettre sur pied.

Elle jeta un coup d'œil à sa mère. Rose était près du lit, une main sur la bouche, son visage entier ridé par l'inquiétude.

Il fallut un long moment pour nettoyer tout le sang séché. Dora lava du mieux qu'elle put les blessures de Jennie, puis lui mit l'une des vieilles chemises de nuit de Josie et la glissa au lit. La jeune fille sombra presque immédiatement dans un profond sommeil.

— Cela ne m'étonne pas, après tout ce qu'elle a enduré, dit Rose. Mémé peut dormir avec moi cette nuit et lui laisser la chambre pour elle seule.

Elle considéra Jennie. Même lavée, elle avait l'air pitoyable, son visage tel un patchwork déformé de violet, de rouge et de bleu.

— Comment quelqu'un peut-il faire ça à son propre enfant ? fit-elle, abasourdie.

— Je ne sais pas, maman.

Rose resta silencieuse pendant un long moment, les yeux fixés sur la jeune fille endormie.

— Alors, c'est elle, c'est ça ? finit-elle par dire. Elle semble si jeune.

— Elle a dix-sept ans.

— Seulement ?

Les sourcils de Rose se levèrent.

— Ce n'est que quelques années de plus que notre Josie.

Elle leva ses mains vers son visage.

— Imagine si c'était ta petite sœur allongée là, endurant tout ce qu'elle a enduré. Juste d'y songer est insupportable, n'est-ce pas ?

— En effet.

Mais cela aurait pu arriver, pensa Dora.

Ce n'était que par la grâce de Dieu que ni elle ni Josie n'étaient pas tombées enceintes d'Alf. Elle frissonna en pensant à ce qu'il se serait alors produit.

— Et elle s'en est débarrassée… du bébé ? demanda Rose.

Dora hocha la tête.

— Cela a causé un véritable gâchis. Elle a failli mourir. Les médecins ont dû lui faire une hystérectomie pour lui sauver la vie.

Rose fronça les sourcils, essayant de comprendre.

— Alors, elle n'aura plus de bébé ?

Elle se mordit la lèvre.

— C'est si cruel. Pauvre, pauvre enfant. On se demande bien ce qu'elles pensent, non ? Aller dans de tels endroits.

— Elle était désespérée, maman. Tu as vu ce que son père lui a fait. Dieu seul sait ce qu'il lui aurait fait s'il avait su qu'elle était enceinte. Et avec Alf, je veux dire le père, s'enfuyant comme ça, quel autre choix avait-elle ?

Elle attendit que sa mère réplique, mais Rose demeura silencieuse. Dora la regarda furtivement, essayant de déchiffrer ses pensées derrière son expression impassible, mais c'était impossible.

Elles laissèrent Jennie dormir et retournèrent au rez-de-chaussée. Joe, qui était resté hésitant près de la porte arrière, s'avança fébrilement.

— Comment va-t-elle ?

— Elle va s'en sortir. Aucun os de brisé, seulement beaucoup de graves ecchymoses.

Joe poussa un soupir de soulagement.

— Merci, mon Dieu.

— Mais elle aura besoin de beaucoup de repos.

— Elle peut demeurer ici, dit Rose. Nous lui ferons de la place.

— Merci, dit Joe humblement.

Rose lui décocha un regard acéré.

— Cela ne signifie pas que je crois un mot de ce qu'elle dit. Je crois encore qu'elle ment au sujet de mon Alf. Je sais qu'il ne ferait rien de tel. Mais ce n'est qu'une enfant et elle a besoin d'aide. Je ne tourne le dos à personne.

Joe hocha la tête.

— Je comprends. Quoi qu'il en soit, merci.

Il avait recommencé à pleuvoir quand Dora retourna à l'hôpital. Joe avait insisté pour la raccompagner, même si elle lui avait dit que ce n'était pas nécessaire.

— Je le veux, dit-il. C'est le moins que je puisse faire après tout ce que vous avez fait pour Jennie.

Il enleva sa veste et drapa les épaules de Dora. La chaleur de son corps s'infiltra dans ses os gelés.

— Je pensais que votre mère allait nous claquer la porte au nez, admit-il alors qu'ils traînaient des pieds près du parc Victoria.

Les formes sombres des arbres surgissaient de l'autre côté de la grille.

— Vous ne connaissez pas maman, lui dit Dora. Elle ne tournerait jamais le dos à quelqu'un dans le besoin.

— Vous devez tenir d'elle alors.

Joe lui sourit. Dora se sentit rougir dans l'obscurité.

— Je ne sais pas, bredouilla-t-elle.

— Moi, je sais. Vous n'étiez pas obligée de nous aider. Vous avez risqué des ennuis, et j'en suis reconnaissant. Plus que reconnaissant.

Elle sentit dans la noirceur qu'il tendait la main vers la sienne, elle paniqua et les enfouit dans ses poches sous prétexte de les réchauffer.

— C'est dommage que Jennie n'ait pas de mère pour prendre soin d'elle, dit-elle pour changer de sujet.

— Je sais, j'y ai souvent songé moi-même. Je me demande si papa n'a pas été trop… protecteur.

— Vous appelez cela être trop protecteur ?

Dora ne put dissimuler le dédain de sa voix.

— Pour moi, presque tuer quelqu'un n'est pas être trop protecteur. J'appelle cela être une brute !

— Moi aussi, après ce qu'il lui a fait ce soir, dit péniblement Joe. Il a toujours fait vivre une vie de chien à Jennie. Quand elle n'était pas au travail à faire toutes ces heures, elle était coincée à la maison à prendre soin de nous. Et à la grâce de Dieu si elle essayait de sortir et de se faire des amis, d'avoir un peu de plaisir.

Sa bouche devint une ligne crispée.

— Je souhaiterais avoir fait plus pour l'aider, dit-il. Peut-être que si je m'étais attardé, si j'avais persuadé papa de lui laisser avoir un peu de liberté, elle n'aurait pas craqué pour le premier type qui lui a accordé un peu d'attention.

— Vous ne devez pas vous blâmer.

— Qui d'autre ? J'aurais dû être là, la protéger de mon père…

— Et d'Alf Doyle, lui rappela Dora.

Il l'étudia soigneusement.

— Vous ne pensez pas beaucoup de bien de votre beau-père, n'est-ce pas ?

— Pas vraiment.

— Pourquoi ? Était-il une brute lui aussi ?

— Non, il était plus futé que ça. Tout le monde pensait qu'il était le sel de la terre. Un type vraiment bien, dit-elle avec amertume.

— Alors, pourquoi ne l'aimiez-vous pas ?

— Disons simplement que je pouvais voir dans son jeu.

— J'aimerais tellement lui mettre la main dessus en ce moment, marmonna Joe.

Moi aussi, pensa Dora.

Ils s'arrêtèrent à quelques mètres du portail de l'hôpital et Dora lui rendit sa veste.

— Il est préférable que vous n'alliez pas plus loin, quelqu'un pourrait vous voir, dit-elle.

— Comment allez-vous rentrer ?

— Cela ne vous regarde pas !

Elle sourit en tapota l'arête de son nez.

Alors qu'elle s'éloignait, il l'appela.

— Que dois-je faire concernant Jennie ? Est-ce que ça irait si je passais demain, vous croyez ?

— Bien sûr. Passez quand vous voulez.

— Serez-vous là ?

Elle sourit.

— Que se passe-t-il ? Ne me dites pas que vous avez peur de maman ?

— Je ne sais pas pour votre mère, mais je ne parierais pas sur mes chances contre votre mémé !

Il la regarda avec insistance.

— S'il vous plaît ? C'est plus facile quand vous êtes là.

— Je ne sais pas quand je serai en mesure de quitter mon travail demain, mais je lui rendrai visite dès que je le pourrai, promit-elle.

Alors qu'elle franchissait le portail sur la pointe des pieds, il l'appela de nouveau.

— Je vous vois demain, alors ?

— Chut ! Vous allez me faire prendre.

Dora leva un doigt d'avertissement vers ses lèvres. Mais comme elle se détournait, elle vit une silhouette l'observer de la fenêtre du pavillon des brancardiers. Son cœur monta jusque dans sa gorge jusqu'à ce qu'elle comprenne que ce n'était que Nick.

Dieu soit loué, pensa-t-elle en lui faisant un petit signe de la main en se faufilant. Si cela avait été Mr Hopkins, elle aurait eu de véritables ennuis.

Sœur Wren se réveilla de mauvaise humeur.

Pas même les rayons du soleil printanier dehors ni la salutation joyeuse de la domestique lui apportant son petit déjeuner au lit ne pouvaient l'aider à aller mieux après ce qui s'était produit lors de leur seconde répétition de chorale la veille. Même ses rêves avaient été tourmentés par le parfait solo de soprano de Violet Tanner dans *Blow the Wind Southerly*.

Ce n'était pas que sœur Wren fut jalouse. Comme elle le disait à quiconque voulait écouter, elle n'avait aucune jalousie en elle. Mais c'en était trop d'être aussi absolument usurpée. Et par quelqu'un dont l'éventail vocal était limité, pour le moins.

Même si les autres sœurs ne le voyaient pas ainsi. En l'espace d'une semaine, Violet Tanner était devenue une véritable chouchou dans la chorale, tout le monde se demandant comment elles s'en étaient sorties sans elle.

Et alors la veille… Ce n'était pas que sœur Wren voulait se mettre en avant, pas du tout. Mais si l'infirmière en chef avait soudainement décidé de ne plus vouloir chanter le solo, alors il aurait été juste de donner sa chance à la personne qui était là depuis plus longtemps. Surtout qu'elle connaissait parfaitement la partition.

Mais non ; dès l'instant où Miss Fox avait cédé sa place, elles s'étaient toutes massées autour de Violet Tanner, la suppliant presque de prendre le solo.

Violet avait fait semblant d'être modeste, disant qu'elle ne voulait pas. Mais sœur Wren n'avait pas été dupe un seul instant.

— Et comment va-t-elle assister aux répétitions alors qu'elle travaille tous les soirs ? avait-elle fait remarquer.

— Eh bien, c'est simple. Nous allons tout bonnement placer d'autres répétitions durant la journée quand certaines d'entre nous sont libres, répondit sœur Blake de son air désinvolte.

Et elles avaient ensuite prévu leur prochaine répétition le mardi suivant, sachant très bien que sœur Wren serait occupée par la tournée de Mr Cooper.

— Bonjour, sœur.

Sœur Wren tressaillit quand la domestique ouvrit d'un coup sec les rideaux.

— Devez-vous faire tant de bruit ? répliqua-t-elle sèchement. J'ai mal à la tête.

Elle massa délicatement ses tempes. Son ressentiment envers Violet Tanner était comme un ruban de chapeau trop serré, contractant sa tête jusqu'à ce qu'elle ait l'impression qu'elle allait exploser.

Évidemment, Violet devait être la première personne qu'elle rencontra quand elle arriva au travail ce matin-là. Elle heurta presque sœur Wren quand elle émergea d'une pièce adjacente, rattachant ses manchettes. Doyle la suivait, poussant un chariot chargé de serviettes, de savon et d'une bassine d'eau.

— Bonjour, sœur.

Violet la salua d'un sourire. Sœur Wren ne lui retourna pas son sourire.

— Que faisiez-vous là-dedans ? s'enquit-elle.

— L'une des patientes privées de Mr Cooper a été admise plus tôt ce matin. Il l'opérera plus tard et elle doit être préparée. Et comme votre adjointe était occupée, je me suis offerte pour superviser l'étudiante.

Sœur Wren se raidit, sentant une critique.

— Puis-je vous rappeler, sœur, que ceci est mon service ? fit-elle en se redressant.

— Oui, bien sûr, mais…

— Alors, vous ne devriez pas interférer à moins que je vous le demande.

— En fait, *je* lui ai demandé.

James Cooper sortit de la chambre particulière, enfilant sa veste d'un coup d'épaule.

— Mr Cooper ! Je n'étais pas au courant que vous étiez là.

Nerveusement, sœur Wren fit gonfler ses cheveux.

— J'ai demandé à Miss Tanner de rester et de m'assister, et elle a gentiment accepté. J'espère que cela ne vous dérange pas ?

Il leva un sourcil.

— Non, pas du tout !

Sœur Wren sentit la chaleur monter sur son visage et fit de son mieux pour se ressaisir.

— Je suis très heureuse que Miss Tanner ait été en mesure d'intervenir, ajouta-t-elle avec un sourire tendu dans la direction de Violet.

— Moi aussi.

Le sourire que Mr Cooper offrit à Violet était beaucoup plus chaleureux que celui qu'il lui avait fait, remarqua sœur Wren.

Mr Cooper quitta le service, et sœur Wren s'attendait à ce que Violet fasse de même. Mais elle s'attardait, hésitait, comme si elle essayait de se décider à parler ou non.

— Y a-t-il autre chose que vous désirez ? demanda sœur Wren.

— Oui, en effet.

Elle prit une profonde inspiration avant de poursuivre.

— C'est au sujet d'hier soir. L'histoire de ce solo…

Sœur Wren lui décocha un regard glacial.

— Qu'en est-il ?

— Je voulais seulement que vous compreniez que je n'y suis pour rien. Je ne veux même pas le faire. Je serais heureuse de vous céder ma place.

Son visage suppliait sa compréhension, mais sœur Wren savait que ce n'était qu'une simulation. Comme tout le reste la concernant.

— Oh, non, il n'y a pas de problème. Je suis certaine que les autres sœurs ne voudraient pas en entendre parler.

Et elle balaya les propos de Violet d'un petit rire crispé.

— Oui, mais…

— Je vous assure, je n'en suis pas du tout contrariée.

Elle entendait sa propre voix devenir stridente.

— Je ne vais sûrement pas me mettre à bouder pour une absurde chanson de chorale, n'est-ce pas ?

Violet lui jeta un long regard sceptique.

— Vous en êtes certaine ?

— Je vous en prie, n'y pensez plus. Moi, je n'y penserai plus.

Elle observa Violet s'éloigner dans le couloir. Alors qu'elle atteignait les portes, James Cooper s'avança et les lui ouvrit.

Est-ce qu'il l'attendait ? se demanda sœur Wren.

Elle tendit l'oreille pour essayer de saisir ce qu'ils disaient, mais tout ce qu'elle parvint à entendre fut le profond rire rauque de Violet Tanner. Ce son la fit frissonner, comme des ongles qui glisseraient sur un tableau.

Sœur Wren bouillait d'une rage intérieure. Mr Cooper n'avait jamais ri ainsi avec elle ou incliné sa tête si près de la sienne.

Elle fulmina tout le long de ses tâches du matin, vérifiant les patientes, les draps, les ustensiles de cuisine et tout ce qui avait besoin d'être compté et coché. Elle distribua des listes de tâches et des médicaments, supervisa le nettoyage et le renettoyage et critiqua les efforts des étudiantes qui tentaient de changer les bandages, prendre le pouls et faire les lits.

Et durant tout ce temps, un plan fermentait dans sa tête. Un plan qui allait, elle en était certaine, mettre un terme au règne de Violet Tanner au Nightingale pour toujours.

Sœur Wren ne pouvait pas passer un tel appel personnel du téléphone sur son bureau au centre du service, donc elle dut attendre le milieu de la matinée, alors qu'elle pouvait s'échapper vers le téléphone public dans l'entrée principale de l'hôpital.

Quelqu'un se servait du téléphone quand elle arriva, ce qui la frustra. Un jeune homme en pleurs faisait une description très détaillée du pénible travail et de l'accouchement de sa femme. Sœur Wren tapa du pied sur le carrelage en mosaïque et consulta ostensiblement sa montre alors que l'agitation de la vie de l'hôpital se déroulait autour d'eux. Mais pendant tout ce temps, ses pensées étaient tourmentées.

Était-ce vraiment une bonne idée ?

Oui, elle était en colère, mais elle avait le sentiment qu'après avoir fait cet appel, elle allait laisser sortir un génie d'une bouteille qui allait peut-être détruire la vie de quelqu'un.

Ça, tu ne le sais pas, se dit-elle avec impatience, alors que le jeune homme expliquait d'une voix émue le moment où il avait tenu pour la première fois son fils. Le message du notaire pouvait apporter de bonnes nouvelles. Peut-être quelqu'un était-il mort et avait laissé beaucoup d'argent à Violet. Elle serait peut-être même reconnaissante de son intervention s'il s'avérait qu'elle était l'héritière d'une fortune secrète.

Mais au fond d'elle-même, sœur Wren savait qu'il n'y aurait pas de fortune, pas de bienfaiteur mystérieux. Il y avait quelque chose de grave, de sombre et de trouble concernant ce message, et tous les autres qui avaient suivis chaque jour dans le journal :

« Violet Dangerfield, née Tanner, est priée de contacter immédiatement le cabinet des notaires Burrows, Burrows et Edgerton, 59, High Holbron, Londres, WC2. Téléphone Kingsway 4773. »

Ce n'était pas une demande. C'était un ordre.

Elle sentit ses nerfs la lâcher et était sur le point de s'éloigner quand une voix derrière elle demanda :

— Excusez-moi ? Mademoiselle ?

Sœur Wren se retourna. Le jeune homme avait terminé son appel et lui tendait le combiné.

— Voulez-vous faire un appel ? demanda-t-il.

Les yeux de sœur Wren passèrent du téléphone au jeune homme et encore au téléphone. Puis, elle pensa à Violet, sa voix parfaite de soprano et son rire rauque.

— Oui, dit-elle. Oui, je crois que oui.

CHAPITRE 34

Se voir attribuer le quart de travail de l'après-midi n'était pas ce que préféraient les étudiantes. Elles devaient tout de même se lever et être au service pour sept heures, pour se faire dire par la sœur à neuf heures de partir, d'enlever leur uniforme et ne pas revenir avant l'après-midi. Et alors, elles devaient travailler debout pendant neuf heures sans prendre de pause.

Mais pour une fois, Dora espérait le quart de travail de l'après-midi afin de pouvoir se rendre dès la première heure la rue Griffin et s'assurer que Jennie allait bien. Elle se tint avec les autres infirmières, essayant de ne pas croiser le regard de sœur Wren, que celle-ci lise le désespoir sur son visage et change son quart de travail par seule méchanceté. Heureusement, sœur Wren semblait avoir l'esprit occupé à autre chose ce matin-là et répartit les heures de travail d'une manière rapide et aléatoire. Alors que les autres infirmières retournaient au travail, Dora se précipita vers la maison des infirmières, enleva son uniforme, enfila son vieux manteau brun et son béret et se dirigea vers chez elle, se mettant à courir dès qu'elle eut franchi le portail de l'hôpital.

Malgré ce qu'elle avait dit à Joe, elle était inquiète. Elle savait que sa mère était une femme bonne et attentionnée, mais peut-être que Dora l'avait poussée trop loin en emmenant Jennie à la maison. La veille, elle était trop paniquée pour penser à quoi que ce soit d'autre, mais maintenant, sous la lumière froide d'un matin du mois de mars, elle se rendait compte qu'elle avait fait une épouvantable erreur.

Mémé Winnie était en train de balayer la cour quand Dora passa en trombe le portail. Alfie était avec elle, tirant les herbes qui poussaient entre les dalles craquelées.

— Allons, ma chérie. Où est le feu ? dit-elle alors que Dora essayait de reprendre son souffle.

— Où est maman ?

— À l'intérieur.

Mémé fit un signe de la tête vers la maison.

— Avec *elle*.

Dora sentit son sang se vider.

— Que font-elles ?

— Elles bavardent, d'après Rose. Mais je n'ai pas le droit d'écouter, même si c'est encore ma maison.

Le visage de mémé était renfrogné pendant qu'elle balayait sauvagement les latrines.

Dora leva les yeux vers la fenêtre, comme si elle s'attendait presque à voir des coups de poing voler.

— Je ferais mieux d'aller voir ce qui se passe.

— Je ne prendrais pas cette peine, tu ne seras pas la bienvenue. Pourquoi crois-tu que je suis ici, même si ce froid fait un mal de chien à mon lumbago ?

Mémé claqua la porte des latrines si brutalement qu'elle chancela sur ses gonds rouillés.

— Je ne sais pas pourquoi tu l'as emmenée ici, Dora, lança-t-elle alors que la jeune femme se dirigeait vers la porte. Tu ne crois pas que nous avons eu suffisamment de problèmes dernièrement ?

Dora atteignit le haut de l'escalier juste au moment où sa mère jaillissait de la chambre de Jennie. Dora jeta un seul coup d'œil à son visage blanc et tremblant, et son cœur se serra.

— Maman ? s'aventura-t-elle.

Rosa la fixa, ses yeux noirs étincelants dans son visage blême. Puis, elle se faufila et fonça vers sa propre chambre, claquant la porte derrière elle.

Dora monta les marches et hésita pendant un moment sur le palier, son regard passant de la porte de la chambre de Jennie à celle de sa mère, puis elle prit sa décision.

— Maman ?

Elle ouvrit prudemment la porte. Rose se tenait devant la commode, en sortait des choses et les jetait sur le lit.

— Maman, est-ce que ça va ? Mémé dit que tu as parlé à Jennie…

— Oh, en effet, je lui ai parlé.

Avec impatience, Rose tira sur l'un des lourds tiroirs et, chancelant sous le poids, le vida sur le lit.

Dora observa la pile de vêtements. Il s'agissait des affaires d'Alf, les vêtements qu'il avait laissés quand il avait disparu.

— Maman, que fais-tu ? demanda-t-elle faiblement.

— Quelque chose que j'aurais dû faire il y a bien longtemps.

Rose se retourna pour lui faire face, une étrange grimace presque folle au visage.

— Aide-moi à descendre cela au rez-de-chaussée, d'accord ?

Dora obéit, agrippant une brassée de vêtements. L'odeur écœurante bien familière d'Alf l'arrêta sur sa lancée. Elle fit une pause pendant un instant, la tête lui tournant, repoussant son envie de vomir.

Quand elle arriva en bas, sa mère se trouvait dans la cour, sortant des morceaux de bois de la pile derrière les latrines. Mémé était appuyée sur son balai près de la porte arrière, l'observant. Même Alfie avait cessé de tirer les herbes pour la fixer du regard.

— Qu'est-ce que fait maman ? fit-il.

— Dieu seul le sait, mon petit.

Mémé soupira et secoua la tête.

— Mais je sais que cela nous a pris des semaines pour ramasser ces bouts de bois.

— Elle fait un feu de camp, comprit Dora. Avec les affaires d'Alf.

Mémé la regarda, puis tourna les yeux vers Rose.

— Est-ce que c'est ça, Rosie ? Que s'est-il passé ?

— Je vais vous dire ce qui s'est passé, d'accord ?

Rose tira un morceau de traverse de voie ferrée pourrie vers le tas.

— J'ai repris mes esprits, voilà. J'ai enfin compris quelle idiote j'ai été pendant toutes ces années.

Elle se redressa, essuya son visage.

— Depuis qu'il est parti, j'ai attendu qu'il revienne à la maison, me faisant du souci pour lui, pensant à toutes sortes de choses terribles qui seraient arrivées... Toutes ces nuits blanches que j'ai passées, me demandant ce qui était arrivé à mon pauvre Alf !

Elle leva la tête pour les regarder, ses yeux étincelants d'une manière dangereuse. Il y avait une traînée de saleté sur son nez.

— Et vous savez quoi ? Il ne valait pas la peine qu'on s'inquiète pour lui. Toutes ces années où nous avions soi-disant un heureux mariage, il me mentait.

Dora jeta un coup d'œil vers la maison.

— Alors, tu crois l'histoire de Jennie ?

— Oh, en effet, je la crois ! Tout ce qu'elle m'a dit était la pure vérité, contrairement au bon à rien avec qui j'étais mariée !

Dora et mémé échangèrent un regard inquiet alors que Rose se penchait et mettait le morceau de bois en place.

— Quand je pense à quel point je lui faisais confiance, poursuivit Rose, en haletant. Et tout ce temps, il profitait d'une jeune fille comme ça ! Je ne veux même pas penser à ce qu'il pouvait fabriquer d'autre dans mon dos.

— Moi non plus.

Dora étouffa un frisson.

— Bref, j'en ai assez, continua sa mère, se penchant pour prendre un autre morceau de bois. Je me débarrasse enfin de lui, je dis adieu à ce connard menteur et fourbe pour toujours. Et bon débarras !

Elle jeta avec défi le pied cassé d'une chaise sur le tas.

Mémé parut horrifiée.

— Tu n'es pas sérieuse ?

— Je n'ai jamais été aussi sérieuse de toute ma vie, crois-moi. Je veux me débarrasser de lui, maman. Je ne veux plus jamais rien voir de ce qui lui appartient dans cette maison.

— Oh, je ne discute pas de cela, chérie, fit mémé. Mais tu ne peux pas tout brûler.

Elle considéra la brassée de vêtements que Dora tenait.

— Le chiffonnier te donnera quelques sous pour tout ça.

Dora jeta un coup d'œil vers sa mère. Rose était immobile, les mains sur les hanches, sa bouche dessinant une ligne dure et déterminée.

Puis Dora vit la chaleur allumer lentement ses yeux noirs, suivie par un sourire hésitant.

— Oh, maman ! lâcha-t-elle, secouant la tête. Ça ne me surprend pas de toi !

— Quoi ?

Mémé les regarda à tour de rôle, sincèrement perplexe.

— Ce n'est que le bon sens, non ? Enfin, après tout ce que ce connard pourri a fait à cette famille, nous pourrions au moins profiter d'un repas de poisson grâce à lui. Et il ne vaut pas la peine de gaspiller tout ce bois non plus, ajouta-t-elle avec mauvaise humeur.

Dora et sa mère se regardèrent. Un instant plus tard, la cour arrière de la rue Griffin résonnait de leurs rires.

CHAPITRE 35

Le cabinet de Burrows, Burrows et Edgerton sentait les vieux livres et le cuir poli. Sœur Wren se sentait très importante en sirotant son thé dans une fine tasse en porcelaine pendant que des portraits de vieux avocats estimés la contemplaient d'un air approbateur.

— Je crois comprendre que vous avez des informations pour nous, Miss Trott ?

Mr Edgerton en personne, rien de moins, était assis de l'autre côté du massif bureau en acajou. Sœur Wren était fière d'être reçue par un associé principal et non par un quelconque associé subalterne. Il était clair que ce qu'elle avait à dire était d'une plus grande importance qu'elle l'avait imaginé.

Elle marqua une pause, savourant le moment. Elle goûtait le fait que le notaire lui accordait une telle attention, écoutant avidement chacun de ses mots. Elle aurait pu lui dire au téléphone ce qu'il désirait savoir, mais il était tellement plus excitant d'être ici, d'avoir l'impression de participer à l'intrigue.

Parce qu'il y avait bien une *intrigue*, elle en était certaine. Et sœur Wren n'allait pas partir avant d'en connaître tous les détails.

— Eh bien, oui, dit-elle en jouant modestement avec le bout de son gant. Mais d'abord, j'aurais une question à vous poser. Pourquoi voulez-vous des informations concernant Violet Tanner ?

Le sourire de Mr Edgerton devint plus froid.

— Je crains de ne pas avoir la liberté d'en discuter, Miss Trott, dit-il avec raideur. Il s'agit d'un sujet confidentiel entre mon client et… la personne en question.

Sœur Wren fit une moue. Elle aurait dû prévoir qu'il ferait des difficultés. Les notaires sont toujours si désagréablement discrets.

— Alors, je n'ai pas la liberté de vous donner l'information dont vous avez besoin, dit-elle avant de se lever. Je suis désolée de vous avoir fait perdre votre temps.

— Attendez.

Mr Edgerton l'observa pensivement par-dessus ses doigts croisés.

— Peut-être que cela vous aiderait à surmonter vos « scrupules » si vous rencontriez mon client ? suggéra-t-il.

Sœur Wren couina presque d'excitation.

— En effet, cela aiderait, dit-elle avec impatience, jetant un coup d'œil vers la porte. Est-il ici ?

— *Elle* devrait arriver sous peu.

Une femme ! Sœur Wren était encore plus intriguée alors que Mr Edgerton sortait pour parler avec sa secrétaire. *Qui était-ce ?* se demanda-t-elle. Une mère ou une sœur avec qui elle serait brouillée ? Une amie flouée, peut-être ?

Toutes sortes de théories tourbillonnaient encore dans sa tête cinq minutes plus tard quand la porte s'ouvrit et que Mr Edgerton fit entrer sa cliente.

Elle avait la cinquantaine, grande, les cheveux gris et l'air sévère. Sœur Wren lui jeta son habituel regard critique, remarquant la coupe de son manteau noir, de bonne qualité, mais démodé d'au moins vingt ans, et le cuir poli de ses chaussures. Sous le voile de son chapeau, elle put distinguer un long visage avec une bouche pincée, un nez crochu et des yeux pâles proéminents.

— Je vous présente ma cliente, Mrs Sherman, fit Mr Edgerton d'une respectueuse voix feutrée, en lui présentant un siège.

— Mrs Sherman, voici Miss Trott. Elle a des informations concernant Violet.

Sœur Wren fut instantanément impressionnée, mais Mrs Sherman la regarda à peine, s'installant sur sa chaise.

— Eh bien ?

Elle s'adressa sans ménagement à Mr Edgerton.

— Savez-vous où elle se trouve ?

Le notaire parut déconfit.

— Mrs Sherman, je crains que Miss Trott ait d'abord des questions.

Mrs Sherman se tourna brusquement et considéra sœur Wren pour la première fois. Elle sentit sa confiance se flétrir sous la force du regard pâle et pénétrant. Mais elle se contraignit à demeurer résolue.

— Vous devez comprendre, Violet est une amie, dit-elle avec affectation. Je ne voudrais rien faire qui pourrait la mettre en danger.

— Si c'est vraiment une amie, je me demande pourquoi vous êtes venue ici pour commencer, rétorqua Mrs Sherman. À moins que vous ayez cru qu'il y aurait une quelconque récompense monétaire pour vous ?

— Je… cette pensée ne m'est jamais venue à l'esprit ! bafouilla sœur Wren, indignée. Je voulais simplement m'assurer que rien de fâcheux n'allait arriver à Violet…

— Vraiment ?

La bouche de Mrs Sherman se tordit.

— Votre inquiétude est touchante. Et entièrement déplacée, je le crains. Violet ne mérite pas l'inquiétude de quiconque.

— Vraiment ? Et pourquoi dites-vous cela ?

— Parce que je la connais !

Mrs Sherman trembla sous la véhémence de sa réponse.

— J'ai eu le malheur de la connaître durant quelques années et je dois vous dire qu'elle est la femme la plus cruelle, malhonnête et calculatrice qu'il m'ait été donné de rencontrer.

Elle vit l'expression de désarroi de sœur Wren et se ressaisit.

— Vous devez m'excuser, dit-elle à voix basse. C'est simplement que j'ai vu les dégâts que cette femme a provoqués au cours des années, la cruauté qu'elle a démontrée aux gens près d'elle.

Sœur Wren fronça les sourcils.

— Qui êtes-vous ?

Mrs Sherman braqua posément ses yeux dans les siens.

— Je représente Victor Dangerfield. Le mari de Violet.

— Vous voulez dire son défunt mari ?

— Est-ce ce qu'elle vous a dit ?

Mme Sherman sourit faiblement.

— Alors, je dois vous informer que Mr Dangerfield est bien vivant.

Un frisson parcourut sœur Wren. Cela avait valu le prix du trajet en bus de Bethnal Green en fin de compte.

— Elle est encore mariée alors ?

Mrs Sherman hocha la tête.

— En ce qui le concerne, certainement. Il n'a jamais renoncé à l'espoir qu'elle lui revienne, malgré le fait qu'elle l'ait abandonné il y a cinq ans, emmenant son unique fils.

Sa bouche se durcit.

— Comment cet homme peut-il possiblement continuer de l'aimer après toute la douleur qu'elle lui a fait endurer, je ne le sais simplement pas. Ainsi sont les voies du cœur, je suppose.

— Elle nous a dit qu'elle était veuve, fit sœur Wren.

— Vous voyez comme elle sait tromper ? Tout ce que le pauvre homme a toujours voulu est de l'aimer, et c'est ainsi qu'elle le traite.

La femme secoua la tête.

— Même maintenant, tout ce qu'il veut est qu'elle soit heureuse. Si elle souhaite vivre séparée de lui, c'est à elle de le décider. Tout ce qu'il veut, c'est d'avoir la possibilité de voir son fils.

Elle fixa sœur Wren, la piégeant sous la pleine force de son regard.

— C'est pourquoi je fais appel à vous, pour son bien, dit-elle, la voix rauque. Si vous savez où se trouve Violet, vous devez me le dire. Ne serait-ce que pour le bien d'Oliver. Un garçon a besoin de son père, vous ne croyez pas ?

Sœur Wren regarda dans ses étranges yeux pâles. Elle n'arrivait pas à apprécier Mrs Sherman, mais rien de ce qu'elle lui avait dit ne l'étonnait. Violet lui paraissait être du type égoïste et sensible. N'avait-elle pas essayé d'en aviser les autres sœurs dès le début ? Mais aucune ne l'avait écoutée.

Eh bien, elle l'écouterait maintenant, pensa-t-elle.

— Je me moque de ce qu'on dit. Elle ne retournera pas dans cette maison.

Un air de défi étincela dans les yeux noirs de Rose Doyle alors qu'elle tirait un drap de la cuve. Dora s'était encore vu attribuer le quart d'après-midi, alors elle était venue rendre visite et aider avec la lessive du lundi matin.

— En es-tu certaine, maman ?

Dora mordilla sa lèvre avec inquiétude. Comme mémé Winnie dirait, c'était une situation étrange. Qui aurait pu imaginer que Rose Doyle deviendrait si protectrice de la fille qui était tombée enceinte de son propre mari ?

— Aussi certaine que je n'aie jamais été.

Rose passa le drap dans les rouleaux de l'essoreuse.

— La pauvre enfant est terrifiée, et avec raison. J'ai pris ma décision. Elle restera avec nous.

Dora posa son poids sur la poignée de l'essoreuse jusqu'à ce qu'elle se mette à fonctionner.

— Mais après ce qui s'est passé entre elle et Alf…

— Je ne blâme pas Jennie pour ça, dit Rose en balayant la question. Comment le pourrais-je ? Ce n'était qu'une enfant. Elle ne savait même pas qu'il était marié. Non, elle n'a rien fait de mal à mes yeux. S'il faut blâmer quelqu'un, c'est ce salaud.

Dora contempla sa mère, éperdue d'admiration. Le grand cœur généreux de Rose Doyle ne cesserait jamais de la stupéfier.

— Qu'est-ce que Jennie en pense ? demanda-t-elle en aidant sa mère à tirer le drap de l'essoreuse et sur la corde à linge.

— Elle ne veut pas y retourner, et pourquoi le voudrait-elle ? Elle est heureuse ici. Elle s'est bien intégrée au cours de la semaine, et les enfants l'adorent. Elle paie aussi sa part, donc ce n'est pas comme si nous avions une bouche supplémentaire à nourrir. C'est comme si elle faisait déjà partie de la famille.

Dora sentit un léger pincement de jalousie en pensant à Jennie Armstrong qui prenait sa place, jouant la grande sœur pour Josie, Bea et Alfie et aidant mémé Winnie dans la maison. Mais en même temps, elle ne pouvait pas lui en vouloir. La jeune fille avait déjà eu une vie suffisamment difficile, grandissant sans mère et avec sa brute de père. Elle méritait une chance.

En outre, elle avait ramené du bonheur chez la famille Doyle. C'était comme si découvrir l'effrayante vérité sur son mari avait libéré Rose. Maintenant, elle voyait Alf pour ce qu'il était réellement, ne se languissant plus pour lui. Elle ne mettait plus son couvert à la table ; en fait, son nom n'était même plus jamais mentionné.

Et avec Peter qui travaillait comme brancardier à l'hôpital et Jennie rapportant un salaire supplémentaire, la famille retombait enfin financièrement sur ses pieds.

— Et les voisins ? Je m'attends à ce que Lettie Pike ait quelque chose à dire.

— Lettie Pike peut aller au diable.

À ce moment, comme par hasard, il y eut un bruissement dans la cour voisine. Rose fit un clin d'œil à Dora.

— As-tu entendu ça, Lettie ? lança-t-elle.

Un instant plus tard, Lettie Pike apparut honteusement des latrines.

— Je n'y peux rien si je devais y aller, non ? dit-elle avec humeur. J'ai d'autres choses à faire que de t'écouter, Rose Doyle !

Rose l'observa retourner dans sa maison et claquer la porte arrière.

— Elle était là-dedans depuis trente minutes.

— Peut-être devrais-je lui offrir un lavement ? suggéra Dora.

— J'aimerais bien voir ça !

Elles continuèrent à rire en se débattant pour étendre le drap mouillé sur la corde et l'épingler. Le vent du mois de mars le souleva comme une voile et revint humecter le visage de Dora.

Elle bafouilla, riant toujours, et repoussa un côté, puis poussa un cri en voyant un homme devant elle.

— Désolé, est-ce que je vous ai effrayée ?

Joe Armstrong lui sourit. Il était vêtu de son uniforme, chaussures polies et boutons dorés scintillants. Son casque était glissé sous son bras.

— Juste un peu.

Dora repoussa les boucles de son visage, soudainement consciente de l'état lamentable qu'elle devait projeter dans ses vieux vêtements dépenaillés de jour de lessive.

Il lança un regard vers la maison.

— J'ai pensé venir faire un tour pour voir comment va notre Jennie. Même si je suppose qu'elle est au travail ?

— Vous avez bien supposé.

Rose sortit de l'autre côté du drap pour l'affronter, les mains sur les hanches.

Même Joe, tout imposant policier qu'il était, la considérait prudemment.

— Comment va-t-elle ? demanda-t-il.

— Elle va bien, merci, dit Dora. Les coupures ont guéri et les enflures ont diminué.

— C'est un soulagement, dit Joe en fixant le sol. Désolé de ne pas être passé plus souvent cette semaine, mais j'ai fait des heures supplémentaires.

— Ça va, mon garçon, répondit Rose, sa voix perdant un peu de sa brusquerie. Mais votre sœur n'est pas en sécurité avec votre brute de père. C'est pourquoi je veux qu'elle demeure ici avec nous.

Il la regarda et, pendant un instant, Dora craignit qu'il discute, mais elle vit l'espoir illuminer ses yeux verts.

— Vraiment ? Vous feriez ça pour Jen ? fit-il.

— Nous aimerions vraiment qu'elle reste.

Il sourit.

— Ce serait un fardeau de moins si je savais qu'elle est en sécurité.

— Alors, c'est réglé, dit Rose en lui souriant. Et je crois vous devoir une excuse aussi, mon garçon, ajouta-t-elle. Je n'ai pas été très accueillante par le passé.

— Ça va, dit-il l'air penaud. On s'y fait à ne pas être le bienvenu dans mon travail.

— Je vous crois.

Rose se sécha les mains sur son tablier.

— Puis-je vous offrir une tasse de thé, juste pour vous montrer qu'il n'y a pas de rancœur ?

— Désolé, madame, je ne peux pas. J'aurais des ennuis si mon sergent me surprenait en train de siroter un thé alors que je suis censé faire ma tournée.

— Peut-être la prochaine fois alors. Vous allez devoir revenir pour voir votre sœur.

— Je le ferai.

Il fixait Dora en disant cela. Les yeux de Rose passèrent de l'un à l'autre, puis elle fit un étrange petit sourire.

— Bon, je vais vous laisser.

Joe attendit que la porte se referme derrière elle avant de s'adresser à Dora.

— En fait, ce n'était pas seulement Jennie que j'étais venu voir. J'espérais que vous soyez ici.

— Pourquoi ?

Elle sentit que la couleur s'était retirée de son visage et savait qu'elle était aussi blanche que le drap qu'elle épinglait.

— Ne me dites pas que vous avez trouvé Alf ?

— Pardon ? Non, dit-il en balayant sa question. Je cherche encore, mais je ne m'attends pas à ce qu'il apparaisse bientôt.

Comme elle laissait échapper un soupir de soulagement, il ajouta :

— Non, je suis venu pour vous demander si ceci vous plairait.

Il fouilla dans sa poche et en sortit une poignée de billets.

— Les gars au poste et les pompiers locaux font une danse à l'hôtel de ville samedi. Comme vous pouvez l'imaginer, nous ne serions pas contre la présence de quelques filles ou nous allons nous retrouver à faire des pirouettes ensemble. Je me demandais si quelques-unes de vos copines infirmières aimeraient venir. Et vous, évidemment, ajouta-t-il, un rougissement s'étendant sous le col raide de son uniforme.

— Je suis sûre que ça leur plairait, si elles peuvent avoir congé.

Dora lui prit les billets.

— Je vais voir ce que je peux faire.

— Merci.

Un silence embarrassant se fit. Dora jeta un coup d'œil par-dessus son épaule et vit sa mère et mémé Winnie, le nez pressé contre la fenêtre de la cuisine. Elle les fusilla du regard, mais elles ne lui portèrent pas attention.

— Quoi qu'il en soit, je ferais mieux de partir, dit Joe. Alors, je, hum, vous verrai samedi, c'est ça ?

— Si je peux.

— J'espère que oui.

Il marqua une pause, comme s'il était sur le point d'ajouter quelque chose. Puis, il se détourna et dépassa le portail.

Dora se retourna vers la fenêtre. Sa mère et mémé Winnie n'étaient plus là, seul le voilage de la fenêtre démontrait qu'elles s'y étaient trouvées.

CHAPITRE 36

— Allez, ce sera marrant.

Millie regarda l'autre côté de la table du petit déjeuner vers le visage plein d'impatience de son amie. Dora l'avait harcelée toute la semaine au sujet du bal des policiers qui aurait lieu à l'hôtel de ville. Même si Millie lui avait répété à plusieurs reprises qu'elle ne pouvait pas y aller, Dora ne semblait pas vouloir accepter de réponse négative.

— Comment t'es-tu procuré tous ces billets de toute façon ? demanda Lucy Lane.

Le rose monta aux joues de Dora, détonnant avec les boucles enflammées qui s'échappaient de sous sa coiffe.

— Un ami me les a donnés.

— Un ami, hein ?

Katie O'Hara gloussa en lui donnant un petit coup de coude.

— Ça ne serait pas un petit ami, par hasard ?

— Non !

Dora nia un peu trop rapidement. Millie et Katie se jetèrent un coup d'œil, toutes deux essayant de ne pas sourire.

— Tu parles !

Lucy sourit en coin en enfonçant sa cuillère dans son porridge.

Millie l'ignora et se retourna vers Dora.

— J'aimerais y aller, mais je dois prendre le premier train pour le Sussex afin d'assister au baptême demain.

— Nous ne reviendrons pas tard, promis. Nous n'avons qu'à y aller pour une heure.

Dora la regarda d'un air pitoyable.

— S'il te plaît, Benedict ? Ce n'est pas si souvent que nous avons la même soirée de congé. Particulièrement un samedi soir.

Millie aurait aimé pouvoir y aller, ne serait-ce que pour rendre son amie heureuse. Dora demandait si rarement des faveurs. Mais elle savait qu'elle serait de mauvaise compagnie.

Elle était tellement nerveuse à l'idée de voir Seb lors du baptême. Elle ne l'avait ni vu ni eu de ses nouvelles ces deux dernières semaines, depuis qu'ils avaient annulé leurs fiançailles.

Pendant les premiers jours, elle s'était attendue à ce qu'il apparaisse à la maison des infirmières ou au moins qu'il lui écrive. Mais alors que les journées passaient et que ses espoirs commençaient à diminuer, elle avait dû se rendre à l'évidence que tout était réellement terminé entre eux en ce qui concernait Seb.

Maintenant, elle devait se rendre à Lyford pour le baptême et elle n'avait pas hâte du tout. Mais elle était la marraine du bébé et pour rendre les choses encore plus inconfortables, Seb et William étaient tous deux les parrains.

Elle croisa le regard interrogateur de Dora l'autre côté de la table et se força à lui rendre son sourire. Elle ne savait pas pourquoi elle ne parvenait pas à parler aux filles de ses fiançailles rompues. Peut-être était-ce parce que si elle le disait à haute voix, cela rendrait la chose trop réelle.

Elle ne l'avait même pas encore dit à sa famille. Elle espérait seulement que Seb n'allait pas l'annoncer à tout le monde lors du baptême et l'humilier.

— Pourquoi n'invites-tu pas Tremayne ? suggéra Millie.

— Elle sort déjà avec Charlie ce soir. Les étincelles du premier amour !

Dora roula des yeux.

— Je t'en prie, Benedict, supplia-t-elle. L'ami qui m'a donné ces invitations, Joe, eh bien, je crois qu'il se fait de fausses idées à mon sujet.

Elle rougit de nouveau et baissa modestement les yeux vers son bol vide de porridge.

— Si j'y vais seule, il va peut-être penser… tu sais ?

— J'irai avec toi si un miracle se produit et que sœur Wren me laisse partir à dix-sept heures, offrit Katie. Je ne veux pas louper tous ces jeunes policiers, n'est-ce pas ?

Ses yeux bleus étincelèrent d'anticipation.

— Nous rentrerons tôt afin que tu puisses prendre le train du matin, supplia de nouveau Dora. Je te promets que nous serons au lit bien avant minuit.

— Parle pour toi ! rit Katie.

— Je ne peux imaginer rien de pire, dit Lucy en frissonnant légèrement.

Elle se pencha par-dessus la table en direction de Millie.

— Je ne sais pas pour toi, mais je ne voudrais pas être vue, même morte, dans un trou pareil !

La manière dont elle avait dit ça fit grincer les dents de Millie. Lucy tentait toujours de faire croire qu'elle et Millie étaient d'un rang supérieur des autres, simplement parce que Millie avait un titre et que le père de Lucy avait fait fortune. Mais Millie savait que son propre père serait complètement horrifié par un tel snobisme mesquin.

Ce fut le rictus supérieur sur le visage de Lucy qui fit changer Millie d'idée. Avant même de comprendre ce qu'elle faisait, elle se tourna vers Dora.

— Oh et puis zut ! Tu as raison, nous n'avons pas souvent la chance d'avoir une sortie ensemble, n'est-ce pas ? Compte sur moi.

— Génial !

Le soulagement se voyait sur le visage de son amie.

— Ça va te plaire, je te le promets.

Mais après une longue et dure journée au service, Millie commença à regretter d'avoir changé d'idée. La dernière chose dont elle avait envie était de danser. Elle avait mal aux pieds, une douleur lancinante à la tête à cause de la tension d'échapper à une autre réprimande cinglante de la part de sœur Hyde, et tout ce qu'elle voulait réellement faire était de plonger ses membres endoloris dans un profond, quoique tiède, bain.

Elle rêvait déjà d'enlever ses chaussures alors qu'elle poussait le chariot à l'extérieur de la salle de soins, prête à commencer à distribuer le thé et à frictionner les dos… et elle fonça dans le docteur Tremayne.

Les bols, les gants de toilette et les boîtes de talc volèrent partout. William plongea pour attraper une bouteille d'une main avant qu'elle se fracasse sur le sol.

— Que dites-vous de ça ?

Il sourit et la lui tendit.

— Et dire qu'ils n'ont pas voulu que je joue lors de la partie inter-hôpital de cricket l'été dernier.

— Merci.

Elle la lui prit et se pencha pour ramasser les bols, se préparant aux remontrances quand elle entendit les pas rapides de sœur Hyde fonçant sur eux.

— Vraiment, Benedict ! Pourquoi ne regardez-vous pas où vous allez ? dit-elle brusquement. Est-ce que ça va, Dr Tremayne ?

— Tout à fait, merci, sœur. Et c'est moi qui aurais dû regarder où j'allais.

Il s'inclina pour aider à recharger le chariot, mais sœur Hyde intervint.

— Non, docteur, laissez Benedict s'en occuper. J'aimerais que vous jetiez un coup d'œil à Miss Wallis. Je crois que sa posologie a besoin d'être ajustée. Et assurez-vous de bien nettoyer, ordonna-t-elle à Millie par-dessus son épaule. Je ne veux pas que quiconque glisse et se brise le cou à cause de votre négligence.

En suivant sœur Hyde dans le couloir, William se retourna et fit un haussement d'épaules d'excuse vers Millie.

— Vous êtes en retard, observa Maud quelques minutes plus tard tandis que Millie tirait la cloison autour de son lit.

— Je suis désolée.

Millie pria pour que Maud ne soit pas dans l'une de ses humeurs difficiles. Elle était trop fatiguée pour y faire face. Tout ce qu'elle désirait était de terminer son quart de travail.

— Cela importe peu, je suppose. Je n'ai pas réellement de rendez-vous pressant de prévu ce soir.

Millie sourit, malgré sa fatigue.

— Essayons de vous tourner, d'accord ?

— Vous perdez votre temps, vous savez ? se plaignit Maud alors que Millie tamponnait de l'alcool méthylé sur ses omoplates proéminentes. Je ne sais même pas pourquoi vous vous donnez cette peine.

— Nous voulons que vous soyez à votre aise, dit Millie sur un ton apaisant.

— Ce serait très bien si je sentais quelque chose de désagréable, répondit aigrement Maud. Ce serait très bien si je sentais quoi que ce soit en fait !

Millie leva la tête au son de la voix de William qui provenait de l'autre côté de la cloison. Il était en train de parler à une patiente de sa voix chaude et réconfortante.

— Est-ce que je vous ai déjà dit que je jouais au tennis ? dit soudainement Maud.

— Non, je ne crois pas que vous ne l'ayez jamais mentionné.

— Eh bien, je jouais. Et je nageais. J'étais une excellente nageuse. Ma famille avait une maison à Deal et j'adorais la mer. J'étais très intrépide, même jeune. Je disais à tout le monde que j'allais traverser la Manche un jour — est-ce que vous m'écoutez ? dit-elle brusquement, sortant abruptement Millie de ses rêveries.

— Je suis désolée, Mrs Mortimer. J'avais la tête ailleurs.

— Je m'en suis bien aperçu !

Maud parut outrée.

— Bonté divine, j'ai dû écouter votre bavardage inepte incessant durant des semaines. Vous pourriez avoir la décence de m'écouter maintenant que je veux enfin parler !

— Vous avez raison, c'était inconsidéré de ma part.

Millie fit remonter un sourire du fin fond de ses chaussures robustes.

— Que disiez-vous ?

— Peu importe.

La bouche mince de Maud se transforma en moue.

— Ce n'est pas vraiment important, pas maintenant.

Elle suivit le regard de Millie qui errait au-delà de la cloison vers la voix de William.

— Il vous plaît, n'est-ce pas ? fit-elle remarquer.

— Qui ?

— Vous savez parfaitement bien qui. Ce jeune homme. Celui qui se croit médecin. De l'autre côté de la cloison. Celui que vous écoutiez alors que vous auriez dû être en train de m'écouter. Comment s'appelle-t-il ? Ah, oui ! Tremayne.

— Mrs Mortimer, je vous en prie !

Millie lança un regard angoissé vers la cloison tandis que la voix de Maud résonnait.

— Je vous en prie, quoi ? Croyez-vous honnêtement qu'il n'a pas remarqué que vous surveillez chacun de ses mouvements ? dit Maud en reniflant.

— Voilà. J'ai terminé.

Millie changea hâtivement de sujet, replaçant et rattachant la chemise de nuit de Maud.

— Je vais maintenant réarranger votre lit.

— Est-il la raison pour laquelle vous avez rompu vos fiançailles ?

Le regard de Maud était aussi acéré et pénétrant qu'un scalpel. Millie détourna les yeux.

— Bien sûr que non, bredouilla-t-elle en se penchant pour border le drap.

— Très bien, ne me dites pas la vérité, dit Maud avec mauvaise humeur. Tant que vous ne vous mentez pas à vous-même.

— Je ne sais vraiment pas de quoi vous parlez.

— Je crois que si.

Maud lui décocha un long regard entendu.

— Vous savez, dit-elle après une longue pause, il y a des jours où je souhaiterais avoir traversé la Manche.

— Je vous demande pardon ?

Millie la regarda en clignant des yeux.

— Je vous l'ai dit, je voulais le faire quand j'étais petite, expliqua patiemment Maud. Quand nous habitions à Deal, je fixais constamment la mer. Je me disais qu'un jour, je plongerais, si l'on peut dire, et traverserais la Manche. Je pensais que je serais la première personne à le faire, mais bien sûr le capitaine Webb m'a battue, dit-elle en souriant. Puis, j'ai pensé que je serais la première femme à le faire. J'avais l'habitude de nager dans la mer, me demandant si j'allais un jour être assez courageuse pour me rendre jusqu'en France.

— Pourquoi ne l'avez-vous pas fait ?

Maud haussa légèrement les épaules.

— Pour un millier de raisons. Je suis allée à l'école, puis à l'université, puis je me suis mariée... Je me disais que j'avais encore le temps, mais je ne l'ai jamais fait.

Elle sourit avec nostalgie.

— Oh, je ne dis pas que je n'ai pas vécu une vie très remplie ou que je n'ai rien accompli. Mais quelque part au fond de moi, j'ai toujours eu cet obsédant regret qui me dit que je n'étais pas suffisamment courageuse pour sauter et faire cette traversée.

Elle baissa les yeux vers ses mains, ses doigts s'incurvant vers l'intérieur de ses paumes comme les rebords d'une feuille morte.

— Mais évidemment, il est trop tard maintenant, n'est-ce pas ? Trop tard pour les regrets.

Elle leva la tête vers Millie.

— Comprenez-vous ce que je vous dis ? fit-elle. Le regret est une chose terrible, mon enfant. Vous ne devez jamais atteindre mon âge en sachant qu'il y a des sentiers que vous souhaiteriez avoir empruntés.

Millie était trop troublée pour dire quoi que ce soit pendant un moment. Elle ne voulait pas entendre ces paroles ; sa vie était déjà suffisamment compliquée sans qu'une étrangère essaie de l'embrouiller encore plus sur ses sentiments.

— Comme j'ai dit, je ne sais pas de quoi vous parlez.

Elle termina précipitamment de refaire le lit, pressée de s'échapper.

— Où allez-vous ? demanda Maud quand Millie repoussa la cloison. N'allez-vous pas rester et m'aider avec les mots croisés ?

— Je ne peux pas, je suis trop occupée.

— Mais je l'ai étudié toute la journée. J'ai découvert la plupart des solutions, j'ai simplement besoin que vous les complétiez pour moi…

Maud parut tout à coup très petite et vulnérable. Ses yeux bleus étaient habituellement si clairs et pénétrants, mais en les examinant maintenant, Millie put voir le voile laiteux de la vieillesse les recouvrir.

— S'il vous plaît, chuchota-t-elle.

Sa demande toucha le cœur de Millie. N'importe quel autre jour, elle aurait volontiers passé du temps avec elle. Mais aujourd'hui, elle était trop fatiguée et contrariée, et la dernière chose dont elle avait besoin était de devoir subir une réprimande de Maud Mortimer. Elle avait déjà eu assez de critiques de la part de sœur Hyde.

— Je suis désolée, dit-elle en consultant sa montre. Je n'ai pas le temps ce soir. Je suis censée terminer mon quart de travail bientôt. Peut-être qu'une des autres infirmières pourra vous aider ?

— Ce n'est pas grave, dit Maud en détournant le visage.

Sa bouderie énerva Millie. Elle était infirmière, se rappela-t-elle, pas la servante personnelle de Mrs Mortimer.

Puis elle se dit de ne pas être si égoïste. Maud était une vieille dame malade, il était normal qu'elle soit exigeante.

— J'ai congé demain, mais je reviendrai lundi, fit Millie. Peut-être pourrons-nous faire les mots croisés ensemble à ce moment-là ?

Maud tourna la tête pour la regarder.

— Je vais devoir consulter mon agenda.

Millie sourit malgré elle.

— Faites-le, Mrs Mortimer.

Alors que Millie s'éloignait, elle lança derrière elle :

— Vous vous souviendrez de ce que je vous ai dit, n'est-ce pas ? Aucun regret.

Millie se retourna vers elle.

— Que diable aurais-je à regretter ?

Dora n'avait jamais assisté à un bal auparavant. Elle se tenait dans l'embrasure de la porte, observant bouche bée la pièce caverneuse, animée de bruits et de couleurs. À l'autre bout, sur une petite scène, un orchestre en tenue de soirée jouait déjà un numéro entraînant, leurs instruments de cuivre captant la lumière, tandis que le plancher était rempli de danseurs qui tournoyaient. Dora n'avait jamais rien vu de tel. C'était comme si la radio de mémé avait brusquement donné naissance devant ses yeux à une vie bruyante et animée.

— Quel trou ! dit Lucy Lane.

Malgré son attitude dédaigneuse, dès qu'elle avait appris que Millie y allait, elle avait décidé de s'inviter. Maintenant, elle se tenait dans l'embrasure, regardant tout autour, comme si son nez retroussé captait une mauvaise odeur.

— Eh bien, je trouve ça génial, dit loyalement Katie O'Hara. En tout cas, c'est mieux que de rester dans nos chambres à étudier. Et c'est une bonne excuse pour se pomponner.

— Tu appelles ça être pomponnée ?

Lucy considéra sa tenue d'un air blessant. Dora vit son amie rougir et eut de la peine pour elle. Ce n'était pas la faute de Katie si sa meilleure robe était l'une des créations maison de sa mère irlandaise, d'un style froufroutant en noir et blanc qui n'avantageait pas sa silhouette potelée.

Dora remercia sa bonne étoile que sa propre mère soit plus habile avec une aiguille, même si sa robe bleue fleurie avait connu des jours meilleurs. Lucy, en revanche, était sur son trente-et-un dans une robe chic de crêpe vert foncé et un rang de véritables perles autour du cou.

Dora jeta un coup d'œil vers Millie. Elle était aussi jolie que d'habitude dans une robe jaune pâle, ses boucles blondes accrochant la lumière provenant des lanternes suspendues au-dessus des têtes. Mais son air abattu lui donnait l'allure d'un ange triste.

— Que faisons-nous maintenant ? demanda Dora en regardant autour d'elle.

Il n'y avait aucun signe de Joe, même s'il était difficile de reconnaître quelqu'un dans la foule tourbillonnante.

— On attend de se faire inviter à danser, je suppose.

Katie décocha un sourire encourageant à un groupe de jeunes hommes qui traînait près d'une colonne de l'autre côté de la salle.

— O'Hara ! As-tu besoin d'être aussi effrontée ? lui siffla Lucy.

Dora n'était pas certaine d'avoir envie de se faire inviter à danser. Elle ne pensait pas pouvoir se mouvoir sur la piste aussi rapidement que les autres danseurs, surtout après tant d'heures passées debout.

Millie semblait éprouver la même chose.

— Je vais m'asseoir, dit-elle.

— Personne ne nous verra là-bas ! geignit Katie, mais Millie se dirigeait déjà résolument vers une table dans un coin.

— Ça va pour elle, elle est fiancée, siffla Katie furieusement à Dora. Elle pourrait nous laisser une chance !

Dora sourit, mais secrètement elle était soulagée de se dissimuler. Elle commençait à se demander si être là était une si bonne idée. Elle était venue par égard pour Joe, mais il ne paraissait absent.

Et Lucy n'allait pas le lui laisser oublier.

— On dirait que ton jeune homme t'a posé un lapin, fit-elle remarquer.

— Je t'ai dit que ce n'était pas mon jeune homme, répliqua Dora, les dents serrées.

— De toute évidence, dit Lucy avec un sourire satisfait.

Dora balaya du regard la salle, déchirée entre la déception qu'il ne soit pas là et le soulagement de ne pas avoir à danser ou à tenir une conversation maladroite. Elle s'était tellement inquiétée qu'en venant ce soir elle lui donne l'idée qu'elle s'intéressait à lui. Mais elle se rendait compte avec un pincement au cœur qu'il ne s'intéressait pas du tout à elle.

— Eh bien, c'est ridicule ! déclara Katie en se levant. Si personne ne m'invite à danser dans la prochaine minute, je le ferai.

— Tu ne peux pas faire ça !

Lucy parut scandalisée.

— Pourquoi pas ? Je le faisais tout le temps lors de fêtes du village à la maison.

— C'est différent. Tu es à Londres maintenant, pas dans un quelconque petit village irlandais au beau milieu de nulle part. Tu ne peux pas te comporter comme un grossier garçon manqué. Tu dois être sophistiquée.

— Je préfère être un grossier garçon manqué qui va danser plutôt que d'être une sophistiquée qui se fond dans le décor !

Avec un dernier regard de défi vers elles, elle plongea intrépidement dans la foule grouillante de danseurs, à la recherche d'un partenaire.

— Regardez-la.

Lucy secoua la tête de désespoir.

— Laisse-la tranquille. Au moins, elle sait comment s'amuser, fit Dora. De toute façon, on dirait que son plan a fonctionné.

Elle fit un geste de la tête vers la piste où Katie traînait un très beau, quoiqu'un peu étonné, jeune homme.

— Peut-être devrions-nous essayer ?

Elle sourit vers Millie, laquelle semblait être complètement ailleurs.

— Qu'en penses-tu, Benedict ?

— Pardon ?

Millie leva la tête, confuse. Dora s'approcha d'elle.

— Nous n'avons pas besoin de rester, tu sais ? dit-elle par-dessus le vacarme de la musique. Nous pouvons rentrer.

— C'est absurde, je m'amuse, dit Millie même si son sourire fut forcé.

— Es-tu certaine ? Je sais que je t'ai obligée à venir…

— Je serais restée à broyer du noir dans ma chambre si tu ne l'avais pas fait.

Dora fronça les sourcils.

— Pourquoi ? Est-ce qu'il y a quelque chose qui ne va pas ?

Le sourire de Millie s'illumina aussitôt.

— Bien sûr que non. Je suis simplement fatiguée, c'est tout. De toute façon, nous devons rester, ajouta-t-elle. On ne sait jamais, ton jeune homme est peut-être en train de te chercher.

— J'en doute, dit Dora. S'il était ici, il aurait…

À cet instant, elle vit Joe traverser la foule.

— Vous voilà ! lança-t-il. Je vous ai cherchée partout. Je commençais à croire que vous ne viendriez pas. Mais l'un de mes copains, Tom, s'est fait mettre le grappin dessus par votre amie, laquelle lui a dit qu'il y avait un groupe d'infirmières assises par ici.

Joe sourit à ses amies. Dora avait oublié à quel point il était beau, vêtu de son meilleur costume, ses cheveux blonds soigneusement coiffés.

— Voici Joe, le présenta-t-elle tout à coup fière.

Elle fut ragaillardie en voyant la parfaite incrédulité sur le visage pincé de Lucy.

— Aimeriez-vous danser ? demanda-t-il.

— Oh non, je ne…

Dora était sur le point de refuser quand elle aperçut le hochement d'encouragement de Millie.

— Eh bien, d'accord alors, dit-elle. Mais je vous préviens, je ne suis pas très douée.

— Alors nous serons deux, dit-il en lui offrant le bras.

La première danse fut un swing entraînant. Dora fut nulle au début, trébuchant et heurtant les autres couples. Mais Joe était meilleur danseur qu'il l'avait laissé entendre et grâce à sa direction ferme, elle trouva bientôt ses repères.

— Vous voyez ? sourit-il. Ce n'est pas si difficile qu'il paraît, n'est-ce pas ?

Elle était complètement hors d'haleine après deux autres danses. Quand l'orchestre ralentit en un rythme plus lent, elle voulut quitter la piste, mais Joe la retint.

— Ne partez pas déjà, dit-il.

— Mais mes amies…

— Elles vont bien.

Il fit un signe de la tête vers Katie tournoyant toujours entre les bras de Tom. Elle l'avait peut-être d'abord pris par surprise, mais maintenant, il semblait apprécier sa compagnie. Même Lucy avait trouvé un partenaire avec qui danser, alors que Millie semblait tout à fait heureuse à bavarder avec d'autres filles qui avaient rejoint leur table.

— Vous voyez ? dit-il en attirant Dora vers lui, sa main se posant sur sa taille. Il n'y a rien qui vous empêche de danser avec moi.

Elle se tint rigide au début, effrayée par le sentiment étrange de ses bras autour d'elle. Mais graduellement, alors que la musique l'envahissait, elle se détendit.

— Je suis heureux que vous soyez venue, dit Joe, son visage si près du sien qu'elle sentit son souffle chaud souffler sur sa joue. Je n'étais pas certain que vous viendriez ou si vous alliez continuer à jouer à vous faire désirer.

Dora s'éloigna légèrement pour le regarder.

— Je ne joue à rien du tout, dit-elle.

Il sourit.

— Je suis heureux de l'entendre.

Elle se demanda si elle ne devait pas mettre les choses au clair et lui dire simplement qu'elle n'était pas intéressée, qu'ils ne pourraient jamais être plus que des amis. Mais elle appréciait le moment et ne voulait pas le gâcher.

Joe fut très attentionné envers elle toute la soirée, allant chercher des boissons, s'assurant que ses amies s'amusaient et la faisant danser sans arrêt. Dora fut stupéfaite du nombre de fois où elle se rendit sur la piste et à quel point elle aimait être dans les bras de Joe.

Elle surprit les regards admiratifs que d'autres filles lançaient vers lui et se demanda pourquoi il l'avait invitée, elle. Malgré la manière dont il agissait, elle n'arrivait pas à croire qu'il s'intéressait à elle. Peut-être était-il si aimable à cause de ce qu'elle avait fait pour Jennie.

— Passez-vous un bon moment ? voulut-il savoir alors qu'ils dansaient de nouveau.

— Génial, merci. Cela change de ne pas être en uniforme en tout cas !

— Vous êtes charmante.

Elle détourna le regard afin qu'il ne voie pas son visage rougissant.

— Vous n'avez pas besoin de dire ça.

— Je suis sincère.

Il baissa les yeux vers elle, ses yeux verts plissés.

— Pourquoi n'aimez-vous pas que quelqu'un vous fasse un compliment ?

Elle haussa les épaules, embarrassée.

— Je ne sais pas. Je ne suis probablement pas habituée, je suppose.

— Essayez-vous de me dire que je suis le premier homme à qui vous plaisez ?

Une image d'Alf apparut dans sa tête. Tout à coup, les bras de Joe lui parurent être tel du fer autour de sa taille, l'immobilisant contre lui. Paniquée, elle se libéra de son étreinte et quitta la piste en trébuchant. La pièce semblait trop chaude, trop bondée, elle n'arrivait plus à respirer…

Puis, les battements de son cœur se mirent à ralentir et elle se sentit idiote. Elle ne parvint même pas à regarder Joe qui la suivait, se frayant un passage entre les couples qui dansaient pour parvenir jusqu'à elle. Il la rattrapa alors qu'elle se dirigeait vers la porte.

— Dora ? Où allez-vous ?

— Je rentre. Je-je n'aurais pas dû venir.

— Mais nous passions un si bon moment.

Il saisit son bras et fronça les sourcils.

— Vous tremblez, constata-t-il. Que se passe-t-il ? Est-ce quelque chose que j'ai dit ?

— Ce n'est rien. Je me suis sentie un peu mal, c'est tout.

— Cela ne m'étonne pas après toutes ces danses. Devrions-nous nous asseoir ? Je vais aller vous chercher quelque chose à boire…

— Je préfère rentrer.

— Alors, je vous raccompagne.

— Non. Ça ira, vraiment.

Soudain, la pièce lui sembla chaude et étouffante. Elle sentit de la sueur dégouliner le long de sa nuque.

— Dora, regardez-moi.

Il mit une main sous son menton, remontant son visage vers le sien. La douceur de ses yeux tachetés d'ambre l'étonna.

— Je vous en prie, restez, dit-il. Nous ne sommes pas obligés de danser si vous ne voulez pas. Nous ne sommes pas obligés de faire quoi que ce soit que vous ne voulez pas. Mais j'aimerais simplement être avec vous, si c'est d'accord.

Elle réussit à faire un sourire tremblant.

— Je suppose que oui, acquiesça-t-elle.

Pendant le reste de la soirée, Joe ne la quitta pas. Il était de bonne compagnie, la faisant rire et l'écoutant attentivement quand elle parlait de sa famille et de sa vie au Nightingale. Il parlait aussi, lui racontant des histoires amusantes concernant certains personnages qu'il avait rencontrés lors de ses tournées.

Il fut aimable avec ses amies, leur offrant à boire et dansant avec elles pour qu'elles ne se sentent pas exclues. Même Lucy Lane sembla, à contrecœur, impressionnée avant la fin de la soirée.

Quand le bal se termina, il offrit de la raccompagner, mais Dora refusa.

— Je vais rentrer avec les autres, dit-elle alors qu'ils frissonnaient à l'extérieur de l'hôtel de ville.

— Je suis certain qu'elles comprendraient, n'est-ce pas ? dit-il de manière éloquente en tendant la main pour prendre la sienne.

— Malgré tout, j'aimerais rentrer avec elles.

— Si c'est ce que vous voulez.

Même à la faible lueur du réverbère, elle put voir la déception dans ses yeux.

Elle fit une pause avec un air embarrassé, ne sachant pas comment réagir. Il tenait toujours sa main, réticent à la laisser.

— Eh bien, merci de l'invitation, dit-elle.

— Puis-je vous revoir ?

Elle le fixa, sincèrement étonnée. Elle avait eu l'intention de lui dire non, de lui dire que ce n'était pas la peine, qu'il perdait son temps avec elle. Mais les mots ne voulurent pas sortir.

Il s'avança vers elle, s'approchant pour l'embrasser, et la panique l'envahit. Mais plutôt que d'aller vers sa bouche, il posa doucement ses lèvres sur son front.

— Je vous reverrai, dit-il en lui souriant dans l'obscurité. Vous pouvez y compter, Dora Doyle.

CHAPITRE 37

La modeste église paroissiale de Lyford avait été transformée pour le baptême de William David Frederick Arbuthnot, fils et héritier du marquis de Trent. L'autel débordait de fleurs printanières blanches et jaunes, le cuivre étincelait, et même le vieil orgue avait été accordé, grâce à une donation généreuse de dernière minute faite par les grands-parents du bébé, le duc et la duchesse de Claremont.

Millie se tenait avec les autres membres qui assistaient au baptême autour des fonts baptismaux, murmurant « Cher Seigneur et Père de l'humanité » tout en essayant désespérément d'empêcher son livre de chants de trembler. Près d'elle se tenait d'un côté William, aussi adorablement dépenaillé que jamais, sa cravate de travers, ses cheveux noirs tombant dans ses yeux alors qu'il penchait la tête pour déchiffrer les mots. Et de l'autre côté Seb, blond, soigné et maître de lui. La tension qui grésillait entre eux était presque palpable.

Comme l'hymne se terminait, elle osa un regard vers son ancien fiancé, baigné par les rayons de soleil qui traversaient les vitraux. Son beau profil aquilin lui était très familier et malgré tout, elle avait l'impression de regarder un étranger.

Elle avait tellement eu hâte de le revoir, certaine que lorsqu'ils se verraient face à face, ils se rendraient tous deux compte à quel point ils avaient été idiots. Mais la froide réserve de Seb l'avait choquée. Il avait été poli, mais distant. Millie, qui avait été prête à se jeter dans ses bras, était abasourdie et embarrassée.

Maintenant, alors qu'elle observait les bancs bondés, elle se demanda si quelqu'un avait remarqué le manque de chaleur de Seb envers elle. Il arrivait à peine à dissimuler son mépris pour elle. Elle se sentait exposée, son ignominie exhibée à tous.

Enfin, après ce qui lui parut une éternité, le service se termina et elle put s'échapper. Alors que l'assistance commençait à sortir de l'église, Millie alla rejoindre son père et sa grand-mère afin de monter avec eux, mais la mère de Seb l'intercepta.

— Où vas-tu ? J'imagine que Seb va te conduire.

Millie pointa la Daimler de son père.

— Je pensais monter avec ma famille…

— C'est absurde, ils prennent déjà le pasteur et ma tante.

Avant que Millie puisse protester, elle appela son fils.

— Tu conduis Millie jusqu'à Lyford, n'est-ce pas ?

— Eh bien, oui, je suppose…

Il la regarda avec hésitation.

— Bien sûr que oui.

La duchesse la poussa doucement vers lui.

— Allez, filez. Et ne soyez pas en retard, ajouta-t-elle. Le déjeuner sera servi à midi pile. Je sais comment vous êtes, vous, les jeunes gens.

Le regard espiègle qu'elle leur décocha colora ardemment le visage de Millie. Avant, ils en auraient ri ensemble, mais maintenant, elle arrivait à peine à regarder Seb quand il lui ouvrit d'un geste brusque la portière de sa voiture afin qu'elle y monte.

Il ne parla pas alors qu'il manœuvrait prudemment sa voiture. Puis, il demanda avec raideur :

— Comment vas-tu ?

— Je vais bien, merci. Et toi ?

— Je n'ai pas à me plaindre.

Il dirigea la voiture sur l'accotement afin d'éviter un tracteur.

— Comment est, hum, la vie à l'hôpital ?

Qu'est-ce que ça peut te faire ? eut-elle envie de lui répondre. Mais il faisait un effort pour être poli, alors elle pouvait au moins lui rendre la pareille.

— Comme d'habitude.

— Ah.

Il hocha la tête. Ils roulèrent pendant un moment, bavardant de manière guindée, comme des étrangers. Millie fixa le paysage composé de champs et d'arbres et pensa pitoyablement à quel point leur intimité lui manquait. Quelques semaines plus tôt, ils auraient été en train de rire aux éclats, gloussant ensemble du sermon ennuyeux du pasteur ou du chapeau de quelqu'un. Comment tout cela avait-il pu entièrement disparaître ?

Alors que Lyford apparaissait au cœur de la vallée, elle demanda :

— Je crois comprendre que tu n'as pas encore dit à ta famille que nous avons rompu nos fiançailles ?

Il secoua la tête.

— J'ai pensé que c'était préférable. Je ne voulais pas que quoi que ce soit gâche la journée de Sophia, répondit-il, le visage sombre.

— Je suis d'accord.

Seb lui jeta un coup d'œil.

— Je crois comprendre que toi non plus, si j'en juge par le fait que ta grand-mère n'est pas arrivée à l'église avec un fusil de chasse ce matin.

Millie sourit à contrecœur.

— Je ne suis pas tout à fait certaine vers qui elle l'aurait pointé.

Elle redoutait le moment où elle devrait annoncer la mauvaise nouvelle. Elle n'était pas sûre de ce qui serait le pire : la rage frustrée de sa grand-mère ou sa déception abjecte.

Comme s'il avait lu dans ses pensées, Seb poursuivit.

— Je peux lui annoncer pour toi si cela peut rendre les choses plus faciles. Ou nous pourrions le faire ensemble ?

— Merci, mais c'est préférable que je le fasse.

Millie tritura la couture de son gant.

— Comme sœur Hyde le dirait, c'est mon gâchis, c'est à moi de m'en charger.

Elle sourit avec ironie.

Elle sentit Seb se tourner vers elle.

— Millie…, commença-t-il.

— De toute façon, nous n'avons pas besoin d'en parler à quiconque aujourd'hui, n'est-ce pas ?

l'interrompit-elle afin de ne pas entendre ce qu'il avait à dire.

Elle avait le sentiment que ses mots seraient trop définitifs.

— Je crois que nous pouvons endurer d'être polis l'un envers l'autre pour quelques heures, non ?

— Oui, dit-il, retournant son regard vers la route. Oui, je crois que je peux faire semblant encore quelques heures.

Les dimanches, la plupart des sœurs tenaient leur propre observance dans leur service, que ce soit par de simples prières, des hymnes ou, dans le cas de l'amoureuse de jazz et quelque peu excentrique sœur Everett au service médical féminin, un choix de chants spirituels joués sur son harmonica.

Les infirmières qui n'étaient pas de service étaient attendues à l'église paroissiale de St-Luke, soit pour l'office du matin, soit pour les vêpres. Miss Hanley et sœur Sutton avaient le devoir de s'assurer qu'elles s'y rendaient.

Peu après midi, elles menaient une file désordonnée d'infirmières à l'air épuisé vers la maison des infirmières. Sœur Parker les avait accompagnées comme d'habitude. Et, comme d'habitude, son point de vue était en désaccord avec les autres.

— Tout ce que je dis, Veronica, c'est que le sermon était trop long, dit-elle, son léger accent écossais la faisant paraître beaucoup plus douce qu'elle l'était réellement.

— Vous ne pouvez pas dire ça ! protesta Miss Hanley. Le sujet de la rédemption est complexe et subtil. On ne peut pas l'expliquer en cinq minutes !

— Mais il n'est pas nécessaire de prendre quatre heures non plus, dit brusquement sœur Sutton. J'étais engourdie par le froid. Wiseman ! s'adressa-t-elle sévèrement à l'une des infirmières. Levez les pieds, on dirait que vous traînez un sac de charbon. Et pressez le pas, Pritchard, pour l'amour du ciel !

— Critiquer le messager oint de Dieu est critiquer Dieu, dit docilement Miss Hanley.

— Vraiment, Veronica !

Les yeux bleus de sœur Parker étincelaient d'amusement.

— Je ne crois pas que cela dérange Dieu que je dise que le révérend Jennings est un vieux moulin à paroles. Il est probablement d'accord avec moi !

Miss Hanley bafouillait encore d'indignation quand sœur Sutton demanda :

— Qui diable est cette femme ?

Une femme se tenait à la fenêtre du rez-de-chaussée de la maison des sœurs, la main en visière afin de voir à travers le verre.

— Quelle impertinence !

Sœur Sutton traversa péniblement le gazon dans sa direction.

— Vous, là ! Que croyez-vous faire ?

La femme se retourna et les considéra calmement. Elle ne semblait absolument pas perturbée d'avoir été surprise en train d'espionner.

— Je cherche Violet Tanner.

— Et vous êtes ? fit Miss Hanley.

La femme la regarda de bas en haut avant de répondre.

— Je me nomme Mrs Sherman. Je suis… une vieille connaissance de Violet.

Miss Hanley l'étudia avec méfiance. En apparence, son allure n'avait rien de fâcheux, c'était une femme dans la cinquantaine bien vêtue, grande et droite, avec un aspect presque militaire que l'assistante de l'infirmière en chef identifia être similaire au sien. Mais il y avait quelque chose dans ses froids yeux pâles qui envoyèrent un frisson d'avertissement dans la nuque de Miss Hanley.

— Est-ce qu'elle vous attend ?

Le sourire de Mrs Sherman manquait de chaleur.

— J'ai pensé lui faire la surprise.

Du coin de l'œil, Miss Hanley vit sœur Parker secouer légèrement la tête.

— Vous devez vous adresser à l'infirmière en chef, dit-elle. Revenez demain matin.

— Je n'ai pas le temps pour ça ! lâcha Mrs Sherman.

Puis, en voyant le froncement de sourcils de Miss Hanley, elle se reprit.

— Pardonnez-moi, je viens de loin et je suis assez fatiguée. Je dois reprendre le train vers Bristol demain et j'avais espéré passer un peu de temps avec Violet. Nous avons beaucoup de temps à rattraper.

— Il n'empêche que je crois qu'il serait préférable si…

Miss Hanley n'eut pas le temps de terminer sa phrase que sœur Sutton l'interrompit avec impatience.

— Oh, pour l'amour du ciel, Veronica ! Violet a emmené son petit garçon au parc, dit-elle à Mrs Sherman. C'est juste l'autre côté de la rue.

— Merci. Je vous en suis très reconnaissante.

Il y avait quelque chose qui ressemblait à du triomphe dans le regard qu'elle lança à Miss Hanley.

— Pourquoi aviez-vous besoin de lui dire ça ? siffla sœur Parker alors qu'elles observaient Mrs Sherman reprendre son chemin vers le sentier.

— Pourquoi pas ?

Sœur Sutton les considéra d'un air ahuri, ses mentons tremblant d'indignation.

— Vous l'avez entendue. Elle est une amie de Violet.

— Elle ne m'a pas semblé très amicale.

Miss Hanley regarda sœur Parker.

— Nous devons informer l'infirmière en chef, dirent-elles en chœur.

CHAPITRE 38

Millie avait cru que ce serait plus facile si Seb était aimable avec elle. Mais en fait, cela accentua davantage la douleur dans sa poitrine que s'il avait été simplement méchant. C'était tellement difficile, rester près de lui, le voir être totalement charmant envers elle devant tout le monde, en sachant qu'il n'était plus sien.

Ce fut encore pire une fois assise pour déjeuner de voir Georgina Farsley en train de flirter avec lui. Elle était peut-être avec Jumbo Jameson maintenant, mais il lui faudrait combien de temps avant qu'elle tente sa chance sur Seb quand elle apprendrait qu'il était libre ? se demanda Millie avec un pincement de jalousie.

Dès que le repas fut terminé, elle s'échappa sur la terrasse afin de fumer une cigarette. Elle s'assit sur les marches de pierres, insouciante de l'humidité qui s'insinuait à travers sa robe et fixa les gazons parfaitement entretenus et les arbres teintés de fleurs printanières roses et blanches.

Elle n'était pas assise là depuis longtemps quand Sophia vint la rejoindre.

— Est-ce que tu fuis toi aussi ? demanda-t-elle en s'asseyant près d'elle et se servant dans le paquet de cigarettes de Millie. Billy fait la sieste, Dieu merci. J'avais besoin de prendre un peu d'air frais ou j'allais simplement m'évanouir.

Elle alluma sa cigarette d'un clic du briquet de Millie et prit une longue bouffée, puis laissa une mince volute de fumée filtrer entre ses lèvres.

— As-tu appris la nouvelle ? dit-elle.

L'esprit de Millie se dirigea vers ses propres fiançailles rompues, jusqu'à ce qu'elle voit le sourire de Sophia.

— Quelle nouvelle ?

— Lucinda va faire de mon frère un homme honnête.

Le sourire de Sophia s'élargit.

— N'est-ce pas très amusant ? Toutes ces préparations et machinations ont fini par fonctionner. Cela ne m'étonne pas… elle n'a pas laissé le pauvre Richard respirer par lui-même depuis les deux derniers mois.

— C'est… une bonne nouvelle, dit faiblement Millie.

— Une bonne nouvelle pour Lulu, assurément. Elle se promène avec un sourire qu'on pourrait pratiquement voir de la lune, tout comme ses parents. Mais pas une si bonne nouvelle pour mon frère. Ni pour toi, chérie, ajouta-t-elle. Tu te rends bien compte que maintenant tout le monde voudra que vous décidiez d'une date pour votre mariage ?

Elle observa Millie à travers la fumée qui montait en boucle.

— Est-ce que ça va, Mil ? Tu es toute pâle.

— Je vais bien, mentit-elle. Je frissonne un peu, c'est tout.

— C'est probablement à cause de toutes ces discussions sur le mariage, dit Sophia en riant. Ne t'en fais pas, ce n'est pas si grave que ça. Je suis certaine qu'être mariée à Seb sera beaucoup plus amusant qu'être mariée à un vieux barbant comme Richard !

Elle leva les yeux vers Millie, surprise de la voir debout.

— Où vas-tu ?

— À l'intérieur. Je commence à avoir un peu froid.

— Ne parle à personne des fiançailles, d'accord ? lança Sophia derrière elle. Ils ne l'ont pas encore annoncé officiellement.

Il n'y avait aucun signe de Seb quand elle entra. Millie le chercha, mais personne ne l'avait vu.

— Je crois qu'il a accompagné Georgina à la gare, lui dit finalement Lucinda Carnforth.

Elle était fermement accrochée au bras de Richard, baignée de l'éclat de triomphe de la femme qui a remporté son prix.

— Elle a eu une dispute avec Jumbo, lequel est extrêmement bourré, et a décidé de rentrer à Londres.

— Je ne suis pas étonné. Avez-vous vu dans quel état il se trouvait ? dit Richard. Mère l'a fait mettre au lit. L'une des domestiques l'a surpris en train d'être malade dans le placard à bottes. Il est en pleine disgrâce.

Mais Millie se moquait de la chute en disgrâce de Jumbo. Elle était trop inquiète par l'idée de Seb et Georgina partant ensemble.

Un scénario prit forme dans sa tête. Seb s'était confié à Georgina au sujet de leurs fiançailles rompues et celle-ci avait instantanément plaqué Jumbo. Il était parti noyer sa peine, laissant Georgina avec une excuse appropriée pour demander à Seb de l'accompagner à la gare. Et, aimable comme il l'était, il ne serait que trop disposé à jouer son chevalier servant pour elle, inconscient qu'elle prévoyait le séduire.

Ou peut-être en était-il conscient, pensa-t-elle avec douleur. Peut-être qu'en ce moment même, ils machinaient pour savoir dans combien de temps ils pourraient décemment être vus publiquement ensemble.

Elle se sentit mal juste à y penser.

Mais maintenant, elle faisait face à un dilemme encore plus embarrassant. Il n'y avait qu'un seul train qui retournait à Londres cet après-midi-là. Elle devait se rendre à la gare, mais ne pouvait surmonter l'idée d'y voir Georgina et Seb.

Ce fut William qui vint à son secours.

— Je peux vous ramener à Londres, si vous voulez, offrit-il. Cela me semble idiot que vous preniez le dernier train alors que je peux vous ramener directement à votre porte.

C'était la solution parfaite, mais évidemment sa grand-mère eut quelque chose à redire.

— Es-tu certaine que c'est bien convenable ? interrogea-t-elle quand Millie lui dit au revoir. Je ne suis pas sûre qu'il soit approprié pour une jeune fille fiancée de se balader sans chaperon avec un autre homme. Qu'est-ce que Sebastian en pense ?

Sebastian s'en moque parce qu'il se balade déjà avec quelqu'un d'autre, voulut lâcher Millie. Mais elle ne parvint pas à prononcer les mots.

— Cela me semble une solution très pratique, répondit son père pour elle. Vraiment, mère, je suis certain qu'Amelia ne sera pas exclue de la bonne société pour être montée seule dans une voiture avec quelqu'un.

Elle se sentait trop misérable pour parler quand ils quittèrent Lyford et se dirigèrent vers Londres, mais s'efforça d'être sociable après un moment, par égard pour William.

— Comment va Phil ? demanda-t-elle.

— Aucune idée, répondit-il avec franchise. Je ne l'ai pas vue depuis des semaines.

Elle se tourna vivement vers lui.

— Vous n'êtes plus ensemble ?

Il haussa les épaules.

— C'est difficile à dire avec Phil. On pourrait dire qu'elle est plutôt anticonformiste.

Son sourire était un peu crispé

— Tout comme vous ?

— Vrai, acquiesça-t-il avec ironie. Je goûte à ma propre médecine. Plutôt approprié pour un médecin, je suppose.

Il lui jeta un coup d'œil.

— Mais je dois dire, même si je trouve Phil infiniment fascinante, que parfois je souhaiterais avoir quelqu'un de plus dévoué. Comme votre fiancé, par exemple.

Millie était certaine que ce n'était pas une pique, mais elle perça ses défenses fragiles et alla directement à son cœur.

— Il n'est pas si dévoué, marmonna-t-elle.

— Êtes-vous sérieuse ? Il vous adore.

Elle tourna la tête pour regarder par la fenêtre, mais c'était trop espéré que William ne vit pas les larmes qui roulaient sur ses joues.

Il détacha ses yeux de la route et tendit le cou pour l'observer.

— Attendez… est-ce que vous pleurez ? demanda-t-il, confondu.

Millie secoua la tête, craignant de parler.

— Vous pleurez !

Il rangea la voiture sur le côté, ratant de près un cheval et une charrette qui prenaient la courbe dans la direction opposée.

— Attention ! Vous allez nous tuer.

Millie couvrit ses yeux.

— Ne vous en faites pas pour ça.

William se tourna sur son siège afin de la regarder.

— Allez-vous m'expliquer de quoi il s'agit ?

Elle était sur le point d'inventer une excuse, comme elle l'avait fait avec Sophia. Mais la gentillesse qu'elle vit dans les yeux foncés de William lui donna envie de s'épancher.

— Nous avons annulé nos fiançailles, murmura-t-elle.

— Pardon ? Pourquoi ?

Elle haussa les épaules.

— Nous voulions des choses différentes, je suppose.

— Mais Seb vous vénère.

— Alors pourquoi est-il en train de batifoler avec Georgina Farsley ? lança-t-elle.

William fronça les sourcils.

— Comment savez-vous cela ? Est-ce Seb qui vous l'a dit ?

Millie baissa les yeux vers ses mains, se sentant tout à coup stupide.

— Il l'a raccompagnée à la gare, marmonna-t-elle.

— Et je *vous* raccompagne à Londres, mais cela ne signifie pas qu'il se passe quoi que ce soit entre nous !

Elle leva les yeux pour le regarder.

— Ce n'est pas ce que Seb croit.

— Ah.

Il s'adossa à son siège, commençant à comprendre.

— Alors, c'est ça. Il est jaloux.

Il repoussa ses cheveux noirs de son visage.

— Je savais qu'il n'avait jamais été l'un de mes plus grands admirateurs et maintenant je comprends pourquoi.

— Ce n'est pas seulement vous, dit Millie. Il ne veut plus que je sois infirmière. Il veut que nous nous mariions dès que possible.

— Cela ne ressemble pas à Sebastian. Il m'a toujours donné l'impression d'être un type équitable, pas du genre à imposer sa loi. Quoique…

William cessa de parler.

— Quoi ? voulut savoir Millie.

Il la regarda.

— Je suppose que si j'étais Seb, je ne voudrais pas non plus passer plus de temps que nécessaire loin de vous.

Ce fut comme si tout l'air avait été aspiré hors de la voiture. Soudainement, Millie ne pouvait plus respirer.

— Qu'êtes-vous en train de dire ? chuchota-t-elle.

— Je dis qu'il a peut-être raison.

Le regard sombre de William passa des yeux de Millie à ses lèvres, puis vers ses yeux de nouveau.

— Je sais que j'ai toujours eu des sentiments pour vous, peu importe à quel point j'ai essayé de prétendre le contraire. Peut-être n'ai-je pas prétendu suffisamment fort ? Ou peut-être que ni l'un ni l'autre ne l'avons fait ?

Comme il s'avançait pour l'embrasser, Millie sut dans son cœur qu'elle aurait dû le repousser. Mais une soudaine poussée de chaleur parcourut son corps et fit fondre ses résistances, la rendant incapable de bouger.

William avait raison, elle avait combattu son attirance depuis plus d'un an maintenant. Elle était là, une voix qui lui murmurait depuis la première soirée où il l'avait raccompagnée le long du fleuve. Il ne l'avait pas embrassée alors, mais elle voulait ardemment qu'il le fasse maintenant.

Quand cela se produisit, le baiser était aussi doux et merveilleux qu'elle avait su qu'il serait. William Tremayne avait embrassé suffisamment de filles pour savoir exactement ce qu'il faisait. Alors que sa bouche bougeait contre celle de Millie, tout d'abord doucement puis avec plus d'urgence, Millie sentit des picotements l'envahir de la racine des cheveux jusqu'au bout des orteils.

Ils finirent par se détacher l'un de l'autre. William scruta ses yeux, son regard fouillant le sien. Puis il eut un triste sourire.

— C'est à ce moment-là que vous êtes censée tomber dans mes bras et que nous serons heureux ensemble jusqu'à la fin de nos jours, fit-il. Mais cela n'arrivera pas, n'est-ce pas ?

Elle secoua la tête.

— Parce que vous l'aimez encore.

— Je suis désolée, dit Millie misérablement.

Et elle le pensait aussi. Au fond d'elle-même, elle avait tellement désiré que le baiser de William enflamme un feu en elle comme celui de Seb avait déclenché. Et même si elle sentait qu'elle avait été embrassée de manière experte et minutieuse, plus qu'elle ne le serait probablement durant le reste de sa vie, elle ne ressentit rien. Cela ne lui procura pas les mêmes frissons que d'être dans les bras de Seb, de savoir qu'il l'aimait plus que tout.

William se recala dans son siège et redémarra le moteur.

— Typique, soupira-t-il. Pourquoi lorsque je trouve enfin une fille à qui je tiens est-elle déjà amoureuse d'un autre ?

— Je suis désolée.

Et elle le pensait aussi. En un sens, il aurait été beaucoup plus simple si elle pouvait simplement oublier Seb et être avec William.

— Ne le soyez pas, dit-il. Seb est un homme chanceux.

Millie parut abattue.

— Sauf que j'ai tout fait rater.

— Non, lui dit William en tapotant son bras. Il reviendra à la raison, vous verrez. Il serait idiot sinon.

— J'espère que vous avez raison.

— J'ai raison, dit-il. Et quand cela arrivera, vous pourrez lui dire qu'il a failli vous perdre au profit du malicieux séducteur de l'hôpital Nightingale.

Millie lui fit un sourire larmoyant.

— Je ne crois pas que j'oserais !

Ils roulèrent jusqu'au Nightingale dans un silence amical. Il était beaucoup plus facile d'être avec William maintenant qu'elle était certaine de ne pas être amoureuse de lui. Il était de bonne compagnie, la faisait rire. Mais malgré ses meilleurs efforts pour lui remonter le moral, son chagrin concernant Seb était toujours là, une douleur permanente dans son cœur.

Néanmoins, elle était déterminée à ce que sa morosité n'affecte personne d'autre, alors elle réussit à coller son sourire le plus éclatant sur son visage alors qu'elle montait l'escalier jusqu'à la chambre qu'elle partageait au grenier.

Helen était allongée sur son lit, encore vêtue de son uniforme. Elle était tellement épuisée qu'elle n'avait même pas enlevé ses chaussures.

— Rude journée ? fit Millie en souriant et en enlevant les épingles de son chapeau.

Helen fixait le plafond.

— On pourrait dire ça. Comment s'est passé le baptême ?

— C'était…

Millie fit une pause, tentant de trouver les bons mots.

— Intéressant, conclut-elle.

— Comment ça ? Est-ce que mon frère a réussi à laisser tomber son nouveau filleul dans les fonts baptismaux ?

— Pas tout à fait !

Millie ôta son manteau d'un coup d'épaule.

— Et toi ? Comment était sœur Hyde aujourd'hui ? De bonne humeur j'espère ?

— Pas vraiment.

— Pourquoi ? Ne me dis pas que je lui ai manqué ?

Millie se tourna pour lui sourire, mais la tristesse dans les yeux d'Helen lui donna un choc.

— Tremayne, que se passe-t-il ? Qu'est-il arrivé ?

— Je ne sais pas comment te le dire.

Helen prit une profonde inspiration.

— Maud Mortimer est décédée la nuit dernière.

CHAPITRE 39

— Attention, Oliver. Ne t'approche pas trop du bord !

Violet appela son fils qui se tenait sur le sentier surplombant le lac de plaisance du parc Victoria, observant le bateau à fond plat qui transportait des passagers sur l'eau. Il n'écouta pas, trop captivé.

— Il ne sera pas satisfait tant que vous n'y serez pas allée, n'est-ce pas ? commenta sœur Blake avec un sourire, tout en servant le thé.

— On dirait que non, acquiesça Violet avec regret.

Elle lui avait promis une promenade sur le lac après avoir bu une tasse de thé réconfortant au pavillon des rafraîchissements. Oliver était demeuré assis immobile pendant moins de deux minutes jusqu'à ce que l'excitation l'emporte et qu'il supplie d'avoir la permission d'aller observer les bateaux.

L'énergie d'un enfant de sept ans ne cessait de l'ébahir. Ils avaient déjà exploré les ponts et le village miniature, et Oliver avait couru autour du parc à plusieurs reprises, ses petites jambes ne lui faisant jamais défaut, même si les siennes étaient douloureuses à force de le suivre.

— Vous ne l'avez jamais emmené ici auparavant ? dit sœur Blake en lui tendant sa tasse.

Violet ne répondit pas, ajoutant une cuillérée de sucre à son thé et le remuant. En voyant l'éclatante joie sur le visage de son fils, elle s'était sentie coupable de ne pas avoir tenu sa promesse de l'emmener plus tôt au parc. Il avait désiré y venir depuis une éternité, mais la peur l'avait toujours tenue éloignée.

Elle aurait encore pu trouver une autre excuse aujourd'hui si sœur Blake ne l'avait pas convaincue de céder alors qu'elles rentraient de l'église.

« Où est le mal ? » l'avait-elle raisonnée.

Et pour une fois, Violet avait décidé que cela valait peut-être la peine de prendre un risque.

Elle en avait pris quelques-uns dernièrement. Elle s'était jointe à la chorale et était devenue amie avec plusieurs des sœurs. Il était encore tôt, mais Violet pouvait sentir son cœur glacial commencer à fondre.

Cependant elle devait encore demeurer prudente. Elle ne pouvait pas se permettre de trop se relâcher ou de révéler quoi que ce soit au sujet de son passé.

Elle regarda par la fenêtre. Oliver lui fit joyeusement un signe de la main.

— Quelle joie il doit vous apporter ! commenta sœur Blake.

— Il est ma vie, répondit simplement Violet.

— Et un si beau petit garçon aussi. Et avec votre teint foncé. Est-ce qu'il tient un peu de son père ?

C'était une question innocente, mais Violet se tendit, tous ses sens instantanément en alerte.

— Un peu, répondit-elle prudemment.

— Cela doit vous être très difficile de le voir dans votre fils ?

Violet tourna la tête brusquement.

— Pourquoi dites-vous cela ?

— Seulement parce que cela doit vous rappeler la souffrance de sa perte.

Sœur Blake fronça les sourcils, perplexe.

— Pourquoi ? Que croyiez-vous que je voulais dire ?

Heureusement, l'arrivée d'Oliver lui évita de répondre, la pressant encore pour savoir quand ils iraient prendre le bateau.

— Dans une minute, dit Violet.

— Mais tu as déjà dit ça il y a une minute, geignit-il.

— Alors, tu dois être patient.

— Voilà ce qu'on va faire.

Sœur Blake fouilla dans sa poche et lui tendit une pièce.

— Pourquoi n'irais-tu pas t'acheter une pomme d'amour au kiosque pendant que tu attends ?

Oliver écarquilla les yeux sur la pièce au creux de sa main, puis regarda Violet.

— Est-ce que je peux, maman ?

— Très bien. Mais reste où je peux te voir, lança-t-elle derrière lui alors qu'il courait hors du café.

Violet réprimanda sœur Blake :

— Je crois qu'entre vous, sœur Sutton et les autres sœurs, mon fils court le danger de devenir très gâté.

— Il est devenu notre petit chouchou, n'est-ce pas ? dit-elle. Même Miss Hanley a un petit faible pour lui, même si elle ne l'admettrait jamais, dit-elle en souriant. Je suis certaine que plusieurs croient que nous sommes de vieilles filles ennuyeuses, vivant toutes ensemble comme nous le faisons. Mais la plupart d'entre nous aimons les enfants. J'oserais même dire que certaines auraient aimé avoir leur propre famille si les choses avaient été différentes.

— Auriez-vous voulu avoir des enfants ? demanda Violet.

Sœur Blake hocha la tête.

— Beaucoup.

— Mais vous avez décidé de rester infirmière ?

Sœur Blake parut nostalgique.

— J'aimerais pouvoir dire que je l'ai fait par dévouement pour la profession d'infirmière, comme sœur Hyde et quelques autres. Mais en fait, ce choix a été fait pour moi.

Elle tourna lentement sa cuillère dans sa tasse vide.

— L'homme que j'aimais est mort durant la guerre.

— Oh, je suis désolée.

Combien de fois Violet avait-elle entendu la même histoire ? Presque toutes les femmes qu'elle connaissait avaient perdu un père, un frère, un mari ou un fils à la guerre. Son propre père bien-aimé avait été tué à Arras et son frère, un an plus tard.

— Où a-t-il été tué ?

— Il n'a pas été tué. Il a été gravement blessé à Passchendaele. Un obus de mortier a endommagé sa colonne vertébrale. Il est resté à se noyer dans la boue du champ de bataille jusqu'à ce qu'un membre de son unité le trouve et le ramène à la maison.

Sa bouche se tordit.

— Je me demande parfois si cela n'aurait pas été plus bienveillant de l'avoir laissé mourir, dit-elle d'un air désolé.

— Certainement pas.

Violet fut secouée.

— Vous ne connaissiez pas Matthew.

Sœur Blake secoua la tête.

— Cette explosion de mortier a brisé plus que sa colonne vertébrale. Elle a brisé son âme aussi. Il ne pouvait pas affronter le fait d'être confiné à un fauteuil roulant. Il a essayé de rompre nos fiançailles, m'a dit de me trouver un homme entier, quelqu'un qui pourrait être le mari que je méritais. Comme si j'allais vouloir de quelqu'un d'autre !

— Alors, que s'est-il passé ?

— J'ai refusé, évidemment.

Sœur Blake haussa les épaules.

— J'avais terminé ma formation d'infirmière, alors j'ai demandé à être transférée à l'hôpital spécialisé en orthopédie où il était soigné, sur la côte sud. Cela signifiait être loin de ma maison et de ma famille, abandonnant tout ce que j'avais toujours connu. Mais je serais allée au bout du monde pour Matthew, sincèrement.

Ses yeux s'embuèrent.

— Peut-être que si j'avais su ce que cela lui ferait sur le plan émotionnel, le fait que je le vois ainsi, je n'aurais pas été aussi expéditive.

Elle baissa les yeux vers ses mains sans alliance, les croisant et les décroisant sur la table devant elle.

— Il s'est suicidé, vous voyez. Le jour même où la paix a été déclarée.

— Je suis tellement désolée.

— C'était il y a très longtemps. Et j'essaie de ne pas trop m'y attarder.

Elle leva la tête vers Violet, se forçant à sourire.

— Je ne suis pas la seule femme à avoir perdu un être cher, n'est-ce pas ? Vous savez ce que c'est.

Violet se sentit envahie par la culpabilité tandis qu'elle prenait sa tasse de thé et jetait un regard par la fenêtre. Pauvre sœur Blake, que dirait-elle si elle savait que Violet cachait encore d'autres secrets ? Plus elle apprenait à les connaître, elle et les autres sœurs, et plus Violet se sentait pitoyable de les duper. Elles l'aimaient bien, elles s'étaient attachées à Violet et Oliver, et elle les remerciait avec des duperies. Elle se détestait pour ça et malgré tout elle devait continuer pour le bien d'Oliver.

C'est à ce moment qu'elle vit Mrs Sherman.

Malgré la foule de gens qui goûtait aux rayons du soleil printanier, le regard de Violet la repéra immédiatement. Elle se tenait à l'autre bout du lac, grande et droite comme un *i*, scrutant le plan d'eau de long en large.

Violet avait eu d'innombrables cauchemars de ce moment desquels elle se réveillait trempée d'affolement. Mais cette fois, il n'y avait pas de telle échappatoire.

Le monde se mit à tourner, et elle laissa tomber sa tasse avec fracas.

— Violet ? Est-ce que ça va ? Vous êtes terriblement blême…

La voix de sœur Blake était faible et lointaine, comme si elle provenait du fond d'un puits. Mais Violet était déjà debout, la dépassant et sortant dans le soleil.

Il n'y avait aucun signe de son fils.

— Oliver !

Elle hurla son nom, regardant frénétiquement autour d'elle. De nombreux visages étonnés la dévisagèrent.

— Violet ?

Elle sursauta quand sœur Blake arriva derrière elle et plaça une main sur son épaule.

— Violet, que se passe-t-il ?

— Je dois retrouver Olivier.

Elle se fraya un chemin parmi la foule de gens, criant toujours son nom.

— Oh, mon Dieu, où est-il ? Oliver !

— Maman ?

Elle se retourna vivement. Il se tenait à ses côtés, sa pomme d'amour à la main.

— Oh, Dieu merci !

Elle se précipita vers lui et lui saisit la main, regardant autour d'elle frénétiquement, s'attendant à ce que Mrs Sherman apparaisse à tout moment tel un ange vengeur.

— Viens, nous devons partir.

— Mais les bateaux…

— Une autre fois.

— Mais tu as promis !

Il planta ses talons dans le sol, la faisant presque tomber.

— Tu as promis que nous irions en bateau !

— Oliver, fais ce que je te dis !

La panique et la peur la firent crier après lui. Elle vit son visage se déformer lentement et éclater en sanglots, mais elle n'avait pas le temps de le réconforter. Elle ne pensait qu'à s'enfuir, à trouver un endroit sécuritaire pour se cacher pendant qu'elle tirait et transportait à la fois Oliver qui sanglotait à travers la foule.

Elle entendait sœur Blake l'appeler derrière elle. Mais Violet n'en tint pas compte, courant, ses poumons enfiévrés, en tenant la main d'Oliver si fermement qu'elle sentit ses os fragiles s'écraser sous sa poigne. Mais elle craignait trop de desserrer sa prise, redoutant qu'il prenne la fuite, allant directement vers Mrs Sherman.

Les klaxons des voitures retentirent quand elle fonça à travers la rue vers le portail de l'hôpital. Mais elle n'arrêta pas de courir, traversant le porche, puis la cour et se dirigeant derrière les édifices de l'hôpital vers les quartiers des sœurs.

Les sanglots révoltés d'Oliver résonnèrent sur les murs alors qu'elle tournait sa clé dans le verrou. Elle ouvrit la porte, poussa son fils à l'intérieur, puis verrouilla derrière elle. Son cœur martelant, elle ferma violemment les rideaux, les plongeant dans l'ombre.

Elle entrebâilla un rideau et jeta un coup d'œil. Soudainement, le magnifique jardin baigné de rayons du soleil printanier sembla habité de toutes sortes d'horreurs sans nom. Elle devait s'échapper, mais elle était piégée comme une proie sans défense.

La peur la submergea, gonfla dans sa gorge et l'étouffa presque.

Elle tira Oliver dans la chambre et ferma la porte. Elle sortit la valise qui était rangée sur son armoire et se mit à y jeter des vêtements.

Il cessa de sangloter et la regarda avec curiosité.

— Que fais-tu ?

— Nous devons partir, mon trésor.

— Mais je veux rester !

Sa lèvre inférieure fit une moue obstinée.

— Ça me plaît ici. J'ai aidé sœur Sutton à planter des graines et je veux les voir grandir.

— Je sais, chéri, mais nous devons partir. Les méchantes personnes nous ont trouvés. Nous ne sommes plus en sécurité ici.

Les yeux bruns d'Oliver s'écarquillèrent de peur. Puis il croisa les bras avec un air de défi.

— J'en ai assez de m'enfuir des méchantes personnes. Je ne veux plus fuir, déclara-t-il.

Violet regarda son fils, sa panique faiblissant. Elle posa les vêtements et s'approcha de lui.

— Moi non plus, mon trésor, soupira-t-elle tristement, caressant son visage. Mais nous ne pouvons pas rester.

Il y eut un coup à la porte et Violet se figea.

— Miss Tanner ?

Elle entendit la voix de l'infirmière en chef de l'autre côté de la porte et se permit de recommencer à respirer.

— Reste là, prévint-elle Oliver. Sois aussi silencieux qu'une souris et ne bouge pas. Peux-tu faire ça pour moi ?

Il hocha solennellement la tête.

— Est-ce que l'infirmière en chef est l'une des méchantes personnes ? chuchota-t-il.

Violet fixa la porte d'un air grave.

— C'est ce que nous allons découvrir, d'accord ? dit-elle.

CHAPITRE 40

C'était dimanche après-midi, mais l'infirmière en chef portait son uniforme noir, et son expression était solennelle sous sa coiffe élaborée. Miss Hanley se tenait derrière elle, son visage aussi sinistre que celui d'un geôlier.

— Je crois que nous devons avoir une discussion, ne croyez-vous pas ? dit l'infirmière en chef.

Violet poussa un profond et fébrile soupir. Le temps était venu d'être enfin honnête, et cela lui procura un étrange sentiment de soulagement.

— Pas ici, dit-elle en jetant un coup d'œil par-dessus son épaule. Je ne veux pas qu'Oliver entende.

— Très bien. Nous discuterons dans mon bureau. Miss Hanley surveillera votre fils. Ne vous inquiétez pas, dit l'infirmière en chef. Elle ne laissera aucun mal lui arriver. N'est-ce pas, Miss Hanley ?

Violet jeta un bref regard vers l'assistante de l'infirmière en chef. Elles n'avaient peut-être pas été d'accord sur tout, mais elle avait le sentiment que c'était une femme en qui l'on pouvait avoir confiance.

Dans le bureau de l'infirmière en chef, Violet se dirigea vers la chaise située du côté des visiteurs de la massive table de travail en acajou, mais l'infirmière en chef la guida vers l'un des fauteuils en cuir poli qui encadraient le foyer. C'était là qu'elles s'étaient assises le jour où elle l'avait invitée à habiter au Nightingale. À cette époque, cela lui avait semblé trop beau pour être vrai et maintenant elle savait que c'était le cas. Miss Fox demanda à la domestique d'apporter du thé, puis s'installa dans l'autre fauteuil.

— Je pars, jeta Violet.

— Très bien.

L'infirmière en chef la considéra avec ses calmes yeux verts.

— Si c'est ce que vous souhaitez, loin de moi l'idée de tenter de vous faire changer d'avis. Mais d'abord, j'aimerais avoir une explication. Je crois que vous me devez au moins ça.

Violet fut décontenancée, ne sachant pas par où commencer. Jusqu'à ce que l'infirmière en chef dise :

— Miss Hanley m'a informée que vous aviez eu une visite ?

La panique l'envahit.

— Mrs Sherman est venue *ici* ?

L'infirmière en chef l'observa.

— Je crois donc comprendre qu'elle est la raison de votre soudain désir de partir ?

Violet hocha la tête.

— Qui est-elle, si je peux me permettre ?

— La gouvernante de mon mari.

— Ne voulez-vous pas dire l'ancienne gouvernante de votre mari ? Votre mari est décédé, n'est-ce pas ?

Violet hocha la tête.

— Alors, vous n'êtes pas veuve en fin de compte ?

— Si seulement je l'étais, murmura-t-elle.

Elle vit l'air étonné de l'infirmière en chef, mais ne s'en souciait plus.

— Mon mari est un monstre, déclara-t-elle, relevant le menton. Il a rendu ma vie misérable dès le jour où je l'ai épousé.

— Alors pourquoi l'avoir fait ?

— Parce que j'étais jeune, stupide et naïve. Suffisamment stupide pour me permettre d'être flattée lorsqu'un médecin m'a démontré de l'intérêt. Et suffisamment naïve pour croire ma mère quand elle m'a dit que de me marier avec un homme assez âgé pour être mon père serait mon aboutissement.

Mais elle ne pouvait blâmer personne pour ce qu'elle avait fait. Sa mère n'avait voulu que ce qui était le mieux pour elle ; Violet avait décidé seule d'épouser Victor.

Mr Victor Dangerfield. L'un des meilleurs neurochirurgiens du pays. Les journaux médicaux disaient de lui qu'il était un génie, un chirurgien novateur capable de rendre la vue à un aveugle et de ramener un mort à la vie. Avec un tel pouvoir au bout des doigts, était-ce réellement étonnant qu'il se soit transformé en une arrogante brute narcissique ?

On frappa à la porte, et la domestique entra avec le plateau de thé. Violet s'arrêta, rassemblant ses idées, tandis que l'infirmière en chef leur versait à chacune une tasse de thé. Puis elle se cala de nouveau dans son fauteuil et regarda Violet, attendant la suite.

— Commencez au début, dit-elle. Et je veux que vous me disiez tout.

Alors, Violet lui raconta tout. C'était la première fois qu'elle racontait son histoire à quelqu'un qui voulait vraiment l'écouter. Elle avait essayé une fois de parler à sa mère, mais Dorothy Tanner avait refusé d'entendre quoi que ce soit contre son gendre parfait. Maintenant, enfin, Violet avait quelqu'un qui était prêt à écouter ce qu'elle avait à dire. C'était un tel soulagement de tout laisser sortir.

Elle avait vingt-deux ans quand Victor Dangerfield l'avait charmée et épousée.

En y repensant, elle se demandait comment cela avait pu se produire. Victor Dangerfield était riche, puissant et charismatique. Il aurait pu avoir n'importe quelle femme. Et malgré tout, il avait choisi une petite souris timide comme elle. Il l'avait choisie alors qu'elle se dissimulait au bout de la file des infirmières quand il était arrivé dans le service pour faire sa tournée. Elle s'était demandé si cela avait fait partie de ce qui l'avait attirée. Victor était le genre d'homme qui avait besoin d'une femme qui allait l'adorer et le vénérer à la maison comme les infirmières le faisaient à l'hôpital.

Peu importe quelles étaient ses motivations, il avait décidé que c'était elle qu'il voulait, et elle avait eu peu de choses à dire en la matière. Il ne l'avait pas tant courtisée qu'écrasée : sa personnalité était si puissante qu'ils étaient fiancés presque avant qu'elle comprenne ce qui se passait.

Mais il y avait eu un moment où elle avait tenté d'exprimer ses doutes. Comme le mariage approchait, elle avait confié ses craintes à sa mère. Victor avait la quarantaine, le double de son âge, et elle avait l'impression d'à peine le connaître. Il était charmant et attentif, mais elle ne connaissait rien de ce qu'il y avait en dessous de la surface. Elle ne connaissait pas son passé, ses amis, sa famille. Elle ne pouvait même pas se souvenir d'une seule conversation sérieuse qu'elle aurait eue avec lui.

Mais sa mère avait rejeté ses craintes, lui avait dit à quel point elle était chanceuse que quelqu'un comme Victor Dangerfield eut un jour regardé dans sa direction. Dorothy Tanner avait tiré le diable par la queue depuis que son propre mari était décédé, et elle connaissait la valeur d'un mari prêt à veiller et subvenir à ses besoins.

Alors, Violet avait repoussé ses craintes et l'avait épousé. Mais ils n'étaient mariés que depuis quelques semaines quand elle avait compris quel genre d'homme elle avait pris comme mari.

Elle baissa les yeux vers sa tasse, incapable de croiser les yeux de l'infirmière en chef tout en narrant son histoire. Encore maintenant, elle se sentait embarrassée et honteuse, comme si cela était en quelque sorte sa faute.

— Nous étions mariés depuis moins d'un mois la première fois qu'il m'a battue, dit-elle sur un ton morne. Je me rappelle que c'était à propos des rideaux.

Elle sourit faiblement à ce souvenir. Cela lui parut si insignifiant et ridicule maintenant.

— J'avais emménagé dans sa maison, voyez-vous, et elle était remplie de vieux meubles et de tissus foncés et lourds qui semblaient être là depuis l'époque victorienne. Bien sûr, en tant que jeune mariée, j'avais envie de laisser ma marque. Alors, j'ai commandé de nouveaux rideaux. Je ne lui en ai pas parlé, j'ai pensé que ça serait une surprise.

La bouche de Violet se tordit d'amertume.

— Et il s'est mis en colère ?

— Oh non, il n'était jamais en colère.

C'était ce qui était si terrifiant en lui. La colère était préférable aux effrayantes punitions calculées qu'il lui infligeait. Au moins, elle aurait pu prévoir la colère. Mais ses coups pouvaient survenir de nulle part.

— Il était très calme comme toujours, poursuivit-elle. Il m'a ordonné de les enlever et de les jeter au feu. Puis, il m'a frappé à la tête, si fortement que mon tympan a éclaté.

Elle vit l'infirmière en chef grimacer.

— Vous n'êtes pas allée voir la police ?

Violet hocha la tête.

— Qui m'aurait crue ? Vous devez vous rappeler que mon mari est un éminent chirurgien, un homme avec une position. De tels hommes ne battent pas leurs femmes, n'est-ce pas ? Ce ne sont que des hommes de la classe ouvrière qui entrent soûls du pub qui s'en prennent à leurs femmes. Et même si j'avais essayé d'en parler à quelqu'un, Victor se serait assuré que personne ne me croit.

Mon mari pouvait être hautement persuasif quand il le voulait. Il avait réussi à me persuader très souvent. Pendant longtemps, j'ai été convaincue que tout était de ma faute. Que je méritais d'être punie pour ma propre bêtise. Je pensais que si seulement je pouvais être une meilleure personne, moins le décevoir…

— Pauvre enfant.

Des larmes piquaient les paupières de Violet. C'était la première fois que quelqu'un avait pitié d'elle, constata-t-elle.

— Les coups n'étaient pas ce qu'il y avait de pire, dit-elle. Je sais que cela est difficile à croire, mais je pense que j'aurais pu supporter la douleur physique d'une côte fêlée ou de quelques ecchymoses. Mais c'était ce qu'il me faisait là, dit-elle en tapotant sa tempe. C'était cela qui blessait réellement. Il me faisait sentir comme si tout était de ma faute. Chaque critique qu'il me faisait, chaque fois qu'il me punissait, je devais demander pardon pour l'avoir offensé. Et si je ne le faisais pas, il me faisait souffrir davantage. Il brûlait mes vêtements, défendait les domestiques de me nourrir ou m'enfermait dans ma chambre. Parfois, il m'ignorait simplement durant des jours. J'étais comme un chien qu'il devait mettre au pas. Et évidemment, il finissait par y parvenir.

— Mais pourquoi, ma chère ? Je ne comprends simplement pas.

L'infirmière en chef parut déroutée.

— Moi non plus, admit Violet. C'est tellement difficile à expliquer. C'est différent quand vous y êtes, quand vous êtes au beau milieu de tout ça.

C'est comme si l'on ne peut plus différencier le bien du mal, le haut du bas.

— Mais n'y avait-il personne qui aurait pu vous aider ? Votre mère, peut-être ?

— Ma mère n'avait pas le droit de nous approcher après notre mariage.

C'était ironique, songea-t-elle. Dorothy Tanner avait tellement voulu que sa fille se marie bien afin d'élever son propre rang social. Et Victor la méprisait. Il ridiculisait ses prétentions à Violet et ne lui permettait pas de lui rendre visite.

Mais tel était le pouvoir qu'il exerçait sur les gens, et Dorothy l'adorait encore. Elle avait refusé d'entendre les requêtes désespérées de Violet pour revenir à la maison à cause de la manière dont son mari la traitait et même maintenant elle demeurait fermement loyale envers son gendre.

Bien sûr, il y avait une femme plus près vers qui Violet aurait pu se tourner : Mrs Sherman, la gouvernante dévouée de Victor. Violet devait s'efforcer de garder le venin hors de sa voix quand elle mentionnait son nom.

— Je crois qu'elle était secrètement éprise de mon mari. Elle était sa gouvernante depuis des années quand je suis arrivée. Je ne sais pas si elle était jalouse de moi ou si elle ne pouvait pas accepter l'idée de Victor ramenant une nouvelle mariée dans la maison, mais elle ne m'a traitée avec rien d'autre que de l'hostilité et du mépris dès le jour où je suis arrivée.

— Était-elle au courant de la violence de votre mari envers vous ?

— Non seulement elle était au courant, mais elle prenait plaisir à me voir souffrir.

La voix de Violet trembla de colère à ce souvenir.

— Il y avait de nombreuses occasions où elle aurait pu intervenir et m'épargner d'être humiliée. Mais elle ne l'avait pas fait. Et les quelques fois où j'ai directement fait appel à son aide, elle m'a repoussée comme si elle ne savait pas de quoi je parlais. Parfois, je me suis sincèrement demandé si elle se permettait même de reconnaître à quel point Victor était cruel. Aucun être humain n'aurait pu endurer que cela se poursuive sinon.

Violet vida sa tasse et l'infirmière en chef la remplit immédiatement.

— Je suis étonnée que vous ayez voulu avoir un enfant avec lui, remarqua-t-elle en lui tendant sa tasse.

— Comme pour tout le reste, ce n'était pas ma décision.

Le regard de Violet glissa vers la fenêtre. Le soleil commençait à descendre. Elle se mit à être nerveuse à l'idée de la tombée du jour, sachant que Mrs Sherman rôdait à proximité.

— Victor était obsédé par l'idée d'être père. Il voulait désespérément un fils afin de poursuivre le nom Dangerfield. Je crois que c'est là l'une des principales raisons pour lesquelles il a épousé une jeune fille comme moi.

Elle remua lentement son thé. Le son de la cuillère grattant la tasse sembla résonner dans la pièce silencieuse.

— Il était extrêmement frustré que je ne conçoive pas immédiatement.

Frustré. C'était un si petit mot pour toute la douleur qu'il lui avait infligée pour son échec.

— Puis, enfin, deux ans après notre mariage, c'est arrivé. Et ma vie a changé en une nuit.

Elle sourit à ce souvenir. Les neuf mois de sa grossesse avaient été les plus paisibles de leur mariage.

— Victor a cessé de me battre et me traitait comme si j'étais la chose la plus précieuse du monde pour lui. Il ne pouvait simplement pas en faire suffisamment pour moi. Mais même si j'essayais d'être heureuse, je ne pouvais m'empêcher de redouter ce qui allait se passer après la naissance du bébé. J'ai commencé à faire des cauchemars dans lesquels je donnais naissance à une fille. Je ne pouvais simplement pas imaginer ce que Victor me ferait si je ne lui donnais pas le fils qu'il attendait.

Elle se mit à triturer l'ongle de son pouce entre ses dents, une habitude qu'elle avait développée durant sa grossesse et dont elle n'avait pas été capable de se défaire depuis.

— Mais vous avez eu un garçon.

— En effet. Mais ce fut un accouchement horriblement difficile, et j'ai été confinée au lit pendant un mois après afin de reprendre mes forces. Quand j'ai été suffisamment bien pour me lever et prendre soin de mon enfant, j'ai découvert qu'il était trop tard. Mrs Sherman avait déjà pris les commandes.

La gouvernante veillait à chaque aspect des soins du bébé, dirigeant la nounou et les domestiques comme si elle était la mère. Seulement avec réticence lui laissait-elle le bébé pour le nourrir, et même là elle observait jalousement Violet du seuil de la porte, mourant d'envie de le lui arracher dès qu'elle le pourrait.

— J'ai essayé de me défendre, mais avec elle et Victor contre moi, c'était presque impossible, expliqua désespérément Violet. J'étais complètement misérable et pitoyable. Le seul plaisir que j'avais était les moments que je parvenais à voler avec mon fils. Mais même cela m'a été refusé quand Oliver s'est mis à grandir. J'ai commencé à comprendre que si je ne voulais pas que mon fils devienne un monstre comme son père, je devais m'enfuir.

Alors, elle avait planifié sa fuite. Elle avait secrètement postulé pour un autre emploi, s'arrangeant pour que les lettres soient livrées à une boîte postale à Bristol afin que Victor ne sache pas ce qu'elle fabriquait.

— Je n'ai pas postulé à des hôpitaux, mais plutôt chez des particuliers, expliqua-t-elle. Je postulais sous mon nom de jeune fille et déclarais que j'étais veuve. Je me sentais méchante en écrivant ces mots, puis j'ai commencé à espérer qu'ils soient vrais.

» Au début, j'étais refusée à cause d'Oliver. Mais j'ai enfin trouvé un emploi où je devais prendre soin d'une dame âgée dans les Midlands. Et même encore, je n'étais pas certaine de pouvoir m'enfuir.

Le souvenir de cette journée la hantait encore. Elle avait planifié de s'enfuir lors du jour de congé de Mrs Sherman, sachant que la gouvernante devait rendre visite à une amie. Mais au dernier moment, Oliver avait attrapé une autre infection pulmonaire et Mrs Sherman avait décidé de rester et prendre soin de son petit ange.

— J'ai paniqué, lui ai dit que ce n'était pas nécessaire, mais elle avait insisté. J'avais appelé un taxi pour venir nous prendre. Je voyais l'heure qui approchait de plus en plus et je savais que s'il arrivait alors que Mrs Sherman était là, ce serait terminé pour toujours. J'allais probablement finir morte, dit Violet platement.

Elle avait demandé à Mrs Sherman d'aller chez le pharmacien pour prendre de la teinture de benjoin. Mrs Sherman avait discuté. Pour une fois, la panique avait donné du courage à Violet. Elle lui avait tenu tête, avait fait remarquer que c'était elle l'infirmière et que Mrs Sherman devrait faire ce qu'on lui disait, pour le bien d'Oliver. Ou alors préférait-elle que Mr Dangerfield apprenne qu'elle avait laissé l'enfant souffrir ? Avec mauvaise humeur, Mrs Sherman s'était mise en route vers la ville sur sa bicyclette, assurant Oliver qu'elle ne serait partie que quelques minutes.

Dès qu'elle fut sortie, Violet avait hâtivement habillé Oliver et assemblé quelques biens. Le taxi était en retard et elle était terrifiée à l'idée que Mrs Sherman réapparaisse au haut de la colline avant qu'elle puisse s'enfuir.

— Mais vous y êtes parvenue ?

L'infirmière en chef était sur le bord de son siège, le visage tendu.

— De justesse, oui. Je l'ai aperçue revenir sur sa bicyclette alors que nous nous dirigions vers le village. Si on avait été retardé ne serait-ce que d'une seule minute, je redoute ce qui se serait produit.

Violet baissa les yeux vers son alliance. Elle avait vendu l'original peu de temps après sa fuite, ne sachant pas à quel point elle aurait besoin de son gage de respectabilité dans les années à venir. Elle avait trouvé celle qu'elle portait maintenant dans une boutique de prêteur sur gages à Wolverhampton.

— Mais même après notre fuite, j'étais terrifiée à l'idée que Victor retrouve le chauffeur de taxi et d'une façon ou d'une autre découvre où j'étais partie. Je savais qu'il ne cesserait jamais de nous rechercher.

À partir de ce moment, sa vie était devenue comme un jeu du chat et de la souris partout dans le pays, utilisant différents noms, différentes histoires, afin de tenter de semer son mari. Elle avait vécu tellement de vies différentes au cours des cinq dernières années qu'elle arrivait à peine à se souvenir qui elle était censée être au fil des jours.

— Mais je savais que ce n'était qu'une question de temps avant qu'il nous retrouve. Et maintenant, c'est fait.

Elle tourna des yeux malheureux vers ceux de l'infirmière en chef.

— Maintenant voyez-vous pourquoi je ne peux pas rester ?

L'infirmière en chef lui retourna son regard.

— Je vois pourquoi vous ne pouvez pas partir, dit-elle.

— Mais Mrs Sherman sait que je suis ici. Ce n'est qu'une question de temps avant qu'elle ramène Victor et à ce moment…

— Et à ce moment, nous nous en occuperons, dit fermement l'infirmière en chef.

Violet rit.

— Oh, Miss Fox, dit-elle presque avec pitié. Croyez-vous réellement pouvoir être à la hauteur de mon mari ?

Elle secoua la tête.

— Je sais que vous avez de meilleures chances contre lui ici que si vous vous enfuyiez toute seule.

— Et pourquoi cela ?

L'infirmière en chef fronça les sourcils en la regardant.

— Parce qu'ici, vous êtes parmi des amies, dit-elle en se levant. C'est votre choix, évidemment. Si vous voulez partir, je ne peux vous arrêter. Mais je vous incite à y réfléchir.

Elle sourit.

— Ne nous sous-estimez pas, Violet.

CHAPITRE 41

Suicide.

Millie semblait entendre ce mot où qu'elle aille en ce froid matin gris.

— Des somnifères, avait chuchoté la préposée au ménage du service alors qu'elle préparait le feu. Ils croient qu'elle les mettait de côté pour en finir. Elle devait planifier cela depuis un long moment.

— Je ne comprends pas.

Millie entendit deux élèves de première année discuter de l'autre côté de la porte de la salle de soins où elle examinait les échantillons d'urine du petit matin.

— Comment cela a-t-il pu se produire ? Les patients sont toujours sous supervision quand ils prennent leurs médicaments, non ?

— Rien ne peut les empêcher de les dissimuler sous leur langue et de les cracher ensuite quand les infirmières sont parties, n'est-ce pas ? Je parie que c'est ce qu'elle a fait, cette vieille chipie rusée.

— Ne parle pas ainsi ! C'est mauvais de dire du mal des morts. Je ne sais pas comment elle y est même parvenue avec l'état dans lequel ses mains se trouvaient. Cela a dû lui demander beaucoup d'effort.

— Peut-être quelqu'un l'a fait pour elle ? Je lui aurais bien enfoncé quelques pilules dans la gorge si j'avais su.

— Ne dis pas ça !

— Pourquoi pas ? N'oublie pas comment elle avait l'habitude de nous tourmenter et de nous traiter de tous les noms. Je ne suis pas désolée qu'elle soit partie !

Incapable d'en endurer davantage, Millie jaillit de la salle de soins et les confronta.

— N'avez-vous rien d'autre à faire que de commérer ? dit-elle brusquement.

Elles la fixèrent. Millie était connue pour être la plus accommodante des élèves plus anciennes et elle n'abusait jamais de son rang. Mais aujourd'hui, elle ne se sentait pas d'humeur gaie.

— Toi, s'adressa-t-elle à la deuxième fille, as-tu terminé avec ces bassins hygiéniques ?

— Pas encore.

— Alors, tu ferais mieux de t'y mettre, non ? Allez !

Elles la dévisagèrent d'un air renfrogné, mais savaient qu'il était préférable de ne pas discuter. Accommodante ou pas, Millie était tout de même plus ancienne qu'elles et lui répondre pouvait leur mériter une expédition au bureau de l'infirmière en chef.

Millie ferma la porte derrière elle et s'appuya contre le comptoir, refoulant son envie de vomir.

Elle supportait difficilement de se trouver dans le service ce matin. Le lit vide de Maud lui semblait être un reproche. L'endroit paraissait funestement silencieux sans son impérieuse voix qui résonnait, convoquant une infirmière afin de se plaindre de ceci ou de cela. Quand le brancardier apporta les journaux, Millie se surprit en train de chercher le *Times* de Maud, prête à commencer les mots croisés quand elle aurait un moment de libre.

Elle se ressaisit avec effort et se força à commencer à tester les échantillons, déterminée à poursuivre son travail. Mais le chagrin pesait encore sur sa poitrine, rendant difficile sa respiration.

Elle se sentait complètement seule dans sa tristesse. Personne d'autre ne semblait pleurer la mort de Maud. Elles en bavardaient, mais uniquement parce qu'elles avaient si peu de choses à en dire, et un suicide au service des maladies chroniques féminines était une telle nouveauté. Sœur Hyde avait poursuivi son devoir, distribuant les listes de tâches et donnant des ordres comme si de rien n'était.

Personne ne semblait se soucier que c'était Maud qui était morte. L'irascible et exaspérante Maud, avec sa langue affûtée et son intelligence qui l'était encore plus, Maud qui avait une vie d'histoires à raconter, mais personne pour les écouter.

Mais elle avait tenté d'en parler à Millie. Samedi soir, était-ce réellement seulement trente-six heures plus tôt ? Cela paraissait être une éternité. Millie se souvint de l'étrange humeur de Maud, comment elle avait désiré parler des espoirs de son enfance, de ses rêves. Elle avait dû savoir qu'elle allait mettre fin à ses jours cette nuit-là.

Pourquoi Millie ne s'était-elle pas rendu compte de ce qui se passait ? Une bonne infirmière aurait compris, elle en était certaine. Une bonne infirmière aurait repéré les signes d'alarme.

Ce soir-là, Maud avait voulu que Millie reste avec elle. C'était rare qu'elle demande quelque chose, et malgré tout elle l'avait suppliée de rester. Est-ce que cela aurait fait une différence ? Si elle n'avait pas été si pressée de partir, peut-être que Maud aurait su qu'il y avait quelqu'un qui tenait à elle et cela lui aurait donné la force dont elle avait besoin pour continuer…

Mais elle n'était pas restée. Elle avait été égoïste, trop pressée de terminer de travailler. Désespérée à se rendre à un stupide bal qu'elle n'avait même pas apprécié.

Quelle était la dernière chose que Maud lui avait dite ? De n'avoir aucun regret.

Trop tard, Maud, pensa-t-elle amèrement. Parce qu'elle savait qu'elle allait regretter le reste de sa vie d'avoir quitté le service.

Helen entra alors qu'elle était en train de laver les fioles des échantillons.

— As-tu terminé les tests ?

— Tout est fait.

Helen regarda autour.

— Où se trouve l'échantillon de Mrs Weaver ? Tu ne l'as pas jeté ?

— Bien sûr que si. Pourquoi ?

— Tu n'as pas vérifié son dossier ? C'est un échantillon qui s'échelonne sur vingt-quatre heures. Tu étais censée l'ajouter à ceux que nous avons recueillis hier.

— Je ne savais pas, non ?

De la sueur perla sur le front de Millie.

— Peut-être que personne ne le remarquera ?

— Benedict, c'est d'une patiente dont nous parlons. Peu importe si personne ne remarque, les résultats seront tout de même faux.

— Que vais-je faire ?

— Il n'y a qu'une chose à faire, je le crains ; tu devras tout avouer à la sœur.

Le front de sœur Hyde était déjà plissé d'agacement avant même qu'elles expliquent ce qui s'était produit.

— Je suppose que vous êtes la responsable, Benedict ?

Millie fixa le plancher poli, les mains nouées derrière le dos.

— J'aurais dû le savoir. Comment cela se fait-il que les désastres semblent toujours vous suivre, infirmière ?

— Je ne sais pas, sœur, marmonna-t-elle.

— Moi, je le sais. C'est parce que vous n'êtes qu'une étourdie. Vous passez beaucoup trop de temps à rêvasser à vos bagues de fiançailles et à vos sorties et ne prêtez pas suffisamment attention à la tâche qui vous est confiée…

Millie n'entendit pas le reste de ce qu'elle disait. Un étrange bourdonnement remplit ses oreilles, comme un essaim d'abeilles en colère qui se trouverait à l'intérieur de sa tête. Elle fixa le visage de sœur Hyde, vit ses minces lèvres remuer alors qu'elle énumérait encore les défauts de Millie. Elle n'avait pas besoin de les entendre, elle les connaissait déjà par cœur. Elle était étourdie, distraite, négligée, complètement incompétente. Elle ne ferait jamais au grand jamais une bonne infirmière.

Mais elle n'avait pas besoin que sœur Hyde lui dise tout cela. C'était manifeste chaque fois qu'elle regardait le lit vide de Maud.

Le bourdonnement de colère remplissait toujours la tête de Millie. Elle sentait la pression augmenter, comme si son cerveau allait exploser. Avant de comprendre ce qu'elle faisait, elle enleva son tablier.

Sœur Hyde la fixa.

— Que croyez-vous être en train de faire, Benedict ?

— Quelque chose que j'aurais dû faire il y a bien longtemps, sœur.

Elle agrippa les épingles de sa coiffe, l'arracha de sa tête et la fourra dans les mains de sœur Hyde.

Puis, elle parcourut le service, laissant les portes se refermer derrière elle.

L'air dans le pavillon des brancardiers crépitait de tension alors que les deux hommes réglaient leurs comptes.

— Comment viens-tu de m'appeler ? marmonna Harry Fishman.

Il était costaud et solide, avec des yeux bruns hargneux sous une crinière de boucles bleu-noir.

Cinq minutes plus tôt, il était en train de rire et de plaisanter avec les autres en attendant que l'eau frémisse dans la bouilloire.

— Tu aimerais une tasse, le nouveau ? avait-il lancé à Peter qui jouait aux cartes avec Nick.

— Non, merci, je vais me le préparer.

Nick s'était raidi, immédiatement conscient de la tension dans la pièce. Les autres aussi l'avaient senti. Ils avaient cessé de parler et regardaient les deux hommes à tour de rôle, attendant.

— Oh, oui ? Et pourquoi ça ?

Nick avait lancé un regard d'avertissement vers Peter. Harry était un type bien, toujours prêt à rigoler avec tout le monde. Mais il avait des poings comme des jarrets de porc, et même Nick y aurait pensé à deux fois avant de s'en prendre à lui.

— Parce que je ne prends rien venant de sales juifs.

La haine dans les yeux de Peter choqua Nick. Il avait grandi avec Peter Doyle et ne l'avait jamais vu si chargé de malveillance. Son large visage couvert de taches de rousseur en était enflammé, son corps trapu était tendu.

Harry Fishman lui avait jeté un regard mauvais.

— Viens ici répéter ça !

— Pete…

Nick avait levé une main pour l'arrêter, mais Peter avait laissé tomber ses cartes et était déjà debout.

— Comment viens-tu de m'appeler ?

Harry avait répété sa question.

Peter lui arrivait à peine aux épaules, mais il avait regardé l'autre homme directement dans les yeux.

— Tu es un sale juif, avait-il grogné.

Nick avait vu la main d'Harry s'élancer. Il avait sauté comme une panthère, s'était placé entre les deux hommes et avait saisi le poing d'Harry en plein vol.

— Tu ne veux pas faire ça, avait-il doucement dit.

Harry l'avait fusillé du regard, la mâchoire serrée.

— Reste en dehors de ça, Nick. Ce n'est pas ton combat. Cesse de le protéger.

— C'est toi que je protège, mon pote, avait répondu Nick à voix basse. Que penses-tu que le vieux Hopkins va dire de deux brancardiers qui se bagarrent durant les heures de travail ?

Harry avait hésité un moment, puis avait lentement baissé le poing.

— Tu as raison, avait-il dit. Ça ne vaut pas la peine de perdre mon travail pour ce petit avorton.

Alors qu'il était en train de se retourner, Peter avait raillé derrière l'épaule de Nick.

— C'est ça, avait-il lancé. Déguerpis, espèce de lâche !

Harry s'était vivement retourné, mais Nick l'avait devancé. Il avait saisi Peter sous le menton et l'avait propulsé contre le mur.

— La ferme, d'accord ? As-tu envie de te faire virer, espèce de connard ?

Mr Hopkins surveillait déjà Peter. Il avait avisé Nick de garder Doyle loin des ennuis.

— Il tape sur les nerfs de beaucoup de gens, avait-il dit. Je l'ai embauché seulement parce que tu t'es porté garant de lui. Maintenant, à toi de t'assurer qu'il suit le droit chemin.

Les yeux de Peter étaient exorbités.

— N-non, était-il parvenu à dire.

Alors qu'ils partaient, Harry Fishman les avait rejoints et avait chuchoté :

— Tu devrais garder ton chien en muselière, Nick. Avant qu'il morde la mauvaise personne.

Il avait jeté un regard vers les autres brancardiers qui observaient dans un silence hostile. Il savait que s'il n'avait pas été là, aucun ne se serait levé pour défendre Peter si Harry Fishman avait décidé de décocher ce coup de poing.

Il ne les blâmait pas non plus. S'il n'y avait pas eu Dora, il aurait lui-même frappé Peter.

— Tu dois te tenir à carreau, le prévint-il alors qu'ils se dirigeaient vers la laverie de l'hôpital. Mr Hopkins ne va pas tolérer tes sottises de chemises noires ici.

— Ce ne sont pas des sottises, bredouilla Peter sur la défensive. Ce que dit Mr Mosley est vrai. Il y aura des problèmes dans l'East End, tu verras.

— Et il y aura des problèmes ici si tu n'apprends pas à la fermer.

Nick le regarda obliquement.

— Je suis sérieux. Tu n'as pas envie de te faire des ennemis dans cet endroit. Pas si tu veux garder ton travail.

Peter ne dit rien. Sa bouche formait une ligne dure et entêtée. Nick se souvint de cette expression à l'époque où ils étaient enfants. Peter avait alors toujours des ennuis, tenant tête à des enfants plus grands comme un petit chien bâtard, grognant et faisant claquer sa mâchoire, refusant d'admettre qu'il avait tort.

La laverie était chaude et accueillante après le froid de l'extérieur. L'air épais et humide sentait les draps fraîchement amidonnés. Des femmes aux manches relevées avec des foulards enroulés autour de la tête étaient occupées à plier et à mettre des draps dans les presses sifflantes, alors que d'autres s'occupaient des rangées de cuves géantes qui gargouillaient à l'autre bout de la pièce.

Nick montra à Peter où trouver les paquets de draps et de serviettes qui étaient prêts et comment charger le chariot avec les commandes séparées pour chaque service.

— Ils devraient déjà être empaquetés, mais assure-toi de les recompter et de contre-vérifier avec la liste de chaque service avant de les monter, expliqua-t-il en lui montrant le bout de papier avec la liste des articles. Les sœurs peuvent te mener la vie dure si tu oublies quelque chose et qu'elles doivent envoyer quelqu'un pour le chercher.

Avec leurs chariots chargés, ils se dirigèrent vers l'ascenseur de service. Nick tira les portes, ferma la grille et pressa sur le bouton. Au début, Peter demeura dans un silence boudeur, mais alors qu'ils effectuaient leur tournée dans les services, sa froideur glaciale se mit à fondre.

Leur dernier arrêt était au service Wren.

— Fais attention à la sœur ici, c'est une véritable chipie, siffla Nick en tirant le chariot à travers les portes doubles.

— Ça alors, regarde toutes ces femmes en chemises de nuit !

Peter pouffa de rire. Puis, il aperçut sa sœur à l'autre bout de la salle.

— Regarde, voilà Dora. Coucou ! Dor !

Il se mit à faire un signe de la main, mais Nick lui donna un vif coup dans les côtes.

— Chut ! Les infirmières n'ont pas le droit de parler aux hommes quand elles sont en uniforme.

— Mais c'est ma sœur !

— Tu pourrais être le roi Pearly[1] de Bethnal Green et elle n'aurait toujours pas le droit de te parler !

Il fallut tout son propre sang-froid à Nick pour ne pas lui-même regarder Dora quand il tendit la liste à l'infirmière-chef adjointe pour qu'elle la vérifie. Heureusement, la garce de sœur n'était pas en vue, sinon elle aurait forcément trouvé quelque chose à redire.

— Merci.

L'infirmière-chef adjointe signa son nom et lui rendit la feuille de papier.

— Mettez-la dans le placard à linge, voulez-vous ?

— Je n'arrive pas à croire à quel point Dora semble différente dans son uniforme, fit remarquer Peter, pendant qu'ils défaisaient les paquets et plaçaient les draps sur les étagères. On dirait une adulte.

— C'est le cas.

Nick se permit enfin un regard oblique vers elle. Elle prenait le pouls d'une patiente, la tête inclinée en tenant le poignet de la femme. Il entrevit son profil, son nez ingrat, sa grande bouche souriante. La patiente lui dit quelque chose et elle rit, un son rauque et joyeux qui emballa de manière inconfortable le cœur dans la poitrine de Nick.

— Tu sais qu'elle fréquente quelqu'un maintenant ?

---

1. N.d.T. : Le Pearly Kings and Queens (rois et reines des perles) est une œuvre caritative traditionnelle de la classe ouvrière de Londres.

C'était un commentaire anodin, mais il le frappa comme une explosion. Nick se retourna vivement. Peter était en train de soulever un autre paquet de draps dans le placard, apparemment inconscient d'avoir chamboulé le monde de son ami.

— Qui fréquente-t-elle ?

— Ce policier, Joe Armstrong. Celui dont la sœur habite chez nous.

Peter sourit.

— Il semble très épris. Il passe toujours pour voir si par miracle Dora ne serait pas là. Il l'a emmenée danser l'autre soir. Peux-tu imaginer ça ? Notre Dora en train de danser ! dit-il en riant. Bref, maman et mémé sont convaincues que c'est sérieux. Mais je ne peux imaginer personne qui voudrait sortir avec ma sœur, tu le peux, toi ?

Nick lança un coup d'œil vers Dora. Elle gribouillait quelque chose dans le dossier de la patiente et le remit en place. Se faisant, elle remarqua Nick et lui fit un chaleureux sourire.

— Non, bredouilla-t-il. Je n'arrive pas à l'imaginer du tout.

CHAPITRE 42

Quand Millie arriva dans sa chambre, sœur Sutton avait encore une fois retourné son lit. Voir les draps, les oreillers, les couvertures et le matelas renversés en un amas désordonné fut trop pour elle. Elle s'effondra au milieu des décombres et éclata en sanglots.

Ça y était. C'était terminé. Jamais elle ne pourrait retourner dans le service, jamais elle ne pourrait rentrer dans l'hôpital de nouveau. L'infirmière en chef allait la convoquer, et elle serait immédiatement renvoyée. Et bon débarras.

Mais même alors que la honte et la détresse l'envahissaient, elle se sentit soulagée. Elle était tellement épuisée d'essayer chaque jour et d'échouer chaque fois. Savoir que toutes les autres infirmières, même celles de première année, étaient meilleures et plus intelligentes qu'elle, plus compétentes, plus tout. Enfin, elle acceptait ce que sœur Hyde, l'infirmière en chef et tout le monde savaient depuis une éternité : elle était une épouvantable infirmière.

Peut-être que si Maud Mortimer avait été laissée au soin de quelqu'un d'autre qui savait ce qu'elle faisait, elle serait encore en vie aujourd'hui.

— J'aurais dû me douter que votre chambre serait dans un tel désordre, Benedict.

Sanglotant bruyamment dans son oreiller, elle n'avait pas entendu les grincements de l'escalier du grenier. Sœur Hyde se trouvait dans l'embrasure à l'observer, la coiffe froissée de Millie toujours serrée entre ses mains.

Millie se releva avec difficulté, essuyant son visage bouffi ravagé par les larmes.

Les sourcils de sœur Hyde s'arquèrent.

— Je suis heureuse de constater que vous n'avez pas oublié vos bonnes manières.

Elle baissa son long nez aquilin sur la jeune fille.

— Maintenant, peut-être auriez-vous l'amabilité de m'expliquer ce que signifiait ce ridicule emportement dans le service ?

Millie sentit ses nerfs la lâcher sous le regard sévère de la sœur, mais parvint à se ressaisir suffisamment longtemps pour dire :

— Je pars, sœur.

— Et pourquoi, si je peux me permettre ?

Millie la fixa.

— N'est-ce pas évident ? Sauf votre respect, sœur, vous me l'avez dit vous-même. Je suis étourdie, désordonnée, incompétente, je rêvasse sans cesse…

— Oui, oui, je suis au courant de ça, la coupa impatiemment sœur Hyde. Mais je vous ai dit tout ça déjà, et vous n'avez jamais décidé de partir. Pourquoi maintenant, ma fille ?

Millie enroula ses bras autour d'elle. Il était inutile de mentir. Fixant son regard sur le miroir moucheté derrière l'épaule de sœur Hyde, elle lâcha platement :

— Je vous en prie, sœur, c'est ma faute si Maud, Mrs Mortimer, est morte.

Sœur Hyde s'immobilisa un moment.

— Expliquez-vous, dit-elle.

Millie ouvrit la bouche et tout sortit précipitamment. Elle parla de samedi soir, comment elle avait négligé Maud, avait refusé de rester et discuter avec elle quand elle en avait le plus besoin.

— Et vous croyez que Mrs Mortimer a décidé de se suicider parce que vous ne l'avez pas aidée avec les mots croisés du *Times* ? demanda lentement sœur Hyde.

— C'est plus que cela, sœur. Je ne l'ai pas écoutée. En y repensant maintenant, je suis certaine qu'elle essayait de me dire quelque chose. Les indices étaient là, comme dans les mots croisés. La manière dont elle a parlé de ne pas avoir de regret… Si seulement je l'avais écoutée, peut-être ne se serait-elle pas sentie si seule…

Millie déglutit avec peine. Des larmes se remirent à glisser sur ses joues, mais avec sœur Hyde qui l'observait si attentivement, elle n'osa pas les essuyer avec sa manche.

Sœur Hyde détourna le regard et chercha un endroit où s'asseoir, choisissant finalement la chaise branlante dans un coin. Millie pria silencieusement qu'elle ne s'effondre pas sous elle ; aucune d'entre elles n'avait osé s'y asseoir.

Elle prit quelques instants pour se calmer.

— Écoutez-moi, ma fille, dit-elle enfin. Mrs Mortimer a décidé de mettre un terme à sa vie il y a très longtemps, et il n'y a rien que quiconque aurait pu faire pour l'arrêter.

Millie ouvrit la bouche pour parler, mais sœur Hyde leva la main pour la faire taire.

— Oui, vous auriez pu rester avec elle. Vous auriez pu rester assise près d'elle toute la nuit, et elle l'aurait tout simplement fait un autre soir. Il n'y a rien que personne n'aurait pu faire, dit-elle fermement, son regard soutenant celui de Millie. Comprenez-vous ?

Millie hocha silencieusement la tête. Elle avait désespérément envie d'y croire.

— Comme vous savez, Mrs Mortimer était une femme d'une grande dignité et elle devait faire face à une mort des plus indignes. Elle le savait, alors elle avait décidé de prendre les choses en main tant qu'elle le pouvait encore. Cela n'avait rien à voir avec le fait qu'elle était malheureuse, Benedict. C'était le dernier geste d'une femme férocement indépendante, prenant la décision elle-même de mourir plutôt que de se soumettre à une mort lente et cruelle.

Millie refoula ses larmes.

— Je sais qu'elle voulait mourir, mais je voulais qu'elle veuille vivre, jeta-t-elle. J'ai tellement essayé de lui remonter le moral et de la rendre heureuse, de lui montrer qu'elle avait une raison pour vivre. Mais à la fin, je l'ai abandonnée…

— Vous ne l'avez pas du tout abandonnée, ma fille. Ne le voyez-vous donc pas ?

L'ombre d'un sourire apparut sur le visage émacié de sœur Hyde.

— Au contraire, vous êtes probablement la raison pour laquelle elle ne s'est pas suicidée bien plus tôt.

En voyant l'expression perplexe de Millie, elle s'expliqua.

— Quand Mrs Mortimer est arrivée, elle était renfermée, misérable et malheureuse. Elle était comme un serpent en colère, s'en prenant à quiconque s'approchait d'elle. Mais vous avez réussi à gagner sa confiance. Et pas seulement ça, vous la faisiez réellement sourire. Mrs Mortimer aurait tôt ou tard mis fin à ses jours, mais vous avez rendu ces quelques dernières semaines beaucoup plus enjouées qu'elles auraient pu l'être.

Sœur Hyde leva les yeux vers Millie.

— Vous avez un don pour ça. Un don pour comprendre les gens, pour faire ressortir le meilleur de chacun. Et c'est un don très rare. Peu de gens l'ont, mais toutes les bonnes infirmières le possèdent.

Il fallut un moment à Millie pour répondre.

— Mais je ne suis pas une bonne infirmière, dit-elle enfin.

— Pas encore, approuva vivement sœur Hyde. Vous avez effectivement un grand nombre de défauts et de faiblesses. Je vous donne les tâches les plus simples, et vous parvenez tout de même à mal les accomplir. Vous êtes une véritable catastrophe ambulante. Chaque jour, vous me désespérez.

Millie tressaillit, mais sœur Hyde poursuivit.

— Cependant, il s'agit de défauts qui peuvent être surmontés avec une bonne formation et une autodiscipline.

Elle considéra Millie avec un regard sévère.

— Pourquoi croyez-vous que je suis aussi dure avec vous ?

— Parce que je suis un cas désespéré ? s'aventura Millie.

— Parce que je vois en vous le potentiel de devenir une excellente infirmière. Pourquoi sinon perdrais-je mon temps avec vous ? Si je parais parfois frustrée, ce n'est que parce que je sais que du potentiel sera perdu si vous vous précipitez pour vous marier.

— Je ne vais peut-être plus me marier maintenant, admit tristement Millie.

Sœur Hyde parut mal à l'aide. Comme pour sœur Sutton, discuter de sujets personnels ne semblait pas lui être aisée.

— C'est… regrettable pour vous, et je suis désolée de l'apprendre, dit-elle brusquement. Mais si vous décidez de rester, alors je m'efforcerai de vous former convenablement pour le reste de votre temps au service Hyde.

— Ce n'est que pour deux semaines, dit Millie.

Sœur Hyde poussa un soupir las.

— Alors, nous devrons faire du mieux que nous pouvons, n'est-ce pas ?

Elle se leva et tendit la coiffe.

— Allez-vous revenir ? Je vous préviens, vous allez peut-être le regretter. Vous devrez être prête à mettre toutes vos sottises derrière vous et vous atteler à travailler très dur. Êtes-vous prête pour ça ?

Millie hésita un moment. Maintenant que son soulagement initial de partir s'était estompé, elle se rendait compte à quel point la profession d'infirmière lui manquerait. Elle prit la coiffe.

— Je suis prête, dit-elle.

— Je suis heureuse de l'entendre. Je m'attends à ce que vous arriviez au travail à sept heures demain matin. Pas une minute plus tard, est-ce compris ?

— Oui, sœur.

Alors que sœur Hyde se retournait pour partir, Millie trouva le courage d'énoncer ce qui la troublait depuis le matin.

— S'il vous plaît, sœur, puis-je poser une question ?

Les yeux de sœur Hyde se plissèrent devant son impertinence.

— Allez-y.

— On dit… que Mrs Mortimer a mis de côté ses somnifères ?

— C'est exact.

— Mais où les gardait-elle ? Nous changeons le lit des patientes et nettoyons les casiers si souvent qu'il est impossible de cacher quoi que ce soit, non ?

Sœur Hyde s'arrêta pendant un moment, puis parla.

— Je crois qu'elle aurait pu les dissimuler dans son étui à lunettes.

— Mais évidemment, personne n'aurait pu savoir…

Millie aperçut l'expression menaçante de sœur Hyde et cessa de parler. Elle ne demanda pas comment sœur Hyde savait à quel endroit Maud Mortimer avait dissimulé ses somnifères.

— Je crois que c'est suffisamment de questions, Benedict, ne croyez-vous pas ? dit sœur Hyde. Il suffit de dire que Mrs Mortimer est là où elle voulait être et qu'elle est en paix. Laissons cela ainsi, d'accord ?

Millie regarda dans ses yeux sages et étonnamment bons, et comprit que sœur Hyde avait raison. Elle avait encore beaucoup à apprendre.

CHAPITRE 43

Violet était tapie dans les ombres près du portail de l'école. Ses yeux étaient fixés sur les portes, mais elle était tout de même consciente de tout ce qui l'entourait. Chaque mouvement, chaque passant la faisaient tressaillir.

Elle consulta encore une fois sa montre. Elle n'avait pas voulu envoyer Oliver à l'école, mais Miss Fox lui avait conseillé de maintenir un semblant de normalité pour son bien. À ce moment-là, cela avait semblé une sage décision, mais maintenant, au grand jour, elle se sentait exposée. Elle ne pourrait se permettre de recommencer à respirer que lorsqu'elle le verrait de nouveau en sécurité.

— Excusez-moi ?

Au son de la voix d'un homme derrière elle, les jambes de Violet se dérobèrent. Elle sentit une main sur son épaule et cria. Une seconde plus tard, Miss Hanley apparut, fonçant sur eux comme une furie, son parapluie fermé levé telle une arme.

— Lâchez-la immédiatement ! éclata-t-elle.

— P-pardonnez-moi, bégaya l'homme en s'écartant d'elle. Je voulais seulement vous aviser que vous aviez laissé tomber ceci.

Il tendit le sac à main de Violet d'une main tremblante.

Elle le lui prit, l'embarras envahissant son visage.

— Merci. Je suis désolée, j'ai cru que vous étiez quelqu'un d'autre..., lança-t-elle derrière l'homme, mais il s'éloignait déjà hâtivement, la regardant nerveusement par-dessus son épaule.

Miss Hanley baissa son parapluie.

— Je comprends que ce n'était pas lui ? Il ne semblait pas être un goujat.

— Je me sens tellement idiote.

Violet se mordit la lèvre.

— C'est plutôt ridicule de sauter ainsi devant des ombres.

— N'importe qui aurait agi de même dans votre condition.

— Quand même, ce n'est pas juste d'impliquer tout le monde dans ma situation.

L'infirmière en chef avait tenu sa parole et avait exhorté toutes les sœurs à venir en aide à Violet. Elle et Oliver ne sortaient jamais sans être escortés. Quand elle travaillait dans les services, les autres sœurs dormaient à tour de rôle dans son logement afin de veiller sur son fils.

Violet était touchée par la manière dont elles s'étaient unies autour d'elle. Elle savait qu'elle avait peu fait pour mériter une telle générosité, les gardant aussi éloignées que possible pendant si longtemps.

Même sœur Wren était venue à son aide. Violet avait été tellement en colère quand elle avait confessé avoir répondu à l'annonce du journal, mais après s'être calmée, elle avait compris que cette confrontation avait été inévitable. Si cela n'avait pas été sœur Wren, alors cela aurait fini par être quelqu'un d'autre. En plus, sœur Wren s'était sentie si pitoyablement coupable que Violet n'avait pu demeurer en colère contre elle longtemps.

— Sottises.

Miss Hanley balaya de la main son commentaire.

— Nous sommes comme les Trois Mousquetaires. « Un pour tous et tous pour un. » Et je dois dire que j'ai plutôt hâte de rencontrer de nouveau cette horrible Mrs Sherman. Je vais assurément lui remonter les bretelles, je peux vous le dire !

Elle secoua vivement son parapluie, comme pour insister sur son propos.

— Même si, continua-t-elle, cela fait trois jours qu'elle ne s'est pas montrée. Croyez-vous qu'elle a peut-être décidé de rentrer chez elle ?

— Peut-être, acquiesça Violet. Mais je sais qu'elle reviendra. Et je crois bien qu'elle emmènera mon mari la prochaine fois.

Elle frissonna. L'idée de se retrouver de nouveau face à Victor l'effrayait plus qu'elle ne pouvait l'admettre.

Les portes s'ouvrirent et les enfants se mirent à sortir. Violet agrippa le portail en fer forgé, tendant le cou pour voir les visages, chaque muscle de son corps tendu jusqu'à ce qu'Oliver soit en vue. Alors, elle put enfin respirer de nouveau.

Ils rentrèrent rapidement à l'hôpital, les longues enjambées masculines de Miss Hanley réglant le rythme. Alors que Violet écoutait le bavardage d'Oliver, elle était consciente que la vieille femme était perdue dans ses pensées.

Alors qu'ils approchaient du portail de l'hôpital, elle parla enfin.

— Je me demandais, Miss Tanner, si vous connaissiez la bataille de Narva.

— Je vous demande pardon ?

— La bataille de Narva. Les Suédois contre les Russes ? Dans les années 1700 ?

Mlle Hanley secoua la tête.

— Il n'y a aucune raison pour que vous en ayez entendu parler, je suppose. C'est une bataille assez obscure de la Grande Guerre du Nord, pas quelque chose que vous trouverez nécessairement dans nos livres d'histoires.

Elle sourit pour s'excuser.

— Vous devez me pardonner, je suis plutôt une férue d'histoire militaire. C'est ce qui arrive quand on suit le régiment de son père presque partout autour du monde, je suppose.

Elle vit le regard vide de Violet et poursuivit.

— La bataille de Narva est significative pour les historiens militaires parce qu'elle est un tel exemple exceptionnel d'à quel point la surprise et l'initiative peuvent renverser une situation et écraser un nombre bien plus supérieur. Laissez-moi vous expliquer…

Violet écouta, encore déroutée, Miss Hanley détailler comment les troupes suédoises inférieures en nombre aux Russes s'étaient servi de l'élément de surprise et du temps qu'il faisait pour réussir à se montrer plus malins qu'un ennemi cinq fois leur taille.

— Et tout cela en moins de deux heures, pouvez-vous imaginer ? dit Mlle Hanley, son visage affichant un rare enthousiasme.

— Cela me paraît très impressionnant, acquiesça Violet. Mais je crains de ne pas réellement comprendre ce que cela a à voir avec moi.

— Vous ne voyez pas ? C'est une question de stratégie. Les Russes dépassaient considérablement en nombre l'armée suédoise. Ils étaient beaucoup plus puissants. La dernière chose à laquelle ils s'attendaient était que les Suédois s'en prennent à eux. C'est pour cette raison qu'ils ont été mis dans une telle déroute.

Lentement, Violet commença à comprendre ce qu'elle voulait dire.

— Donc, ce que vous dites, c'est que je devrais m'en prendre à Victor ? Que je devrais aller le voir, plutôt que d'attendre qu'il me retrouve ?

— Exactement. De cette manière, vous aurez l'élément de surprise.

— Il faudrait plus que la surprise pour l'emporter sur mon mari.

Violet était suffisamment effrayée à l'idée de le voir de nouveau. L'idée de prendre un train et de se rendre à Bristol, de monter jusqu'à sa porte, la rendait physiquement malade.

Elle était presque certaine d'être incapable d'y parvenir. Et si elle y parvenait, elle était aussi certaine qu'elle ne vivrait pas pour en témoigner.

— C'est soit cela, soit fuir votre ennemi, fit remarquer Miss Hanley. Mais dans ce cas, ce n'est plus une bataille, n'est-ce pas ? Et certainement pas une que vous pouvez gagner.

Elles traversèrent la cour, puis le quartier des sœurs apparut. Enfin, Violet sentit ses muscles se détendre. Elle était en sécurité ici. Comme un lièvre se précipitant dans son terrier.

Elle regarda Miss Hanley. Malgré le déroutant récit concernant la stratégie militaire, elle avait raison. Il ne s'agissait pas d'une bataille entre Violet et Victor. C'était une chasse. Et elle était celle qui était chassée.

Miss Hanley sembla deviner les pensées qui couraient dans son esprit.

— Je ne peux pas vous dire quoi faire, dit-elle. Mais je sais certainement ce que *je* ferais.

Elle considéra posément Violet.

— Cela dépend de vous. Voulez-vous rencontrer votre adversaire face à face, en tant qu'égaux sur le champ de bataille, ou voulez-vous passer le reste de votre vie à être la proie impuissante de quelqu'un ?

— Nous allons rater la moitié de la représentation si nous ne nous pressons pas !

Ruby vit le regard impatient de Nick dans le reflet de son poudrier. Il était fébrile, mais elle refusa de se laisser presser. C'était bon de faire attendre un homme.

— Une petite minute.

Elle dévissa son tube de rouge à lèvres et commença à l'appliquer.

— Je n'ai jamais rencontré personne qui prend autant de temps que toi à se préparer, ronchonna-t-il.

— Je dois être à mon avantage, non ?

— Tu seras assise dans l'obscurité !

— Tu ne veux pas que tout le monde dise que tu sors avec la plus belle fille de Bethnal Green ?

— Je préférerais voir le début du film !

— Calme-toi.

Elle pressa ses lèvres ensemble, puis ferma d'un claquement son poudrier.

— Voilà. Tu vois ? Je ne valais pas la peine d'attendre ?

Elle lui souffla un baiser écarlate. Nick secoua la tête, un sourire réticent aux lèvres. Peu importe de quelle humeur il était, elle savait qu'il ne pouvait pas résister longtemps quand elle flirtait.

Dora se trouvait dans la cour voisine quand ils sortirent de la maison. Et elle n'était pas seule.

— Regarde, chuchota Ruby. C'est le type qui fréquente Dora. Allons les saluer…

Elle s'avança vers eux, mais Nick la retint.

— Non, dit-il. Laissons-les.

— Mais nous devons être polis.

— Nous sommes déjà suffisamment en retard.

Il lui prit le bras et l'éloigna d'eux afin qu'elle ne puisse que faire un petit signe de la main et un sourire à son amie tandis qu'ils traversaient hâtivement le portail arrière.

Une fois arrivé dans la rue, il allongea le pas jusqu'à ce que Ruby doive trotter pour le suivre.

— Pas si vite, je n'arrive pas à te suivre avec ces chaussures, se plaignit-elle.

Il ralentit une fraction de seconde, juste suffisamment longtemps pour qu'elle puisse prendre son bras.

— Que se passe-t-il avec toi ?

— Je te l'ai dit, je ne veux pas rater le film, bredouilla-t-il.

— Nous ne le regardons jamais de toute façon, répondit-elle.

La plupart du temps aucun des deux ne se souciait de ce qui se passait sur l'écran, ce n'était qu'une excuse pour être seuls dans l'obscurité dans la dernière rangée.

Mais ce soir-là, Nick garda les yeux rivés sur *Le diabolique barbier de Fleet Street.* C'était un film horrible, et Ruby utilisa toutes les excuses qu'elle put pour se blottir contre Nick et enfouir son visage dans son épaule. Mais même s'il plaça son bras autour d'elle, jamais il ne tourna la tête pour l'embrasser. Considérant les yeux vides avec lesquels il fixa l'écran, Ruby se demanda s'il le regardait véritablement.

Ils rentrèrent à la maison par les rues sombres, Ruby accrochée à lui.

— Je ne regarderai jamais plus un film d'horreur de toute ma vie, déclara-t-elle, resserrant son étreinte. Je doute que je dorme profondément dans mon lit de nouveau.

Elle essaya de poursuivre la conversation sur le chemin du retour, bavardant sur ceci et cela. Mais quand il ne répondit pas à l'une de ses questions pour la énième fois, la frustration l'envahit.

— Est-ce que tu m'écoutes ? demanda-t-elle en se dégageant.

Nick se tourna vers elle, le regard vide.

— Pardon ?

— Je le savais ! Tu n'as pas entendu un seul mot de ce que j'ai dit, n'est-ce pas ? Je pourrais aussi bien parler à un foutu mur de briques pour ce que tu en as à faire !

— J'ai beaucoup de choses en tête, dit-il.

Elle regarda son profil dans la pénombre.

— Comme quoi ?

Il resta silencieux.

— Allez, tu peux me le dire.

Il tourna lentement la tête pour la regarder. Son visage était impassible.

— Peu importe, dit-il.

Il mit son bras autour d'elle, mais pour une fois, la force de ses muscles ne parvint pas à la rassurer.

Elle avait vu le regard dans ses yeux et elle savait que peu importe à qui il pensait, ce n'était assurément pas à elle.

Ils arrivèrent à la rue Griffin et Nick voulut lever le loquet du portail, mais Ruby l'arrêta.

— Pas tout de suite, murmura-t-elle, enroulant ses bras autour de son cou et s'approchant pour un baiser.

Elle n'était peut-être pas bonne à autre chose, mais Ruby Pike embrassait bien. Tous les garçons qu'elle avait laissés se rendre jusque-là l'avaient dit. Elle savait exactement quoi faire, comment débuter doucement, puis graduellement devenir plus gourmande, plus pressante, laissant sa langue danser dans leurs bouches, juste suffisamment longtemps pour les faire la désirer.

Même si elle n'avait pas besoin de savoir-faire avec Nick. Le simple fait d'être avec lui l'excitait tant qu'elle parvenait à peine à contenir ses propres besoins désespérés. Et il répondait toujours. Peu importe de quelle humeur il était, elle pouvait l'amadouer et le tenter avec ses mains, ses lèvres et sa langue jusqu'à ce qu'il soit aussi avide qu'elle pour une délivrance.

Mais pas ce soir. Il lui retourna à peine son baiser, son corps aussi rigide qu'un mur de granite. Finalement, il saisit ses poignets et la repoussa doucement de lui.

— Non, dit-il.

Elle le regarda, blessé.

— Pourquoi pas ?

— Je commence tôt demain. Et maman est probablement sortie. Je ne veux pas laisser Danny seul trop longtemps…

Il se pencha et l'embrassa de nouveau, mais il n'y avait pas de passion. Comme s'il ne faisait qu'accomplir les gestes, son esprit ailleurs.

Ruby put difficilement le regarder quand il les fit entrer par la porte arrière et qu'elle le vit monter l'escalier. Ses larges épaules semblaient porter le poids du monde.

La peur commença à se répandre en elle alors qu'elle se rendait compte que cette fois, elle allait peut-être réellement le perdre. Et il n'y avait absolument rien qu'elle puisse faire.

CHAPITRE 44

La maison Curlew était exactement comme dans le souvenir de Violet. Elle se tenait seule au milieu des collines de Mendip, un bâtiment gothique désolé, fier, isolé et menaçant.

Elle retint son souffle quand le taxi prit le virage et qu'elle vit la silhouette sombre et dentelée à l'horizon.

— Laissez-moi ici, dit-elle au chauffeur de taxi. Je vais parcourir le reste du trajet à pied.

— Êtes-vous certaine, mademoiselle ? Le temps devient mauvais.

Il avait raison. Le ciel avait pris une teinte grise, et un vent déchirant transportait des rafales de pluie sur les landes. Une température appropriée, se dit Violet. Il devait y avoir eu des jours ensoleillés quand elle habitait là, mais en y repensant, elle ne parvenait pas à se souvenir d'une seule journée où le soleil avait brillé sur la maison.

Des oiseaux volaient en rond au-dessus de sa tête en hurlant quand elle traversa le portail de fer forgé et gravit l'allée sinueuse. Elle garda la tête baissée, son visage évitant les longues et étroites fenêtres, craignant de voir des yeux l'observer.

Ses nerfs la lâchèrent presque quand elle se força à monter les larges marches de pierre vers la porte. Elle hésita, la main sur la sonnette. Elle y était, prit-elle conscience. Une fois qu'elle aurait tiré le cordon, il n'y aurait plus de retour possible.

Elle prit une profonde inspiration et sonna. Le fort bruit métallique terne qui résonna dans la maison ressembla au glas.

Il fallut quelques instants avant qu'elle entendît le pas lent et imposant dans le couloir. Puis, Mrs Sherman ouvrit la porte.

Violet vit le choc sur son visage et sut instantanément que Miss Hanley avait raison. Elle l'avait assurément prise par surprise.

La gouvernante la fixa, interdite pendant un instant.

— Vous !

— Bonjour, Mrs Sherman.

Violet se força à demeurer calme, comme elle l'avait pratiqué.

— Puis-je entrer ?

Rien n'avait changé. La maison parut se refermer sur elle avec ses murs foncés étouffants et ses vieux meubles lourds. Elle se surprit en train de marcher sur la pointe des pieds par habitude sur le carrelage noir et blanc, tout son corps tendu de peur d'accidentellement dire ou faire quelque chose qui pourrait entraîner la colère de Victor.

Elle sentit Mrs Sherman la suivre dans le petit salon, les clés tintant à sa ceinture, telle une geôlière. Presque aucune nuit ne passait sans que Violet ne se réveille, trempée de sueur, après avoir entendu le tintement de ces clés dans ses cauchemars.

— Que voulez-vous ? s'enquit la gouvernante.

Violet se força à demeurer droite et calme. Elle savait que Mrs Sherman pouvait sentir la peur, qu'elle s'en délectait. Elle était déterminée à ne pas lui en donner la satisfaction. Plus maintenant.

— Je ne vais assurément pas *vous* le dire, n'est-ce pas ?

Elle retira ses gants avec une désinvolture étudiée et parcourut la pièce du regard. Ses yeux se posèrent sur le foyer ornementé en marbre noir. Une fois, alors que Victor l'avait poussée dans la pièce dans un accès de rage, elle s'y était fracassé le crâne et avait saigné si abondamment que même lui avait été inquiet. Mme Sherman avait couvert les taches foncées du plancher en bois poli avec un tapis chinois. Il s'y trouvait encore aujourd'hui.

Violet réprima le frisson qui la parcourut et se retourna pour faire face à la femme avec un sourire forcé.

— N'allez-vous pas m'offrir un thé ? C'est ce que les domestiques font, n'est-ce pas ?

La bouche de la vieille femme se tordit de mépris.

— Je ne servirai pas les gens comme vous !

Violet soupira.

— C'est probablement mieux ainsi, puisque je n'ai pas la certitude que vous n'essayerez pas de m'empoisonner.

Un muscle de colère se mit à palpiter dans la mâchoire rigide de Mrs Sherman.

— Vous avez du culot de venir ici ainsi !

Violet arqua ses sourcils.

— Mais j'ai cru comprendre que vous me cherchiez ?

— Pas vous. Le garçon. Où est-il ?

— Vous ne pensez pas vraiment que je l'ai emmené ici, n'est-ce pas ?

Violet lui sourit avec pitié.

— Il est tout à fait en sécurité à Londres. Très bien surveillé.

— Par ces vieilles servantes à l'hôpital ?

Le visage de Mrs Sherman devint dédaigneux.

— Ce n'est pas un endroit pour élever un enfant.

— Vraiment, Mrs Sherman !

Violet se força à sourire.

— Vous êtes une vieille servante vous aussi, ne l'oubliez pas, fit-elle.

Le titre de « madame » en était un de courtoisie conférée à toutes les femmes de personnel domestique de haut rang.

— À moins que mon mari ne soit bigame et vous ait épousée ? ajouta-t-elle. Oh, n'ayez pas l'air aussi mortifiée, Mrs Sherman. Je suis tout à fait au courant que vous aimez Victor de loin depuis des années. Quel dommage qu'il n'ait pu se résoudre à se marier sous sa condition ! Cela nous aurait épargné à tous bien des maux de tête, ne croyez-vous pas ?

Mrs Sherman suffoqua d'indignation.

— C'est vous qui étiez sous sa condition ! répliqua-t-elle. Petite créature dégoûtante, mal élevée, qui a essayé de grimper l'échelle sociale comme votre révoltante de mère. Je me demande ce qu'il a bien pu voir en vous…

Violet resta immobile à fixer la rage et la méchanceté de l'autre femme pleuvoir sur elle comme une pluie d'étincelles. Elle n'avait jamais vu Mrs Sherman perdre sa maîtrise glaciale auparavant. Pour la première fois, elle eut le sentiment d'avoir le dessus.

— Votre jalousie ne vous fait pas honneur, Mrs Sherman, dit-elle, la faisant taire. Maintenant, je ne suis pas venue ici perdre mon temps à discuter avec vous. Je souhaite voir mon mari.

— Vous ne pouvez pas. Il ne veut pas vous voir.

— Nous savons toutes les deux que ce n'est pas vrai, n'est-ce pas ? Ou alors, pourquoi aurait-il dépensé autant de temps et d'efforts à mettre des annonces dans les journaux et vous envoyer me chercher ?

— Je vous l'ai dit, ce n'est pas vous qu'il cherchait. Il voulait voir son fils.

Mrs Sherman retrouva un peu de son ancienne froideur, son dos se redressant.

— Vous n'étiez rien pour lui. Vous ne l'avez jamais été. Seulement un moyen d'atteindre un but, dit-elle froidement.

Violet ignora l'insulte.

— Néanmoins, j'ai l'intention de le voir.

Elle s'assit sur le cuir poli du canapé et arrangea les plis de son manteau autour d'elle.

Mrs Sherman leva le menton.

— Il ne vous reprendra pas, si c'est pour cela que vous êtes venue.

Violet se mit à rire.

— Oh, Mrs Sherman, vous faites-vous vraiment autant d'illusions ?

Elle secoua la tête.

— Je ne suis pas venue supplier pour une réconciliation. C'est la dernière chose qui me viendrait en tête. Je suis venue lui dire de me laisser tranquille.

— Et je suis certaine qu'il sera plus qu'heureux de le faire, si vous lui confiez le garçon.

— Afin qu'il soit élevé par vous ? Dans cette prison ?

Violet regarda autour d'elle avec dédain. Les ancêtres de Victor Dangerfield la considéraient froidement avec mépris sur les murs. Quand elle vivait ici, leur constante désapprobation l'avait intimidée presque autant que les éclats violents de son mari.

— C'est la maison d'Oliver, fit avec raideur Mrs Sherman. Sa place est ici, avec son père.

Violet hocha la tête.

— Sa place est avec moi. Quel genre de vie aurait-il ici ? Avec un père qui ne sait que détester, persécuter, être cruel ?

— Il aime le garçon.

— Il ne connaît rien de l'amour, et vous non plus !

Violet contint sa colère, déterminée à demeurer calme.

— Si j'ai quoi que ce soit à en dire, Oliver ne saura même pas que cet endroit existe, dit-elle posément.

— C'est ce que nous verrons, n'est-ce pas ?

La voix de la gouvernante était lourde de sens.

Violet leva la tête vers elle.

— Est-ce une menace, Mrs Sherman ? Parce que je crains que vous ne me fassiez plus peur. Et mon mari non plus.

Et c'était vrai, comprit-elle. Pendant cinq ans, la maison Curlew, Mrs Sherman et Victor avaient peuplé ses cauchemars, prenant de monstrueuses, presque surnaturelles, proportions.

Mais en revenant ici aujourd'hui, elle se rendit compte que ce n'était qu'une vieille maison délabrée. Et que Mrs Sherman n'était qu'une vieille femme très ordinaire.

Elle jeta un coup d'œil à sa montre.

— Je n'ai pas beaucoup de temps avant que mon taxi revienne. Maintenant, puis-je voir mon mari ?

— Il n'est pas à la maison, dit brusquement Mrs Sherman.

— Où est-il ?

Pendant un instant, elle eut peur qu'il soit à Londres. Peut-être même au Nightingale.

— Je ne peux pas vous le dire.

Mrs Sherman détourna son regard.

— Je vais prendre des arrangements pour que vous puissiez parler avec ses avocats…

— Je veux savoir où il se trouve ! la coupa Violet.

— Il est… à l'étranger. Il n'habite plus ici la majorité de l'année. Il préfère le climat du sud de la France.

Elle voulut repousser Violet vers la porte.

— Peut-être que si vous aviez contacté le notaire comme le réclamait l'annonce, cela vous aurait épargné un tel déplacement. Donc…

Des pas craquèrent au-dessus de leurs têtes.

Violet leva les yeux vers le plafond.

— Qui est-ce ?

— Personne. Nous faisons… ramoner les cheminées.

— À cette époque de l'année ?

Elle avait franchi la porte et se dirigeait vers le couloir avant que Mrs Sherman eût le temps de l'arrêter.

— Vous ne pouvez pas monter.

La gouvernante la poursuivit et lui bloqua l'entrée de l'escalier tournant.

Violet la regarda furtivement et vit son regard bouleversé dans ses yeux pâles.

— Pourquoi pas ? Que cachez-vous ?

— Moi, dit une voix au-dessus d'elles. Elle me cache, moi.

La voix arrêta Violet sur sa lancée. Elle se retourna alors que Victor émergeait des ombres au sommet de l'escalier.

— Bonjour, Violet, dit-il. Bon retour à la maison.

CHAPITRE 45

Quel choc.

Il descendit l'escalier, s'appuyant lourdement sur la rampe. Il était beaucoup plus mince que dans son souvenir, son visage crispé seulement adouci par une petite barbe pointue.

Mais l'effet qu'il avait sur elle était le même. Elle agrippa le poteau sculpté afin de s'empêcher de s'enfuir.

— Bonjour, Victor, dit-elle.

— Violet, comme c'est inopiné, la salua-t-il cordialement. Tu aurais vraiment dû nous aviser que tu venais. Tu sais à quel point Mrs Sherman déteste les surprises.

Il atteignit le pied de l'escalier et Mrs Sherman se précipita vers lui pour l'aider, mais il la repoussa avec un éclair d'impatience qui rappela à Violet l'homme qu'elle avait un jour connu.

— Je peux me débrouiller, Mrs Sherman, merci.

Il sourit nerveusement à Violet.

— Elle aime bien être aux petits soins depuis ma récente maladie.

Il prit une canne au pied de l'escalier et clopina jusqu'au petit salon. Violet vit qu'il serrait les dents sous l'effort. Pendant une fraction de seconde, elle eut pitié de lui.

— Tu prendras du thé.

Il s'agissait davantage d'une affirmation que d'une question.

— Non, merci.

Malgré sa fatigue après son trajet, elle avait rapidement décidé de ne rien accepter venant de Victor.

Il la regarda sévèrement, mais ne discuta pas.

— Alors, Mrs Sherman, peut-être seriez-vous assez aimable pour m'en apporter ? ordonna-t-il.

Il s'assit dans l'un des fauteuils, respirant difficilement sous l'effort. Violet choisit le siège le plus éloigné de lui.

Il l'observa pendant un long moment. Sa peau avait la translucidité jaune de la cire, remarqua-t-elle.

— C'est bon de te revoir, Violet, dit-il.

— J'aimerais pouvoir dire la même chose, répliqua-t-elle.

Elle vit un éclair d'irritation dans ses yeux foncés, qu'il masqua rapidement.

— Comment va mon fils ? demanda-t-il.

— Très bien.

— Mrs Sherman me dit qu'il est devenu un beau garçon. Tu sembles choquée ?

Il parut amusé.

— Croyais-tu qu'elle allait quitter Londres sans au moins entrevoir Oliver ? Elle vous a surveillé tous les deux, dit-il. Elle est mes yeux et mes oreilles.

— Elle l'a toujours été.

Violet s'efforça de garder une voix neutre, mais à l'intérieur, elle se sentait en colère et violée.

— Même si tu n'as rien fait pour lui faciliter la tâche, continua-t-il. Tu as été très astucieuse, Violet, couvrant tes traces.

Il sembla presque admiratif.

— Je ne te croyais pas capable d'une telle duperie.

— Vous m'avez sous-estimée, n'est-ce pas ?

— De toute évidence.

Ses yeux, foncés et asservissants, soutinrent les siens.

Mrs Sherman entra, apportant le thé sur un plateau. Elle le posa sur la table et était sur le point de le verser quand Victor la congédia d'un geste de la main.

— Vous pouvez disposer, Mrs Sherman. Je suis certain que ma femme peut s'en charger.

Il ne la regarda pas en parlant. Violet sentit un élancement de pitié pour l'autre femme qui resta embarrassée pendant un moment avant de franchir en hâte la porte. Violet avait trop souvent été une victime de la cruauté désinvolte de Victor pour ne pas remarquer son effet sur quelqu'un d'autre.

— Nous gardons toujours tes effets à l'étage, dit-il. Mrs Sherman les a emballés et rangés dans le grenier.

— Vous auriez dû les brûler.

— Mrs Sherman le voulait, mais j'ai refusé. J'ai toujours su que tu reviendrais, un jour.

Il sourit légèrement, satisfait de lui.

— Pourquoi devrais-je un jour revenir ici ?

— Parce que c'est ta maison.

Elle le considéra, incrédule.

— Vous ne croyez pas réellement ce que vous dites !

— Pourquoi pas ? Cette demeure est encore remplie de souvenirs. C'est ici que je t'ai emmenée en tant que jeune mariée, après tout…

— Vous voulez parler de souvenirs, Victor ?

Elle pointa le foyer.

— Vous vous souvenez comment j'ai gravement saigné le soir où vous m'avez lancée contre ça ? Même vous aviez peur.

Il grimaça.

— C'était un malheureux accident. Tu as trébuché…

— Oui, j'ai trébuché. Comme j'ai trébuché dans la chambre à coucher et me suis fêlé les côtes. Et dans la salle à manger où je me suis retrouvée avec ça.

Elle remonta brusquement sa manche pour lui montrer une ligne de peau pâle et boursouflée où la plaie n'avait jamais convenablement guéri.

— Ou des ecchymoses que vos doigts laissaient autour de mon cou encore et encore ?

Elle vit qu'il détournait la tête et comprit qu'il n'allait jamais être en mesure d'affronter la réalité de ce qu'il avait fait.

Mais cela n'importait plus. Elle ne s'en souciait plus.

— Que voulez-vous, Victor ? demanda-t-elle.

— Je veux Oliver.

— Jamais.

Elle secoua la tête.

— Mais c'est mon fils. Il doit poser des questions à mon sujet ?

— Je lui ai dit que vous étiez mort.

Victor tressaillit.

— Tu lui as dit cela ? C'était très cruel de ta part.

— Vous ne connaissez rien à la cruauté, n'est-ce pas ?

Il fit une pause. Il tendit la main et prit la théière. Il lui fallut ses deux mains pour la soutenir, remarqua Violet.

— Très bien, dit-il. Je vais donner des instructions à mes avocats afin qu'ils entament des poursuites contre toi. Et je te préviens, il n'y a aucune cour dans ce pays qui accordera la garde d'un enfant à une femme qui s'enfuit de son mari.

— Et il n'y a aucune cour dans ce pays qui accordera la garde à un mourant non plus.

Sa tasse chancela brièvement dans sa soucoupe.

— Je ne vois pas de quoi tu parles.

— Victor, je vous en prie. Je suis infirmière depuis suffisamment longtemps pour repérer les signes d'un cancer au stade avancé.

Quand il finit par lever la tête vers elle, le regard dans ses yeux était impressionné malgré lui.

— Tu es très observatrice.

— Combien de temps vous reste-t-il ?

— Quelques semaines, peut-être quelques mois. Il se répand si rapidement maintenant qu'il est difficile de se prononcer.

Elle pouvait le voir se raidir contre la douleur, refusant de céder.

— Vous devez beaucoup souffrir.

La bouche de Victor se pinça.

— Ça te plairait, n'est-ce pas ?

— En fait, non.

Invraisemblablement, elle sentit un élan de pitié. Elle ne possédait plus le moindre soupçon d'amour pour lui, mais cela ne voulait pas dire qu'elle ne pouvait pas ressentir une sorte de compassion humaine. Même s'il n'en avait jamais montré pour elle.

Il avait dû voir l'expression sur son visage, car il s'en saisit.

— C'est pour ça que je voulais que vous reveniez à la maison, dit-il. Toi et Oliver. Je veux que nous formions une famille de nouveau. Seulement pour le temps qu'il me reste.

— Non !

— Ce ne serait que pour un court moment. Quelques semaines, tout au plus.

Sa voix faiblit.

— Je ne veux pas mourir seul.

— Vous ne serez pas seul. Vous aurez Mrs Sherman.

— Ah, oui. Mrs Sherman.

Sa bouche se tordit amèrement.

— Peut-être avons-nous les compagnons que nous méritons dans la vie, dit-il en l'observant posément. Si tu ne reviens pas vivre avec moi, au moins laisse-moi voir mon fils une dernière fois. Je veux lui dire au revoir.

Elle hésita pendant un moment, puis hocha la tête.

— Cela ne ferait que l'embrouiller.

— Je t'en prie.

C'était la première fois qu'il lui disait ces mots sans qu'ils soient teintés de sarcasme ou de malveillance. Même alors elle le regarda prudemment, s'attendant à une remarque blessante, un éclat physique, qui suivrait.

Victor fixait le tapis chinois devant le foyer. Violet se demanda si la tache foncée était encore là, en dessous, sur le plancher.

— Je me rends compte que je n'ai probablement aucun droit de te demander une faveur, dit-il. Néanmoins, je fais appel à toi, en tant qu'être humain. Et en tant que personne qui m'a déjà aimé, ajouta-t-il.

Violet le regarda, voyant le visage mince, la peau cireuse étirée sur des os proéminents. Il était si pitoyable, si frêle, ses mains osseuses agrippant sa canne. C'était difficile d'imaginer que ces mains l'avaient un jour traînée dans cette pièce par les cheveux, avait tiré sur sa tête si violemment qu'elle avait cru que sa nuque allait se casser.

Mais maintenant, le pouvoir était déplacé. Maintenant, il était celui qui avait peur et était isolé.

— Je vais y réfléchir, dit-elle abruptement.

CHAPITRE 46

— Maintenant, expulsez l'air… c'est ça. Gardez la pointe de l'aiguille vers le haut, pendant que vous appuyez sur le piston… oh cessez de trembler, infirmière Benedict. Vous n'inspirez pas vraiment confiance, n'est-ce pas ?

— Désolée, sœur.

Les mains de Millie glissaient de sueur quand elle tourna le bouchon du piston, vérifiant la dose sur la tige. Consciente que les yeux perçants de sœur Hyde étaient sur elle, elle vérifia la dose dans le dossier de la patiente, revérifia le liquide dans la seringue, puis la montra à la sœur pour qu'elle vérifie de nouveau.

Mrs Isles, la victime âgée qui avait été choisie pour l'entraînement de Millie, la regarda avec appréhension.

— Vous savez ce que vous faites, ma belle, n'est-ce pas ? chuchota-t-elle.

— Oh, oui, la rassura Millie, son sourire vacillant. Je me suis beaucoup entraînée sur des oranges en formation préliminaire.

Sœur Hyde secoua la tête.

— Tamponnez de l'alcool sur l'aiguille, soupira-t-elle. Maintenant, vous êtes prête pour l'injection.

C'était plus facile à dire qu'à faire. Pour commencer, la pauvre vieille dame ne semblait pas avoir beaucoup de chair sur les os, alors trouver un endroit approprié n'était pas aisé. Mais enfin, Millie pinça une partie de peau ridée et approcha l'aiguille.

— Eh bien ? Qu'attendez-vous ? Allez-y, ma fille !

Millie aperçut les yeux terrifiés de Mrs Isles une seconde avant qu'elle enfonce la pointe de l'aiguille, relâchant la peau en même temps. Elle s'imaginait déjà la patiente hurlant de douleur, du sang partout, sœur Hyde en train de lui crier dessus, lui disant qu'elle était une idiote. Le silence qui suivit fut presque assourdissant.

Incapable de croire ce qu'elle avait fait, elle retira l'aiguille et tint le tampon sur la minuscule tache de sang. Déglutissant avec peine, elle regarda avec espoir sœur Hyde, attendant son sort.

Elle hocha abruptement la tête.

— Très bien, infirmière, dit-elle. Apportez-moi votre dossier de formation et je le signerai avant que vous partiez.

Ce fut comme si le soleil sortait et qu'un chœur angélique avait empli le ciel. Mais avant qu'elle puisse goûter le moment, sœur Hyde ajouta :

— Ne restez pas bouche bée comme un poisson, ma fille. Nettoyez ce coin. Et que cela soit fait convenablement.

Millie la regarda s'éloigner dans la salle, ses chaussures robustes grinçant sur le plancher poli. Mme Isles lui fit un sourire édenté.

— Je parie que vous ne vous attendiez pas à ça, n'est-ce pas, ma belle ?

— Pas du tout.

Millie avait travaillé très fort au cours de la dernière semaine, faisant de son mieux. Fidèle à sa promesse, sœur Hyde avait passé le plus de temps qu'elle pouvait à lui démontrer différentes techniques et Millie avait essayé de tout assimiler. Et ses efforts semblaient être récompensés ; une fois ou deux, elle avait même aperçu sœur Hyde en train de l'observer avec quelque chose qui ressemblait à de l'approbation.

Millie sourit à la patiente.

— Merci de ne pas avoir crié quand je vous ai fait l'injection.

— Je n'ai rien senti, la rassura la vieille dame.

— Ta première injection sous-cutanée, bravo !

Helen félicita Millie alors qu'elle stérilisait l'équipement dans la salle de soins quelques minutes plus tard.

— Sœur Hyde semble satisfaite de toi.

— Je sais.

— Tu ne sembles pas en être heureuse ? dit son amie en l'examinant de près.

— Je le suis, c'est que…

— Tu penses encore à Seb, n'est-ce pas ?

Millie pressa les lèvres ensemble. Cela avait été beaucoup plus facile quand personne n'était au courant de sa rupture d'avec Seb. Mais elle était fatiguée de toujours faire bonne figure, et après l'avoir dit à William, il lui semblait inutile de le cacher à ses amies.

Mais maintenant, elle devait plutôt endurer leur interminable sympathie. Elle l'appréciait, mais cela ne l'aidait pas à oublier sa terrible situation.

Elle hocha la tête.

— Il me manque, dit-elle simplement.

— Tu devrais lui parler.

— Oh, non, je ne pourrais pas !

— Pourquoi pas ? Tu ne peux pas te morfondre éternellement, ni fiancée, ni séparée. Ne serait-ce que pour décider comment annoncer la nouvelle à vos familles.

— Tu as raison, déclara Millie en soupirant misérablement. Nous devrions au moins en discuter.

Mais elle redoutait l'idée de revoir Sebastian encore plus que la pensée de dire à sa grand-mère qu'elle l'avait perdu.

Des rumeurs de leurs fiançailles rompues commençaient déjà à se répandre dans Londres. Il ne faudrait pas longtemps, elle en était certaine, avant qu'elles atteignent les oreilles de Lady Rettingham au plus profond du Kent.

— Et on ne sait jamais, suggéra gaiement Helen. Vous allez peut-être vous revoir et retomber follement amoureux.

— Ou peut-être pas, dit tristement Millie.

C'était ce qu'elle craignait le plus. Cet étrange état de semi-rupture ne la rendait pas très heureuse, mais c'était beaucoup mieux que la pensée d'être séparée de Seb pour toujours.

Dora traîna le sac de bandages souillés sur les marches de pierre vers la chaufferie. C'était son dernier jour au service Wren, et la sœur profitait de sa dernière chance de donner à Dora les pires tâches.

Mais cela ne lui importait pas. Demain, elle serait au service médical féminin avec sœur Everett, la femme excentrique qui jouait des hymnes sur son harmonica et gardait un perroquet dans sa chambre, mais qui était aussi connue comme étant juste et gentille envers les étudiantes.

Descendre à la chaufferie était comme descendre en enfer. Les étroites marches menaient à un endroit clos du sous-sol qui était abominablement chaud, l'obscurité éclairée seulement par des langues de flammes vacillantes. De la fumée âcre s'échappait de la bouche béante enflammée de la chaudière. Bien que l'endroit soit infernal, il était populaire auprès des infirmières. Elles se rassemblaient autour de la chaufferie, esquivant les étincelles, fumant frénétiquement avant que leur absence soit remarquée.

Il n'y avait pas d'infirmière ce jour-là. Mais il y avait Nick Riley.

Il était en train de pelleter du charbon dans la chaudière. Il avait détaché le haut de sa salopette et les muscles durs de sa poitrine et de ses bras luisaient à la lueur des flammes vacillantes pendant qu'il travaillait.

Dora hésita au pied de l'escalier, ne sachant pas quoi faire. Elle était toujours là quand il s'arrêta pour s'essuyer le front du dos de la main et la vit.

— Désolé ! Je n'avais pas remarqué que tu étais là.

Il saisit sa salopette et repassa les bretelles.

— Ça va.

Elle passa avec raideur devant lui et voulut soulever le sac, mais il le saisit.

— Laisse-moi faire.

Leurs mains se frôlèrent et ils sursautèrent tous les deux à ce contact.

Nick lança le sac d'une main et ils demeurèrent là, embarrassés, à regarder les flammes l'engloutir. Il était si près que Dora put sentir l'odeur masculine de sa peau. Combiné à la chaleur, cela lui fit tourner la tête. Elle savait qu'elle devait partir, mais ses pieds semblaient être collés au plancher de pierre.

— Est-ce vrai pour toi et Joe Armstrong ?

Sa voix était si basse qu'elle put à peine l'entendre par-dessus le crépitement des flammes.

Dora observa son solide profil illuminé par la lueur des flammes. Ses cheveux noirs formaient des boucles humides autour de son visage, collant contre sa nuque.

— Qui t'a dit ça ?

— Est-ce que tu le fréquentes ?

— Et si c'était le cas ?

Nick saisit un tisonnier et donna de petits coups dans le feu, faisant voler des étincelles.

— Il ne semble pas être ton genre, finit-il par lâcher.

Dora lui lança un regard mauvais. Comment osait-il ! Il ne voulait pas d'elle, pas maintenant qu'il avait Ruby. Comment osait-il essayer d'interférer dans sa vie ?

— Qu'en sais-tu ? réagit-elle dédaigneusement. Tu ne sais pas du tout quel est mon genre. Tu ne sais rien de moi.

— Ah non ?

Il se tourna pour la regarder, un regard torride qui lui coupa le souffle. Ils ne se touchaient pas, mais elle pouvait sentir la chaleur de son corps s'enrouler autour d'elle comme une étreinte passionnée.

Il avait raison. Sans le lui avoir dit, il savait tout à son sujet. Et elle savait tout à son sujet aussi. Il y avait un lien fondamental entre eux qu'ils ne pouvaient pas combattre.

— Joe… me plaît, dit-elle à voix basse. Il est gentil et il me traite bien…

— C'est pour ça que tu l'as choisi lui et pas moi ? cracha Nick.

Les lueurs des flammes se reflétaient dans ses yeux.

C'était comme s'ils se tenaient sur le bord d'un précipice. Un mot, un pas de plus, et ils plongeraient tous deux têtes la première dans un abîme, dans quelque chose qu'ils ne pourraient pas dominer.

— S'il te plaît, Nick, chuchota-t-elle. Pourquoi faut-il que tu dises ça maintenant ?

— Parce que je ne peux pas m'en empêcher !

Sa voix était brisée par l'émotion.

— Dieu sait que j'ai essayé de combattre, de me tenir éloigné de toi. Mais je ne peux pas te regarder avec lui, sachant ce que je ressens pour toi.

— Et comment crois-tu que *je* me sens ? répliqua Dora. J'ai dû te regarder avec Ruby !

Ses yeux se rétrécirent.

— Ne me lance pas le blâme pour ça, dit-il d'une voix rauque. Je suis venu vers toi, tu t'en souviens ? La nuit où j'ai tenté de t'embrasser, où j'ai essayé de te dire ce que je ressentais. Mais tu m'as simplement repoussé. Cette nuit me hante depuis.

— Elle me hante aussi !

Leurs yeux se croisèrent, liés dans une conversation qui ne nécessitait pas de mots.

Enfin, il dit doucement :

— Si je le faisais encore, que ferais-tu ?

Dora ne pouvait pas lui répondre. Elle voulait si désespérément qu'il l'embrasse qu'elle devait contenir son envie de l'attirer à elle. Le simple fait d'être si près de lui créait une boule de chaleur qui grandissait dans son ventre.

— Réponds-moi.

Sa voix était rongée par le désir, ses yeux fixés sur sa bouche.

— Si je m'avançais de nouveau vers toi, me repousserais-tu ?

Lentement, elle secoua la tête.

— Tu sais que non. Mais nous ne pouvons pas, ajouta-t-elle. Nous devons penser à Ruby.

— Bon Dieu !

Il recula d'un pas, passant une main dans ses boucles noires humides.

— À quoi d'autre crois-tu que je pense ? C'est l'unique raison qui m'empêche de te prendre dans mes bras et de t'embrasser maintenant.

Il se retourna vers le feu, attaquant le charbon à l'aide du tisonnier.

— Je dois rompre avec elle, lâcha-t-il brutalement.

Dora le fixa, consternée.

— Tu ne peux pas ! Elle t'aime, cela lui briserait le cœur…

— Alors que suis-je censé faire ? Rester avec elle alors que je suis amoureux de quelqu'un d'autre ? Ne crois-tu pas que cela lui fera plus de mal au bout du compte ?

Dora était trop déroutée pour parler pendant un moment.

— Tu… m'aimes ? dit-elle lentement.

Nick lui jeta un rapide coup d'œil, le coin de sa bouche se tordant.

— Dora Doyle, je t'ai toujours aimée, dit-il sur un ton bourru.

Il laissa tomber le tisonnier avec fracas.

— Alors, vas-tu m'attendre ? demanda-t-il.

Dora hésita. Le bonheur explosa en elle, mais cela était tempéré par sa culpabilité.

— Pauvre Ruby…

Nick fit un pas vers elle, se trouvant si près qu'elle put sentir la chaleur de son corps.

— Dora, je vais rompre avec elle, peu importe ce qui arrive. Je tiens à Ruby. C'est une bonne fille et ce n'est pas bien de jouer avec ses sentiments.

Il la regarda, les lueurs du feu vacillant dans ses yeux sous sa tignasse de boucles noires.

— Alors, m'attendras-tu ou non ?

Elle lui sourit.

— Oui, dit-elle. Je t'attendrai.

CHAPITRE 47

— Où sommes-nous, maman ?

Oliver leva des yeux écarquillés vers le grand portail de la maison Curlew, sa main dans celle de sa mère.

Un grand soulagement envahit Violet. Elle avait tant craint qu'il se souvienne de la demeure et des gens qui y vivaient.

— Nous sommes venus rendre visite à quelqu'un, chéri.

— Qui ?

— Quelqu'un que maman a connu il y a bien longtemps.

Elle avait décidé de ne pas lui dire qui était réellement Victor. Comme elle l'avait expliqué à son mari, elle ne voulait pas embrouiller son fils. C'était l'une des conditions qu'elle avait posées avant d'accepter la rencontre, et Victor y avait immédiatement consenti. Violet avait ressenti son désespoir et en avait été émue malgré elle.

Ils se mirent à remonter l'allée, mais Oliver la retint, enfonçant les talons dans le gravier.

— Je ne veux pas y aller, dit-il. Je n'aime pas cet endroit.

Moi non plus, pensa Violet en levant la tête vers les murs foncés couverts de lierre de la maison gothique. Même sous les rayons printaniers du soleil, l'endroit paraissait sinistre et menaçant. Un frisson d'inquiétude parcourut sa peau.

Elle avait longtemps hésité avant d'accepter de revenir ici. Sa première réaction avait été d'en rester éloignée, mais même si elle détestait l'idée de revoir Victor, elle n'avait pu se résoudre à lui refuser le droit de voir son fils une dernière fois.

— Nous devons y aller, mon trésor. La personne que nous sommes venus voir est très malade et nous devons lui remonter le moral.

— Est-ce qu'il va mourir ? demanda Oliver fasciné.

— Oui.

Il leva les yeux avec appréhension vers les grandes fenêtres étroites.

— Est-ce que nous allons devoir voir son corps ?

— Non, répondit Violet en lui serrant la main. Ce ne sera qu'une brève visite et ensuite nous pourrons reprendre le train pour rentrer à la maison.

Elle se rendit soudainement compte de ce qu'elle venait de dire. Il y avait longtemps qu'elle n'avait pas dit le mot « maison » sans être sincère.

Mrs Sherman devait probablement attendre leur arrivée, car la porte s'ouvrit avant qu'ils aient parcouru la moitié de l'allée. Elle dévala l'escalier en tendant les bras.

— Oliver ! Mon garçon chéri !

Elle voulut l'étreindre, mais Oliver se recroquevilla derrière Violet, se dissimulant dans le manteau de sa mère. Le visage de Mrs Sherman se décomposa.

— Il ne se souvient pas de moi, dit-elle d'un ton morne.

— Non, dit Violet. Il ne se souvient pas de vous.

Elle pouvait avoir un peu de compassion pour son mari, mais pas pour Mrs Sherman. Si la vieille femme avait eu son mot à dire, Oliver ne se serait pas souvenu de sa mère non plus.

— Oliver, voici Mrs Sherman. Demande-lui comment elle va.

— Comment allez-vous ? marmonna Oliver à contrecœur, son visage toujours enfoui contre sa hanche.

— Comment va Victor ? demanda-t-elle.

— Sa santé se dégrade rapidement.

Mrs Sherman garda les yeux rivés sur Oliver, le dévorant de ses étranges yeux pâles.

— Il devrait rester au lit, mais il a insisté pour descendre afin d'accueillir son…

Elle vit l'éclair d'avertissement dans les yeux de Violet.

— Ses invités, se reprit-elle à travers ses lèvres serrées.

Victor les attendait dans le petit salon. D'un seul regard, Violet su que son état s'était véritablement détérioré depuis leur dernière rencontre. Il était assis le dos voûté dans sa bergère, ses deux mains posées lourdement sur le sommet de sa canne. Mais il était impeccablement vêtu comme toujours, même si son costume pendouillait sur son corps frêle.

Victor avait toujours attaché beaucoup d'importance à son apparence.

Ses yeux jaunâtres s'illuminèrent quand il les vit.

— Vous êtes venus, dit-il.

— J'avais dit que nous viendrions.

Violet mit le bras autour de son fils toujours accroché à elle et le poussa doucement vers lui.

— Dis bonjour à Mr Dangerfield, Oliver.

— Comment vas-tu, Oliver ? Je suis heureux de te rencontrer, jeune homme.

Victor tendit la main de manière très protocolaire. Mais Violet put voir que sa bouche tremblait, comme s'il s'efforçait de maîtriser une vive émotion.

Il leva les yeux vers elle.

— Peux-tu nous laisser ? demanda-t-il.

— Non.

Violet et Oliver parlèrent en même temps. Derrière eux, dans l'embrasure de la porte, Mrs Sherman signifia son impatience.

Oliver regarda Violet avec des yeux remplis de peur.

— S'il te plaît, ne pars pas, maman, supplia-t-il.

— Je ne partirai pas.

Elle caressa la tête de son fils, lissant ses cheveux noirs.

— Il se méfie parfois des étrangers, dit-elle à Victor.

Elle ne l'aurait de toute façon pas quitté. Même maintenant, elle ne pouvait pas avoir confiance en son mari, il pourrait briser sa promesse et essayer de lui enlever son fils.

La bouche de Victor se raidit.

— Comme vous voulez, dit-il. Mais j'espère que tu prendras le thé avec nous cette fois.

Il lui décocha un regard significatif.

— Mrs Sherman s'est donné beaucoup de mal à préparer le goûter.

Il fit un signe à la gouvernante qui s'avança avec avidité.

— J'ai préparé tout ce que tu préfères, dit-elle à Oliver, ses yeux pâles étincelants. Des madeleines, des génoises, du pain aux bananes…

— Ce que je préfère, c'est le gâteau au chocolat, annonça-t-il. Sœur Parker a parfois du gâteau au chocolat pour nous quand je lui rends visite à elle et à sœur Sutton pour le goûter, ajouta-t-il de manière importante.

Les lèvres de Mrs Sherman tremblèrent.

— Je crains de ne pas avoir de gâteau au chocolat, dit-elle faiblement.

— Ce n'est pas grave, lui dit-il gentiment. Je suis certain que vos gâteaux seront formidables. N'est-ce pas, maman ?

Le rire cruel de Victor se transforma en une toux sèche.

— Ce garçon sait ce qu'il veut, lâcha-t-il.

Violet l'ignora, remarquant l'air dévasté de Mrs Sherman. Seule une personne dure et insensible n'aurait pas eu pitié de la détresse de la femme.

Elle avait préparé un magnifique festin pour le goûter. Alors qu'ils s'installaient autour de la table, elle les observait de l'embrasure de la porte, ses yeux toujours fixés sur Oliver. Violet sentit sa peine d'être loin de lui.

— N'allez-vous pas vous joindre à nous, Mrs Sherman ? l'invita-t-elle audacieusement.

Le regard de Mrs Sherman passa d'elle à Victor, ses yeux flamboyants d'espoir.

— Je suis certaine que Mr Dangerfield n'y verrait pas d'inconvénient, puisqu'il s'agit d'une occasion spéciale.

Violet fixa Victor, le défiant de ne pas accepter.

Elle vit sa fureur silencieuse sur son visage, mais il ne put que dire :

— Oui, je vous en prie, joignez-vous à nous, Mrs Sherman.

Se retrouver assise avec eux rappela à Violet tous les interminables repas qu'elle avait pris dans cette maison, à demeurer assise, les yeux baissés, terrifiée que Victor la reprenne pour une terrible faute qu'elle aurait pu faire. Elle ne devait parler que lorsque la parole lui était adressée, ne devait pas émettre son opinion et craignait un regard noir de sous les sourcils broussailleux de son mari.

Mais la présence d'Oliver l'avait transformé. Il parlait de manière animée à l'enfant de ce qu'il aimait, n'aimait pas et de ce qui l'intéressait. Quelles étaient ses matières préférées à l'école ? Quels sports pratiquait-il ? Victor dévorait les informations avec un sincère intérêt que Violet ne lui avait jamais connu, son visage s'illuminant de fierté quand Oliver se vanta du prix qu'il avait reçu à l'école pour son orthographe et les histoires d'aventures qu'il aimait lire. Elle vit la manière dont Victor regardait son fils, et son cœur se serra pour la famille qu'ils auraient pu être.

Graduellement, Oliver perdit sa timidité tout en parlant de son école, de l'hôpital et du jardin qu'il cultivait avec sœur Sutton.

— Et j'enseigne à Sparky à rapporter le bâton, leur dit-il fièrement. Même s'il n'est pas encore très bon.

— Aimerais-tu jouer dans notre jardin ? suggéra Victor.

Oliver regarda avec envie par la fenêtre.

— Est-ce que je peux ?

— Je ne crois pas, chéri..., commença à dire Violet, mais Victor l'interrompit.

— Je ne vois pas pourquoi.

— Il porte ses plus beaux vêtements.

— Tu ne vas pas refuser à un enfant de l'air frais et du plaisir à cause d'un peu de boue, non ?

Les yeux de Victor étincelèrent de défi.

— Quel rabat-joie est ta mère, Oliver !

Violet resta muette, le considérant avec une aversion intense.

Il ne pouvait pas s'en empêcher. Il devait la dominer. Même maintenant, il essayait de monter son fils contre elle.

— Mrs Sherman va t'aider avec ton manteau.

Ignorant le souhait de Violet, Victor fit signe à la gouvernante qui se leva vivement de la table et tendit la main vers le garçon.

Oliver hésita.

— Est-ce que je peux y aller, maman ? demanda-t-il.

Violet lui fit un sourire contraint.

— Bien sûr, chéri. Mais reste où je peux te voir, d'accord ?

— Et ne pars pas avec les méchantes personnes ! compléta Oliver pour elle, chantonnant les mots gaiement.

— Est-ce ce que je suis pour lui ? L'une des méchantes personnes ? demanda Victor d'une voix sourde alors qu'ils l'observaient jouer par la fenêtre.

Elle ne pouvait détacher son regard, craignant que si elle écartait les yeux de son fils, ne serait-ce qu'une seconde, il allait disparaître.

— Pendant longtemps, oui.

— Et suis-je encore l'une des méchantes personnes ?

— À vous de me le dire.

Ils demeurèrent silencieux, observant leur enfant courir sur le gazon, les bras ouverts comme un avion en vol. La vieille horloge égrainait les minutes avec un sonore tic-tac régulier.

— C'est un bon garçon, finit par dire Victor sans la regarder. Cela est tout à ton honneur.

Elle se prépara, attendant la pointe. Elle ne vint pas.

— Merci, dit-elle.

Il s'appuya lourdement contre le rebord de pierre de la fenêtre, se soutenant avec une mince main crochue.

— J'aimerais que les choses aient été différentes.

— Moi aussi.

— Ce n'est pas trop tard.

Il tourna son regard vers elle.

— Vous pourriez revenir vivre ici.

— Afin que vous essayiez de le monter contre moi ?

— Afin que je puisse passer du temps avec mon fils avant de mourir.

Elle se raidit.

— Je vous l'ai déjà dit, Victor, c'est hors de question.

— Pourquoi ? Le garçon est un Dangerfield. J'ai besoin de lui ici.

Elle le regarda et comprit.

— Cela n'a rien à voir avec l'amour pour votre fils, n'est-ce pas ? Vous n'êtes qu'un homme malade et effrayé qui ne veut pas mourir seul.

— La place de l'enfant est avec sa famille, attaqua-t-il.

— Sa famille !

La bouche de Violet se tordit de mépris.

— Nous n'avons jamais été une famille, Victor.

— Il est *mon* sang et *ma* chair !

— Peut-être. Mais il n'est pas votre famille.

Elle le fixa, sans sourciller.

— Vous n'avez pas de famille, Victor. Vous avez perdu votre famille le jour où vous avez pour la première fois levé la main sur moi.

Un muscle tressaillit dans sa mâchoire.

— Peut-être devrions-nous demander au garçon s'il veut rester ici ? dit-il brusquement.

— *Je* décide ce qui est mieux pour lui.

— Parcourant le pays, le traînant de taudis en taudis, est-ce cela que tu appelles être le mieux ? demanda-t-il en ricanant. Je peux lui donner plus que ce que tu ne pourras jamais.

La haine dans ses yeux ramena Violet dans le passé. Elle se vit sur le plancher, se recroquevillant sous sa main levée.

— Je suis sa mère, chuchota-t-elle, son courage l'abandonnant.

— Et je suis son père.

Victor leva la main et Violet tressaillit avant de comprendre qu'il faisait signe à Mrs Sherman de faire entrer Oliver.

L'angoisse gonfla sa poitrine.

— Que faites-vous ?

Victor lui fit un sourire glacial.

— Je vais parler à mon fils.

Il se tourna lentement, chancelant sur sa canne pendant que Mrs Sherman faisait entrer Oliver dans la pièce. Il était hors d'haleine et avait les joues roses d'avoir couru, ses cheveux noirs dressés sur sa tête.

— As-tu aimé le jardin, Oliver ?

Victor lui sourit.

— Oh oui, merci, monsieur.

Il se tourna vers Violet.

— Tu devrais venir voir, maman. Il y a un petit pavillon et une forêt et un lac avec des poissons, comme au parc !

— Je sais, chéri, dit-elle à voix basse.

Victor s'adressa au garçon.

— Aimerais-tu pouvoir jouer dans ce jardin chaque jour ?

Violet se raidit.

— Victor…, commença-t-elle, mais il leva la main pour la faire taire.

— J'ai posé une question au garçon, cracha-t-il.

Oliver fronça les sourcils, troublé, son regard passant de l'un à l'autre.

— Je-je ne comprends pas…

— C'est très simple, Oliver. Je demande si toi, et ta mère évidemment, aimeriez venir habiter ici. Tu aurais le jardin pour jouer et tu pourrais choisir quelles fleurs planter. Mrs Sherman pourrait t'aider. N'est-ce pas, Mrs Sherman ?

— Oui, monsieur.

Violet vit du coin de l'œil le sourire figé de la gouvernante.

— Tu pourrais même avoir un chien, si tu le souhaites, promit Victor.

— Un chien ?

Le visage d'Oliver s'illumina.

— Vous voulez dire un chiot ?

— Un, tout à toi. Pense à tout le plaisir que tu pourrais avoir et à tous les trucs que tu pourrais lui enseigner.

Le cœur de Violet se serra et elle essaya d'intervenir.

— Vraiment, je ne crois pas..., commença-t-elle à dire, mais Victor l'interrompit.

— Laisse le garçon parler lui-même, lâcha-t-il d'un ton sec, les yeux fixés sur Oliver. Eh bien, mon garçon ? Qu'as-tu à dire ?

Oliver réfléchit pendant un moment.

— Cela me paraît très bien, monsieur, répondit-il prudemment. Mais si cela ne vous dérange pas, je préfère les jardins de l'hôpital. Je ne crois vraiment pas que sœur Sutton puisse s'en sortir sans moi. Elle trouve cela très difficile de se pencher avec son grand âge, voyez-vous. Et il n'y aurait personne pour lancer le bâton à Sparky. Lui aussi est vieux, mais il commence à être bon pour rapporter.

Oliver regarda prudemment sa mère.

— Est-ce que c'est correct, maman ? dit-il.

— Bien sûr, mon chéri.

Violet sourit de fierté à son fils. Elle se tourna vers Victor.

— Je crois que vous avez votre réponse.

Ils partirent peu de temps après. Alors que Violet emmitouflait Oliver dans son manteau dans le couloir, Victor lui demanda :

— Vas-tu le ramener ?

Elle croisa ses yeux, quelque chose qu'elle avait rarement osé faire.

— Non, dit-elle. Non, je ne crois pas.

Ses yeux se plissèrent, mais il hocha brièvement la tête. Même son mari savait quand il était vaincu.

— Je comprends, dit-il à voix basse.

— Qui était cet homme, maman ? demanda de nouveau Oliver quand ils furent dans le taxi les ramenant à la gare.

— Je te l'ai dit, mon trésor. Ce n'est que quelqu'un que maman a connu jadis.

— Alors, ce n'est pas mon père ?

Elle sentit sa colonne se glacer.

— Qu'est-ce qui te fait dire ça ?

— La vieille dame me l'a chuchoté quand nous étions dans le jardin. Mais je lui ai dit de ne pas dire de sottises, car mon père était beau et intelligent et qu'il était mort.

Oliver fit une grimace.

— Et je n'ai pas aimé cette vieille dame. Elle voulait toujours me toucher, et ses mains étaient comme des griffes. Comme une sorcière.

Il se retourna pour regarder par l'étroite lunette arrière.

— Crois-tu qu'il y avait des fantômes dans cette maison, maman ?

Violet jeta un coup d'œil vers la maison Curlew qui s'estompait au loin.

— Je crois qu'il y en avait probablement.

— Comme c'est horrible, dit-il en se retournant sur son siège. Nous n'aurons pas à y retourner, n'est-ce pas ?

Violet lui caressa la tête.

— Non, Oliver.

Elle sourit.

— Nous n'aurons plus jamais à y retourner.

CHAPITRE 48

Ruby Pike n'avait jamais été aussi adorable. Elle portait une nouvelle robe rose qui moulait ses formes, ses cheveux blonds tombant en boucles souples autour de son visage.

— Ça te plaît ? C'est ainsi que Jean Harlow se coiffe, dit-elle en jouant avec ses mèches.

— C'est… très joli.

Nick parvenait à peine à la regarder dans les yeux.

Elle s'avança pour l'embrasser, mais il détourna le visage et ses lèvres se posèrent sur le coin de sa bouche.

— On y va ? dit-il en s'éloignant vers la porte.

— Où m'emmènes-tu ce soir ? demanda-t-elle en lui souriant. Il y a un nouveau film au Rialto.

— J'ai pensé que nous pourrions nous promener jusqu'au café pour manger un morceau.

Sa bouche peinte se tordit de déception. Habituellement, elle se serait plainte, disant qu'elle ne portait pas les chaussures adéquates ou lui expliquant sans ambages qu'elle ne s'était pas habillée comme une starlette d'Hollywood juste pour s'asseoir dans un quelconque trou graisseux. Mais cette fois-ci, elle hocha la tête docilement. Elle semblait très désireuse de faire plaisir, presque comme si elle savait ce que Nick s'apprêtait à faire.

Il était resté allongé sans dormir la nuit précédente, essayant de trouver comment lui annoncer la nouvelle. Il n'y avait pas de manière facile de lui dire que c'était terminé, mais ce devait être fait. Il ne pouvait plus continuer à faire semblant, ce n'était pas juste ni pour lui, ni pour elle.

Il pensa à Dora, vit son visage souriant. Il n'arrivait toujours pas à croire qu'elle l'aimait. Les rêves ne se réalisaient pas souvent pour ceux comme Nick Riley, mais celui-ci, oui.

Maintenant, il commençait à espérer d'autres choses aussi. Il les voyait voler jusqu'en Amérique ensemble avec Danny, pour commencer une nouvelle vie. Il les voyait arriver à New York, sortant de l'avion, main dans la main, leur cœur rempli d'espoir. Il avait parlé de partir très souvent, mais au fond de lui, il avait toujours douté qu'il soit capable de faire le saut ultime. Maintenant, avec Dora à ses côtés, il se sentait suffisamment courageux pour affronter le monde.

— Nick ?

La voix de Ruby le ramena brusquement. Il la regarda d'un air coupable. Il avait été si préoccupé par ses pensées, qu'il ne s'était pas rendu compte de l'endroit où ils étaient. Maintenant, elle se tenait devant le café, les deux mains plantées sur les hanches.

— On entre ou quoi ? demanda-t-elle.

Le café vivement éclairé était chaud et bondé. L'arôme des tourtes fraîchement sorties du four mélangé à l'odeur aigre caractéristique de l'anguille cuite était habituellement irrésistible, mais pour une fois, Nick n'avait pas faim quand ils se glissèrent sur l'une des banquettes de bois qui bordaient l'un des murs du café. De l'autre côté, une grosse femme portant une blouse blanche s'occupait d'une file de clients derrière son comptoir, servant des louches de tourte, de purée et de sauce dans des assiettes, les distribuant d'une main tout en s'occupant avec dextérité de la caisse de l'autre.

— Qu'est-ce que tu vas prendre ? offrit Nick en sortant son portefeuille.

— Seulement un thé pour moi.

Il fronça les sourcils en regardant Ruby. Il n'était pas d'humeur à manger, mais ce n'était pas le genre de Ruby de rater une occasion.

— Tu es certaine ?

— Je sais. Je suis facile à contenter, n'est-ce pas ?

Le sourire de Ruby ne se rendit pas jusqu'à ses yeux tandis qu'elle ôtait son chapeau et gonflait ses boucles.

Il l'observa alors qu'il prenait place pour passer leur commande. Elle semblait se trouver bien loin, écrivant son nom sur la fenêtre embuée. Il se demanda avec effroi si elle savait déjà ce qui allait arriver. Peut-être qu'elle s'y préparait autant que lui.

Peu importe les pensées troublantes, elles semblèrent s'être envolées quand il revint à la table avec leur thé. Ruby passa de muette à très désireuse de vouloir combler le silence. Nick l'écouta commérer sur ce qui se passait à l'usine de vêtements et les derniers démêlés de ses frères avec la loi, laissant ses mots le submerger tout en essayant de trouver ce qu'il allait dire.

Enfin, quand ils eurent bu la dernière goutte de leur tasse, il sut qu'il ne pouvait plus reculer.

— Écoute, Ruby..., commença-t-il.

— Oh, regarde, dit-elle en pointant vers la fenêtre. Tu as vu le manteau de cette femme ? Je pensais m'en acheter un comme ça. Qu'en penses-tu ?

— Très joli. Ruby, j'ai réfléchi...

— Mais je ne suis pas certaine qu'il m'irait. Je crois qu'il faut être beaucoup plus grande pour bien porter ce genre de style.

— Ruby...

— Et la couleur est un peu terne, non ? J'aimerais quelque chose de joli et d'éclatant...

— Ruby !

Il toucha sa main et fit tourner Ruby vers lui.

— Écoute-moi, s'il te plaît. J'ai quelque chose à te dire.

Elle devint instantanément sérieuse, son sourire disparaissant.

— J'ai aussi quelque chose à te dire.

Son sérieux le prit au dépourvu.

— Qu'y a-t-il ?

— Vas-y en premier.

— Non, toi.

— D'accord.

Elle baissa les yeux vers ses mains, toujours croisées sur la table, puis leva la tête vers lui.

— Je suis enceinte, dit-elle.

Nick eut l'impression de recevoir un coup dans le ventre, expulsant tout l'air qu'il avait en lui. L'odeur de la nourriture graisseuse lui donna tout à coup mal au cœur.

— Tu es quoi ?

— Pour l'amour de Dieu, Nick, ne me le fais pas répéter. Cela m'a pris tout mon courage pour le dire la première fois.

Il la fixa. Elle était assise en face de lui avec ses yeux bleus immenses. Elle avait presque tout mordillé son rouge à lèvres.

— Eh bien, dis quelque chose !

Son sourire chancela.

— Mais comment…

Elle arqua les sourcils.

— Tu veux que je te fasse un dessin ?

— Non, je veux dire… je croyais que nous étions prudents ?

— Ça arrive, les accidents.

Il fit courir une main dans ses cheveux. Il avait soudainement l'impression que ses côtes serraient l'air hors de ses poumons, faisant en sorte qu'il lui était impossible de respirer.

Ce ne pouvait pas être vrai, pas maintenant. Comment avait-il pu être aussi stupide ?

— En as-tu parlé à quelqu'un ?

Elle hocha la tête.

— J'ai pensé que tu devrais être le premier à l'apprendre.

Il jeta un coup d'œil vers son ventre plat sous sa jolie robe rose.

— En es-tu certaine ?

— Aussi certaine que possible.

Son sourire faiblit.

— Écoute, ça va, tu n'as pas à avoir l'air aussi inquiet, dit-elle. J'ai posé des questions à l'usine, faisant comme si c'était pour une amie. Elles disent qu'il y a une femme sur la route Mile End qui aide les filles qui ont des ennuis…

— Non ! s'exclama Nick en secouant la tête. Tu n'iras pas voir l'un de ces bouchers. J'ai transporté trop de filles à la morgue à cause de ça. Je ne veux pas que ça t'arrive.

— Alors, qu'allons-nous faire ?

Ruby humecta ses lèvres nerveusement.

Nick la regarda. C'était comme si son monde chavirait. Tout ce qu'il avait voulu, tout ce qu'il avait espéré, s'éloignait de lui et il ne pouvait pas l'empêcher.

— Il n'y a qu'une seule chose que nous pouvons faire, n'est-ce pas ? dit-il d'un air grave.

Millie posa le bouquet de jonquilles sur la tombe de Maud Mortimer. Son père avait choisi un bel endroit du cimetière, sous les cerisiers chargés de fleurs. Millie sourit. Elle trouvait que c'était très joli ici, mais elle pouvait imaginer Maud se plaindre amèrement de tous ces pétales roses et blancs qui tombaient sur elle.

Son père avait été très compréhensif quand Millie lui avait expliqué pourquoi elle voulait que Maud soit enterrée à Billinghurst.

— Personne ne sait où est enterré le reste de sa famille et je ne veux pas qu'elle soit seule. Est-ce que cela semble ridicule ?

— Pas du tout, ma chère. Je crois que c'est très louable de ta part de démontrer un tel intérêt. Je vais parler au révérend Butler et voir si nous pouvons arranger des obsèques pour elle ici. Nous nous assurerons qu'elle ait des adieux convenables, ne t'inquiète pas, l'avait-il rassurée.

Sa grand-mère, il va sans dire, n'avait pas approuvé.

— Quelle idée insolite ! avait-elle déclaré. Bientôt, tu voudras que des étrangers soient enterrés dans la crypte familiale !

Mais Millie préférait de beaucoup affronter le désespoir de la comtesse douairière sur les arrangements funéraires de Maud plutôt que de discuter l'autre sujet qu'elle savait que sa grand-mère avait en tête.

Elle avait tourmenté Millie dès son arrivée la veille.

— Je suppose que tu es ici pour voir Sebastian ? Tu sais qu'il est à Lyford, n'est-ce pas ? avait-elle ajouté avec un regard inquisiteur tandis que Millie tentait de dissimuler sa surprise.

— Non, je ne le savais pas.

— Je suis stupéfaite. Tu es censée être sa fiancée après tout.

Millie s'était servi des légumes du plat en argent que le valet tenait. Elle avait senti les yeux de sa grand-mère sur elle et s'était demandé si les rumeurs sur Seb et elle avaient déjà atteint Billinghurst.

— Tu dois lui rendre visite, évidemment, avait dit sa grand-mère.

— Non ! Je veux dire, je ne peux pas. Je dois prendre le train de midi pour Londres demain.

Je préfère passer le temps que j'ai avec vous et papa.

Elle avait tourné des yeux suppliants vers son père, lequel avait haussé les épaules, impuissant. Ils savaient tous les deux que lorsque sa mère avait une idée en tête, rien ne pouvait l'en dissuader.

— Ne sois pas idiote, tu as tout ton temps. À moins qu'il y ait une raison pour laquelle tu ne veuilles pas le voir ? avait-elle ajouté, plissant les yeux depuis l'autre côté de la table.

Millie avait fixé son assiette. Même si elle avait essayé de retarder le moment, elle savait qu'inévitablement, ils allaient un jour se rencontrer.

— C'est réglé, alors.

Sa grand-mère avait pris son silence pour son assentiment.

— Benson t'y conduira demain matin.

Millie avait essayé de dissimuler son accablement, mais son père l'avait remarqué.

— Vraiment, mère, devez-vous interférer ? lui reprocha-t-il.

Lady Rettingham lui avait lancé un regard noir.

— Henry, si je n'interférais pas, ta fille jouerait encore au garçon manqué, à monter dans les arbres et à faire du radeau sur le lac ! avait-elle répliqué avec rudesse.

C'était pour cette raison que, Millie étant venue rendre hommage à Maud au cimetière lors de ce beau matin d'avril, Benson l'attendait près de l'entrée, se tenant patiemment près de la Daimler, les boutons en cuivre de sa veste verte scintillant sous les pâles rayons du soleil.

— Oh, Maud. Quel gâchis !

Millie cueillit quelques pétales sur la plaque de terre dénudée.

— Que vais-je faire quand je le verrai ? Que vais-je dire ?

Presque immédiatement, elle entendit la voix de la vieille dame dans sa tête ainsi que ses derniers mots.

Aucun regret.

Il est trop tard pour cela, pensa Millie. Elle regrettait déjà amèrement d'avoir rompu ses fiançailles, mais elle n'arrivait pas à voir comment cela pourrait changer.

Benson se mit au garde-à-vous quand elle emprunta l'allée qui sortait du cimetière.

— Lyford, madame la comtesse ? dit-il en lui ouvrant la portière.

— Je suppose que oui, soupira Millie.

Le duc et la duchesse se trouvaient à Londres, ainsi au moins l'embarras de les rencontrer lui était-il épargné. Le majordome l'informa que Lord Sebastian était sorti à cheval.

— Il devrait rentrer sous peu, voulez-vous l'attendre ? dit-il en s'éloignant de la porte.

— Je vais l'attendre dans la cour de l'écurie.

Millie ne put imaginer rien de pire que d'attendre son arrivée assise dans le petit salon. Plus rapidement ils se seraient débarrassés de cette première embarrassante rencontre, mieux ce serait. Ses tempes commençaient déjà à palpiter de tension refoulée.

Au moins dans la cour, elle put se détendre pendant un moment. Le duc était reconnu pour sa capacité à repérer les bons chevaux, et elle s'amusa à inspecter ses dernières acquisitions. L'odeur de cuir et de chevaux et même celle de putréfaction du fumier la firent curieusement se sentir en sécurité.

Elle se trouvait dans la sellerie en train de bavarder avec l'un des palefreniers quand elle entendit le claquement de sabots sur le pavé. Elle sortit, protégeant de la main ses yeux du soleil, au moment où Seb entrait dans la cour, chevauchant un magnifique étalon gris.

Elle avait oublié à quel point il était beau, ses cheveux diffusant des reflets dorés sous les rayons du soleil. Ses jodhpurs ajustés et sa chemise blanche révélant son svelte corps musclé. Elle mourait d'envie de courir vers lui, mais elle se força à demeurer à l'écart, immobile.

Il ne la vit pas immédiatement. Elle regarda le palefrenier sortir et prendre les brides du cheval, puis lui marmonner quelque chose. Il leva la tête et la vit, la stupéfaction envahissant son visage.

— Millie ? Que fais-tu ici ?

— Bonjour, Seb.

Elle se sentit tout à coup timide et incapable de parler.

Il glissa de son cheval, donna les rênes au palefrenier et s'avança vers elle. Il s'arrêta brusquement à quelques pas d'elle, comme s'il y avait une barrière invisible les séparant.

— Je ne m'attendais pas à te voir ici, dit-il avec raideur.

— Je rendais visite à ma famille.

— Ah. Bien sûr.

Il fit claquer sa cravache contre ses bottes étincelantes en cuir. Le silence s'étira entre eux.

— J'allais venir te voir, lâcha-t-il enfin, son regard fixé sur le pavé boueux. J'avais l'intention de téléphoner ou d'envoyer un mot. Mais je remettais toujours cela à plus tard.

— Tout comme moi.

— Je ne savais pas vraiment ce que j'allais dire.

— Moi non plus, admit-elle.

— Ce n'est pas facile, n'est-ce pas ? Trouver les bons mots ?

Son sourire était forcé.

Il était sur le point de lui dire que tout était terminé. Elle le savait et elle le redoutait, mais ne savait pas comment l'empêcher. Son cœur battait dans ses oreilles, la rendant presque sourde.

— Je suis désolée, jeta-t-elle. Je ne veux plus que nous soyons séparés. Je déteste ne plus être ta fiancée.

Il leva la tête pour la regarder, l'espoir éclairant ses yeux bleus.

— Je suis celui qui devrait s'excuser. J'ai agi en idiot de première. J'aurais dû être plus avisé et ne pas commencer à établir tous ces règlements et ultimatums.

Ses mots sortirent en un flot précipité d'excuses.

— Non, non, c'est moi qui étais trop entêtée de penser que ma carrière d'infirmière était si importante…

— Elle est importante.

— Pas aussi importante que toi.

Ils se fixèrent pendant un moment, assimilant la signification de leurs mots.

— Tu avais tout à fait raison de me rendre ma bague… Je crois que j'aurais fait la même chose.

Seb semblait triste.

— Pourras-tu un jour me pardonner ?

— Il n'y a rien à pardonner.

Il tendit les bras et Millie s'y précipita, sanglotant de soulagement. Ils se trouvaient au milieu de la cour de l'écurie, ne se souciant de rien ni personne, s'accrochant l'un à l'autre comme s'ils n'allaient jamais se lâcher.

— Oh, ma chérie, tu m'as tellement manqué, murmura Seb en pressant ses lèvres dans ses cheveux. Dès que nous nous sommes quittés ce soir-là, je savais que je commettais la pire erreur de ma vie. Mais, idiot entêté que je suis, je n'arrivais pas à me résoudre à courir derrière toi. Et quand je t'ai vue au baptême…

— Mais tu étais tellement froid envers moi.

— Je faisais de mon mieux pour garder mes distances ! grogna-t-il. Je pensais que c'était ce que tu voulais.

— Je t'ai cherché, marmonna-t-elle contre sa poitrine.

L'odeur de chevaux, de sueur et de cuir se mélangeait à celle citronnée caractéristique de son eau de Cologne.

— Mais Lucinda m'a dit que tu étais parti avec Georgina Farsley. J'ai cru que toi et elle alliez peut-être…

Elle laissa sa phrase en suspens, se sentant misérable à cette pensée.

— Georgina ?

Seb se mit à rire.

— Combien de fois dois-je te le dire ? Je ne suis absolument pas intéressé par cette prédatrice. Elle m'a demandé de la conduire à la gare parce qu'elle voulait rendre Jumbo jaloux, c'est tout. Malheureusement pour elle, il était trop ivre pour même remarquer qu'elle était partie !

— Ils forment un couple bien désolant, n'est-ce pas ?

Millie sourit.

— Ils ne sont pas les seuls.

Il la serra plus étroitement afin qu'elle puisse sentir le battement régulier de son cœur à travers sa chemise.

— Tu ne sais pas à quel point j'étais sur le point de me présenter à la maison des infirmières et de défoncer la porte pour te chercher.

— J'aurais aimé que tu le fasses.

— J'ai pensé que tu me détesterais simplement davantage.

— Je ne pourrais jamais te détester.

Millie s'éloigna de lui.

— J'ai pris une décision, dit-elle. Je veux que nous nous mariions dès que possible.

Il l'observa avec circonspection.

— Qu'est-ce qui t'a fait prendre cette décision ?

— Simplement quelque chose qu'une personne m'a dit.

Elle lui parla de Maud Mortimer et de la dernière conversation qu'elles avaient échangée.

— Cela m'a fait réfléchir aux regrets, et j'ai alors compris que je ne voulais pas regretter de t'avoir perdu.

— Mais tu ne vas pas me perdre, dit-il. Ne le vois-tu pas ? J'ai été un imbécile jaloux, pensant que je ne voulais te partager avec rien ni personne. Mais je n'avais aucun droit de vouloir ainsi te couper les ailes. Tu aimes ta profession d'infirmière, je l'ai compris le soir où tu as pris soin de Sophia. Et tu es douée aussi. Je suppose que c'est pour cette raison que j'étais si en colère, parce que j'ai compris à quel point tu aimais ça.

— Mais je t'aime davantage. Et je ne peux pas attendre pour t'épouser.

Elle s'était attendue qu'il la serre dans ses bras et l'embrasse de nouveau, c'est pourquoi son air renfrogné la troubla.

— Je crains que tu le doives, dit-il. Je pars pour Berlin la semaine prochaine.

— Berlin !

Elle le considéra, ébranlée.

— Le rédacteur en chef m'a offert la chance de m'y rendre et de commenter la situation politique. Ce ne sera que quelques textes colorés de la région, mais si je m'en sors bien, cela me mènera peut-être à un emploi permanent pour le journal à l'étranger. N'est-ce pas merveilleux ? fit-il.

Millie l'écoutait à peine.

— Quand allais-tu m'en parler ? demanda-t-elle d'un air hébété.

— C'est pour cette raison que je voulais aller te voir. Tu m'as devancé en venant ici. Mais je ne me plains pas, ajouta rapidement Seb.

Ses yeux bleus fouillèrent son visage.

— Ne prends pas cet air, Mil. Tu devrais être heureuse pour moi. C'est ma chance. Imagine, un jour, je pourrais être le correspondant principal à l'étranger, filant pour écrire sur les guerres autour du monde !

Millie frissonna.

— Ne parle pas ainsi, Seb. Nous n'avons pas besoin d'autres guerres. Et tu n'as pas besoin d'aller jusqu'en Allemagne non plus. Pourquoi ne peux-tu pas être journaliste ici ?

— Parce que je dois faire mes preuves. Pas seulement envers le rédacteur en chef, envers moi aussi.

Son visage devint pensif.

— Je crois que c'est pour cette raison que j'ai agi comme un idiot dernièrement. J'avais l'impression, je ne sais pas, de n'avoir aucun talent en rien. Tu avais ta profession d'infirmière, et je n'avais rien. Je croyais que j'avais besoin que tu abandonnes ta vocation pour moi, alors que ce dont j'avais réellement besoin était de trouver ma propre vocation. Quelque chose dont je pourrais être fier.

— Je suis fière de toi, lui dit-elle avec passion.

Le sourire de Seb était teinté de tristesse.

— Ce n'est pas suffisant, Mil. Je dois être fier de moi. Tu comprends bien ça, n'est-ce pas ?

Comment ne pouvait-elle pas comprendre ? C'est ce qui l'avait menée des salles de bal du Belgravia à un hôpital au fin fond de Bethnal Green.

— Bien sûr que je comprends, dit-elle refoulant une soudaine montée d'émotion. Tu ne dois pas faire attention à moi, je suis seulement idiote et égoïste parce que je sais que tu vas me manquer.

— Et tu vas aussi me manquer. Plus que tu ne peux l'imaginer. C'est pour cette raison que je me demandais si cela ne te dérangeait pas de porter ceci de nouveau pour moi ?

Il fouilla dans la poche de sa veste. Millie vit la boîte noire en velours et sentit ses yeux picoter de larmes.

— Ma bague !

— Je la transporte depuis que tu me l'as rendue. Je l'avais dans ma poche le jour du baptême, mais cela ne semblait pas être le bon moment pour te demander…

Il ouvrit la boîte et elle vit les diamants et les émeraudes étinceler d'une intensité veloutée.

— Alors, je te le demande maintenant.

Il posa un genou au sol.

— Seb !

Millie regarda autour d'elle vers les palefreniers qui étaient appuyés contre les portes de l'écurie et souriaient.

— Lève-toi ! Tu seras couvert de boue.

— Tais-toi, Millie, tu gâches le romantisme du moment.

Il leva la bague vers elle, son visage solennel malgré la lueur d'amusement dans ses yeux bleus.

— Amelia Benedict, me ferez-vous l'honneur d'accepter de m'épouser ? Encore ?

Millie éclata de rire.

— Ainsi formulé, je peux difficilement refuser, n'est-ce pas ?

CHAPITRE 49

— Fiancés ?

Dora fixa June Riley assise à la table de leur cuisine en train de boire un thé. Ça devait être une erreur. Pas après toutes les promesses qu'il lui avait faites.

— C'est ce qu'ils m'ont dit.

June fit tomber d'une chiquenaude la cendre de sa cigarette dans sa soucoupe.

— Je pense qu'ils s'occupent de la paperasse cet après-midi. *Elle* veut un vrai mariage à l'église.

— Ils feraient mieux d'agir rapidement alors.

Mémé Winnie leur envoya un regard entendu en s'asseyant dans son fauteuil à bascule, écossant des pois sur ses genoux.

— C'est ce que je me suis dit.

June expira une mince volute de fumée du coin de la bouche.

— Elle doit être en route pour la famille et voilà tout.

— Ton Nick ne t'a rien dit à ce sujet ?

— Moi ?

June rit amèrement.

— Je suis la dernière personne à qui il parlerait de quoi que ce soit. Mais nous savons tous que c'est un vrai petit salaud. Je suis étonnée que ça lui ait pris autant de temps avant de se faire prendre.

— Au moins, il fait la bonne chose avec elle.

Mémé renversa son tablier plein de pois dans le bol à ses pieds.

— Que cela lui serve de leçon ! marmonna June. Cette Ruby est une véritable pimbêche, elle va le faire descendre de son piédestal. Et en ce qui concerne sa mère !

Elle éteignit sa cigarette dans le cendrier.

— S'il croit que je suis déplaisante, attendez de voir quand Lettie Pike lui rebattra les oreilles nuit et jour.

— Ils ne vont pas habiter avec vous alors ? dit mémé.

— Arrêtez ! Pouvez-vous imaginer celle-là vivre avec nous ? Nous finirions par nous tuer en une semaine ! gloussa June. Non, ils vont aller habiter chez les Pike, que Dieu leur vienne en aide. Cela dit, *elle* a déjà l'idée d'avoir l'un de ces chics appartements neufs que la Compagnie construit sur la route Roman.

— Vous ne me feriez pas entrer dans l'un d'eux.

— Moi non plus. Mais vous savez comment sont ces jeunes.

June secoua la tête et prit une autre cigarette dans son paquet.

— Et celle-là veut assurément gravir les échelons du monde. Tant pis pour les autres. Je me demande bien qui surveillera notre Danny si Nick déménage.

Elles levèrent les yeux quand Dora se leva et attrapa son manteau.

— Où vas-tu ? demanda mémé.

— Je dois retourner à l'hôpital. Je recommence à travailler dans une heure.

— Tu ne vas pas attendre pour voir ta mère ? Elle n'est sortie que pour rapporter son raccommodage à la blanchisserie.

— Dis-lui que je reviendrai dans quelques jours.

Dora les laissa à leur commérage et se précipita à l'extérieur. Elle attendit d'avoir traversé le portail arrière et d'être hors de vue dans l'allée avant de s'appuyer contre le mur pour se calmer. L'humidité du mur de briques froid s'insinua dans son mince manteau, mais elle le remarqua à peine, ses yeux embués de larmes, fixant l'étroite bande de ciel gris sans soleil entre les immeubles rapprochés.

Nick et Ruby étaient fiancés. Cela n'avait pas de sens. À peine quelques jours plus tôt, il avait dit à Dora qu'il l'aimait et l'avait suppliée de l'attendre. Elle flottait sur un nuage depuis, réchauffée par le simple fait de savoir qu'ils seraient un jour ensemble. Elle s'endormait le soir en rêvant à ses forts bras protecteurs autour d'elle, imaginant la sensation de ses baisers…

Malgré tout, au fond de son esprit, elle s'était demandé si tout cela était trop beau pour être vrai. Maintenant, elle savait que c'était le cas. La réalité s'était abattue sur elle, la laissant tomber sur le froid et humide pavé de la rue Griffin avec ses rêves brisés et un cœur de plomb.

Elle se ressaisit. Elle ne pouvait pas rester dans l'allée en train de pleurer toutes les larmes de son corps alors que sa mère ou l'un des voisins pouvaient arriver à tout moment. Elle devait retourner au service. Et même si sœur Everett était loin d'être aussi mesquine que sœur Wren, elle s'attendait tout de même à ce que ses infirmières soient à l'heure.

Le cœur de Dora se serra quand elle tourna le coin vers le Nightingale et vit Nick et Ruby se tenant devant le portail.

Elle était en train de lui dire au revoir avant qu'il parte au travail. Ils ressemblaient à deux tourtereaux, les bras de Ruby autour du cou de Nick, elle souriant en le regardant dans les yeux, tout à fait l'image de la future mariée rougissante.

Dora s'arrêta, submergée par la panique. Elle n'arrivait pas à se résoudre à passer près d'eux, mais il n'y avait pas d'autre entrée.

Elle était sur le point de revenir sur ses pas et attendre qu'ils soient partis, quand Ruby l'aperçut.

— Dora ! Par ici !

Elle vit la tête de Nick se retourner, remarqua son air démonté et força ses pieds à avancer vers eux.

— J'espérais te voir.

Ruby s'accrochait à Nick.

— Je suppose que tu as entendu notre nouvelle ?

Dora hocha la tête. Elle ne pouvait se résoudre à le regarder.

— C'est tout ce dont on parle rue Griffin. Félicitations.

Sa gorge était si desséchée qu'elle parvint à peine à croasser.

— Merci, mon amie.

Ruby tendit sa main gauche.

— Qu'en penses-tu ?

Elle sourit, agitant son doigt.

— Elle est… jolie.

Dora regarda attentivement le petit diamant, mais elle n'arrivait pas à s'y faire.

— Nous venons d'aller voir le pasteur afin de tout régler. Il ne peut pas nous prendre avant un mois, mais ça devrait aller.

Ruby gloussa et mit la main sur son ventre plat. *Alors mémé et June avaient raison*, pensa Dora. Cela expliquait la chose, mais ne la rendait pas moins douloureuse.

— Et je veux que tu sois ma demoiselle d'honneur, évidemment, ajouta Ruby.

Dora leva brusquement la tête.

— Moi ?

— Évidemment. Tu es ma meilleure amie, idiote. À qui d'autre le demanderais-je ?

Dora se risqua à jeter un rapide coup d'œil vers Nick. Il sembla aussi impuissant et horrifié qu'elle.

— Allez, dis que tu le feras, la supplia Ruby. Je serai tellement nerveuse le grand jour, j'aurai besoin de toi pour m'aider à demeurer calme.

Toutes sortes d'émotions contradictoires se livraient bataille dans la tête de Dora. Était-ce possible de détester et d'aimer quelqu'un en même temps ? se demanda-t-elle. Elle détestait Ruby de lui enlever l'homme qu'elle aimait. Mais en regardant son visage souriant, elle comprit que rien n'était la faute de son amie. Elle n'était qu'une fille amoureuse, planifiant son mariage et voulant que tout le monde partage son bonheur. Comment Dora pouvait-elle même penser à lui gâcher ça ?

Au contraire, elle devrait plutôt détester Nick de lui avoir donné espoir et fait des promesses, puis d'avoir brisé ses rêves. Mais elle ne le pouvait pas non plus.

— Ça me fera plaisir, dit-elle.

Ruby fit un grand sourire.

— Je suis ravie, dit-elle. Et tu pourras m'aider à surveiller celui-ci et t'assurer qu'il ne partira pas avec quelqu'un d'autre avant le grand jour !

Dora lança un regard coupable vers Nick.

— Je ferai de mon mieux, marmonna-t-elle.

Elle lança un coup d'œil vers la tour horloge.

— Je dois y aller, je travaille bientôt.

— Je vais regarder quelques modèles de robes…, lança Ruby derrière elle alors qu'elle se pressait vers les édifices principaux de l'hôpital.

— Dora, attends !

Elle entendit les pas de Nick écraser le gravier derrière elle et accéléra.

— Je ne peux pas, je vais être en retard, marmonna-t-elle, les yeux fixés droit devant elle.

Ils passèrent devant le pavillon des brancardiers et elle s'attendit à ce qu'il la laisse tranquille, mais il continua à la suivre, traversa le porche de l'édifice principal et continua dans la cour pavée.

— Dora, parle-moi. S'il te plaît !

— Je ne peux pas te parler, je vais avoir des ennuis. De toute façon, il n'y a rien à dire.

— Je suis désolé.

L'affliction dans sa voix l'arrêta presque, mais elle se força de continuer à marcher.

— J'ai essayé de rompre, j'ai réellement essayé.

— Mais tu t'es retrouvé fiancé à la place ?

Elle ne put empêcher l'amertume de sa voix.

— Elle m'a dit qu'elle était enceinte. Que pouvais-je faire d'autre ?

Il avait raison. Peu importe à quel point elle avait envie de crier, de pleurer et de hurler sur l'injustice de tout cela, il avait raison.

— Tu ne pouvais rien faire d'autre, dit-elle. Personne ne peut rien faire maintenant.

La maison des infirmières se trouvait devant elle. Avant qu'elle puisse l'atteindre, Nick la tira soudainement sur le côté de l'immeuble, dans l'espace envahi de mauvaises herbes où les infirmières se cachaient de la sœur responsable de la maison.

Ils se tassèrent dans l'espace étroit entre le mur de briques et la grande haie, si près qu'elle put voir sa large poitrine se soulever et redescendre. C'était une véritable torture de se trouver si près de lui et d'être incapable de le toucher.

— Laisse-moi tranquille, chuchota-t-elle. Je dois me changer. Laisse-moi partir.

Elle fit mine de vouloir passer, mais il la repoussa contre le mur, son corps l'immobilisant presque. Son odeur masculine la submergea.

— Je ne peux pas te laisser partir. C'est ça le problème. Je t'aime.

Il souleva le menton de Dora, la forçant à le regarder dans ses yeux bleu marine, si pleins de douleur et de tendresse. Il y avait quelque chose d'hypnotique dans les angles durs de son visage, avec son nez aplati de boxeur et la courbe sensuelle de sa bouche. Le regarder donna à Dora envie de pleurer.

— Je t'aimerai toujours, pour le reste de ma vie. Mais tu dois comprendre que je ne peux rien y faire.

Sa voix était rugueuse d'émotion.

— Je ne peux pas laisser Ruby traverser ça toute seule. C'est ma responsabilité et je dois y faire face. Je suis piégé, Dora.

— Pourquoi ? Pourquoi a-t-il fallu que tu le fasses ?

Elle se tourna vers lui, la colère coulant dans ses veines comme du métal en fusion.

— Ça n'avait pas à être ainsi, non ? C'est *ta* faute... tout est ta faute !

— Ne crois-tu pas que je le sais ?

Des larmes brillèrent dans ses yeux.

— Je souhaiterais pouvoir remonter le temps. Je donnerais n'importe quoi pour que rien de tout cela ne soit arrivé, pour que nous soyons ensemble...

— Mais nous ne pouvons pas, n'est-ce pas ? Nous ne pouvons pas être ensemble à cause de toi !

La colère, la frustration et la douleur refoulée éclatèrent en elle, et Dora le frappa de ses poings.

— Je te déteste !

— Tu ne le penses pas.

— Je te déteste, Nick Riley.

Ses poings frappèrent contre les muscles durs de sa poitrine.

— Comment as-tu pu faire ça, comment as-tu pu...

Il tendit les mains et agrippa ses poings, les immobilisant sur ses côtés. Leurs yeux se croisèrent et restèrent accrochés, et l'instant suivant la bouche de Nick fut sur celle de Dora, l'embrassant passionnément.

Pendant un bref moment, elle s'abandonna à lui, laissa son corps se fondre au sien, cédant aux exigences de son propre désir. Ils s'embrassèrent avec l'urgence passionnée de deux personnes qui savaient que c'était la dernière fois. Elle mémorisa chaque moment, la sensation de sa bouche explorant la sienne, son goût et son odeur, sa barbe naissante rugueuse contre sa peau…

Elle se libéra de lui.

— Nous ne pouvons pas, dit-elle.

— Je sais.

Il parut pitoyable.

— Qu'allons-nous faire maintenant ? dit-il sur un ton bourru.

— Nous éloigner l'un de l'autre. Nous éloigner et jamais plus regarder en arrière.

Les yeux noirs de Nick rencontrèrent ceux de Dora, affligés de désir.

— Je ne sais pas si je peux faire ça.

— Tu le dois. Tu dois le faire pour Ruby et le bébé. Et tu dois le faire pour moi aussi.

Elle baissa la tête vers leurs mains encore entremêlées.

— Tu dois me laisser partir. Et je dois te laisser partir. C'est la seule façon.

Ses doigts s'enroulèrent autour de la main de Nick. Une partie d'elle espérait qu'il ne la laisse pas partir, qu'il continue de la retenir pour toujours.

Mais lentement, il s'éloigna, ses doigts glissant de sa prise.

Elle prit une profonde inspiration.

— C'est pour le mieux, Nick, chuchota-t-elle. J'espère que toi et Ruby serez très heureux.

Rassemblant tout le courage et toute la force qu'elle avait, elle se détourna et s'éloigna, les jambes tremblantes.

— Dora !

Elle l'entendit l'appeler, mais elle ne se retourna pas. Elle ne pouvait pas se retourner. Jamais plus.

CHAPITRE 50

Millie se réveilla à l'odeur de la brise marine filtrant à travers les rideaux délavés et au son des cris des goélands de l'autre côté de la fenêtre. Elle ouvrit les yeux et regarda vers l'autre oreiller. Seb était allongé, la tête appuyée sur un coude, en train de l'observer attentivement.

— Bonjour, Mrs Smith, sourit-il.

Millie gloussa et admira l'anneau à rideau sur le troisième doigt de sa main gauche.

— Penses-tu que la propriétaire nous a crus ?

— Probablement pas. Surtout quand tu as commencé à rire alors que j'essayais de signer le registre.

— Maintenant, tu devras faire de moi une femme honnête.

— J'en suis impatient.

Il s'inclina et posa un doux baiser sur son front.

— Tu ne le regrettes pas, n'est-ce pas ? demanda-t-il, ses yeux bleus soudainement sérieux.

— Pourquoi le devrais-je ? C'était mon idée, tu t'en souviens ?

C'était elle qui avait suggéré de passer leur dernière nuit ensemble. Et elle n'avait aucun doute d'avoir fait la bonne chose. Ce n'avait peut-être été qu'un modeste lit et un petit déjeuner sur la côte sud et non pas la suite nuptiale du Savoy, mais la nuit dernière n'aurait pas pu être plus spéciale ou plus parfaite pour Millie.

— Aucun regret.

Elle lui sourit.

— Et toi ?

Sa bouche se tordit.

— Comment peux-tu même poser cette question alors que je rêve de ce moment depuis le jour où je t'ai rencontrée ?

Il l'embrassa et elle sentit son corps vibrer de nouveau de désir. Elle avait appris les mécaniques du sexe, assise dans une salle de classe remplie de courants d'air et les grincements de craie de sœur Parker sur le tableau, mais la réalité de l'acte amoureux avait été une révélation pour elle.

Seb la regarda. Il était si beau si tôt le matin, ses cheveux blonds ébouriffés tombant sur son visage, son svelte corps musclé cerclé par les lueurs dorées des premiers rayons du soleil. Elle tendit la main, émerveillée par la chaleur et la douceur de sa peau.

Il grogna lorsqu'elle le toucha.

— Ne fais pas ça !

Il attrapa sa main et en embrassa les extrémités.

— Nous ne pouvons pas. Je dois partir bientôt.

La tristesse la submergea.

— J'aimerais que tu n'aies pas à partir.

— En ce moment même, moi aussi, admit-il. Mais c'est quelque chose que je dois faire. Tu comprends, n'est-ce pas ?

Millie hocha la tête. Elle savait qu'il était excité à la perspective de voler jusqu'à Berlin et la nouvelle aventure qui l'y attendait. Examinant son visage enjoué et impatient, elle comprit un peu la douleur qu'il avait dû ressentir en pensant qu'elle lui échappait.

— Je ne veux pas que tu viennes me dire au revoir à l'aéroport, dit-il.

— Pourquoi ?

— Parce que si tu es là, je ne sais pas si je serai capable de monter dans l'avion.

Il sembla triste.

— Ce n'est que pour quelques semaines, dit-elle. Et je serai là à t'attendre à ton retour.

— Vraiment ?

Elle sourit.

— Tu sais bien que oui.

Elle s'allongea et regarda son alliance improvisée.

— Crois-tu que nous oserons descendre pour le petit déjeuner ?

— Probablement pas.

— J'ai plutôt peur de la propriétaire.

— De toute façon, j'ai une meilleure idée.

Il roula sur elle et l'immobilisa.

— Seb ! Je pensais que nous n'avions pas le temps ? dit-elle en riant.

— J'ai changé d'idée, dit-il en se penchant pour un baiser prolongé.

Il y avait déjà une file dehors au théâtre Queen, rue Poplar High, quand ils arrivèrent.

Joe parut inquiet.

— Je ne pensais pas que ce serait aussi bondé. Les portes ne sont pas censées s'ouvrir avant encore trente minutes.

— Ne vous en faites pas, ça ira, le rassura Dora.

— Mais vous avez passé toute la journée sur vos pieds. Vous n'avez pas besoin d'attendre debout ici.

Il fronça les sourcils vers le ciel.

— Et on dirait qu'il va pleuvoir.

Dora sourit, malgré ses pieds douloureux. C'est vrai qu'elle aurait bien aimé s'asseoir. Mais Joe avait fait un tel effort, elle ne voulait pas qu'il pense qu'elle n'appréciait pas.

— Cela en vaudra la peine, dit-elle.

— J'espère bien.

Tout à son honneur, il était très avide de vouloir faire plaisir. Ils étaient sortis deux fois au cours des deux dernières semaines, et chaque fois il avait fait beaucoup d'efforts pour s'assurer qu'elle s'amuse.

La dernière fois, ils s'étaient rendus dans un restaurant très chic de l'ouest. « Seulement ce qu'il y a de mieux pour ma copine », avait-il dit en sortant son portefeuille. Dora était reconnaissante, mais en vérité, elle s'était sentie intimidée par l'environnement chic. Plutôt que de se détendre et de s'amuser, elle avait passé toute la soirée à s'inquiéter d'utiliser la mauvaise fourchette ou de poser ses coudes sur la table.

Elle leva les yeux vers lui, sur son trente-et-un dans son plus beau costume. Il n'y avait pas beaucoup de jeunes hommes qui se donneraient autant de mal. Mais parfois, elle aurait souhaité qu'il n'essaie pas autant de l'impressionner.

Heureusement, il y avait les artistes de rues pour faire passer l'attente plus rapidement. Des vendeurs arpentaient la file, offrant des pommes, des oranges et des noix chaudes rôties. Joe acheta un sac de châtaignes qu'ils partagèrent en regardant les artistes. En premier, il y avait eu un couple de danseurs ambulants entièrement vêtus de costumes égyptiens, suivi par un gros homme d'âge mûr avec un visage rouge luisant et des favoris broussailleux. Il s'était tenu devant la file et avait beuglé *Danny Boy* à tue-tête pendant que sa femme passait le chapeau.

— Allez ! Va-t'en, t'es nul !

De l'autre côté de la rue, des enfants habillés de haillons étaient assis sur le bord du trottoir et mangeaient des frites dans des feuilles de papier journal, se moquant du spectacle gratuit.

— J'espère que les chanteurs sur scène sont meilleurs que lui, chuchota Joe à Dora.

— J'espère qu'il ne se blessera pas, lui répondit Dora en grimaçant.

Dès qu'elle eut dit ces mots, quelque chose de très bizarre se produisit. L'homme cessa abruptement de chanter, ses yeux s'écarquillèrent exagérément et, avec un étrange son d'étouffement, il tomba à genoux.

— Qu'est-ce qu'il fait maintenant ? crièrent les enfants de l'autre côté de la rue.

— Est-ce que cela fait partie de son numéro ? demanda une personne derrière eux.

Personne ne semblait savoir, jusqu'à ce que la femme de l'homme pousse un hurlement et remonte la file en courant vers son mari, éparpillant des pièces sur son passage.

Dora jeta le sac de noix dans les mains de Joe et courut derrière elle. Il lui emboîta le pas.

Quand ils arrivèrent jusqu'à l'homme, celui-ci était allongé sur la chaussée, ses bras et ses jambes tressautant comme une marionnette à fils, un mince filet de bave entre ses lèvres.

— Qu'est-ce qui se passe, Bert ? Qu'y a-t-il ?

La voix de sa femme était stridente de terreur. Dora la repoussa doucement et s'agenouilla près de l'homme.

— Il a des convulsions, expliqua-t-elle, ses doigts se démenant déjà pour défaire les boutons de son col.

De la peau débordait autour de son col serré.

— Il n'en a jamais eu avant !

Sa femme semblait outrée.

— Eh bien, il en a maintenant.

Elle se tourna vers Joe.

— Vite, donnez-moi quelque chose pour mettre dans sa bouche afin de l'empêcher de se mordre la langue.

Joe tapota ses poches et sortit un crayon de sa poche intérieure.

Dora ouvrit la bouche de l'homme et coinça le crayon entre ses dents. Elle parvint à retirer sa main avant que ses mâchoires se ferment brutalement. Puis, elle enleva son manteau et en couvrit l'homme.

— Prenez aussi ma veste.

Joe l'ôta d'un coup d'épaule et la lui tendit. Elle en fit une boule et la plaça sous la tête de l'homme.

Quand l'ambulance arriva, l'homme avait déjà repris connaissance et regardait autour de lui avec confusion.

— N'essayez pas de bouger, conseilla Dora.

Elle regarda la femme, laquelle semblait être dans un pire état que son mari.

— Il va bien, dit-elle. Il aura seulement besoin d'une boisson chaude et d'un peu de temps pour récupérer doucement.

La femme agrippa la main de Dora.

— Merci, chuchota-t-elle. Je ne sais pas ce que j'aurais fait si vous n'aviez pas été là.

— On dirait qu'on a raté le spectacle.

Joe fit un signe de la tête vers les portes où le directeur du théâtre était en train d'accrocher une enseigne où était écrit « Complet ». Ils avaient été si pris à s'occuper de l'homme qu'ils n'avaient pas remarqué que les portes du théâtre s'étaient ouvertes et que la file avait commencé à bouger.

— Nous ne pouvions pas le laisser, n'est-ce pas ?

Dora se dépoussiéra et remit son manteau.

— Vous avez été formidable de vous occuper de lui, dit Joe avec admiration. Vous n'avez même pas eu besoin de réfléchir.

— Si j'avais réfléchi, je n'aurais probablement rien fait, admit-elle. Nous ne sommes pas censées nous occuper d'urgences toutes seules quand nous sommes en formation.

Ils se trouvaient sur la chaussée vide à regarder autour d'eux.

— Que faisons-nous maintenant ? dit Joe.

— Je ne sais pas. Nous rentrons à la maison, je suppose.

Elle haussa les épaules.

Le froncement de sourcils de Joe s'intensifia.

— Mais je voulais vous offrir une soirée que vous n'oublieriez pas.

— Oh, je ne crois pas que je vais oublier cette soirée de sitôt, et vous ? dit Dora avec regret.

À cet instant précis, le tonnerre gronda au-dessus de leur tête et les cieux s'ouvrirent, vidant un déluge de pluie si soudainement qu'ils n'eurent même pas le temps de se réfugier sous le porche le plus près avant d'être trempés.

Ils restèrent là à se fixer. Joe avait l'air si drôle, ruisselant des pieds à la tête, ses cheveux blonds dégoulinant sur son visage indigné, que Dora ne put s'empêcher de rire.

— Ce n'est pas drôle, râla-t-il.

— Vous ne vous tenez pas à ma place !

— Mais tout est gâché. Et j'avais tout planifié si soigneusement. Je voulais que tout soit parfait. Je voulais vous offrir la plus belle soirée de votre vie…

Il regarda Dora, toujours en train de rire, et un sourire réticent commença à tirer les coins de sa bouche. L'instant suivant, il éclata de rire aussi.

— Regardez-nous, une paire de rats en train de se noyer !

Il secoua la tête.

— Maintenant, vous ne sortirez plus jamais avec moi.

— Je le ferai… si vous cessez de vous donner autant de mal !

Il parut attristé.

— Je veux seulement remettre un sourire sur votre visage.

— Vous avez assurément réussi !

Dora tint ses côtes douloureuses.

Cela fait si longtemps qu'elle n'avait pas vraiment ri pour quoi que ce soit. Avec les problèmes financiers de sa famille, la douleur de sa mère concernant Alf et son propre chagrin pour Nick, il n'y avait pas eu beaucoup de raison de sourire dernièrement.

Mais maintenant, avec Joe, elle sentit son cœur de plomb commencer à s'alléger. Il était temps d'oublier le passé et de lui donner la chance de la rendre heureuse, décida-t-elle.

— Vous êtes adorable quand vous souriez, dit-il. Vous devriez le faire davantage.

Elle leva des yeux brillants pour regarder dans les siens.

— Peut-être le ferai-je, dit-elle.

« À mon épouse Violet, je lègue tous mes biens, selon le contexte, ces biens désignent toutes mes possessions en tous genres, peu importe où elles sont situées sur lesquelles j'ai plein pouvoir d'attribution, ainsi que l'argent, les investissements et les possessions ponctuelles représentant toutes ces possessions… »

Violet regarda les particules de poussière qui dansaient dans les rayons du soleil pendant que Mr Edgerton, le notaire, parlait. Il parlait depuis ce qui lui semblait être des heures, mais tout ce dont elle arrivait à penser était de s'échapper dans l'air frais. L'atmosphère dans le bureau était suffocante. Le babillage du notaire et l'odeur de vieux livres moisis commençaient à lui donner mal à la tête.

Mrs Sherman était assise à côté d'elle, raide et immobile. Son visage était rigide, mais ses doigts tiraillaient un fil de son manteau.

Enfin, Mr Edgerton arrêta de parler et posa l'épais document en parchemin.

— Je crois que c'est tout, dit-il.

Il regarda par-dessus ses lunettes en direction de Violet.

— Il semble que votre mari ait fait de vous une femme très riche, Mrs Dangerfield.

Violet le considéra, le regard vide.

— Mais ils étaient séparés ! éclata Mrs Sherman, brisant le silence de la pièce. Elle n'habite plus avec lui depuis cinq ans. Ce testament est obsolète !

Mr Edgerton se tourna pour la regarder.

— Je peux vous assurer que non, Mrs Sherman.

— Et je peux vous assurer que oui !

Ses narines étaient dilatées de colère.

— Mr Dangerfield m'a lui-même dit qu'il avait réécrit son testament afin que tout aille à son fils. Elle n'a rien !

Elle pointa un doigt tremblant vers Violet.

— Il a dit que tout serait retenu en fidéicommis et que je devais l'administrer au nom d'Oliver jusqu'à ce qu'il soit en âge. Il a dit…

Sa voix trembla sous l'émotion et elle se força à se maîtriser.

— Il a dit qu'il veillerait à ce que j'aie toujours un toit sur la tête.

Elle regarda le notaire, ses yeux pâles, fous et globuleux.

— Vous êtes venu à la maison vous-même, Mr Edgerton. Juste avant qu'il meure.

— Vous avez raison, Mrs Sherman. Mr Dangerfield a bien modifié son testament, deux semaines avant sa mort.

Mr Edgerton prit le morceau de parchemin.

— Voici le testament modifié, je vous l'assure. Vous pouvez voir la date et sa signature si vous voulez.

Il le lui tendit, mais elle détourna le regard, la bouche pressée en une mince ligne furieuse.

— Je crains que votre employeur vous ait induite en erreur en ce qui touche ses intentions…

Sa voix était compatissante.

Violet jeta un coup d'œil vers le visage de Mrs Sherman rendu blanc sous le choc.

— Très bien, fit la vieille femme en relevant le menton.

Sans regarder Violet, elle poursuivit.

— Si Mrs Dangerfield peut m'accorder un peu de temps pour emballer mes biens et me trouver un autre endroit où habiter, je quitterai la maison Curlew dès que possible.

— Vous n'avez pas à partir.

Violet retrouva enfin sa voix et se tourna vers le notaire.

— Je ne veux pas de l'argent de mon mari, Mr Edgerton. Pas un seul penny. Je n'en ai jamais voulu.

Elle jeta un rapide regard oblique vers Mrs Sherman.

— Je suis satisfaite que les biens soient placés en fidéicommis pour mon fils. Et j'aimerais que

Mrs Sherman continue d'habiter la maison Curlew. Je sais qu'elle en prendra soin pour Oliver.

Mr Edgerton fronça les sourcils.

— Et vous y consentiriez, Mrs Sherman ?

Les lèvres de Mrs Sherman s'ouvrirent, mais aucun son n'en sortit. Elle fit un très bref hochement de tête.

— Eh bien, je suppose… même si cela me semble des plus inhabituels.

Il regarda Violet.

— Vous êtes certaine, Mrs Dangerfield ? Peut-être changerez-vous d'avis…

— Je ne changerai pas d'avis, dit-elle fermement. Et mon nom est Tanner. Violet Tanner, le corrigea-t-elle.

Après la rencontre, Violet et Mrs Sherman se retrouvèrent ensemble dans la rue.

— Je suppose que je devrais vous remercier, dit avec raideur la vieille femme, comme si chaque mot lui était douloureux.

— Ce n'est pas nécessaire, je vous assure, répondit Violet aussi froidement.

— Je prendrai bien soin de la maison… pour Oliver.

— Je n'ai aucun doute là-dessus.

Il y eut un silence tendu. Violet était sur le point de s'éloigner quand Mrs Sherman parla soudainement.

— Je ne comprends pas… Mr Dangerfield m'a dit qu'il avait changé le testament. Il avait promis de prendre soin de moi.

Violet observa son visage ridé et émacié. Elle semblait si vieille et effrayée, que Violet se demanda pourquoi elle avait été si terrifiée par elle.

Pauvre Mrs Sherman. D'une certaine manière, elle avait été une victime de la dégoûtante cruauté tordue de Victor, tout comme elle.

— Il avait promis de prendre soin de moi aussi, Mrs Sherman, dit-elle doucement. Maintenant, peut-être pouvez-vous voir quel genre d'homme il était réellement.

Elle tira sur ses gants.

— Si vous voulez bien m'excuser, je dois retourner au travail.

Oliver était déjà là à l'attendre. Miss Hanley s'était gentiment offerte pour aller le chercher à l'école, même si Violet se doutait que d'ici peu de temps, il rentrerait tout seul à la maison. Elle l'observa en train de courir sur le gazon avec Sparky, tendrement surveillé par sœur Sutton pendant qu'elle s'occupait de son jardin. Plus tard, ils prendraient le goûter ensemble et quand ce serait son soir de congé, Violet irait se joindre à sœur Blake et aux autres sœurs pour la répétition de la chorale.

Elle se sourit à elle-même. Victor lui avait peut-être laissé une maison, mais elle s'était déjà trouvé un foyer.

À PROPOS DE L'AUTEUR

Donna Douglas est née et a grandi à Londres, mais vit maintenant dans le York avec son mari. Vous pouvez en apprendre davantage sur elle et ses livres sur son site Internet au www.donnadouglas.co.uk ou suivre son blog sur donnadouglasauthor.wordpress.com.